LUNA DIN APĂ

SAMANTHA SOTTO YAMBAO
LUNA DIN APĂ
Traducere din engleză de
Laura Ciobanu
STORIA BOOKS

Titlul original: *Water Moon*
Autor: Samantha Sotto Yambao

Descrierea CIP a Bibliotecii Naţionale a României
SOTTO YAMBAO, SAMANTHA
Luna din apă / de Samantha Sotto Yambao ; trad. din engleză de Laura Ciobanu. - Bucureşti : Storia Books, 2025

ISBN 978-630-6525-78-2

I. Ciobanu, Laura (trad.)

82

REDACTOR: Maria Manolache

CORECTORI: Rodica Crețu, Cristina Munteanu

DESIGN COPERTĂ: Regina Flath

ILUSTRAȚII COPERTĂ: Haylee Morice

ADAPTARE COPERTĂ: Fésüs L. Barna

DTP: Dragoș Tudor

Pentru toţi cei aflaţi în căutarea unui nou început

落花枝に帰らず破鏡再び照らさず

PARTEA ÎNTÂI

O floare căzută

nu se poate întoarce pe ram.

O oglindă spartă nu poate

fi făcută să strălucească.

CAPITOLUL 1

Casa de amanet a lui „cât pe ce" și „ce ar fi fost dacă"

Timpul nu cunoaște granițe, cu excepția celor create de oameni. În acea zi deosebit de friguroasă de toamnă, Ishikawa Hana făuri o asemenea graniță dintr-un strat foarte subțire de piele. Pleoapele se dovedeau folositoare. Pentru că, atât timp cât își ținea pleoapele lăsate, putea să păstreze separate cele două jumătăți ale vieții ei: cei douăzeci și unu de ani pe care-i trăise înainte să deschidă ochii și tot ce urma să se întâmple după aceea.

Își trase pătura peste cap, prefăcându-se că prima ei dimineață în calitate de nouă proprietară (mahmură) a casei de amanet încă nu a început. Nu conta că acum era complet trează și că ultimele ițe încâlcite ale unor vise pe care nu și le putea aminti se destrămaseră cu mai bine de o oră în urmă. Își simțea capul mai greu și gura mai uscată decât de obicei, dar presupunea că de vină nu este alcoolul băut seara trecută, ci ceea ce o aștepta.

Peste câteva clipe, tatăl ei, Toshio, avea să-i bată la ușă, ca să-și înceapă ziua împreună.

Hana insista să se agațe de speranța fragilă că neînțelept de marea cantitate de sake cu care sărbătoriseră pensionarea lui avea să-l rețină încă un timp în pat. Speranța aceasta – dacă i se putea spune speranță, la cât de firavă era – era mai mică decât o pietricică acoperită cu mușchi din albia unui râu și la fel de alunecoasă.

În toți anii în care casa de amanet îi aparținuse lui Toshio, existaseră numai două ocazii în care nu se deschisese la timp. În ambele zile nu se deschisese deloc. Dar Hanei și tatălui ei nu le plăcea să discute despre acele două zile. Niciodată.

Dacă magazinul lor ar fi fost o casă de amanet ca oricare alta, făcând afaceri cu diamante, aur și argint, familia Ishikawa, care îl conducea de generații, și-ar fi putut permite luxul concediilor medicale și al weekendurilor. Dar Toshio o învățase pe Hana să prețuiască niște comori mult mai valoroase.

Își găseau cei mai buni clienți la sfârșitul verii, când nopțile deveneau mai reci și mai lungi. Melancolia îi pria afacerii. Nu conta că mica lor prăvălie, cuibărită pe o alee liniștită a districtului Asakusa din Tokio, nu avea nume. Cei care aveau nevoie de serviciile ei reușeau întotdeauna să o găsească. Dar, dacă cineva ar fi fost suficient de curios să o întrebe pe Hana cum crede că ar trebui să se numească, ea avea pregătit un răspuns. *Ikigai**. Nu exista cuvânt care să i se potrivească mai bine.

Hana abia era mai mare de un an când învățase să meargă pe podelele închise la culoare ale casei de amanet și fiecare pas pe care-l făcuse de atunci fusese către preluarea afacerii când tatăl ei avea să se pensioneze. Era văduv și ea era singura lui moștenitoare. Casa de amanet era calea ei în viață, unicul ei țel. *Ikigai*-ul ei. Dar niciodată în toți anii în care se jucase la picioarele tatălui ei, copil fiind, sau când lucrase alături de el ca tânără femeie, nu se obosise vreun client să întrebe cum se numește casa de amanet. În spatele ochilor lor lor bântuiau întrebări mai urgente când Toshio îi întâmpina cu o plecăciune politicoasă. Prima era întotdeauna unde se află și a doua cum au ajuns aici.

---

* În traducere din limba japoneză, „un motiv pentru a fi" (n.t.).

În fond, nimeni nu se aștepta să găsească o casă de amanet dincolo de ușa unui restaurant care vindea *ramen**.

Oricine stătea la coadă în fața restaurantului care se bucura de o popularitate de lungă durată ți-ar fi spus că *shoyu ramen* ca aici nu mai găsești în toată prefectura Taito. Pentru unii, aroma care se răspândea din castroanele aburinde cu tăieței *chijirimen*** și felii perfecte de burtă de porc înăbușită, plutind într-o fiertură aromată de oase, făcea așteptarea mai ușoară. Pentru alții, făcea ca perioada petrecută la coada șerpuită să pară de două ori mai lungă. Dar toți îl trăgeau în piept cu lăcomie, săturându-se cu promisiunile savuroase ale aerului până le venea rândul să intre în sala îngustă de mese, care ar fi putut fi socotită modernă cu două decenii mai devreme. În timp ce înaintau către mesele libere, de pe pereții îngălbeniți îi întâmpinau fotografiile cu autograf ale clienților celebri ai restaurantului. Dar, deși intrau pe ușă, unii dintre cei flămânzi nu ajungeau în sala de mese a localului. În schimb, erau întâmpinați de recepția slab luminată a unei case de amanet și de clinchetul clopoțelului de aramă de la ușă.

Amintirea acestui clinchet răsună în mintea Hanei în timp ce se ghemuia sub pătură. Îi poruncea să se ridice și să accepte inevitabilul. Își astupă urechile cu palmele și duse o bătălie fără sorți de izbândă ca să-și împiedice mintea să coboare din pat înaintea ei. Unele din gândurile ei erau deja aproape îmbrăcate, încheind ultimii nasturi ai uniformei negre și apretate a casei de amanet. Altele erau deja în biroul de sub camera ei, imaginându-și cum o să-și petreacă tatăl ei prima zi de pensie: prin preajmă, verificând tot ce făcea ea.

N-ar fi zis niciun cuvânt dacă ar fi prins-o greșind. Niciodată n-o făcea. Cea mai vagă tresărire a sprâncenei lui

---

* Supă de tăiței de grâu specifică bucătăriei japoneze (n.t.).

** Tip de tăiței groși și spiralați specifici bucătăriei japoneze (n.t.).

drepte era de ajuns. Toshio prefera tăcerea cuvintelor, rezervându-și energia și suflul pentru clienții săi. Hana devenise foarte pricepută în a-i interpreta răsuflarea discretă, zâmbetele abia schițate, privirile fugare. Nu-și amintea să-l fi văzut ieșindu-și din fire decât o dată, într-o după-amiază furtunoasă, pe când ea avea zece ani și rătăcise un ceas vechi lăsat amanet. Ochii lui deveniseră mai întunecați decât norii care clocoteau deasupra grădinii casei lor și, când o apucase de umerii firavi și se aplecase ca să-i vorbească la ureche, ei îi stătuse inima în loc. Vocea lui fusese discretă ca o adiere, dar cuvintele lui urlaseră înăuntrul Hanei mai tare decât un taifun.

Găsește-l!

Acum!

Hana nu știa ce s-ar fi întâmplat dacă nu ar fi găsit ceasul în aceeași zi, ceva mai târziu, în spatele unui teanc de cărți din camera din spate. Știa numai că nu vrea să-l mai audă niciodată pe tatăl ei vorbindu-i pe un asemenea ton.

Hana respiră tremurat și reveni cu gândul în prezent. O greutate invizibilă o apăsa pe piept. Se așteptase ca viitorul ei să fie mai greu sau măcar ceva mai greu decât o pisică bine hrănită, dar grămada de zile ce i se clătina pe piept într-un echilibru precar părea la fel de ușoară ca un munte din coji, fiecare golită și irosită încă dinainte să înceapă. Cunoștea pe de rost, până la ultima secundă, toate zilele care i se așterneau înainte. În fond, își petrecuse viața privindu-l pe tatăl ei cum le trăiește. Acum viața lui era a ei și de-acum înainte nimic nu avea să mai fie nou.

Se rostogoli pe o parte. De sub perna ei se iți marginea unei fotografii îngălbenite. Hana scoase fotografia decolorată și o contemplă pe sub pătură. Îi întoarseră privirea ochii unei femei tinere care i-ar fi putut fi soră geamănă. „Bună dimineața, *Okaa-san**", își salută Hana mama pe care nu o cunoscuse niciodată, apoi vârî înapoi în ascunzătoare singura poză cu ea pe care o avea. Dădu pătura deoparte și privi printre genele ei negre. O rază de soare îi înțepă irisurile. Strânse tare din pleoape și coborî din pat. Nu trebuia să vadă ca să umble prin dormitor. Încăperea aceasta și casa de amanet de dedesubt alcătuiau întreaga ei lume și azi lumea asta părea chiar mai mică.

Și tăcută.

Hana își înclină capul, ciulind urechea ca să audă clinchetul familiar al ceștilor și al castroanelor din bucătăria de la parter. Dar pe sub ușa ei nu se strecură decât liniștea. Își mușcă buzele.

Era sigură că pensionarea nu va fi de ajuns ca să țină un ins ca Toshio departe de ritualurile sale. Deși micul altar pe care tatăl ei îl ținea la ei acasă onora spiritele, adevăratul zeu pe care-l adora tatăl ei era rutina. Cupa aburindă de ceai verde pe care o bea în fiecare dimineață era sacră, indiferent cât sake sau whisky îi înota prin organism după noaptea precedentă.

Hana își lipi urechea de ușă. Erau numai două motive posibile pentru care în prăvălie era atât de liniște, și niciunul din ele bun.

---

* În traducere din limba japoneză, „mamă" (n.t.).

CAPITOLUL 2

Cel din urmă client al lui Ishikawa Toshio

❁ *Cu o zi în urmă*

Toamna sosise devreme și de la venirea ei numărul clienților casei de amanet se dublase.

Toshio își mută greutatea pe celălalt picior, ca să-și menajeze montul de la stângul. Sub costumul negru, stomacul îi ghiorțăi de două ori. Îl ignoră și își aranjă cravata. Nu era prima zi când fusese prea ocupat ca să prânzească, dar va fi ultima. Peste mai puțin de o oră, după închiderea prăvăliei, avea să se pensioneze oficial și nu va mai fi silit niciodată să muncească în loc să ia prânzul. Se așteptase ca gândul să-i provoace un zâmbet, dar colțurile gurii sale refuzau să se arcuiască, fie și vag. Se auzi sunetul unui clopoțel de cupru, anunțând sosirea ultimului client.

— *Irasshaimase**.

Toshio se înclină cu un zâmbet des exersat și vocea lui era mătăsoasă ca sakeul încălzit.

Hana scoase capul din încăperea din spate, cu registrul lunii în curs sub braț. Toshio îi făcu semn să intre înapoi și se întoarse către femeia elegantă care tocmai le trecuse pragul.

— Cu ce vă pot ajuta?

Femeia întâmpină zâmbetul lui Toshio cu o privire confuză. Deși chipul ei ca porțelanul o făcea să pară mai tânără

* În traducere din limba japoneză, „Bun-venit în localul meu!" (n.t.).

decât Toshio, părul ei, prins într-un coc lejer la ceafă, avea aceeași culoare ca unicul șirag de perle de apă dulce pe care îl purta la gât.

— Iertați-mă! Am făcut o greșeală. Am crezut că rândul de afară era la restaurantul cu *ramen*.

— Așa este, răspunse Toshio.

Femeia privi prin încăpere.

— Acesta este restaurantul?

— Nu. Aceasta este casa mea de amanet.

— Restaurantul este la etaj?

Toshio clătină din cap.

— Nu, nu este.

Pe fruntea frumoasă a femeii se ivi o încruntătură.

— Probabil ați obosit stând atât timp la coadă. Poate ați dori să luați loc puțin?

Toshio făcu semn către un colț al încăperii, unde se afla o masă scundă, înconjurată de un set de pernuțe din mătase.

Femeia își ridică bărbia și își duse degetele la buzele subțiri.

— Eu... eu aș fi jurat că acesta este restaurantul. L-am văzut pe bărbatul din fața mea intrând pe ușă. Am văzut mese și scaune și...

Își înclină capul, schițând o plecăciune discretă.

— Vă cer iertare că v-am deranjat!

— Nu e nevoie să-mi cereți iertare. Pot să vă ofer ceva de băut? Niște ceai?

— Vă mulțumesc, dar eu...

— Vă rog, insist! Nu este niciun deranj.

Toshio ieși de după tejghea și strigă peste umăr:

— Hana? Vrei să aduci niște ceai? Avem un oaspete.

Hana închise registrul și se ridică de la biroul care îi aparținuse odinioară mamei sale. Recunoștea semnalul la fel de bine cum știa unicul gând care se învârtea în prezent prin mintea femeii.

Ceai. În acest moment al discuției cu tatăl ei, toți clienții se gândeau la același lucru. Era un gând simplu, mic, ușor ca aerul sau ca lumina, fără muchii tăioase în care s-ar fi putut răni. Toți mai băuseră ceai și își aminteau cum li se revărsase pe limbi și cum le alunecase pe gâtlejuri, încălzindu-le sufletele. Niciodată o ceașcă de ceai nu făcuse rău cuiva și nu se puteau gândi la niciun motiv de a refuza oferta amabilă a proprietarului casei de amanet. Ba chiar ar fi fost nepoliticos să spună nu, dat fiind că ei fuseseră aceia care intraseră din greșeală în prăvălia lui. Încercau să-și amintească încotro se duceau de fapt, dar ce-și aminteau cel mai clar era senzația unui gol rece în stomac. Ceaiul putea să-l domolească. Poate că pentru ceai stătuseră atât timp la coadă. Hana umplu ceainicul cu apă și-l puse pe plită.

— Un ceai ar prinde bine, încuviință femeia cu un zâmbet.

— Minunat! Numele meu este Ishikawa Toshio.

Îi indică o pernuță de pe podea.

— Vă rog, luați loc!

— Vă mulțumesc!

Femeia se așeză pe o pernă de aceeași nuanță cenușie ca ziua de afară.

— Mă numesc Takeda Izumi.

— Vă mulțumim că ați ales să ne vizitați astăzi, Takeda-sama! Sunt sigur că veți descoperi că facem oferte foarte corecte, ba chiar generoase la casa noastră de amanet.

— Dar n-am venit să...

Izumi răsuci între degetul mare și arătător o perlă din colier, încruntându-se ca și cum ar fi scotocit prin sertarele din mintea ei, încercând să găsească ce avea de gând să spună.

Hana se apropie cu ceaiul pe o tavă neagră lăcuită.

— Hana, doamna este Takeda-sama, zise Toshio.

Hana făcu o plecăciune.

— Bun-venit în casa noastră de amanet! zise ea, punând tava pe masă. Sper să vă placă ceaiul.

În timp ce ea pleca, Izumi se întoarse către Toshio:

— Ishikawa-san, aveți o fiică adorabilă.

— Mulțumesc. Seamănă cu...

Toshio își înghiți următoarele cuvinte cu un zâmbet rigid.

Își aținti privirea asupra ceaiului și îl turnă în niște boluri mici de lut. Aveau culoarea mării când este cel mai liniștită, dar peste lacul lor se întindea un păienjeniș de crăpături mai mari sau mai mici. Dacă nu ar fi existat tehnica *kintsugi*, folosită ca să le repare, s-ar fi dezintegrat. Crăpăturile erau umplute cu pulbere de aur amestecată cu lac, care se întindea pe suprafața bolurilor ca niște fulgere.

— Sunt splendide, zise Izumi, admirând bolurile.

— Vă mulțumesc! M-am supărat rău pe mine însumi când m-am împiedicat și le-am scăpat, dar în momentul ăsta mărturisesc că sunt recunoscător pentru stângăcia mea.

Toshio îi înmână un bol cu ceai lui Izumi.

— Lucrurile sparte au o frumusețe numai a lor, nu credeți?

Izumi își plimbă vârful unui deget cu manichiura perfectă de-a lungul lipiturii aurite a bolului.

— Unele lucruri își poartă vătămările mai bine decât altele, zise ea încet, atât de încet de parcă s-ar fi temut că vocea ei putea sparge bolul.

— Am descoperit frumusețe în tot felul de lucruri stricate. Scaune. Clădiri. Oameni.

Izumi își ridică ochii de la ceaiul ei.

— Oameni?

— Mai ales în oameni. Se sparg în cele mai fascinante feluri. Fiecare ciobitură, zgârietură și crăpătură spune o poveste. Cicatricile invizibile ascund rănile cele mai adânci și sunt cele mai interesante.

Izumi își răsuci pe deget unul din cele două inele cu diamant, agățându-și pielea.

— Ishikawa-san, acesta este un punct de vedere cu adevărat unic.

— O, este mai mult decât un punct de vedere. Este însuși motivul pentru care conduc această afacere. Takeda-sama, aceasta este un alt fel de casă de amanet. Noi nu acceptăm mărunțișuri. Inelele cu diamante și colierele de perle nu valorează nimici aici.

Hana îi asculta pe Izumi și pe tatăl ei din încăperea din spate. Auzise aceeași conversație la o ceașcă de ceai de atâtea ori, că pierduse socoteala.

Dar, indiferent de câte ori rostise cuvintele, tatăl ei reușea de fiecare dată să le facă să sune sincer. În majoritatea timpului le spunea clienților săi adevărul, indiferent dacă lor le era greu să-l creadă sau nu. Deși ceea ce le împărtășea el clienților nu era, după părerea ei, o revelație zguduitoare, întotdeauna ei aveau nevoie de câteva clipe ca să-și disciplineze sprâncenele gata să se ridice. Era de înțeles. De cealaltă parte a ușii restaurantului de *ramen*, susul era sus, josul era jos și case de amanet ca aceasta nu existau. Talentul special al tatălui ei, după cum urma să afle Takeda Izumi, era ca, până își termina ea ceaiul, să o convingă să renunțe la tot ce fusese crescută să creadă și să-i permită minții ei să apuce ceea ce mâinile ei nu erau în stare.

Hana reveni la biroul ei și luă o carte din stiva de pe el. Era un volum broșat cu colțurile copertelor îndoite, ale cărui pagini se agățau de cotor din pură încăpățânare. Un client pe nume Ito Daisuke îl amanetase de dimineață. Verifică din nou obiectul pe lista din registru și, după ce se convinse că totul este în ordine, făcu un mic semn. Dintre toate obiectele care-și găsiseră calea către casa de amanet în acea zi, era preferatul ei.

Hana scoase dintr-un sertar al biroului ochelarii cu rame de aur ai mamei sale. Și-i puse pe nas și prin lentilele lor văzu cartea drept ceea era de fapt: o alegere care schimbase cursul vieții lui Ito Daisuke.

Adevărata ei formă era mult mai frumoasă decât o carte. În locul paginilor se iviseră pene alcătuite din crâmpeie de lumină, transformând-o într-o pasăre strălucitoare. Stătea cocoțată pe un deget al Hanei și culoarea i se schimba mereu, trecând de la albastru la auriu și înapoi.

Cândva, această pasăre cântase veselă înăuntrul lui Daisuke noapte de noapte, vreme de cinci ani, în timp ce el se străduia să scrie un roman polițist, după ce-și termina tura ca angajat al unui magazin de cartier. Cu doi ani în urmă, când se dăduse bătut și își ștersese toate ciornele neterminate, pasărea își pierduse lumina, amuțise și devenise cenușie ca un cărbune. Îl ciupea de stomac ori de câte ori el se gândea la seria de crime fictive din Harajuku*, pe care nu avea să le rezolve. Dar acum Daisuke își amanetase alegerea și era liber. Vor fi momente când va simți un gol rece acolo unde fusese odinioară alegerea, dar o să-i treacă. Nu avea să-și amintească niciodată de alegerea sa, de casa de amanet sau de bărbatul care îl convinsese să se despartă de un roman polițist uzat. Liniștea sufletească, îi spusese Toshio, merită prețul de a nu ști ce s-a petrecut după pagina 254.

Hana își scoase ochelarii și-i făcu loc cărții lui Daisuke pe un raft, alături de un set de chei ale unei locuințe și de un bilet de avion rupt în două. În acea seară, când se va închide casa de amanet, tatăl ei va lua toate obiectele de pe raft și le va depozita în seif, laolaltă cu restul achizițiilor zilei.

---

* District din Tokio (n.t.).

Takeda Izumi clipi, încercând să înțeleagă cuvintele care pluteau în aerul de deasupra celor două boluri de ceai fisurate.

— Asta nu are logică. Cum pot oamenii să amaneteze alegeri?

— „Logica" este un termen cu înțeles relativ, zise Toshio. Sunt lucruri care în lumea dumneavoastră au logică și în a mea sunt ridicole. N-am reușit niciodată să înțeleg la ce servesc televizoarele sau telefoanele.

— Ce înțelegeți prin „lumea dumneavoastră"?

— Veniți din lumea de dincolo de acea ușă. Eu și fiica mea suntem din lumea de dincoace de ea. Ori de câte ori cineva de pe partea dumneavoastră găsește drumul către casa noastră de amanet, există un motiv întemeiat. Clienții noștri au alegeri care au devenit prea apăsătoare ca să le mai care. Le luăm de pe cap aceste alegeri, ca să se întoarcă mai ușurați în lumea lor. Mulțumiți.

— E o glumă?

— N-aș glumi despre asemenea lucruri. Aici facem o muncă importantă.

Izumi își apucă geanta.

— Nu știu ce fel de joc este acesta, dar nu e amuzant.

— Nu este un joc și menirea lui nu este să fie amuzant. Nu vă pot sili să rămâneți, dar știu sigur că nimeni nu găsește casa de amanet în mod accidental. Dacă nu ați fi avut nevoie de serviciile noastre, ați fi deschis ușa și ați fi intrat în restaurantul de *ramen*, la fel ca toți ceilalți clienți care așteaptă la coadă afară.

Izumi își trase umerii înapoi și își ridică bărbia.

— Presupunând că ceea ce spuneți este adevărat, ceea ce nu e, tot nu aș recurge la serviciile dumneavoastră. Nu am regrete.

— Iertați-mă dacă v-am jignit, Takeda-sama! spuse Toshio, înclinând din cap. Dar fac meseria asta de foarte mult timp. Îmi dau seama când sunt fericiți oamenii și când nu, indiferent cât de bine sunt îmbrăcați sau cât de strălucitor le e zâmbetul. Fericirea are foarte puțină legătură cu ceea ce ai și foarte multă cu ceea ce n-ai.

Izumi își strânse geanta și mai tare.

— Nu știți nimic despre mine.

— Poate. Dar ceea ce știu am învățat din experiența colectivă a generațiilor familiei mele care au condus casa asta de amanet. Fiecare client care ne-a intrat pe ușă a insistat că a dat peste mica noastră prăvălie pentru că s-a rătăcit. Și a avut dreptate. Să te rătăcești este adesea unicul mod de a găsi un lucru pe care nu știai că-l cauți.

— Știu foarte bine ce căutam azi. O porție de *ramen*.

— În oraș sunt multe restaurante care servesc *ramen* de calitate. De ce îl căutați pe acesta anume?

— Când eram tânără, locuiam în cartierul acesta. Mâncam tot timpul la restaurantul ăsta.

— Dar în mod sigur de atunci ați mâncat *ramen* mai bun?

— Da, sigur că da, dar...

— Și sunt sigur că o femeie ca dumneavoastră și-ar putea permite cu ușurință un local cu o ambianță mai aleasă.

Izumi își răsuci perlele de la gât, cu ochii ațintiți asupra ceaiului ei.

— Dar restaurantul ăsta nu este ca toate celelalte, nu? zise Toshio.

Izumi se uită în altă parte.

— Nu vă faceți griji, Takeda-sama! N-am nici cea mai mică intenție să vă trag de limbă. Știu deja de ce ați decis să veniți azi la restaurant.

Sprâncenele subțiri ale lui Izumi se arcuiră.

— Ați spus că obișnuiați să frecventați acest restaurant când erați tânără.

Toshio își împreună mâinile pe masă.

— Oamenii revizitează trecutul ca să retrăiască amintirile plăcute, ca să le alunge pe cele triste sau din ambele motive.

— Dat fiind că păreți să mă cunoașteți atât de bine și nu vreți să acceptați că simpla dorință de a mânca *ramen* este unica explicație a faptului că mă aflu aici, vreți să-mi spuneți care dintre aceste trei motive credeți că este al meu? întrebă Izumi.

— Ați venit la restaurant ca să luați cina cu o nălucă.

— Asta e...

Vocea lui Izumi se poticni.

— Asta este o nebunie.

— Deci trebuia să luați masa cu o prietenă?

— Păi, ăăă, eu... Nu. Voiam să mănânc singură. Îmi place să vin aici de una singură. Trec pe aici măcar o dată în fiecare toamnă.

— Dar nimeni nu cinează cu adevărat singur, nu? zise Toshio. Gândurile noastre iau masa cu noi. Ne țin tovărășie, fie că le invităm sau nu, și sunt cu atât mai zgomotoase, cu cât sunt singurele care stau la masa noastră. Trăncănesc despre toate lucrurile pe care noi nu le putem spune cu voce tare. În cazul dumneavoastră, aș presupune că le place să-și amintească de o vreme când nu erați femeia care sunteți azi, o vreme, poate, când vă plăcea să împărțiți masa de la restaurantul de *ramen* cu altcineva.

— Opriți-vă!

— Vă certați cu gândurile dumneavoastră și insistați că sunt greșite, dar ele o țin tot așa până vi se răcește porția de *ramen*. Asta însă nu vă împiedică să reveniți ori de câte ori aveți prilejul, pentru că un castron rece de *ramen* tot are gust mai bun decât orice masă caldă servită la dumneavoastră acasă.

— Opriți-vă!

Ochii lui Izumi se umplură de lacrimi care îi șiroiră pe obrajii palizi.

— Vă rog, opriți-vă!

— Iertați-mă! Mi-ați pus o întrebare și v-am răspuns. Sunt multe lucruri pe care mi-aș dori să nu le știu, dar după ce am petrecut o viață în casa asta de amanet pot citi poveștile clienților ca și cum le-ar fi scrise pe chipuri.

Izumi se șterse la ochi.

— Nu sunt clienta dumneavoastră.

— Aveți dreptate.

Toshio își împreună degetele.

— N-am decis încă dacă ceea ce doriți să amanetați are valoare.

— De-ajuns! M-am săturat de jocurile dumneavoastră!

Ochii ei se umplură din nou de lacrimi.

— Cine sunteți?

— Nu sunt decât un om care le oferă un serviciu unic celor care au nevoie de el, un om care își dă seama că nu plângeți pentru că sunteți tristă, ci pentru că sunteți furioasă. Dar nu pe mine. V-ați dori să fiți furioasă pe mine, dar nu sunteți. Erați furioasă încă dinainte să puneți piciorul în casa de amanet.

Izumi se uită urât la el, înroșindu-se la față.

— Sigur că sunt furioasă! Detest faptul că am toate motivele să fiu fericită, însă tot ce simt sunt crăpăturile care se răspândesc pe dinăuntrul meu ori de câte ori mă silesc să zâmbesc. Asta vreți să spun? Asta vreți să amanetez? Un zâmbet crăpat și peticit cu aur ca unul din bolurile dumneavoastră de ceai? Pentru că, dacă îl acceptați, vi-l dau în clipa asta!

— Deci credeți ceea ce v-am spus despre casa de amanet?

— Demonstrați-o! Faceți-mă să vă cred!

— Foarte bine. Arătați-mi alegerea dumneavoastră și vă voi spune cât prețuiește!

— Să v-o arăt? Cum? O alegere nu e ceva ce duci cu tine în buzunar sau în geantă.

— Takeda-sama, purtați cu dumneavoastră toate deciziile pe care le-ați luat în viață. Alegerea aceasta nu face excepție, zise Toshio. Și cred că știți deja foarte bine unde să o găsiți.

CAPITOLUL 3

Prețul biletului de autobuz

O oglinjoară de buzunar. Un tub auriu de ruj mat. Cheile casei. Takeda Izumi descoperise că, de regulă, trebuia să scoți măcar trei obiecte din geanta ta înainte să găsești ceea ce cauți.

A împins deoparte cheile. Un portofel de piele roșie pentru mărunțiș se ascundea în spatele unui pachet de servețele umede nearomate. Îl scoase, așa cum făcea ori de câte ori trebuia să plătească pentru dulciurile ei preferate la *konbini*-ul* de la parterul blocului ei. Nu avea atâta încredere în sine încât să păstreze o provizie acasă, așa că prefera să-și ofere o tratație ori de câte ori se aduna suficient mărunțiș. Când era mai tânără, îi fusese mai ușor să-și păstreze silueta, dar acum până și cea mai fugară privire către taraba cu *imagawayaki***, pe lângă care trecea în drum spre florăria a cărei proprietară era, o făcea să se îngrașe. Totuși erau zile în care mirosul de clătite proaspete se dovedea irezistibil. Preferatele ei erau cele umplute cu pastă dulce de fasole roșie. În zilele acelea sărea peste cină. Din fericire, pe soțul ei nu-l deranja să mănânce singur. Uneori chiar părea să prefere așa.

---

* În traducere din limba japoneză, „magazin de cartier" (n.t.).

** Desert japonez dintr-un aluat ca de clătite americane, în care umplutura se pune înăuntru, nu se unge sau rulează (n.t.).

Dacă ar fi avut copii, ar fi fost altceva. Izumi își imagina că ar fi cinat împreună la aceeași oră în fiecare seară, în timp ce fiul lor le-ar fi răspuns politicos la întrebările despre cum i-a mers azi. Fiica, cea mai vorbăreață dintre cei doi, ar fi chicotit ușor, povestindu-le despre prietenele ei. Soțul ei ar fi mâncat fără să vorbească, încuviințând uneori când credea că cineva a spus ceva interesant. Izumi încercă să și-l imagineze vorbind mai mult, dar după aproape trei decenii de căsătorie gândurile ei nu mai erau la fel de maleabile ca odinioară. Asta nu o deranja. Numai oamenii care încă mai aveau visuri aveau nevoie de o imaginație vie.

Să trăiești fără să ai un vis simplifica lucrurile. Rutina era un înlocuitor bun pentru tot ceea ce îi lipsea vieții. Dacă ți-o organizai suficient de bine, te putea lua pe sus din clipa în care deschideai ochii dimineața și până în clipa de dinainte să ațipești, fără să mai lase loc pentru visat cu ochii deschiși, dorințe îngălbenite de vreme sau gânduri prăfuite. Lui Izumi aproape că-i plăcea programul ei zilnic: să-și conducă mica afacere, să ajungă acasă la timp ca să-i pregătească cina lui Yoshi și să se oprească la *konbini* ca să își completeze mica rezervă de dulciuri din geantă.

Dar astăzi scoase portofelul cu monede din geantă dintr-un cu totul alt motiv. Un cămătar neobișnuit ceruse să vadă o alegere pe care ea o făcuse cu o viață în urmă și, dintr-un motiv pe care nu avea să-l poată exprima niciodată în cuvinte, ea știuse că aceasta se află în portofelul ei, zăngănind laolaltă cu mărunțișul.

Izumi deschise fermoarul portofelului și făcu repede un calcul în minte. Scormoni printre monede și adună echivalentul biletului de autobuz de care avusese nevoie ca să meargă de la locuința unde copilărise până la restaurantul de *ramen*. Puse monedele pe masă.

Nu erau suficiente ca să plătească pentru aceeași călătorie în prezent, dar cu ani în urmă ar fi putut să cumpere un bilet de autobuz și tot i-ar mai fi rămas suficient mărunțiș ca să își cumpere două dintre dulciurile ei favorite. Și pe vremea aceea nu trebuia să-și facă griji că se îngrașă. Pentru că, spre deosebire de soțul ei, Junichiro o iubea indiferent ce siluetă avea. În fond, Junichiro era vinovat de faptul că rochiile îi erau tot mai strâmte de când începuseră să se întâlnească de două ori pe săptămână la prăvălia de *ramen* unde lucra el.

Asta se întâmplase cu atât de multă vreme în urmă, că între timp Junichiro părăsise localul, dar Izumi tot mai trecea pe aici când copacii deveneau auriu-roșcați și aburii aromați ai *ramenului* se împleteau cu răcoarea din aer. Îi plăcea să tragă mirosul în plămâni cât de adânc putea, încălzindu-se cu amintiri vechi despre râsete care izbucneau cu ușurință și conversații care se legau și mai ușor. Astăzi fusese o asemenea zi de toamnă, dar locul restaurantului fusese luat de casa de amanet.

— Se poate?

Toshio făcu semn către monedele pe care Izumi le înșirase pe masă între ei. Le ridică și le cântări.

— Sunt mai grele decât par. Așa-s majoritatea alegerilor. Trebuie să le examinez mai îndeaproape ca să vă ofer un preț corect.

Toshio scoase din buzunarul cămășii niște ochelari vechi și îi așeză pe nas. Erau identici cu ai soției sale, numai că ai lui aveau rame de argint, iar ai ei - de aur. Îl făceau să semene cu o bufniță.

— Nu mă interesează prețul. Luați-le și gata!

— Mă tem că nu așa merg lucrurile. Dacă nu vă dau ceva în schimb, vă veți întreba de-a pururi ce ați lăsat în urmă.

Toshio examină fiecare monedă și încuviință lent.

— Înțeleg, zise el, trecând la un ton care era mai blând și mai moale.

— Ce înțelegeți?

— De ce nu ați luat autobuzul cu ani în urmă ca să vă întâlniți cu Junichiro la restaurant, așa cum conveniserăți.

Izumi își coborî privirea.

— Eu... n-am avut de ales.

— Și totuși iată alegerea!

Toshio aranjă monedele pe masă în linie dreaptă.

— Eram...

— Nu trebuie să explicați. V-am examinat monedele. Știu ce alegere ați făcut și de ce ați făcut-o.

— Probabil credeți că sunt o persoană îngrozitoare.

— Cred că sunteți o clientă care are nevoie de serviciile noastre. Sunt sigur că ați obosit să tot cărați alegerea aceasta oriunde ați merge.

— Soțul meu este un om bun și loial. Merită o soție care să nu trăiască în trecut.

— Îl iubiți?

Izumi își privi mâinile.

— El vă iubește?

— Dragostea este ceva ce oamenii sunt învățați să-și dorească, dar tot ce ne trebuie cu adevărat este să nu fim singuri când venim acasă și să avem pe cineva care să ne facă cu mâna la ușă, când plecăm.

— Și asta e mai mult decât au majoritatea oamenilor.

Un zâmbet răzbi până pe buzele lui Toshio, făcându-l să pară mai bătrân și foarte obosit.

— Cred că veți fi foarte mulțumită cu valoarea alegerii dumneavoastră. Pot să v-o iau de pe suflet imediat și nu veți mai pofti niciodată la *ramen* toamna.

Hana înfășură o cutie mică de lemn într-un șervet de mătase care te ducea cu gândul la primăvară. Pictase ea însăși florile de pe material, străduindu-se să facă fiecare cutie împachetată să pară unică, deși conținutul lor era exact același.

Tatăl ei nu schimba niciodată ceea ce oferea în schimbul alegerilor clienților, indiferent de valoarea lor. Fiecare cutie conținea aceeași cantitate de ceai verde.

Când era mai mică, tatăl ei născocise un joc, ascunzând cutiile de ceai prin casă și lăsându-i tot soiul de indicii ca să le găsească. Ghicitori în sticle goale de sake. Puzzle-uri matematice în chip de vulpi-origami. O vază ciobită care fusese mutată din loc. Nimic nu putea fi trecut cu vederea. Micile vânători o ținuseră fericită și ocupată cât timp el făcea inventarul sau primea clienții. Adesea îl surprinsese încercând să-și înghită un zâmbet când indiciile lui o păcăleau să o ia la dreapta, și nu la stânga. Cu timpul, devenise tot mai pricepută să rezolve ghicitorile lui, chiar și când la o primă privire indiciile lipseau. Toshio era mândru mai ales de cele pe care le ascundea la vedere.

Acestea fuseseră prima lecție primită de Hana despre arta de a se purta cu clienții. Ca atunci când căuta indiciile tatălui ei, cu un ochi bun și suficientă experiență întotdeauna aflai adevărul pe care un client încerca să-l ascundă, la fel de limpede cum îi vedeai trăsăturile feței. Dar Hana nu se gândise niciodată la micile ei vânători de comori ca la niște lecții. În schimb, îi plăcea să pretindă că aceste cutiuțe pe care le găsea erau cadouri de la răposata ei mamă și fiecare indiciu reprezenta un cod secret pentru *te iubesc, mi-e dor de tine* și *ne vom revedea.*

Pentru Takeda Izumi, Hana alesese unul din modelele ei preferate de mătase pentru împachetat. Izumi părea să aibă vârsta pe care ar fi avut-o mama ei dacă ar fi trăit. Pe baza singurei fotografii a mamei sale pe care o avea Hana, Izumi și mama ei aveau aceeași formă a feței și buzele la fel de subțiri. Ochii erau diferiți, dar nu era o problemă. Hana înnodă mătasea de două ori, puse cutia cu ceai pe o tavă lăcuită și se îndreptă către biroul din față, unde Takeda Izumi aștepta.

Izumi admiră grădina pictată pe ambalajul de mătase. Un zâmbet îi arcui buzele, deși încă nu știa ce se află înăuntru.

— Vă rog, deschideți-o! zise Toshio.

Izumi desfăcu nodul mătăsii și lăsă materialul să se adune în jurul unei cutii simple de lemn. Deschise capacul. Din ea ieși un miros vegetal proaspăt, amestecat cu o aromă dulce de fruct zaharisit. Mirosul și aspectul frunzelor verde-închis de la care provenea făcură zâmbetul lui Izumi să devină mai luminos. *Gyokuro.* Era un ceai de cea mai bună calitate, cultivat cu grijă pe plantații umbroase. Procesul de fierbere cerea cel puțin la fel de multă atenție, dar Izumi abia aștepta fiecare etapă meticuloasă. Timpul necesar pentru a-l face să-și ofere toate aromele era recompensat de luxul de a te pierde în ele.

— Sper că este pe gustul dumneavoastră, zise Toshio. Acesta este cursul standard de schimb pentru toate obiectele aduse la amanetat.

— Standard? Atunci de ce a mai fost nevoie să-mi examinați alegerea?

— Ca să verific dacă este demnă de acest ceai.

— Aș fi putut să cumpăr eu însămi ceaiul.

— Ați fi putut și probabil că ar fi avut un gust minunat. Dar n-ar fi fost acest ceai pe care vi-l ofer eu acum. N-ar fi fost ceaiul pe care îl primiți în schimbul unei alegeri care v-a fracturat viața în două. Nu va fi ceaiul de care vă veți putea bucura în sfârșit, fără ca mintea să vă fugă înapoi, către un restaurant de *ramen* și către bărbatul care așteaptă înăuntru. Pot să-mi trimit toți clienții acasă cu acest ceai, dar el nu mai este același ceai odată ce-l beau din ceștile lor.

— Cum așa?

— Nu există doi oameni care să lepede în același fel povara unei alegeri. Fiecare persoană are ideea ei despre gustul libertății. Pentru dumneavoastră s-ar putea să fie mângâietor și cald ca bucuria de a privi afară pe fereastră într-o zi ploioasă, nedorindu-vă să fiți altundeva. Pentru următorul meu client, ar putea avea gustul curajului, îmbătător și de o dulceață sumbră.

Izumi închise cutia.

— Sunteți de acord cu acest schimb? o întrebă Toshio.

— Durerea aceasta este tot ce mi-a mai rămas de la Junichiro. Am trăit cu ea atâta vreme, încât nu cred că voi reuși să mă recunosc fără ea.

— Atunci socotiți acesta ca fiind prilejul dumneavoastră de a afla.

— Dar dacă mă răzgândesc? Dacă îmi vreau alegerea înapoi?

— Aceasta este o casă de amanet, nu un magazin. Dacă vreți să vă recuperați alegerea, nu trebuie decât să-mi dați plata înapoi.

Izumi expiră și umerii i se relaxară.

— Bine.

— Cu dobândă.

— Ce fel de dobândă poți să plătești la ceai?

— Putem discuta despre asta dacă vă răzgândiți, dar, dacă ați face-o, ați fi prima.

— Niciunul dintre clienții dumneavoastră nu s-a întors să-și recupereze alegerea?

— Nici măcar unul, răspunse Toshio. Și dacă alegerile rămân nereclamate până la finele săptămânii, casa de amanet le păstrează.

Izumi își mușcă buzele.

— Nu pare un termen prea mare.

— Cât vă ia să decideți dacă vă vine să zâmbiți sau nu? Nu vă silesc să faceți acest schimb, Takeda-sama. Dacă aveți îndoieli, sunteți liberă să vă luați alegerea și să reveniți în restaurantul de *ramen*.

— O să pot să vă regăsesc?

— Nu am nicio putere cu privire la cine intră pe ușa casei de amanet.

— Deci, aceasta ar putea fi ultima mea șansă să las alegerea în urmă.

— Da.

— Atunci o să iau ceaiul dumneavoastră.

— Sunteți sigură?

— Sigură?

Un râs amar se desprinse de pe buzele ei.

— Nu cred că mai știu ce înseamnă cuvântul acesta. Nu de când am deschis ușa unui restaurant care servește *ramen* și am intrat în casa asta de amanet. Nici nu sunt sigură dacă ceva din toate acestea este real sau e numai un vis bizar. Singurul lucru pe care îl știu este că nu mai pot căra după mine încă un regret. Dacă este real, atunci nu sunt aici din întâmplare. Mi-a fost menit să vă cunosc și să fac acest schimb.

— Atunci s-a făcut. Ceaiul vă aparține. Savurați-l sănătoasă!

— Cum? Așa, pur și simplu?

— Da. Pur și simplu. Aici ne place să procedăm cu simplitate. Nu mai trebuie să faceți nimic.

Toshio adună monedele lui Izumi de pe masă.

— Nu mă simt schimbată.

— Schimbarea se va produce când veți reveni în lumea dumneavoastră.

— Și dacă nu merge?

— Takeda-sama, nu ați cumpărat un radio sau un ceas. Ați făcut un simplu schimb. Nu există părți mobile care să se blocheze sau să se desprindă.

Izumi băgă cu grijă cutia cu ceai în geanta ei.

— Vă mulțumesc!

Toshio se înclină zâmbind.

Izumi se îndreptă spre ușă și cuprinse în mâini clanța tocită de alamă. O apăsă și trase, întredeschizând ușa. Se opri și se întoarse către Toshio.

— Ishikawa-san?

— Da?

— Am fost atât de preocupată gândindu-mă să mă descotorosesc de alegerea mea, încât nu mi-a trecut prin minte să întreb de ce o vreți. De ce adunați alegeri? Cum anume vă pot fi ele de folos?

CAPITOLUL 4

Sake și tăcere

Un vag gust de miere stăruia pe limba Hanei în timp ce golea cea de-a treia ceașcă de sake. Ținea la băutură mai bine decât mulți alții, un talent pentru care tatăl ei își asuma toate meritele.

Dacă ar fi trăit mama ei sau dacă Toshio ar fi avut vreun prieten cu care să iasă la băutură, poate că rutina lor de fiecare seară ar fi fost alta. Însă Toshio părea cum nu se poate mai mulțumit ca Hana să stea tăcută în fața lui la masă și să-i țină tovărășie, bând amândoi sake până când pleoapele lui deveneau prea grele ca să mai poată ține ochii deschiși. Serile lor erau pline mai degrabă de sorbituri luate în tăcere decât de conversații, dar Hanei i se părea un schimb corect. Așteptarea făcea noaptea să pară mai lungă și ea era recunoscătoare pentru orice ținea dimineața la distanță.

Dar în ajunul pensionării tatălui ei nici măcar cele mai lungi tăceri sau cele mai lente sorbituri nu reușiră să facă ora să se lungească.

— Hana, zise Toshio punând pe masă o cutie împachetată. Asta este pentru tine.

— Pentru mine?

Hana privi cutia. Recunoscu mătasea de împachetat ca fiind una pictată de ea de curând.

— Un mic cadou care să sărbătorească următorul capitol al vieții tale.

— Mulțumesc, *Otou-san**!

Tatăl ei era un om cu simț practic, așa încât Hana nu se miră că el îi dăruise o cutie cu ceai din stocul destinat clienților. Trezea în ea amintirea vânătorilor de comori din copilărie, compensând astfel orice lipsă de creativitate a darului. Tatăl ei nu trebuia să spună nimic pentru ca Hana să-i cunoască intențiile. Ochii lui încețoșați de lacrimi dezvăluiau totul.

— Ții minte ce le spun clienților noștri despre ceai?

— Că are alt gust pentru fiecare.

— Regula ți se aplică și ție. Ai știut ceaiul ăsta toată viața ta, dar mâine, când vei bea prima ta ceașcă în calitate de proprietară a casei de amanet, te-ar putea surprinde cât de multe lucruri se vor schimba, chiar dacă, în aparență, vor părea exact la fel. Crezi că ești pregătită pentru asta?

— În seara asta nu este vorba despre mine, *Otou-san*. Sărbătorim pensionarea ta.

— Sfârșiturile și începuturile sunt unul și același moment din timp. Seara asta este la fel de importantă pentru tine ca pentru mine, zise el. Poate chiar mai importantă. Îmi dau seama că-ți trec multe prin minte.

Hana luă cutia cu ceai în mână, încercând să găsească alinare în cutele răcoroase ale mătăsii.

— Te-a...

Se uită în altă parte, hotărându-se să-și păstreze gândurile pentru ea.

— Continuă!

— Te-a făcut fericit?

— Ce anume?

— Casa de amanet.

— Înțeleg.

---

* În traducere din limba japoneză, „tată" (n.t.).

Toshio încuviință lent, turnându-și sake în ceașcă.

— Mâine, casa de amanet va deveni responsabilitatea ta și te întrebi dacă te va face la fel de nefericită cum crezi că m-a făcut pe mine.

— Nu, nu... *Otou-san*, nu asta am vrut să-ntreb!

Hana simți că i se înroșesc obrajii.

— N-am zis așa ceva!

— De când avem noi nevoie de cuvinte ca să ne spunem unul altuia exact ce simțim? Nu ți-aș lăsa casa de amanet dacă n-ai fi reușit să înveți lecția asta. Ne-am pierde jumătate din clientelă dacă n-am putea auzi toate acele cuvinte pe care clienții nu le rostesc cu glas tare. Tu, Hana, ai un dar de a-i citi pe clienții noștri. Îi poți citi aproape la fel de bine cum mă citești pe mine. Meseria mea aici nu a avut nicio legătură cu a fi fericit. Știm amândoi ce este cu adevărat casa de amanet și ce serviciu oferim de fapt.

Hana își privi imaginea reflectată în fereastră.

— *Otou-san*, îi invidiezi vreodată?

— Pe cine să invidiez?

— Pe clienții noștri. Știu că nu ar trebui, dar uneori...

Toshio își trânti ceașca de sake pe masă.

— Trebuie să-ți reamintesc ce a pățit mama ta?

Hana își lăsă capul în jos, înghițind cu greutate.

— A furat o alegere din seif.

Toshio ridică bărbia Hanei, silind-o să-l privească în ochi.

— Și?

— Și a plătit cu viața.

Toshio își puse mâinile pe masă și dădu drumul unui oftat imens, care-i răsună în tot pieptul. Când vorbi din nou, adoptase tonul blând rezervat celor mai anxioși clienți.

— Știu că nu-ți dorești viața asta. Nu ți-ai dorit-o niciodată. Este cea mai crudă dintre îndatoriri, dar este totodată și cea mai importantă.

— Știu, *Otou-san*. Știu.

— N-am fost soțul pe care-l merita mama ta și nici ție nu ți-am fost cel mai bun tată. Dar am condus casa asta de amanet cât am putut de bine și am încercat să te pregătesc să faci la fel. Este tot ce știu și tot ce-ți pot oferi. Am dat greș față de mama ta în cel mai rău mod posibil, dar sper că pe tine te-am învățat mai bine. Mâine, casa de amanet va fi a ta și, odată cu ea, toate regulile și consecințele lor. Hana, nu voi fi întotdeauna prin preajmă ca să te protejez. Promite-mi că nu vei repeta greșeala mamei tale! Poți să uiți toate lecțiile pe care le-ai învățat de la mine, dar nu trebuie să uiți că unica alegere pe care ne este permis să o facem pe lumea asta este între moarte și...

— Soartă.

Hana înclină din cap.

— N-o să uit.

Hana se prăbuși pe pat, cu capul învârtindu-i-se. Nu-și dădea seama dacă o amețise sakeul sau cuvintele tatălui ei. Îi era greu să decidă dacă sunaseră ca un avertisment sau ca un rămas-bun. Hana era mai familiarizată decât majoritatea oamenilor cu cele dintâi. Năluca mamei sale locuia în fiecare cameră din casă, reamintindu-i Hanei ce se întâmplă cu cei care încalcă regula cea mai importantă a casei de amanet: *Uită!*

Toshio o învățase pe Hana cuvântul ăsta înaintea oricărui altuia, făcând-o să-l repete ca pe o rugăciune când deschideau casa de amanet de dimineață și când o încuiau seara. După ce alegerile amanetate erau în seif, Hana trebuia să și le alunge complet din minte. Nu conta cât de luminoase, frumoase sau fascinante erau.

Noilor proprietari, care veneau la fiecare lună nouă ca să ia alegerile clienților casei de amanet, nu le plăcea să împartă aceste descoperiri prețioase. Hana credea că acesta este adevăratul motiv pentru care tatăl ei ține seiful ascuns după o bibliotecă, în camera din spate a casei de amanet. Gândurile rătăcitoare erau cei mai tăcuți hoți și Hanei nu i se permitea să uite nicio clipă ce consecințe pot exista dacă stăruie cu mintea asupra unor alegeri care nu-i pot aparține niciodată. Dar, dacă avertismentele nu erau o noutate pentru ea, în materie de rămas-bun nu avea cine știe ce experiență. Tatăl ei era la fel de constant ca luna, cu excepția acelei dimineți tăcute când nu fusese.

Trecuseră opt luni de când Hana îl găsise pe Toshio zăcând nemișcat la picioarele scărilor după un atac de cord. Imaginea îi rămăsese gravată pe interiorul pleoapelor. Era ultimul lucru pe care-l vedea când se cufunda în somn și cel dintâi care o întâmpina când visele ei se încheiau. Inima lui Toshio nu-și mai revenise niciodată pe deplin. Nici a Hanei. Simțea o durere în piept ori de câte ori el părea obosit sau răsufla cu greutate. Așa că în prima zi de după pensionarea lui, când Hana se trezi și nu auzi nimic cu excepția sunetului gândurilor ei, își imagină tot ce putea fi mai rău. Se repezi în camera lui fără să se ostenească să-și încalțe papucii.

Ușa era dată de perete.

— *Otou-san*?

Hana își vârî capul înăuntru.

Un pat gol fu tot ce o întâmpină. Hana se repezi către scări, ținându-și răsuflarea.

Scara și palierul erau pustii. Hana expiră. Își spuse că probabil tatăl ei s-a simțit la fel de neliniștit ca ea cu privire la prima ei zi la cârma afacerii familiei și a coborât mai devreme în prăvălie. Hana coborî scările fără grabă, imaginându-și-l pe Toshio cum îi cercetează registrele și face inventarul rezervelor de ceai.

Aceasta era o explicație mai plăcută pentru tăcerea din locuința lor decât cea de-a doua posibilitate, pe care Hana se străduia să și-o alunge din minte. Fusese prea mică și nu-și amintea dimineața deosebit de tăcută în care murise mama ei, dar, când crescuse suficient de mare ca să înțeleagă, Toshio îi descrisese ziua execuției ei pentru prima și ultima oară.

Hana ajunse la baza scării și piciorul ei lovi un obiect mic și dur. O cutie de ceai fără capac alunecă pe podea și se izbi de biroul răsturnat al tatălui ei. O rază pală de soare îi dezvălui haosul din jur. Registre împrăștiate peste tot. Scaune răsturnate. Rafturi de sticlă sparte. Hana făcu un pas înapoi și se împiedică de scară. Se lovi la noadă și pe dinaintea ochilor îi explodă o lumină albă.

Hana își înghiți un țipăt și se ridică în picioare. Făcu ochii roată prin casa de amanet răscolită și privirea ei poposi pe dâra de soare care traversa podelele până în partea opusă a camerei, unde ieșea pe ușa de la intrare, larg deschisă.

CAPITOLUL 5

Seiful

Nicio persoană aflată la coadă de cealaltă parte a ușii întunecate din lemn de esență tare, de la intrare, nu știa ce sarcină avea de îndeplinit aceasta. În timp ce alte uși trebuiau să separe înăuntrul de afară, aceasta, care stătea între o mulțime flămândă și o casă de amanet pe care cei mai mulți nici n-aveau să o vadă vreodată, avea o responsabilitate mult mai mare.

Era, din câte știa Hana, unica ușă din întreaga istorie a ușilor care fusese construită ca să ocrotească o întreagă lume. Și acum era deschisă, permițând zorilor altei lumi să pătrundă neinvitați în căminul Hanei.

Hana alergă către ușă fără să se sinchisească de rafturile dărâmate și de cioburile de sticlă din calea ei. O trânti și se rezemă de ea cu sângele vuindu-i în urechi. Se lăsă să cadă la podea și își îmbrățișă genunchii.

Îi atrase atenția o scânteiere aurie de lângă ușă. Scoase o exclamație de surprindere și întinse mâna către ea. Degetele ei recunoscură pe loc greutatea și forma obiectului.

Hana ridică ochelarii mamei sale și îi verifică în căutarea vreunei stricăciuni. Era aproape un miracol cum probabil cel mai fragil lucru din întregul magazin ajunsese nevătămat tocmai din sertarul încuiat al biroului ei lângă ușa din față. Hana nu putea decât să spere că își va găsi tatăl într-o stare asemănătoare.

Singurul gând mai cumplit decât acela că un străin intrase prin efracție în casa lor de amanet și o prădase era să își imagineze ce s-ar fi putut petrece când Toshio dăduse peste el. Oricât încercă, nu reuși să se convingă că tatăl ei știe diferența dintre a fi brav și a fi nesăbuit. Hana se ridică de pe podea și fugi către unicul loc din casa de amanet care l-ar fi putut proteja.

Copacii din *tsubo-niwa* foșneau în bătaia vântului dincolo de ușa din spate a casei de amanet. Micuța grădină interioară era locul preferat al Hanei, unde, când noaptea era senină, luna înota în micul lor heleșteu cu pești koi.

Dar mai era o zi întreagă până să răsară luna, iar destinația Hanei nu era *tsubo-niwa*, ci biblioteca amplasată lângă ușa din dos a casei de amanet. Își plimbă degetele pe o latură a ei și descoperi o crestătură în lemn. Apăsă pe crăpătură și se retrase. Biblioteca se dădu la o parte, scoțând la iveală un perete gros de piatră. Hana își puse ochelarii mamei sale. Înaintea ei apăru o ușă groasă de lemn. Prin ea răzbătea un cor de ciripituri înăbușite, invitând-o să intre.

Seiful nu era un loc unde Hana să vină prea des. Tatăl ei își asumase în totalitate răspunderea de a depozita în el achizițiile lor. Dacă ar fi fost în pericol, Hana presupunea că seiful ar fi fost locul unde s-ar fi refugiat.

Seiful nu putea fi văzut decât prin ochelarii lui Toshio sau ai mamei ei și se lărgea sau se contracta după necesități. Cu trei toamne în urmă, se făcuse de trei ori mai mare decât casa de amanet. Într-o vară când afacerea trena, fusese mai mic decât camera ei. Aici alegerile amanetate se cuibăreau înăuntrul unor șiruri suspendate de colivii din lemn prevăzute cu etichete, fredonând același cântec neschimbat. Când era mică, îl socotise cel mai frumos din lume. Mai târziu ajunsese să înțeleagă că este cel mai trist. Era un cântec de rămas-bun pentru proprietarii care le lăsaseră în urmă și acum, când Hana pătrunse în seif în căutarea lui Toshio, nu putu să-și alunge sentimentul că ele cântă și pentru el.

Strălucirea a mai bine de o sută de păsări o înconjură, crescând și scăzând în ritmul cântecului lor. Hana nu se opri să-l asculte. Alergă printre șirurile de colivii cu umbrele dansându-i pe față.

— *Otou-san?*

Ciripituri frenetice îi acoperiră glasul. Penele păsărilor deveniră mai strălucitoare, luminând în întregime seiful. Ochii Hanei se plimbară prin încăpere. Toshio nu era înăuntru. Hana simți că îi cedează picioarele. Căzu în genunchi. Lemnul i se înfipse în piele. Privi în jos. Pe podea erau presărate țăndările unei colivii sfărâmate, iar alegerea pe care o adăpostise cândva dispăruse. Lângă o stinghie sfărâmată se vedeau o carte de joc pictată manual și eticheta mototolită a coliviei. Hana le luă în mână.

Cartea era din jocul de Hanafuda* al lui Toshio și reprezenta luna plină, colorată în roșu și negru. Hana se încruntă, întrebându-se cum ajunsese în seif. Puse cartea jos și netezi eticheta coliviei. Scrisul elegant al tatălui ei dezvălui numele fostului proprietar al alegerii dispărute.

---

* În traducere din limba japoneză, „cărți cu flori", un set de cărți de joc japoneze, mai mici decât cele occidentale, având spatele în două culori și în partea din față o floare, un animal sau un obiect făcut de mâna omului (n.t.).

CAPITOLUL 6

Alegerea lui Takeda Izumi

❖ *Cu o seară în urmă*

Pasărea se așeză pe degetul lui Toshio și își întinse aripile luminoase. Toshio își apropie pasărea de față și o admiră prin ochelari.

— Genul ăsta de alegere nu apare prea des, Hana. Uită-te!

Hana împinse în lături colivia pe care o pregătea și își puse ochelarii mamei sale. Monedele lui Takeda Izumi scânteiară și se transformară într-o pasăre alcătuită dintr-o lumină albastră strălucitoare. Pe cerul nopții ar fi făcut de râs stelele.

— Eu... eu n-am mai văzut așa ceva.

— Eu da.

— Când?

— O singură dată. Înainte să te naști tu. N-am crezut că o să mai văd vreodată ceva atât de strălucitor.

Hana privi pasărea cu ochii mijiți.

— De ce e atât de strălucitoare?

Toshio băgă cu grijă pasărea în colivie.

— Alegerile emană lumina tuturor posibilităților pe care le conțin. Majoritatea alegerilor provoacă cel mult câteva unde. Dar această alegere, dacă nu ar fi fost abandonată, ar fi trimis cele mai puternice și mai înalte valuri în toate direcțiile.

— Mă întreb dacă Takeda-sama a avut idee despre tot ce ar fi putut fi, zise Hana, înmânându-i lui Toshio o etichetă nescrisă.

— Adesea clienții noștri nu reușesc să vadă decât ceea ce este chiar sub nasul lor. Și unii sunt orbi până și la asta.

Toshio înmuie o pensulă într-un vas mic cu vopsea și scrise numele lui Takeda Izumi pe etichetă cu mișcări elegante și sigure.

— Poate e mai bine așa.

Hana trecu o bucată de sfoară roșie printr-o gaură din etichetă și o legă de colivie.

Pasărea scoase un țipăt strident și începu să zboare panicată în jurul noii sale locuințe.

— Șșt! Șșt!

Hana întinse mâna către zăvorul ușiței coliviei.

— Nu!

Toshio o apucă de încheietură.

— Dar nicio altă pasăre nu s-a comportat așa. E rănită? Poate că aș reuși să o liniștesc...

— Nu.

Pasărea lovea furioasă cu ciocul în colivie, zguduindu-i barele.

— Să nu scoți niciodată o pasăre din colivie! Știi asta.

— O să am grijă. N-o să scape.

Toshio clătină din cap.

— Așa am zis și eu înainte ca una să-mi zboare din mână când eram copil.

— Tu...

Hanei i se uscă gura.

— Ai pierdut o pasăre?

— Tata a prins-o înainte să ajungă la ușă. Dacă n-ar fi făcut-o...

Închise ochii și buza de jos îi tremură.

— Ce s-ar fi întâmplat, *Otou-san*?

Hana își coborî glasul și se aplecă spre el.

— Ar fi zburat înapoi, către momentul în care a fost făcută.

— Înapoi? întrebă Hana, făcând ochii mari. Către trecut?

Toshio încuviință.

— O pasăre care a simțit gustul libertății va face orice ca să nu mai fie închisă. Va reseta timpul însuși ca să-și schimbe soarta.

— Dar asta ar însemna că...

— Tot ce se află de partea cealaltă a ușii se va schimba. Lucruri mărunte. Lucruri mari. Povești uitate vor fi scrise, iubiți pierduți vor fi găsiți. Cărarea neurmată și toate drumurile care se ramifică din ea l-ar conduce pe proprietarul alegerii către o cu totul altă viață.

— Ar fi mai bună sau mai proastă decât viața pe care a dus-o până atunci? întrebă Hana.

Toshio se uită urât la ea.

— Contează? Chiar nu te-am învățat nimic? Dacă pierzi o pasăre, viața pe care o va duce clientul va fi ultima ta grijă.

Se uită în altă parte și clătină din cap.

— Du-te! Du colivia în seif!

— Eu?

Hana se îndreptă brusc.

— Mâine, casa asta de amanet va fi responsabilitatea ta. Ai putea la fel de bine să începi de-acum.

Ea încuviință și duse colivia până în apropierea bibliotecii care ascundea intrarea în seif. Întinse mâna către crestătura laterală.

— Hana?

— Da, *Otou-san*? spuse ea, răsucindu-se spre tatăl ei.

— Peste trei zile e crai-nou, zise Toshio, coborându-și vocea. Totul trebuie să fie în ordine când vin *shiikuinii* să ia păsările.

Degetele Hanei încremeniră pe marginea bibliotecii. „*Shiikuin*" nu era un nume pe care vreunul dintre ei să-l rostească prea des cu glas tare. Și, deși tatăl ei abia îl șoptise, fu de-ajuns ca să întineze aerul cu amintirea izului de putreziciune care invada casa ori de câte ori veneau *shiikuinii* în vizită. Straturile chimonourilor și măștile lor Noh, de culoare albă, nu ascundeau duhoarea de metal ruginit și carne descompusă a trupurilor peticite. Hana își strânse buzele, luptându-se să nu vomite.

— Te simți bine? o întrebă Toshio.

Hana încuviință în timp ce în gâtul ei urcau voma și o revelație. Ca nouă proprietară a casei de amanet, ei îi revenea însărcinarea de a superviza predarea alegerilor amanetate către *shiikuini*. Crescuse asistând din capul scării la vizitele lor tăcute, fără să îndrăznească vreodată să se apropie. Odată făcuse greșeala de a-și lăsa privirea să stăruie o secundă prea mult pe masca unui *shiikuin*. Îi întorsese privirea cu un zâmbet dur, cioplit. Acolo unde odinioară poate fuseseră ochi, puțuri de beznă o înghițiseră complet.

— O să... o să fie totul pregătit. Registrele, etichetele, coliviile...

— Tu însăți.

Toshio o strânse de umăr.

— Da, *Otou-san*.

Hana se înclină, apoi se trase în lături și biblioteca se dădu deoparte. Cel mai trist cântec din lume o pofti să intre. Hana își alese cărarea printre șirurile de colivii, căutând un cârlig gol de care să atârne alegerea lui Takeda Izumi.

CAPITOLUL 7

Regula numărul doi

Hana stătea în fața ușii casei de amanet, cu degetele încleștate pe clanța decolorată. Răceala metalului îi pătrundea prin piele. Văzuse nenumărați clienți intrând și ieșind din prăvălia lor, dar nu îndrăznise nici măcar o dată să îi urmeze afară. Clienților nu li se aplicau aceleași reguli care i se aplicau ei, iar această regulă anume nu avea nevoie să fie întărită.

Ceea ce i se spusese Hanei despre lumea de dincolo de ușa de la intrare era ceva desprins dintr-o poveste pe care le-o zic mamele copiilor ca să-i facă să se poarte frumos. Auzise că a existat o vreme în care era dificil să deosebești cele două lumi, dar că acum nici că puteau fi mai diferite. Lumea clienților ei era un labirint întortocheat, cu colțuri întunecate și cărări sumbre ale regretului. Hana nu întâlnise niciun client care să nu fie pierdut. Crescută într-o lume unde ocolurile nu erau permise și unde întreaga viață îți era cartografiată dinainte, nu-și putea imagina un loc mai înspăimântător. Să fii trimis în cealaltă lume se numea „exil", deși Hana știa că acesta este un cuvânt prea blând pentru adevărata situație. Să rămâi prea mult în lumea de dincolo de ușă însemna să te ștergi, până când din tine nu mai rămânea niciun fir de păr, niciun centimetru de piele, niciun fragment de os.

Tatăl ei îi spusese că nu doare să te ștergi, dar expresia din ochii lui îi spusese Hanei că asta era pur și simplu ceea ce alesese el să creadă. Și ea făcea la fel. Hanei nu-i plăcea gândul că mama ei suferise când *shiikuinii* o condamnaseră la exil, o târâseră afară pe ușă și o lăsaseră să moară.

Hana strânse și mai tare clanța, întrebându-se de cât timp va dispune de cealaltă parte a ușii înainte să se șteargă. Alegerea lui Takeda Izumi și tatăl ei lipseau și devenise foarte clar unde se duseseră: afară, pe ușa din față. Nu conta dacă alegerea fusese furată sau evadase. Consecințele nerecuperării ei erau aceleași. Cea mai mare plăcere a *shiikuinilor* era să fie cruzi.

Hana și-l imagină pe tatăl ei cum fuge după alegerea dispărută, lepădându-se de toate regulile. Și acum și ea urma să facă la fel. Strânse din dinți și deschise ușa. O siluetă întunecată se înălță deasupra ei. Hana țipă și făcu un salt înapoi.

— Ăăă, îmi pare rău! zise o voce mătăsoasă și densă ca whiskyul pe care tatăl ei îl păstra pentru ocazii speciale.

Hana își scoase ochelarii mamei sale și miji ochii, încercând să deslușească silueta care stătea în contre-jour. Bărbatul era înalt și zvelt, cu o ținută perfect dreaptă.

— Cine ești?

— Îmi pare rău că te-am speriat! Mă pregăteam să ciocănesc. Numele meu este Minatozaki Keishin.

Hana îi studie fața, încercând să-i împace accentul cu trăsăturile. Deși nu era nimic greșit în cuvintele pe care le alesese, felul în care le rostise trăda faptul că venea dintr-un loc aflat departe de Tokio. Privirea ei se plimbă pe linia fermă a maxilarului său și pe simetria elegantă a nasului și a buzelor, dar căldura lacurilor de dincolo de genele lui întunecate o împiedică să rătăcească mult prea departe de ochii lui. Hana clipi, ca să nu cadă în adâncurile lor.

— Ce vrei?

— Un leac pentru decalajul de fus orar.

Keishin îi zâmbi strâmb.

— Dar o să mă mulțumesc cu un castron cu *ramen*. Restaurantul ăsta mi-a fost recomandat de un coleg de serviciu. N-am reușit să dorm de azi-noapte, când a aterizat avionul, așa că m-am gândit să-mi încerc norocul, poate e deschis pentru micul-dejun.

— Acesta nu este restaurantul.

Hana vorbi rar, încercând să nu-i tremure vocea.

— Dar firma de afară zice...

— Asta este casa mea de amanet.

Casa mea de amanet. Cuvintele îi răniră limba Hanei.

— Oh! Greșeala mea! Scuze de deranj!

Schiță o mică plecăciune și încremeni la jumătatea mișcării, cu ochii țintă la picioarele desculțe ale Hanei.

— Sângerezi!

Hana privi în jos. Sângele făcea o băltoacă sub călcâiul ei stâng. Se crispă, remarcând pentru prima dată că o doare.

— Pare o tăietură destul de adâncă.

— Nu-i nimic.

Hana se apucă de marginea ușii ca să-și mute greutatea de pe piciorul care sângera.

Keishin întrezări haosul din spatele ei.

— *Holy shit*! exclamă el, înjurând într-o limbă pe care Hana nu o înțelese.

Băgă mâna în buzunar și-și scoase telefonul.

— O să sun la poliție.

— Nu!

Hana îl apucă de încheietură. Căldura pielii lui i se transmise prin degete. Răsuflarea i se poticni în gât. Era prima dată când atingea pe cineva de pe cealaltă parte a ușii.

Hana avusese mare grijă să-și țină clienții la distanță, indiferent cât de mult plângeau sau cât de tare tânjeau, în sinea lor, să fie îmbrățișați. Își imaginase că sunt reci și țepeni, ca etichetele pe care le scria numele. Tranzacțiile nu trebuie să fie calde, îi reamintise adesea tatăl ei. Îl trase pe Keishin în casa de amanet și închise ușa. Îi eliberă brațul și își vârî mâinile adânc în buzunare, extrem de conștientă de căldura care stăruia pe pielea ei.

— Nu e nevoie să chemi poliția.

Keishin își plimbă un deget peste locul unde îl atinsese Hana, părând să oscileze între a fi șocat și a fi nedumerit. Hana se întrebă dacă și pentru el atingerea ei a fost caldă. El privi prin casa de amanet și se încruntă.

— Ce s-a întâmplat aici?

— A fost... un accident.

Keishin o privi cu ochii mijiți.

— Ce fel de accident?

Rana de la picior pulsă. Hana își înăbuși durerea.

— Ar trebui să ne uităm la tăietura aia. Ai ceva cu care s-o curățăm?

— Am, dar...

— Bine. Să sperăm că nu e prea adâncă și n-o să ai nevoie de cusături.

— Îți mulțumesc, dar nu...

— Nu-ți face griji! Sunt doctor.

CAPITOLUL 8

Minciuni

Keishin nu obișnuia să mintă, dar în ziua aceea, pe jumătate îngenuncheat în camera din spate a unei case de amanet micuțe și bizare, în tovărășia proprietarei rănite a acesteia, făcu o excepție. Altminteri, femeia al cărei picior sângerând se odihnea acum pe genunchiul lui nu i-ar fi acceptat ajutorul. Poziționă o pensetă deasupra ciobului de sticlă înfipt în călcâiul ei și încercă să-și țină mâna nemișcată.

— O să-l scot. Încearcă să nu te miști, bine?

Femeia încuviință, cu spatele țeapăn lipit de spătar.

— Îți mulțumesc!

— Încă n-am făcut nimic.

Ea își ridică ochii către el.

— Ai rămas.

— Credeam că nu mă vrei aici.

— Nu te vreau. Dar ce vrea cineva și ce-i trebuie de fapt sunt lucruri foarte diferite.

Keishin ridică din sprâncene, apoi își impuse să și le coboare. Într-o dimineață plină de lucruri neobișnuite, femeia asta era cel mai extraordinar dintre toate. În felul în care vorbea era un calm, un echilibru la care nu se așteptase de la cineva aflat în situația ei. Ochii ei mari și căprui îi reflectau comportamentul liniștit și erau plini de ceva ce își dorea și el de multă vreme.

O certitudine absolută cu privire la țelul său în viață.

Încă nu știa care poate fi acest țel, ci numai că această întrebare îl va sâcâi până va găsi răspunsul.

— Nu te mișca!

Extrase ciobul de sticlă cu o mișcare fluidă.

— Gata!

Femeia expiră.

Keishin tamponă rana cu o cârpă curată înmuiată în spirt și o bandajă.

— Cum te simți?

— Mult mai bine. Mulțumesc!

Femeia se ridică și puse trusa de prim ajutor într-un coșuleț. Se opri cu privirea ațintită către un spațiu liber dintre două sticluțe chihlimbarii. Se încruntă.

— S-a întâmplat ceva?

— Nu.

Își alungă încruntătura și îi întâlni privirea.

— Îți mulțumesc pentru ajutor!

— Măcar atât puteam face. N-ai fi călcat pe sticlă dacă nu te-aș fi speriat. Ești sigură că nu vrei să chemi poliția?

— Da.

— De ce?

— Pentru că... nu mă poate ajuta.

Keishin privi prin încăpere și își coborî glasul:

— Ai intrat în vreo încurcătură?

— Minatozaki-san, îți sunt recunoscătoare pentru că m-ai ajutat cu piciorul, dar...

— Te rog, spune-mi Kei!

— Kei...

Femeia îi rosti numele cu voce joasă și fără grabă, de parcă ar fi tras de timp ca să-și aleagă următoarele cuvinte.

— N-ar trebui să te afli aici. Nu ești în siguranță.

— Nu sunt în siguranță? Păi, atunci nici tu n-ar trebui să te afli aici. E vreun loc unde să te conduc? Ai niște rude la care poți să stai? Prieteni?

— Te rog, pleacă și gata!

— Nu te poți aștepta să plec pur și simplu și să te las aici. Ai fost jefuită? Știi cine a făcut-o?

— Știu că ai intenții bune, dar dacă insiști să capeți răspunsuri...

Femeia își încrucișă brațele.

— Voi fi silită să te mint.

— Uite, orice ai zice tu nu va schimba ceea ce văd cu ochii mei. Știu că aici s-a întâmplat ceva îngrozitor, zise Keishin. Dar dacă vrei să mă minți, dă-i înainte! E corect.

— Corect?

— Pentru că și eu te-am mințit.

Femeia se dădu înapoi, îndepărtându-se de el.

— Cu privire la ce?

— Cu privire la cine sunt cu adevărat.

CAPITOLUL 9

Cap!

Cu o lună în urmă

Vara se încheiase în mod oficial, dar nimeni nu se deranjase să-i trimită și soarelui o informare. Orașul era o subțioară și Keishin se bălăcea prin sudoarea ei. Dacă n-ar fi acceptat să fie conferențiar invitat în acea după-amiază, și-ar fi petrecut bucuros restul zilei stând în fața frigiderului. Keishin ar fi refuzat invitația dacă ar fi venit de la oricine altcineva decât Ramesh Kashyap.

Drumul până la sala de conferințe B fu de ajuns pentru ca gulerul să i se îmbibe de sudoare. Poate că asta l-ar fi deranjat dacă ar fi vrut să facă impresie bună, dar cea mai recentă grupă de boboci nu figura foarte sus pe lista persoanelor a căror părere conta pentru el. Jumătate aveau să dispară înainte să se termine semestrul. Ceilalți încă mai trebuiau să-i demonstreze că sunt suficient de interesanți ca să merite să le rețină numele.

Lui Ramesh îi plăcea să îl tortureze în felul ăsta. Să asiste în timp ce Keishin îi întâmpina pe cei mai recenți studenți la fizică cu o prelegere menită să le spulbere orice fantezie că vor trece prin facultate fluierând, era o treabă care aproape că-i smulgea un zâmbet lui Ramesh, și Aproape Un Zâmbet din partea lui era ceva la fel de rar ca descoperirea unui neutrino*. Keishin îi permitea lui Ramesh asemenea mici

*Particulă elementară neutră, stabilă, cu masa neglijabilă (n.t.).

bucurii. Și, pe măsură ce aerul condiționat din sala de conferințe îl răcori până la o temperatură mai plăcută, Keishin recunoscu în sinea lui că îi este recunoscător mentorului său pentru invitație, deși practic se datora celei de-a doua legi a termodinamicii.

Acesta era lucrul pe care Keishin îl aprecia cel mai mult la fizică. Era previzibilă și te puteai baza pe ea. Spre deosebire de vreme. Căci de când ținea el minte, aceasta din urmă nu fusese niciodată de partea lui.

Keishin îi privi pe studenții care ieșeau încolonați din sală la sfârșitul prelegerii, cu frunțile arborând încruntături de diverse adâncimi. De obicei, cei mai încruntați se descurcau cel mai bine. Aveau cele mai multe întrebări. Curiozitatea era un combustibil și dacă nu aveai suficient te poticneai, băteai pasul pe loc și în cele din urmă decideai că este de preferat să ai o diplomă într-un domeniu mai practic, cum ar fi informatica.

— Arătai exact ca ei când erai boboc, Kei.

Tonul lui Ramesh era sec, ca de obicei, dar cei care-l cunoșteau surprindeau micul zvâcnet de sub ochiul lui stâng, care anunța dacă este serios, fericit, iritat sau trist. Să te prinzi când spunea o glumă era mai greu. Glumele lui Ramesh nu erau niciodată amuzante, indiferent cât de mult îi zvâcnea ochiul.

— Dar de zece ori mai nefericit.

— Mincinosule, zise Keishin. Nici n-ai știut cum mă cheamă până în anul doi.

Ramesh își împinse ochelarii cu rame groase în susul ușoarei denivelări a nasului său ca un plisc. Cu părul argintiu pieptănat pe spate și ochii lui apropiați, semăna cu un vultur gata să se abată asupra prăzii.

— Am știut exact cine ești din clipa în care ai intrat în sala mea de curs. Numai că m-am prefăcut că nu știu. Nu voiam să devii și mai îngâmfat decât erai deja. Erai noul băiat-minune al campusului. Cum aș fi putut să nu știu cum te cheamă?

Keishin își adună notițele de la prezidiu, încercând să-și amintească momentul exact în care relația lui cu Ramesh se schimbase din mentorat în prietenie.

— Meriți un Oscar. Mă convinseseși că în ceea ce te privește sunt invizibil.

— Cele mai interesante lucruri sunt invizibile, zise Ramesh, ridicând din umeri. Apropo, ai răspuns la e-mailul lui Takahiro care te invită să i te alături în Japonia?

— Încă nu.

— Ce mai aștepți? Să lucrezi la detectorul Super-K este o ocazie extraordinară. E posibil să iei premiul Nobel înaintea mea.

— Atunci de ce nu te duci tu? Takahiro pe tine te-a invitat, nu pe mine. Eu sunt cea de-a doua opțiune a lui.

— Nu-mi place sushiul.

— Altă minciună, zise Keishin. Ar trebui să încetezi, să știi. Nu te pricepi prea bine.

Un Aproape-Zâmbet. Ramesh se sprijini în baston, ca să-și mute greutatea de pe piciorul beteag.

— Adevărul este că, dacă mi s-ar fi oferit prilejul ăsta acum douăzeci de ani, aș fi fost în primul avion către Tokio cât ai zice „neutrino". Dar au ajuns să-mi placă vechiul meu scaun capitonat și plimbările liniștite prin campus. Îmi place că la cafeneaua de pe colț se știe exact ce o să comand imediat ce intru pe ușă. Mi-am câștigat, în sfârșit, dreptul de a fi bătrân și plictisitor. Tu nu. În plus, nu voiai să te întorci în locul unde te-ai născut?

— Voiam, dar...

— Dar ce?

— Am umblat atât timp cu ideea mea despre Japonia în

minte, un loc din capul meu unde mă puteam întoarce ori de câte ori...

Keishin scutură din cap.

— Las-o baltă! Parcă-s din nou în liceu, fierbând la focul mocnit al neliniștii mele adolescentine că nu mă voi integra.

— Te temi că tot ce vei găsi acolo nu va corespunde amintirilor tale, zise Ramesh. Și ai perfectă dreptate. Locul acela a încetat să mai existe din momentul în care ai plecat. Poate că nici n-a existat de fapt. Amintirea are un fel de a netezi și de a lustrui muchiile. Kei, te cunosc de mult timp. Nu cred că te-ai integrat cu adevărat nicăieri.

— Uau! Mersi, Ramesh! Chiar ce aveam nevoie să aud! Toate problemele mele din copilărie confirmate, de la „singurul asiatic din toată școala" și până la „abandonul maternal".

— N-am zis-o în sens negativ. Era un compliment. Hotărârea ta, realizările tale... nu le-ai fi avut dacă te-ai fi integrat. Spre deosebire de oamenii care-și găsesc un loc în micul lor colțișor din puzzle-ul vieții, tu ai nevoie să vezi și să înțelegi puzzle-ul în totalitatea sa.

Keishin își trecu mâna prin păr, pieptănându-și o șuviță de pe tâmpla stângă, care devenise argintie în mod prematur. Lăsă să-i scape un oftat.

— Un puzzle care nici nu pare să aibă margini.

— Și poate acolo îți vei găsi locul, la marginea aceea aflată în perpetuă extindere. Cine știe? Poate că îl vei descoperi în Japonia.

— Mi-aș dori să fie atât de simplu!

— E atât de simplu, Kei. Nu există decât o singură întrebare care necesită răspuns. Toate celelalte întrebări care se învârt în jurul ei o fac să pară mai complicată decât este.

Ramesh își vârî mâna în buzunar, scoase o monedă și o puse în palma lui Keishin.

— Poftim! Știi ce trebuie să faci.

❁ *Cu opt ani în urmă*

Tatălui său îi plăcea să spună că Keishin se grăbea încă de dinainte să se nască. Rupsese apa mamei sale cu o lună și jumătate mai devreme și o silise să-l nască pe podeaua unui restaurant. Începuse să vorbească la șase luni și învățase singur să citească înainte să împlinească doi ani. Keishin intrase la facultate la cincisprezece ani numai pentru că tatăl lui insistase să-și mai amâne înscrierea cu un an. „De ce te grăbești așa de tare să crești?", îl întreba el. Keishin i-ar fi dat un răspuns dacă ar fi crezut că l-ar înțelege. Să încetinească nu era o opțiune. Întrebările care-l urmăreau erau prea rapide. Dacă se oprea, l-ar fi îngropat de viu. Până să-l întâlnească pe Ramesh Kashyap, Keishin nu crezuse că ar putea găsi o altă persoană la fel de îngrozită ca el la gândul de a sta pe loc.

— Primul lucru pe care trebuie să-l accepți este că majoritatea, dacă nu toate întrebările tale îți vor supraviețui.

Ramesh privi în jos de pe acoperișul facultății de fizică a universității și trase un fum lung din țigară.

— Obiceiul ăsta vicios al tău n-o să te ajute, îi zise Keishin. Ar trebui să te lași.

— Și tu ar trebui să te apuci.

— Ești mentorul meu și îți urmez majoritatea sfaturilor, dar cred că o să trag linia când vine vorba să-mi reduc în mod conștient durata vieții. Îți amintești că ți-am povestit că tata a murit de cancer la plămâni, nu?

Ramesh ridică din umeri.

— Sigur că nu-mi amintesc. Mă cunoști de suficient timp ca să știi că nu sunt bun la genul ăsta de lucruri. Ideea este că trebuie să-ți găsești ceva de făcut, măcar câteva minute pe zi, care să nu se încadreze în strădaniile tale de a înțelege cum funcționează universul. Nu-mi place să încetinesc, cum nu-ți place nici ție, dar, dacă vrei să-ți păstrezi sănătatea mintală suficient de mult ca să-ți demonstrezi măcar una dintre teorii, o să mă asculți. Fumează! Uită-te la clipuri nostime cu câini! Poți să și tricotezi, dacă vrei. Dar găsește-ți un loc liniștit și încetinește! Însă nu aici. Ăsta-i locul meu. Găsește-ți acoperișul tău! Încearcă pe clădirea facultății de economie! Are o priveliște minunată.

Keishin își încrucișă brațele.

— Și dacă nu?

— Practic este o alegere între a sări din avion cu parașuta sau fără. Viteză terminală*. Ești absolvent de fizică. Imaginează-ți!

Keishin nu se apucă de fumat și nici nu învăță să tricoteze. Dar descoperi un mic spațiu pe care-l putea numi al său. Ramesh avusese dreptate cu privire la clădirea facultății de economie. Keishin se înțelese cu tipul de la mentenanță să lase descuiată pe timpul nopții ușa de acces pe acoperiș. Acolo era cel mai bine când era întuneric. Era mai greu să vezi unde se termină marginea lui și unde începe lunga cădere către curtea campusului.

Lui Keishin îi plăcea să facă monede să se învârtă pe cant, ținându-și răsuflarea și întrebându-se dacă vor cădea de pe clădire sau se vor opri. Dacă ar fi fost mai curajos, poate s-ar fi plimbat el însuși pe margine. Dar nu fusese niciodată genul ăla de om. Era mulțumit să lase monedele să-i țină locul. Pierdea jumătate din banii pe care îi transforma în titireze, dar era un preț mic pentru câteva clipe de liniște. Mintea lui era cel mai nemișcată când se odihnea pe muchia unei monede. În timp ce moneda se legăna pe marginea acoperișului, Keishin nu se putea gândi decât la soarta ei. Nu exista fracțiune de timp de dinainte sau de după care să conteze mai mult. Ramesh îl învățase că cea mai bună metodă

* Viteza maximă pe care o poate atinge un obiect în cădere liberă, când forța de rezistență a aerului împiedică obiectul să accelereze (n.t.).

de a aborda întrebările este să le lase în urmă. De obicei, când moneda se oprea, răspunsurile pe care le căutase îl așteptau, arzând gazul și întrebându-se pe unde umblase el.

❈ *Cu o lună în urmă*

Moneda alunecă de pe margine, abandonându-l pe Keishin pe acoperișul ud al facultății de economie. O ploaie torențială, care se oprise la fel de brusc cum începuse, umpluse acoperișul de băltoace și îl udase pe Keishin până la piele. Nu era surprins. Vremea profita de orice prilej ca să-i arate disprețul ei.

Își dădu părul ud din ochi și se așeză pe marginea alunecoasă a acoperișului, fără să fi ajuns deloc mai aproape de luarea unei hotărâri despre acceptarea postului din Japonia, la cel mai mare detector de neutrino din lume. Privi cerul nopții, căutând constelațiile printre nori. Ca băiat, se mândrise că știe numele tuturor. Mai târziu, își dăduse seama că numele acelea nu reprezintă decât una din primele încercări ale omenirii de a impune o ordine unor lucruri pe care nu le înțelegea. Generații după generații priviseră stelele, căutând înțelesuri, dar în seara aceasta Keishin trebuia să decidă dacă vrea să-și dea viața peste cap și să caute răspunsurile în adâncurile pământului.

Detectorul Super-Kamiokande se afla la un kilometru sub muntele Ikeno din prefectura Gifu din Japonia, de unde veghea în tăcere stelele muribunde și mulțimile de neutrino pe care exploziile lor le trimiteau către Pământ. Aceste particule invizibile și înșelătoare reprezentau cea mai rară dâră de firimituri, un șir de indicii despre începuturile universului. Fără masă sau sarcină electrică, erau doar puțin mai mult decât niște stafii. Ramesh zicea în glumă că a studia neutrino înseamnă să cauți nimicul ca să înțelegi totul. Keishin se prefăcea că râde, deși nu îl amuza. Lucrul la detector era practic un angajament că va aștepta ceva ce ar putea să nu vină niciodată și Keishin nu nutrea despre sine iluzia că ar fi o fire răbdătoare.

Răsuci încă o monedă și o privi cum se apropie învârtindu-se de margine. Se repezi și o prinse. Își strânse pumnul în jurul ei, înfigându-și unghiile în palme. Într-o dezbatere cu sine însuși nu avea să existe niciodată un învingător. Putea să-și petreacă noaptea întreagă găsind tot atâtea motive ca să plece și ca să rămână. Se îndepărtă de marginea acoperișului și călcă într-o băltoacă, trimițând unde pe chipul lunii care plutea în ea. „*Kyouka suigetsu*", șopti Keishin pentru sine. *Floare-n oglindă, lună în apă.*

Era o expresie pe care o învățase de la mama lui vitregă. Ei îi plăcea să picteze în după-amiezile de duminică și subiectul ei preferat erau imaginile reflectate. Făcea crizanteme să înflorească înăuntrul apelor sticlei și vărsa cerul în mare. Îl picta și pe tatăl lui Keishin, capturându-i zâmbetul în oglindă, înghețat într-un timp de dinainte să se îmbolnăvească.

Când Keishin o întrebase de ce îi place să picteze imagini reflectate, ea îi spusese că o face pentru că lucrurile cele mai dorite sunt acelea pe care le poți vedea, dar nu le poți atinge niciodată. Keishin se ghemui lângă mica lună care plutea în băltoacă și se întrebă dacă ea tânjește după cer. Imaginea lui reflectată îi întoarse privirea din apă, părând mai degrabă captivă decât mulțumită.

Keishin se ridică în picioare și privi moneda din mâna lui. Aruncă logica și banul în văzduh și, pentru prima oară, lăsă în voia sorții cea mai importantă alegere din viața lui.

— Cap!

CAPITOLUL 10

Pajură și cutii de ceai

În sine, ochii unui om nu erau mai memorabili decât ai altuia. Ceea ce te făcea să ți-i amintești era felul în care te priveau. În clipa în care Minatozaki Keishin îi spuse că a mințit-o, Hana înțelese că ai lui vor fi imposibil de uitat. Ochii niciunei alte persoane nu o invitaseră să intre. Ai tatălui ei erau mereu feriți, ai clienților lor, și mai mult. Dar ochii lui Keishin erau o ușă deschisă care o atrăgea înăuntru și-i oferea un scaun și o ceașcă de ceai verde, fierbinte.

— Îmi pare rău că te-am indus în eroare. Am vrut pur și simplu să te ajut, zise Keishin. După cum știi acum, chiar sunt doctor, dar nu dintre aceia calificați să coasă răni.

— Înțeleg, zise Hana.

— Și ai avut mare dreptate când ai zis că n-ar trebui să mă aflu aici. Nu dacă e să mă iau după logică. Să dai cu banul nu e o metodă de a lua decizii. Presupun că nu e o recomandare prea bună pentru mine ca om de știință, dar, după cum ți-am povestit mai devreme, am ales „cap" și iată-mă aici! Aș fi putut să deschid altă ușă și acum aș mânca un castron aburind cu *ramen*, dar n-am făcut-o. În schimb, am deschis ușa ta și te-am găsit pe tine cu piciorul sângerând și o casă de amanet întoarsă cu susul în jos.

— Ușa nu-i încuiată. Poți să faci stânga-mprejur și să pleci oricând vrei.

— Aș putea, dar tata m-a educat suficient de bine încât să nu abandonez pe cineva numai pentru că e mai simplu să plec.

— Nici nu mă cunoști.

— Putem schimba asta. Ai putea să începi prin a-mi spune cum te cheamă.

— Eu...

Privirea Hanei se opri pe buzele lui. Numele ei pe buzele lui era periculos. Își imagină cum l-ar fi putut modela gura lui în silabe și cum le-ar fi putut transforma vocea lui într-un șuvoi de vin îndulcit cu miere. Băuturile dulci erau cele mai periculoase. Te înecai în ele zâmbind.

— Nu pot.

— Îți ofer un târg. Pentru că deja știi cum mă cheamă, o să mai adaug un mic secret despre mine, cu bună-credință. Te-ar putea face să crezi că sunt și mai ciudat decât mă crezi acum, dar sunt dispus să-mi asum riscul. Este un târg cinstit? Numele tău, în schimbul a ceva ce nimeni din întreaga lume nu mai știe?

— Am crescut lucrând în casa asta de amanet, zise Hana. Poate vrei să te gândești înainte să încerci să câștigi târguindu-te cu mine.

— Nu mă interesează să câștig. Vreau numai să ajut. Atât.

— Și uite cum ai pierdut cât ai clipi! zise Hana. Mi-ai arătat cărțile tale.

— Poate că tu ești în avantaj când vine vorba de târguială, dar toți anii petrecuți în laborator m-au învățat câte ceva despre cum să observ.

Hana îl privi cu ochi mijiți.

— Și ce ai observat la mine?

— Că încă nu te-ai hotărât cum să procedezi. Dacă ai fi vrut cu adevărat să scapi de mine, mi-ai fi făcut deja vânt pe ușă. Când colo, stau aici în timp ce tu încerci să ghicești dacă secretul meu merită aflat.

— N-ar trebui să fii atât de neglijent cu secretele tale.

— Ai dreptate, zise Keishin. Dar am încredere în tine.

Hana se uită în altă parte. Dacă Keishin ar fi fost un client, ar fi fost încântată. În schimb, în minte îi răsunară țipetele *shiikuinilor.* Îi permisese lui Keishin să pătrundă într-o lume ale cărei pericole el nu le putea înțelege. Să-i spună numele ei însemna să-i permită să se mai apropie cu încă un pas de ea. Și de toate secretele pe care le ascundea ușa ei.

— Poate n-ar trebui să ai.

Keishin ridică din umeri.

— Nu sunt în joc decât toată credibilitatea mea și reputația de om de știință. Nu-i mare lucru.

— Faci o gre...

— Ori de câte ori mă blochez în rezolvarea unei probleme, îl invoc pe mentorul meu, Ramesh, ca să mă ajute să o rezolv, într-un restaurant indonezian imaginar care servește cele mai bune *nasi goreng* și *pecel lele**. Uneori bem bere. Și mâncăm un desert. Au cele mai fantastice...

— Hana.

Ea oftă și închise ochii.

— Mă cheamă Hana.

— Hana... *Flower*, zise el, traducându-i numele într-o limbă pe care Hana nu o înțelese. Sper că l-am pronunțat corect. Mă tem că japoneza mea este puțin cam ruginită. Îmi cer scuze!

Hana încuviință. Niciodată nu-și auzise numele rostit cu atâta grijă.

— Deci, Hana, o să mă lași să te ajut?

Ea își îndreptă umerii și își ridică bărbia.

---

* Feluri de mâncare indoneziene. *Nasi goreng* constă din orez prăjit cu bucățele de carne sau legume, iar *pecel lele* este somn prăjit (n.t.).

— Cap.

— Poftim?

— Aleg cap.

— Cap?

— Îmi dau seama că ești încăpățânat, pentru că așa sunt și eu, zise Hana. O să insiști să mă ajuți și eu o să te tot refuz. Asta-i ca discuția pe care ai purtat-o cu tine însuți pe acoperișul acela înainte să vii încoace. După cum ai zis, nu poți să câștigi o discuție în contradictoriu cu tine însuți. Ai și mai puține șanse să câștigi una cu mine. Așa că hai să lăsăm moneda să fie judecătorul nostru! Te-ai încrezut într-o monedă și ai traversat lumea. De ce să nu te încrezi să decidă dacă rămâi sau pleci? Cap și pleci acum.

— Pajură și-mi povestești ce s-a întâmplat aici.

Hana încuviință.

— De acord.

Keishin găsi o monedă în buzunar. O lovi cu degetul mare, trimițând-o în văzduh.

Hana o privi cum cade. Nu înțelegea lumea lui Keishin, cu particulele ei subatomice și detectorii subterani de neutrino, dar înțelegea soarta. Tatăl ei avusese grijă de asta. *Moartea sau soarta. Unica alegere pe care o putea face cineva din lumea lor.* Prinse moneda din zbor. O întoarse pe dosul celeilalte mâini și înălță palma, dând la iveală decizia banului.

Keishin își ridică privirea de la monedă.

— Pajură.

Hana trase o gură zdravănă de aer.

— Am câștigat, zise Keishin.

— Tata a dispărut, spuse Hana, permițându-le cuvintelor să îi zboare de pe buze înainte să se răzgândească.

— Ce?!

— Credeam că l-a auzit pe intrus și l-a fugărit afară. Dar acum...

Strânse moneda în pumn.

— Cred că m-am înșelat.

— Să te înșeli? Cum anume?

Hana își aținti ochii asupra ochelarilor cu rame aurii și a cărții de joc pictate manual de pe masă.

— Bănuiesc că tata a înscenat totul ca să pară un furt.

— Crezi că tatăl tău a făcut-o intenționat?

Keishin făcu ochii roată prin încăpere.

— De ce?

— Din cauza ăstora.

Hana luă ochelarii mamei sale și cartea de joc a lui Toshio.

— Și a unei copilării petrecute căutând cutii de ceai.

Cu unsprezece ani în urmă, când Hana împlinise zece ani, cutiile de ceai pe care le ascundea tatăl ei deveniseră mai greu de găsit. Își petrecuse toată dimineața căutând una, dar nu avea cu ce se lăuda, cu excepția sudorii care-i șiroia pe gât. Indiciile lui Toshio o făcuseră să urce și să coboare scările, să intre și să iasă din dormitor și să străbată de trei ori bucătăria. Ultimul drum o condusese către masa pe care cinau. Cercetă setul de cărți de joc întins pe ea.

Setul de cărți Hanafuda al tatălui ei conținea patruzeci și opt de cărți de joc pictate manual, care corespundeau celor douăsprezece luni ale anului. Fiecare lună avea o suită de patru cărți care includeau în desenul lor o floare anume. Înșirate în ordinea corectă, cele patru cărți alcătuiau o scenă panoramică. Tatăl ei se juca arareori cu ele, folosindu-le în schimb ca să o învețe pe Hana să fie iute de mână. Făcea cărțile să dispară din mâna lui și să reapară după urechea Hanei sau în buzunarul ei. Susținea că aceste trucuri perfecționează două dintre cele mai importante talente ale unui cămătar: dezorientarea și manipularea.

Hana studie cu atenție fiecare șir de cărți. Ianuarie înfățișa un cocor printre pini, februarie - o privighetoare în mijlocul unor pruni. Martie. Aprilie. Mai. Iunie. Iulie. August. Septembrie. Octombrie. Noiembrie. Decembrie. Fiecare lună părea să fie așa cum trebuie. Se uită din nou la ele și se opri la august. Închise ochii și încercă să-și amintească scena corectă. *Susuki ni tsuki – kari. Lună deasupra ierbii pampasului – gâște sălbatice.* Hana privi cărțile fix și descoperi greșeala. Cartea cu gâștele trebuia să vină după lună, dar aici apărea înaintea ei. Hana zâmbi, făcând o gropiță în obrazul stâng. Era genul de indiciu preferat de tatăl ei, subtil și mic. Numai de-ar fi știut ce înseamnă! Ridică ambele cărți și le ținu dinaintea ochilor.

Hana studie cărțile, făcând în minte două liste: ce știa și ce nu știa. August este luna frunzelor căzătoare și a schimbării anotimpului, își zise ea. În calendarul tradițional era totodată luna Tsukimi, festivalul contemplării lunii de toamnă. Hana își plimbă degetul mare peste luna de pe prima carte de joc și se uită la ceas. Mai erau numai câteva ore până la apus și se îndoia că tatăl ei va lăsa vânătoarea de comori să dureze atât. Pentru el, cina era la fel de sacră precum sakeul pe care-l bea înainte de culcare. Dar știa totodată că amplasarea greșită a cărților n-a fost un accident. Toshio avusese un motiv pentru care voise ca ea să observe luna și Hana nu se putea gândi decât la un singur loc către care să fi intenționat el să o trimită cu ajutorul acestui indiciu. Zâmbi și, cu o flexare îndelung exersată a încheieturii, făcu cărțile să-i dispară în mânecă.

În acel moment din zi, heleșteul din mijlocul grădinii lor reflecta cerul albastru. În nopțile senine își dezvăluia adevăratul scop. Hana se îndreptă către lac, gândindu-se că generații din familia ei urmaseră cărarea aceea din pietriș. Se opri la marginea heleșteului și privi soarele care scânteia în el. Deși frumos, nu era nici pe jumătate la fel de frumos ca musafira care înota noaptea în apa lui. Heleșteul exista ca să prindă luna și, când era plină, luna umplea heleșteul până la buză.

Hana scoase cărțile de joc cu luna și gâștele din mânecă, întrebându-se ce ar fi trebuit să facă mai departe. Pe masă, gâștele fuseseră așezate în partea stângă a lunii, dar acum Hana le ținea la locul lor corect, în dreapta. Se apropie de marginea dreaptă a heleșteului și îngenunche în iarbă. De după un tufiș ieșea colțul unei cutii de lemn. Hana o luă, zâmbind cu gura până la urechi. Scoase capacul cutiei și se uită înăuntru. Era goală. De obicei, tatăl ei umplea cutia cu felurite dulciuri și asta era prima dată când nu pusese nimic în ea. Se întrebă dacă el a uitat pur și simplu să o umple sau dacă este un nou indiciu.

Toshio se apropie din spatele ei.

— Ai găsit-o?

— Da, *Otou-san*. Dar e...

— Goală? Ai găsit cutia greșită.

Toshio se îndreptă spre stânga heleșteului și scoase o cutie din spatele unei pietre. O deschise, dând la iveală batoane împachetate de *yōkan*, niște jeleuri dulci cu aromă de fasole roșie pe care Hanei îi plăcea să le mănânce la ceai.

— Asta este cea corectă.

— Dar cartea cu gâște ar trebui să fie pe partea dreaptă a lunii.

— Nu în heleșteul ăsta.

Luă cărțile de joc din mâinile Hanei și le ținu deasupra heleșteului.

Hana privi imaginea reflectată și înțelese unde a greșit. În apă, stânga era dreapta și dreapta era stânga. Oftă și umerii i se lăsară.

Toshio îi întinse cutia cu dulciuri.

— Poftim!

— Dar am dat greș. N-am găsit-o.

El zâmbi și îi despachetă un jeleu.

— De data asta, te-a găsit ea pe tine.

— Mulțumesc, *Otou-san*!

Hana luă jeleul și îl vârî în gură. O picătură mare de ploaie îi căzu pe frunte.

Toshio își ridică privirea către cerul tot mai întunecat. Un fulger răzbătu printr-un nor cenușiu. Zâmbetul de pe fața lui Toshio pieri.

— Repede înăuntru, Hana! Începe ploaia!

CAPITOLUL 11

Zeul de pe raft

Picături de apă se condensau pe sticla maronie de bere rece. Keishin le șterse cu degetul mare, apoi turnă conținutul în pahar. Lichidul auriu bolborosi și sunetul se contopi cu zgomotul de fond al localului. Conversații întrerupte de hohote de râs se adăugau la melodia din clinchete de farfurii și tacâmuri din restaurantul indonezian înghesuit. Keishin bău din bere, decis să o savureze chiar dacă nu era reală: Ramesh cel imaginar, care locuia în străfundul minții lui, alegea de fiecare dată acest restaurant pentru discuțiile lor.

Un chelner cu o vestă multicoloră șerpui cu agilitate prin labirintul de mese pătrate, ducând o tavă mare cu feluri de mâncare viu colorate. Lăsa în urma lui o aromă puternică de nucă de cocos, lemongrass și coriandru. Se opri la masa lui Keishin și a lui Ramesh și puse un castron cu orez fiert și o serie de farfuriuțe pe încălzitoarele de oțel din fața lor. O lampă din fier forjat arunca o lumină portocalie peste micul lor ospăț. Ochii lui Keishin se plimbară peste aperitivele constând din *satay**, legume marinate, sosuri curry, banane prăjite, rulouri cu ou, nuci și compot de fructe, a căror simplă vedere îl făcu să se simtă sătul.

— Mereu comanzi prea mult, zise el, ridicând ochii către Ramesh.

---

* Frigărui indoneziene condimentate și servite cu un sos specific (n.t.).

Ramesh dădu din umeri și își transferă în farfurie o movilă de orez aromat și aburind.

— Niciodată nu știu cât o să dureze discuția noastră. Nu vreau să rabd de foame. La ce te gândești? Ai început să te îndoiești cu privire la lucrul la Super-K?

Keishin clătină din cap și bău din berea lui imaginară.

— Nu.

— Atunci despre ce ți-ai dori să vorbești?

Ramesh închise ochii, savurând mâncarea.

— O enigmă.

— O enigmă?

Ramesh lăsă lingura jos și zâmbi.

— Chiar că m-ai făcut atent.

— Am cunoscut o femeie. O cheamă Hana.

Ramesh ridică o mână.

— Trebuie să te opresc chiar acum. Nu dau sfaturi despre femei: nici în imaginația ta, nici în viața reală. Ții minte? Soția mea ar fi cea dintâi care să susțină că femeile sunt un domeniu la care nu mă pricep deloc.

— Nu Hana este enigma, zise Keishin, deși nu era sigur că e sincer.

Era ceva legat de Hana și de poveștile ei ciudate despre cutii de ceai și vânători de comori care îi stârnise curiozitatea, treabă care nu i se mai întâmplase de mult în afara laboratorului. Întâlnise câteva femei frumoase, dar nu frumusețea discretă și delicată a Hanei era ceea ce făcea o parte din el să se bucure că a nimerit din greșeală în casa ei de amanet. Imediat în spatele calmului din privirea ei se ascundeau umbrele secretelor, scoțând capul într-o clipă și retrăgându-se în următoarea, ca și cum l-ar fi provocat să pornească pe urma lor. Și nu exista lucru care să-i placă mai mult lui Keishin decât o enigmă de calitate.

— Casa ei de amanet este.

— Casa de amanet?

— A fost jefuită și întoarsă cu susul în jos. Ea crede că tatăl ei a pus totul la cale.

— Și tu ce crezi?

— Ca să fiu cinstit, nu știu ce să cred. Am încercat s-o conving să cheme poliția, dar refuză.

— O fire încăpățânată.

Ramesh îl privi pe Keishin pe deasupra sticlei de bere.

— Seamănă mult cu cineva cunoscut.

Keishin își dădu ochii peste cap.

— În fine, ideea este că vreau să o ajut, dar nu pot.

— De ce-ți dorești atât de tare să o ajuți?

— Știi de ce.

— Nu-i un subiect la care să-mi placă să mă gândesc.

— Ramesh, pe tine nu te-a ajutat nimeni. Toți au stat și s-au uitat la omul care te-a atacat de parcă ai fi fost invizibil. Dar te văzuseră. Numai că au ales să nu le pese.

— Ție ți-a păsat. M-ai dus la spital.

— Îmi doresc să fi ajuns mai repede. Poate n-ai mai...

— ... fi doar o creație a imaginației tale? Este inutil să dorești asemenea lucruri. Putem să teoretizăm cât vrem despre curbarea spațiu-timpului, dar nu putem schimba trecutul.

— Și tocmai de asta vreau să o ajut pe Hana. Știu ce se întâmplă când oamenii se prefac că nu te văd. N-o să știu niciodată cu certitudine dacă aș fi fost ca oamenii ăia care au ales să se uite în altă parte când ai fost atacat. Dacă ești sau nu laș – asta este o întrebare la care niciun scenariu ipotetic nu poate răspunde. Refuz să fiu genul de persoană care se uită în altă parte.

Keishin se strădui să-și alunge din minte imaginea lui Ramesh sângerând pe trotuar. Respiră adânc.

— Trebuie să fiu mai bun de-atât, dar...

— Dar ce?

— Nu sunt detectiv. Sunt om de știință.

— Atunci fii om de știință! zise Ramesh. Nu te subestima! Fizicienii au rezolvat cele mai mari mistere ale universului. Ții minte cazul acelor neutrino solari dispăruți?

— Ce legătură au niște neutrino solari cu toate astea?

— Ani în șir ne-a mirat faptul că, în comparație cu predicțiile modelelor noastre, mult mai puțini neutrino ajung pe Pământ după ce au fost emiși de soare. Ne-a făcut să tragem concluzia că fie modelele noastre sunt greșite, fie se întâmplă ceva cu neutrino în timpul călătoriei.

Keishin încuviință.

— Dar, în cele din urmă, misterul a fost rezolvat când fizicienii au descoperit că neutrino pe care toată lumea îi credea dispăruți nu dispăruseră deloc.

— Da, zise Ramesh. Se transformaseră dintr-un tip de neutrino într-altul, un soi care este mult mai greu de găsit. Totul era o...

— Mascaradă, spuse Keishin cu un zâmbet larg. Sigur că da! Mulțumesc, Ramesh!

— Noroc cu dezlegatul enigmei!

— Mulțumesc!

— Și cu femeia de care te prefaci atât de tare că nu ești intrigat.

Keishin își ridică privirea de la cartea de joc pictată manual și de la ochelarii cu rame de aur pe care i-i întindea Hana. Casa de amanet se transformă în jurul lui. Nu mai era locul în care intrase, deși totul arăta exact ca în momentul sosirii sale. La fel ca în cazul neutrino, schimbările erau impalpabile și invizibile, dar tot o mascaradă erau. Totul rămăsese la fel – birourile răsturnate, hârtiile împrăștiate peste tot, sticla spartă –, dar acum Keishin începu să vadă un plan care se deghiza în dezordine. Scaunele nu fuseseră aruncate la întâmplare și dulapurile nu fuseseră răsturnate cu nepăsare. Mobila împrăștiată nu era zgâriată și nici sfărâmată, ci fusese culcată cu grijă pe o parte, aranjată aproape artistic. La fel ca în cazul universului, haosul acesta avea un autor.

— Cred că s-ar putea să ai dreptate că toate astea sunt o înscenare, zise Keishin. Dar ce te face să crezi că e pusă la cale de tatăl tău?

— Tata mi-a mai lăsat o dată cartea asta de joc ca indiciu, zise Hana. Nu poate fi o coincidență că am găsit-o în seif.

— Dar ochelarii? De ce crezi că sunt un indiciu? Poate că intrusul i-a scăpat lângă ușă în timp ce ieșea.

— Atunci înseamnă că sunt cei mai norocoși ochelari din lume.

Hana clătină din cap.

— Au fost puși lângă ușă, în locul precis unde să poată fi observați, dar să se afle la adăpost.

— Asta tot nu înseamnă că tatăl tău e în spatele a toate acestea.

— Ai dreptate. Nu înseamnă, zise Hana. Dar sticluța lipsă din trusa de prim ajutor mă face să cred contrariul. Conține somniferul pe care-l ia tata. M-a sâcâit întrebarea cum de-a fost posibil să dorm în timp ce s-au întâmplat toate astea. Acum știu de ce. Probabil că tata mi-a strecurat somniferul în sake seara trecută.

— Crezi că te-a drogat?! De ce să fi făcut așa ceva?

— Nu asta-i important acum. Trebuie doar să-l găsesc înainte...

Hana își mușcă buzele.

— Înainte de ce?

— De nimic, zise ea clătinând din cap. De nimic. Ceea ce contează este să-l găsesc în curând.

— Atunci cheamă poliția! Ei o să poată să perie orașul mai iute decât oricine.

— Tata nu e în Tokio.

Keishin se încruntă.

— De unde știi asta?

— Pentru că asta ar fi trebuit să-i facă să creadă pe toți cei care ar fi văzut ochelarii lângă ușă. Au fost puși acolo ca să dea impresia că a fugit după un intrus pe străzile orașului.

Ridică mâna în care ținea cartea de joc cu luna.

— Dar cartea asta mi-a spus adevărul, la fel cum a făcut-o în timpul acelei vânători de comori, când eram mică. Mi-a spus s-o iau la stânga când credeam că trebuie s-o iau la dreapta.

— Deci...

Keishin își masă bărbia. O casă de amanet răscolită, proprietarul său dispărut și o femeie decisă să urmeze un șir de indicii stranii nu erau ceea ce se așteptase să întâlnească în cea dintâi dimineață petrecută în Tokio. Dar undeva între momentul când intrase în casa de amanet și acesta, când vedea convingerea din ochii Hanei, întrebările ei deveniseră și ale lui. Aceste întrebări se agățau acum de el cu aceeași încăpățânare cu care și el refuza să se scuture de ele.

— Ce înseamnă „stânga"?

— Asta este o întrebare pentru zeul de pe raft.

*Kamidana** era instalat pe peretele coridorului, vizavi de ușa dormitorului Hanei. Tatăl lui Keishin avusese unul identic în camera de rezervă de la mansardă, punctul cel mai înalt din casa lor. Când era copil și prietenii lui îl întrebaseră despre *kamidana*, le spusese pur și simplu ce este. Un raft cu un zeu. După asta nu-l mai întrebaseră nimic. Altarul casnic de lemn arăta ca un templu shintoist în miniatură și fusese

---

* În traducere din limba japoneză „raftul cu zeu", altar miniatural existent în casele majorității japonezilor și chiar și la birouri, în onoarea unei divinități locale sau a uneia care patronează profesia proprietarului. Zeul este reprezentat printr-un obiect care se presupune că l-ar găzdui (n.t.).

clădit ca să adăpostească o zeitate anume. Tatăl lui aprindea două lumânărele de o parte și de alta a altarului, aducea ofrande de orez și sare și i se ruga zilnic zeului de pe raft. Keishin executa ritualul de a se înclina și a bate din palme de trei ori, dar nu găsea nimic de zis.

— Ai de gând să te, ăăă, rogi?

— Rugăciunile mele ar fi inutile, zise Hana.

— Atunci de ce suntem aici?

— Pentru că s-ar putea ca rugăciunile tatei să nu fie inutile. Mereu se oprea lângă *kamidana* înainte să se ducă la culcare. Poate că a pomenit în rugăciunile lui ceva ce ar putea să explice de ce a făcut ce a făcut cu casa de amanet și de ce a dispărut.

— Și-a scris rugăciunile undeva? Ținea un jurnal?

— Nu.

— Făcea înregistrări pe telefon?

Hana clătină din cap.

— Nu pe telefon.

— Atunci unde își ținea rugăciunile?

— Kei...

Hana trase aer în piept.

— O să-ți spun niște lucruri care ți se vor părea greu de crezut. Ești liber să te răzgândești cu privire la ajutorul pe care mi-l dai și să pleci oricând dorești.

— Cred că-mi subestimezi curiozitatea. Îmi plac enigmele la fel de mult cum îți plac ție. Poate mai mult chiar.

Hana întrezări focul care se aprinsese în spatele irisurilor lui Keishin.

— Văd asta.

Keishin ridică din umeri.

— E practic în fișa postului.

— Dar acest mister are foarte puțin de-a face cu știința ta. E posibil să depășească orice știi tu.

Hana era conștientă că spusele ei sunt gaz pe focul lui Keishin, dar îl preveni.

— Îmi câștig traiul urmărind lucruri invizibile. Nu mă sperii așa de ușor.

Hana luă una din lumânările *kamidanei*.

— Chiar dacă o să-ți cer să asculți fumul?

CAPITOLUL 12

Cel mai ușor experiment

Hana stătea aplecată peste heleșteu, ascultând bubuitul tunetului deasupra ei. Astăzi ar fi trebuit să fie prima ei zi ca proprietară a casei de amanet, dar în timp ce își privea imaginea unduitoare se strădui să își alunge sentimentul că avea să fie totodată și ultima. Se pregătea să încalce mai multe reguli decât era dispusă să numere, dar tatăl ei nu-i dăduse de ales. O rafală de vânt îi răcori ceafa. Își strânse mai bine paltonul pe ea, simțind micuța umflătură a lumânării din *kamidana* în buzunar. Îi privi pe Keishin.

— Nu înțeleg de ce mai ești aici.

— De ce să nu fiu?

— Pentru că ți-am spus că trebuie să ducem lumânarea în locul unde se duc toate rugăciunile și că singurul mod de a ajunge acolo este să sărim în acest heleșteu. Nu mă așteptam să mă crezi.

— Nu te cred.

— O!

Hana își încrucișă brațele, surprinsă să constate că o mică parte din ea este dezamăgită. O rafală de vânt îi aruncă părul peste obraz.

— Atunci de ce ai rămas?

— Pentru că...

Privirea lui Keishin se îmblânzi. Întinse mâna ca să dea la o parte o șuviță răzleață de păr de pe obrazul Hanei. Își mușcă buzele și își retrase mâna înainte ca degetele lui să-i atingă pielea.

— Am rămas pentru că acesta este probabil unul din cele mai simple experimente pe care le-am efectuat în viața mea.

— Experiment?

— Comparativ cu numărul de ore de lucru pe care trebuie să le petrec în laborator numai ca să demonstrez o ipoteză, a sări într-un heleșteu este un mod relativ simplu de a căpăta răspunsuri. Dacă spui adevărul, atunci voi fi transportat în cea mai măreață aventură a vieții mele. Dacă nu, o să ne udăm leoarcă.

Își ridică privirea către cerul întunecat.

— La norocul meu în materie de vreme, o să fiu oricum ud până la piele înainte să ajung la hotel.

— Sau aș putea să-ți împrumut o umbrelă și te-ai întoarce la hotel uscat și încălzit.

— Dar atunci nu aș mai afla dacă toate acestea n-au fost decât o minciună complicată.

— Și ce speri? Să demonstrezi că sunt o mincinoasă sau să sari într-un adevăr în care te-ai putea îneca?

— Mereu am socotit că-i mai bine să nu favorizezi o ipoteză în dauna alteia. Nu mă interesează decât faptele și dovezile.

— Și vei avea parte de amândouă în curând.

Hana îi întinse mâna.

— Ține-te de mine!

Keishin își împleti degetele cu ale ei.

Mici fulgere loviră în toate locurile în care pielea Hanei o atingea pe a lui Keishin, trimițându-i un curent prin vene. Ținuse în mâini numeroase alegeri luminoase și radiante și le băgase cu grijă în coliviile lor, dar era prima oară când ținea ceva care emana atâta libertate. Keishin putea să meargă oriunde dorea, să spună orice poftea, să urmărească orice voia. Era vântul și ploaia, neînlănțuit și imprevizibil, o furtună învolburându-se în palma ei.

— Hana? S-a întâmplat ceva?

— Ce? Nu... nu. Eu... mă gândeam la tata.

Keishin îi strânse mâna cu blândețe.

— Sunt gata să sar oricând ești gata și tu.

— Nu-mi da drumul! zise Hana cu ochii ațintiți asupra reflexiei vălurite a lui Keishin. Și ține minte...

— Da?

— A fost alegerea ta.

CAPITOLUL 13

Șoapte și ceară

Tokio fusese un popas pe drumul către noua lui slujbă la detectorul Super-Kamiokande din Gifu. Noua lui casă se afla la o distanță de două ore cu *shinkansenul** plus alte treizeci de minute cu un tren local. Keishin era așteptat să ajungă la centrul de cercetare abia luni și își imaginase că își va petrece weekendul redescoperindu-și orașul natal.

Avea opt ani când tatăl lui făcuse bagajele și se mutaseră amândoi de cealaltă parte a Pacificului. De atunci, Keishin nu s-a mai întors. Nu avusese niciun motiv. Nu mai avea rude în Japonia și toți prietenii din copilărie i se șterseseră din minte. Însă Keishin mai spera că undeva pe străzile orașului avea să se împiedice de vreo amintire pierdută care să-i ureze bun-venit acasă. Mai era un lucru pe care spera să-l găsească, dar era ceva ce nu ar fi rostit niciodată cu glas tare.

Keishin știa că șansele de a descoperi crâmpeie din propriul trecut sunt foarte mici, dar asta fusese de ajuns ca să-l facă să iasă de sub plapuma patului călduros de la hotel și să înfrunte primele ore ale unei dimineți de toamnă. Cu cât se descotorosea mai repede de nostalgie, cu atât mai repede aveau să se domolească întrebările care-i zumzăiau prin minte, permițându-i să se ocupe de lucruri mai importante.

---

* Numele trenurilor de mare viteză din Japonia (n.t.).

Studioul Ghibli al lui Miyazaki Hayao era în capul listei lui de lucruri de făcut și era de neconceput să plece din Tokio fără să facă un pelerinaj la căminul unuia dintre *anime*-urile lui preferate, *My Neighbor Totoro**. Pisibuzul din film, o pisică zâmbitoare, goală pe dinăuntru, cu douăsprezece picioare, ferestre și scaune blănoase și pufoase, făcuse ca de-atunci încolo orice călătorie cu mașina, autobuzul, trenul sau avionul să i se pară dureros de banală. Dar heleșteul din curtea din spate a casei de amanet îi dădea clasă Pisibuzului. Călătoria cu heleșteul bătea orice mijloc de transport, inclusiv pe cele acoperite cu blană.

Să găsească niște cuvinte care să descrie cum a căzut în apă și a ieșit de cealaltă parte complet uscat nu era o problemă la care Keishin să se fi gândit vreodată. Azi deveni una dintre cele două provocări care aveau să-l bântuie tot restul vieții. Cea de-a doua era să explice cum, după ce cu numai câteva clipe în urmă era aplecat deasupra unui heleșteu din Tokio, se pomenise în mijlocul unei mări de iarbă în aparență infinită. Se întoarse către Hana, fără să-și dea seama că încă o mai ținea de mână.

— Acum poți să-mi dai drumul, zise Hana.

— Oh! Ăăă, scuze!

Keishin îi eliberă mâna, simțind cum i se încinge gâtul, în ciuda aerului răcoros.

— Unde suntem? Cum am ajuns aici?

— Am sărit într-un heleșteu, îți aduci aminte?

— Da, dar...

Keishin închise ochii și-și masă fruntea, nereușind să decidă dacă experimentul lui a reușit sau a eșuat. Să accepte că heleșteul acela cu mușchi i-a teleportat cumva însemna să pună la îndoială mai multe legi ale fizicii decât îi era

* În traducere, *Vecinul meu Totoro*, film japonez de animație foarte popular, produs în 1988 de Studio Ghibli (n.t.).

confortabil.

— Nu e posibil.

— Și totuși iată-ne aici!

Keishin scutură din cap.

— Heleșteiele nu pot...

Închise gura brusc și făcu ochii mari.

— Doar dacă...

— Doar dacă?

— Nu era un heleșteu.

Hana ridică dintr-o sprânceană.

— Nu știam că există alt nume pentru o baltă în care poți privi luna înotând.

— Nu există, zise Keishin. Dar există un cuvânt pentru chestiile care conectează două lucruri în spațiu-timp. O punte Einstein-Rosen. O gaură de vierme. O gaură de vierme, Hana! În curtea ta din spate! Ai idee ce înseamnă asta? Dumnezeule! Asta ar putea schimba totul.

— Nu va schimba nimic.

— Ba sigur că da!

Keishin începu să se plimbe de colo-colo prin iarbă.

— Este descoperirea secolului! Aplicațiile ei sunt...

— Tata e în continuare dispărut.

Keishin se opri la jumătatea unui pas, simțind cum grămada de planuri și posibilități haotice se năruie în fața lui.

— Hana... îmi pare rău! N-am vrut să...

— Înțeleg, zise Hana fără intonație.

Se întoarse cu spatele la el și arătă către câmpia pustie.

— Acesta este Templul Șoaptelor.

Keishin cercetă cu privirea întinderea de iarbă legănată de vânt.

— Nu-i nimic acolo.

— În lumea mea lucrurile nu sunt întotdeauna la fel de ușor de văzut ca în lumea ta.

— „Lumea ta"? Ce vrei să zici cu asta?

— Locul de unde sunt eu și tu nu. Știința ta are un nume și pentru asta? O să-i spun oricum preferi tu, deși tot nu înțeleg de ce ai zice că un heleșteu e o gaură cu viermi.

— Ăăă...

Keishin căută o etichetă mică și elegantă, tipărită cu litere aldine, cu font 15 negru, pe care să o poată aplica terenului pe care stătea. Să discute despre existența multiversului era un capriciu pe care i-l îngăduise lui Ramesh, dar numai în zilele de vineri, după câteva rânduri de whisky vechi de doisprezece ani.

Deși Keishin era mai mult decât experimentat cu privire la toate ipotezele și contraargumentele legate de existența dimensiunilor paralele, nu reuși să găsească nimic care să poată descrie în mod adecvat foșnetul ierbii din jurul lui, căldura soarelui pe obraji și privirea răbdătoare a femeii care îi aștepta răspunsul. Cum puteau ochii ei să fie impenetrabili și, în același timp, îmbietori era un mister mai mare decât lumea imposibilă în care fusese transportat de un heleșteu.

— Nu, nu există.

— Nici noi nu avem un nume pentru asta. N-a fost niciodată nevoie de unul. Avem doar o singură lume și aceasta este, zise Hana. Dar dacă simți că trebuie să-i spui într-un fel, spune-i *Isekai*.

Cealaltă lume. Keishin traduse cuvântul în minte, convins că japoneza lui este mai ruginită decât o crezuse.

— Ăsta e un vis, zise el, vorbind mai mult cu sine decât cu Hana. Nu se poate altfel.

— Dacă alegând să crezi că e un vis îți va fi mai ușor să accepți unde te afli, eu n-o să te opresc. Dar dacă vrei să vezi adevărul...

Hana îi întinse ochelarii mamei ei.

— Pune-ți ăștia!

Hana vizitase pentru prima oară Templul Șoaptelor când avea șapte ani. Bunica ei îl rugase pe Toshio s-o lase pe Hana să-și petreacă weekendul cu ea și se opriseră la templu în drum spre casa bunicii.

Hana ieșise dintr-o mică băltoacă din centrul câmpiei și se ridicase în picioare.

— Unde e templul, *Sobo*[*]?

Oshima Asami îi zâmbise nepoatei sale. Își scosese ochelarii și i-i oferise Hanei.

— Uită-te din nou!

Hana își pusese ochelarii. În fața ei se ridica o clădire înaltă și bogat ornamentată din ceară roșie. Un șir de mai bine de o sută de porți *torii*[**] roșu cu negru, perfect aliniate, duceau către ușile impozante sculptate în ceară. Forma porților de lemn pictat îi aminti de *kamidana* pe care o avea tatăl ei acasă. Însă o asemenea clădire nu mai văzuse niciodată. Turle se înălțau spre cer deasupra unui acoperiș boltit enorm, iar pe grinzile arcuite stăteau cocoțate făpturi de ceară, înaripate și cu fețe monstruoase. Unele coloane se legănau și se răsuceau ca niște copaci. Era ca și cum clădirea ar fi fost modelată din locuri și timpuri diferite și lăsată să crească așa cum poftea. Hana scosese o exclamație de surprindere.

— E frumoasă.

— Așa e.

— De ce am venit aici? întrebase Hana, fără să reușească să-și desprindă ochii de la templu.

— Vin aici ori de câte ori îmi e dor de mama ta, zisese Asami, mângâind-o pe Hana pe obraz. Semeni așa de mult cu ea!

---

* În traducere din limba japoneză, „bunică" (n.t.).

** Porți tradiționale japoneze ce se găsesc de obicei la intrarea în templele shintoiste (n.t.).

— Era frumoasă?

Asami încuviințase.

— Tatăl tău s-a îndrăgostit imediat ce ea a pătruns în templu în ziua nunții lor. N-a putut să-și ascundă fericirea. Înainte de momentul acela nu se văzuseră unul pe altul nici măcar în fotografii și îmi închipui că a fost foarte plăcut surprins când a văzut, în sfârșit, fața fetei cu care urma să se însoare.

— De ce vii aici când îți este dor de ea? Aici s-au căsătorit părinții mei?

— Nu. Ăsta este un alt fel de templu. Aici se duc toate rugăciunile noastre.

— Cum ajung rugăciunile aici?

— Sunt purtate de fum.

Asami scotocise prin traista țesută pe care o purta de-a curmezișul pieptului și scoase o lumânărică topită până nu mai rămăsese decât un ciot.

— Lumânarea asta a ajuns aproape de sfârșit. Aceasta este probabil ultima dată când o voi putea aprinde. Am vrut să poți auzi vocea mamei tale înainte să se consume.

Keishin pătrunse în Templul Șoaptelor cu gura căscată. Oricât de mare era templul văzut de afară, nu era nimic comparativ cu sala cavernoasă din interiorul lui. Nenumărate lumânări votive, ocrotite de mâini mici din cositor, se întindeau pe pereții de ceară, umplând întreaga sală cu strălucirea lor. Un vânt blând îi dezmierdă obrazul. În ciuda flăcărilor, aerul din interiorul templului era răcoros și plăcut și circula prin sală ca pe o pajiște. Adierea făcea lumânările să pâlpâie.

Hana se apropie de el din spate.

— După ce intri, nu mai ai nevoie de ochelari.

Keishin se oțeli și își scoase ochelarii. Fiecare secundă petrecută alături de Hana mai deșira un fir din țesătura realității pe care o cunoștea el. Nu-i mai trebuia mult ca să se dezintegreze complet.

— Cum poate fi real?

— Uneori mă pomenesc punându-mi aceeași întrebare când văd lucrurile pe care clienții noștri le aduc din lumea ta.

— Clienții?

— Oamenii care intră pe ușa unui restaurant care servește *ramen* și în schimb se pomenesc în casa noastră de amanet. Au cele mai ciudate obiecte. Năsturei care-ți cântă muzică în ureche, chestii sclipi...

— Stai așa!

Îl durea capul din pricina tuturor lucrurilor imposibile pe care le îndesase în el de când o cunoscuse pe Hana.

— Ce zici tu acolo? Eu căutam restaurantul când am găsit casa ta de amanet. Asta înseamnă că sunt unul dintre clienții tăi?

— O să-ți explic totul mai târziu. Dar acum trebuie să ascultăm rugăciunea tatei. N-avem prea mult timp. Dacă *shiikuinii* află că el și alegerea au dispărut...

Hana strânse din buze.

— *Shiikuinii?* repetă Keishin, încercând să-și amintească sensul cuvântului. Paznicii? Ca îngrijitorii de la zoo?

— Mai târziu, îți promit!

Hana puse lumânarea luată din *kamidana* într-o pereche de mâini de cositor goale. Fitilul lumânării se aprinse, ca atins de un chibrit invizibil. Sala se umplu de murmure sonore.

— Ce-i asta?

Keishin se strădui să audă ce spun vocile, care se acopereau una pe alta, în așa fel încât îi era imposibil să-și dea seama unde se termină un cuvânt și unde începe altul.

— Fiecare rugăciune pe care a rostit-o fiecare persoană

de-a lungul istoriei. Când o lumânare șoptește, celorlalte le place să se alăture.

Hana își apropie urechea de lumânarea tatălui ei.

— Trebuie să asculți cu atenție, dacă vrei să auzi ce are de zis lumânarea.

Keishin se apleacă spre lumânare, până când fața lui ajunse la câțiva centimetri de obrazul Hanei. Flacăra lumânării dansa în ritmul răsuflării lor.

Ajută-mă să o găsesc! Te rog!

Keishin inspiră brusc.

— Ai auzit asta?

— Da, dar... Nu poate fi corect! zise ea, încruntându-se.

— Pe cine caută tatăl tău?

Hana se apropie de lumânarea tatălui ei cât de mult putea fără să-și ardă pielea. Închise ochii, ascultând cu atenție.

— Hana?

Dar ea se îndreptă cu un aer năucit.

— Ăăă... nu înțeleg.

— *Ajută-mă să o găsesc!* Mie rugăciunea tatălui tău mi se pare foarte directă. Se pare că intuiția ta a fost corectă. Tatăl tău n-a dispărut. A plecat să caute pe cineva. O femeie.

Hana privea fix flacăra lumânării.

— Nu există decât o femeie pe care tata a pierdut-o.

— Cine?

— Mama.

— OK. Bine. Atunci avem o pistă. Ai idee unde se află ea?

Hana suflă și stinse lumânarea cu o respirație tremurătoare.

— Credeam că știu.

— Cum așa?

— Mama a murit. A murit pe partea voastră de ușă. Asta mi-a spus tata. Acum se pare că fie rugăciunea lui, fie întreaga mea viață e o minciună.

— Hana...

— Există o singură cale să aflu adevărul.

Hana luă lumânarea din perete.

— Îți cer iertare.

— Iertare? Pentru ce?

— Pentru ceea ce urmează să se întâmple. Mă tem că n-o să-ți placă.

CAPITOLUL 14

Piele și cerneală

Cea de-a doua oară era aproape întotdeauna mai plăcută decât prima. Săruturile. Sexul. Experimentele din laborator. După părerea lui Keishin, primele dăți fuseseră create cu unicul scop de a înlătura eșecurile. Săritul în băltoace făcea excepție. Sărise în heleșteul casei de amanet ca să o smulgă pe Hana din ceea ce el socotea a fi un delir. Dar, când plonjase în apa aceea și aterizase pe o câmpie ierboasă, plonjase totodată într-un adevăr nou și crud: știința este o minciună.

Pe parcursul unei singure dimineți, descoperise că fumul transportă rugăciuni și că lumânările pot vorbi. Și când Hana se ținu în cele din urmă de cuvânt și îi spuse adevărul despre casa de amanet, află că visurile abandonate și alegerile pierdute pot fi date în schimbul păcii. Deși nu credea în regrete, Keishin aproape că era dispus să inventeze unul și să-l amaneteze în schimbul unui spațiu liniștit în mintea lui. Regulile forțate și legile științifice încălcate zăngăneau înăuntrul lui, ciocnindu-se de tot ce văzuse îndărătul ușii restaurantului de *ramen*. Și acum Hana avea să-i arate mai multe.

Trebuie să te previn. Următorul loc va arăta... diferit. Nu te panica, orice ai vedea!

Keishin repetă cuvintele Hanei în timp ce dispărea sub apă. Își imagină că ar putea să iasă în beznă, chiar dacă știa că nu există așa ceva. Mulți oameni se temeau de întuneric, dar el unul – nu. Nu de când era copil și descoperise adevărul într-unul din teancurile de cărți pe care le aducea săptămânal acasă de la biblioteca locală. Acesta fusese cel mai bun aspect al faptului că învățase engleza. Cărțile nu oboseau să-i răspundă la întrebări. Îl învățaseră că întunericul este o limitare a omului, eșecul ochilor noștri de a vedea întregul spectru al luminii. Dacă am fi fost fabricați mai eficient, am fi putut vedea toate resturile pâlpâitoare ale Big Bangului luminând noaptea.

Keishin apăru la suprafața băltoacei și ieși din ea. Inima i se izbea de coaste. Se înșelase cu privire la ieșitul în întuneric. Întunericul era ceva ce înțelegea. Locul ăsta – nu.

Dinaintea lui se întindea o stradă pavată cu piatră, mărginită de *machiya* tradiționale, locuințe înguste din lemn pentru negustori, și presărată cu cireși în floare. De o parte și de alta a drumului curgeau canale pline cu apă limpede și cu bancuri de pești koi. Orașul îi aminti lui Keishin de satele japoneze în conservare istorică pe care voia să le viziteze, dar cu o diferență care făcu părul să i se zbârlească: întreaga așezare era o scenă alb-negru pictată pe o întindere de hârtie care ajungea până la cer. Soarele. Norii. Pietrele de sub picioarele lui. Hana. Era desenată cu linii experte, cu cerneală neagră, cu o deosebită grijă acordată arcului buzelor ei.

— Totul înăuntrul acestui sul arată așa, zise Hana. Până și tu.

Keishin își ridică mâinile dinaintea ochilor. Degetele lui erau conturate cu cerneală neagră și umbrite cu dâre subtile de pensulă. Se forță să vorbească.

— Unde suntem? Ce e locul ăsta?

— O poveste. În lumea voastră, voi le citiți. Noi umblăm prin ele.

Keishin urmări schița unei frunze căzute, purtate de vânt.

— Încep să cred că nimic nu va mai avea logică vreodată.

— Lucrurile nu trebuie să aibă logică pentru a fi reale.

Ea îi luă mâna și i-o lipi de pieptul ei.

Keishin simți sub palmă bătăile inimii Hanei. Deși semăna cu un desen, Hana era încă moale și caldă la atingere. Era solidă. Reală.

— Nu există suficiente întrebări în univers care să mă facă să pricep pe deplin toate astea. Tot n-am înțeles ce s-a întâmplat cu mama ta.

— *Shiikuinii* au executat-o pentru că a furat o alegere din seiful nostru.

— *Ce?! De ce?*

— Pentru că toate alegerile pe care le colectăm prin intermediul casei de amanet le aparțin lor. Să furi de la *shiikuini* este cea mai mare nelegiuire. Eram copil când au venit să o ia și nu știu despre ziua aceea decât ce mi-a povestit tata.

— Dar acum crezi că ar putea fi în viață.

— Eu...

Vocea ei se poticni. Îi întoarse spatele și își șterse repede o lacrimă.

— Nu știu ce să cred.

— Hana...

— Ți-am spus că pot să mă descurc singură. Keishin, du-te acasă! Un salt te va trimite înapoi.

— Înapoi la ce? La restaurantul de *ramen*? La camera mea de hotel? La serviciul meu de la Super-Kamiokande? Toți anii în care am fost obsedat de misterele universului, încercând să explic cum a început totul, au fost pierdere de timp. Acel „totul" s-a dovedit a fi numai o față a unei monede foarte stranii. Cum să mă prefac că mai contează ceva din toate astea, când mă aflu în interiorul unui sul?

— Sigur că contează, zise Hana.

— Oare?

— Pentru tine contează. Nu e de ajuns?

— Era cândva.

Keishi oftă, clătinând din cap.

— Uite, suntem aici ca să aflăm adevărul despre mama ta. Nu plec până nu facem asta.

Hana se uită în lungul străzii.

— Sper că *Horishi* o să aibă niște răspunsuri.

— Un tatuator?

— Tatuatorul. În lumea noastră există un singur *Horishi*.

— Și persoana asta ne va putea spune dacă mama ta trăiește?

— Cerneala lui o va face.

Tunetul bubui acoperind vocea Hanei.

Keishin își ridică privirea către cerul de hârtie. Găsi o oarecare alinare la gândul că până și în lumea aceasta ciudată, o regulă se păstra. Vremii tot nu-i plăcea de el. Picături mari de ploaie căzură din cer și i se sparseră pe chip.

— Atunci ar trebui să-l găsim pe *Horishi* ăsta înainte să ne udăm leoarcă și...

Keishin scoase un icnet și făcu câțiva pași în spate.

Ploaia șiroi pe obrajii Hanei și i se prelinse pe gât.

— Ce e? Ce s-a întâmplat?

— Hana...

Numele ei se poticni în gâtul lui Keishin.

— Strălucești.

Așa cum era obiceiul, tatăl Hanei o dusese la *Horishi* când avea abia o lună. Nu-și amintea nimic din vizita aceea, dar, ori de câte ori ploua, un suvenir din acea călătorie îi strălucea pe piele. Oriunde o atingeau picurii ploii, apăreau imagini și cuvinte tatuate cu o cerneală de un albastru-aprins, spunând povestea vieții pe care era sortită să o ducă. Fără răspântii. Fără abateri. O singură cărare pe o hartă albastră care îi acoperea aproape fiecare centimetru al trupului.

Când era mai mică, Hanei îi plăcea să-și întindă un braț pe fereastră și să vadă cum se trezesc la viață scenele pe care *Horishi* i le imprimase pe piele. Aburi se ridicau din ceșcuțe tatuate de ceai. O lună mică plutea într-un heleșteu minuscul. Păsări închise în colivii intonau un cântec tăcut. La încheietură, ușa unei colivii goale se deschidea și se închidea în ritmul pulsului ei. Dar, cu fiecare pasăre strălucitoare pe care o închidea, devenise tot mai greu să-și dea seama de care parte a gratiilor de cerneală se află ea însăși. Pe măsură ce pensionarea tatălui ei se apropia, Hana se pomenise petrecând tot mai mult timp în băi fierbinți, încercând să se curețe.

— Nu te uita la mine!

Hana își strânse gulerul mai bine pe lângă gât.

— Sunt hidoasă.

— Ce? Nu! Nu! Am fost surprins. Asta-i tot. Jur! Nu trebuie să ascunzi nimic. Ești tot...

Gâtul lui Keishin se înroșise iar.

— Frumoasă.

— Ai grijă!

Hana își strânse și mai bine haina.

— Mințitul începe să devină un obicei.

— Nu mint.

— Atunci ești orb.

Degetele Hanei strânseră gulerul până se albiră. În jurul degetelor ei ude, mici cocori-origami zburau pe un drum neschimbat.

— Nimic nu poate fi mai departe de adevăr. Acum văd mai mult decât în zilele pe care mi le-am petrecut privind lumea prin telescoape și ecrane.

— Și ce vezi, Kei? Un alt experiment, ca heleșteul? O ciudățenie căreia i-ai putea găsi un folos în lumea ta? Sau poate un monstru acoperit de cicatrici albastre?

— Nu ești un monstru.

— Nenumărații clienți care au intrat pe ușa casei de amanet te-ar contrazice. Toți și-au dorit un singur lucru. Să fie curați. Fără pată. Generații de membri ai familiei mele nu au făcut altceva decât să cârpească, să lustruiască și să curețe petele, ciobiturile și crăpăturile clienților, până au dispărut.

Un zmeu albastru dădu ocolul antebrațului Hanei, care strânse din dinți.

— O perfecțiune de porțelan.

— Cicatricile nu reduc cu nimic valoarea a ceea ce ești. Sunt doar niște povești, la fel ca sulul ăsta. Poate nu le vezi pe ale mele, dar am și eu destule.

— Nu ca astea.

Hana își întoarse obrazul, dând la iveală florile-de-lotus albastre care îi înfloreau după ureche.

— Cicatricile tale îți spun unde ai fost. Ale mele îmi spun încotro mă îndrept. Toți copiii îi sunt înfățișați lui *Horishi* ca să-și afle calea în viață. Ploaia ne reamintește că tot ceea ce ne este sortit nu poate fi șters niciodată.

Hana își trase gulerul în lături. Ploaia îi căzu pe piept, dând la iveală ușa strălucitoare a seifului, tatuată deasupra inimii ei. Spre deosebire de celelalte tatuaje, care se mișcau și palpitau, ușa rămânea închisă.

— Poți să-mi spui că nu vezi harta asta grotescă de piele și cerneală?

— Te văd pe tine, Hana. Îți văd curajul. Hotărârea...

— Hotărârea?

Un râs sec i se desprinse de pe buze.

— Încăpățânarea vrei să zici.

— Ei, da, și aia.

Keishin zâmbi.

— Și nu văd nimic hidos sau dezgustător care să mă facă să vreau să-mi întorc privirea. Sunt în continuare aici. În interiorul unui sul. În ploaie. Nu te mint.

O ricșă fără conducător se opri dinaintea lor. Hana își aranjă în grabă gulerul și urcă în ea.

— Haide! Asta o să ne ducă la *Horishi*.

— Ar trebui să fiu surprins, dar într-un oraș pictat pe un sul o ricșă fără conducător este cel mai firesc lucru.

Keishin se așeză lângă Hana și își dădu seama ce îngustă este bancheta. Oricum se așeza, nu avea cum să le împiedice trupurile să se atingă.

— E strâmt aici. Iartă-mă!

— Nu-i nimic. E un drum scurt până la *Horishi* acasă. Într-un sul, nimic nu e prea departe.

Keishin își scoase haina și o ținu deasupra capului Hanei, adăpostind-o de ploaie. Harta de pe pielea ei dispăru. Un zâmbet, timid la început, se ivi pe buzele ei.

— Mulțumesc!

Keishin lăsă ploaia să-i picure pe gene. Ar fi trebuit să-i fie frig, dar trupul Hanei îl încălzea prin haine. Asta și zâmbetul ei. Deși fusese unul fugar, Keishin era conștient că a fost cel dintâi care s-a ivit pe buzele ei de când s-au cunoscut. Îi invita privirea să colinde peste restul feței Hanei, să o exploreze cum ar studia cineva bolta plină de stele. Trăsăturile ei fuseseră alese și asamblate la fel de grijuliu ca o constelație, dar erau mult mai fascinante. Stelele erau interesante, dar nu îi rețineau atenția. În viață, la fel ca în știință, era mai atras de nevăzut. Și nu întâlnise persoană cu mai multe secrete decât Hana. Nu îl deranja că ea și le apără. Era obișnuit. Universul era și el la fel. Își ascundea secretele cele mai fascinante după nori de nimic și zgomot.

Keishin își potrivi mai bine haina deasupra capului Hanei, având grijă ca ea să nu se mai ude. Nu știa dacă Hana crede ceea ce a zis el despre văzutul dincolo de cicatrici. Se pregătea să o întrebe, când ea se relaxă lipită de el și Keishin înțelese că nu are nevoie de un răspuns. Hana se potrivea perfect alături de el, unghiuri și rotunjimi complementare. Dacă ar fi crezut în destin, Keishin și-ar fi permis să creadă că trupurile lor au fost sculptate exact pentru acest moment, pentru această unică plimbare cu ricșa prin ploaie. Dar, pentru că nu credea, Keishin își ținu privirea ațintită înainte, departe de fața Hanei și de amintirea zâmbetului ei.

Casa lui *Horishi* se afla în centrul așezării, de nedeosebit de căsuțele înguste de lemn pe care Keishin le observase de-a lungul drumului. Se dădu jos din ricșă și-i întinse mâna Hanei.

Hana i-o luă și coborî. Își ridică ochii spre el, îi mulțumi cu un zâmbet abia schițat și îi dădu drumul.

— Eu... ăăă... cred că trebuie să fie dificil să te întorci aici după ce ți-a făcut *Horishi*, zise Keishin, descoperind că-i este greu să-și găsească cuvintele cât timp în palmă îi stăruie căldura mâinii mici a Hanei.

— Asta era datoria lui *Horishi*. Toți avem rolurile noastre.

O poartă de lemn se deschise, invitându-i să intre. Urmară o cărare pavată, umbrită de un cireș care stătea să înflorească. O adiere sufla printre crengile lui pictate, făcând să zăngănească coliviile goale agățate de ele.

— Unde sunt toate păsările? întrebă Keishin.

Hana se opri sub una dintre coliviile goale.

— Kei, ascultă-mă! Nu te gândi la nimic altceva decât la ceea ce urmează să-ți spun! Când îl vom întâlni pe *Horishi*, trebuie să rămâi complet tăcut. Nu scoate niciun sunet! Nu rosti niciun cuvânt! Ai înțeles?

— De ce?

— *Horishi* nu vorbește decât dacă i te adresezi și sunt lucruri pe care s-ar putea să nu vrei să le afli.

— Cum ar fi?

— Viitorul tău.

Keishin pierduse socoteala numărului de *fusuma* care se deschiseseră și se închiseseră în timp ce străbăteau casa lui Horishi. Paravanele glisante din mătase se mișcau singure, conducându-i prin ceea ce părea să fie un șir nesfârșit de încăperi. Dacă s-ar fi oprit să se gândească, Keishin probabil s-ar fi întrebat cum este posibil ca un asemenea labirint să încapă într-o căsuță de dimensiunile acesteia.

Dar Keishin nu avu timp decât pentru un gând, iar acela creștea cu fiecare pas, rostogolindu-i-se prin minte și strivind orice altceva. Nu fusese niciodată genul de persoană care să-și petreacă timpul întrebându-se cum va fi viitorul său. Era ceva imposibil de aflat și o pierdere de vreme. Dar acum se afla sub același acoperiș cu cineva care i-ar fi putut spune dacă, la capătul încercărilor sale de o viață de a găsi piesele lipsă din puzzle-ul universului, își va afla, în sfârșit, locul pe lume. Nu trebuia decât să întrebe.

— Asta e camera lui *Horishi*, zise Hana.

Keishin își ridică ochii din podea. O explozie de culoare îi invadă privirea. Își apără fața cu mâinile. În interiorul unui sul alb-negru, cele patru panouri ale unei *fusuma* pictate în culori vii erau orbitoare. Keishin își miji ochii desenați, așteptându-i să se adapteze.

Un lac luminat de lună, înconjurat de munți pe jumătate ascunși în ceață se întindea pe toată *fusuma*. O bărcuță înainta lent pe apă, făcând-o să vălurească în urma ei. Se opri sub luna plină. Keishin se aplecă, încercând să vadă dacă ocupanții bărcii se opriseră și ei să se uite la el, dar cele două panouri din mijlocul picturii se deschiseră, rupând bărcuța în două.

În centrul încăperii, în spatele unei mese scunde de lemn, stătea o fată nu mai mare de doisprezece ani, legată la ochi. Keishin îi aruncă o privire Hanei.

— E un copil.

— Cel mai vârstnic dintre copiii lui *Horishi* îi ia locul când *Horishi* moare, indiferent ce vârstă are, îi șopti Hana. Ține minte, după ce intrăm nu trebuie să vorbești.

Keishin încuviință.

Hana o salută pe fata așezată cu o plecăciune adâncă.

— *Horishi-san*!

— Ishikawa Hana, răspunse fata de parcă ar fi putut să o vadă pe Hana prin legătura de la ochi. Bine ai venit!

Keishin o urmă pe Hana înăuntru și făcu o plecăciune, dar rămase tăcut, așa cum îl sfătuise ea.

Fata se întoarse către el, înclină ușor din cap, apoi se întoarse din nou către Hana.

— *Horishi-san*, zise Hana. Am o întrebare la care sper că-mi vei putea oferi răspunsul.

Horishi încuviință.

— Vă rog, luați loc!

Keishin se așeză pe tatami cu genunchii îndoiți sub el. Își plimbă privirea peste ustensilele de tatuat de pe masă. *Nomi* de diverse mărimi erau aranjate în șir. De departe, păreau niște pensule lungi și înguste cu cozi de bambus. Privindu-le mai atent, Keishin văzu că vârfurile nu sunt confecționate din perișori moi, ci din mici ace prinse de bambus cu fir de mătase. Lângă *nomi* era un mojar de piatră pentru cerneală. Keishi văzuse un documentar despre tehnicile tradiționale de tatuat și știa că este folosită pentru a măcina cărbunele, transformându-l în cerneală neagră. Bucățile de cărbune aranjate alături de piua lui *Horishi* nu erau însă negre, ci de un albastru-deschis, intens.

— Ce anume îți dorești să știi și nu este deja înscris pe pielea ta? întrebă *Horishi* cu o voce mult mai matură decât anii ei.

— Moartea, răspunse Hana.

— Unicul lucru pe care nici eu, nici pielea ta nu ți-l putem spune. Moartea încheie povestea cum vrea ea.

— Nu moartea mea. A mamei mele.

— Soarta mamei tale este cunoscută de toți. A fost o hoață și a fost executată pentru crima ei.

— Da.

— Și totuși ai îndoieli. Crezi că există o șansă ca ea să mai fie în viață.

Hana încuviință.

— În anii care au trecut de la moartea tatei am aflat că majoritatea oamenilor nu vor să audă răspunsurile pe care le caută. Să știi că, după ce voi rosti adevărul, nu mai pot să-l retrag.

— Am înțeles.

— Arată-mi brațul drept!

Hana își suflecă mâneca dreaptă și întinse brațul.

Fata își spălă mâinile într-un castron de argint, apoi și le șterse. Își plimbă degetele pe pielea Hanei și se opri într-un loc chiar deasupra cotului.

— O crizantemă, zise ea, admirând o porțiune invizibilă de tatuaj. Tata a lucrat cu foarte mare atenție când a tatuat simbolul mamei tale.

Fata alese un *nomi* și îl poziționă deasupra locului pe care îl alesese.

— O să doară. Nu mișca!

— Sunt gata.

Horishi apăsă *nomi*-ul pe pielea Hanei, înfigând acele în liniile unui desen pe care numai ea îl putea vedea. De-a lungul drumului urmat de *nomi* apărură picuri mici de sânge. Keishin o privi pe Hana cum respiră calm și regulat, fără să tresară. Este obișnuită să-și ascundă durerea, își zise el.

Horishi se îndreptă și ridică *nomi*-ul de pe brațul Hanei.

— Cerneala din simbolul mamei tale ne va spune ce s-a întâmplat cu ea. Albastru înseamnă că e în viață. Dacă e negru, atunci e...

— Moartă, zise Hana. Înțeleg.

Tânăra puse vârful *nomi*-ului pe piua goală, ca și cum i-ar fi înmuiat acele în cerneală. Din vârfurile acestora începu să curgă cerneală, umplând adâncitura superficială din centrul pietrei. Era de un albastru strălucitor.

— Trăiește! exclamă Hana. Știi unde este, *Horishi-san*?

— Cerneala știe.

— Spune-mi, te rog!

Horishi clătină din cap.

— Mama ta și-a jucat rolul când ți-a dat naștere. În afară de asta, nu mai ocupă niciun loc în povestea ta. Nu poți să te abați de la ceea ce e scris.

— Te rog!

Hana se prosternă la picioarele lui *Horishi*.

— Te implor!

— Îmi pare rău! Această informație nu e pentru ochii și urechile tale.

— Dar ce zici de ale mele? interveni brusc Keishin.

Când a văzut-o pe Hana ghemuită pe podea, avusese senzația că i-a înfipt cineva un cuțit în coaste.

Horishi își înclină capul în direcția lui și, deși era legată la ochi, Keishin îi simți privirea sfredelitoare.

— Ah! Vorbești! Mă întrebam cum anume sună vocea ta.

— Poți să-mi spui unde este mama Hanei?

Hana se ridică și îi mimă cu fermitate un cuvânt din vârful buzelor: „Așteaptă!"

— Pot, zise *Horishi*. Dacă se află pe calea ta. Minatozaki Keishin, ai dori să-ți cunoști povestea?

— *Horishi-san*, îți mulțumim pentru ajutor! zise Hana, apucându-l pe Keishin de braț. Ar trebui să plecăm!

— Povestea mea? zise Keishin cu ochii ațintiți către *Horishi*.

— Drumul către tot ce trebuie să se întâmple. Oamenii își

află drumul dinainte să meargă și să vorbească. Tu ești mai vârstnic.

Își înclină capul, ducându-și o mână la bărbie.

— Dar ești și foarte nou. Harta ta nu seamănă cu nimic din ce am mai văzut.

— Cum adică „nou"?

— Kei! exclamă Hana, apucându-l de mână. Nu!

— Nu putem pleca, zise Keishin. Știe unde e mama ta.

— Dar niciun lucru nu poate fi dezvăluit fără să dezvălui tot ce este legat de el, zise *Horishi*. Începutul, mijlocul și sfârșitul tău. Îți vei vedea toată cărarea întinzându-se dinaintea ta la fel de clar cum mă vezi pe mine.

— Atunci spune-mi tot!

— Nu înțelegi. Cerneala va grăi. Pielea ta va asculta.

Luă un *nomi*.

— Consimți?

Keishin privi *nomi*-ul și se gândi că un lucru atât de mic ar fi putut, în scurt timp, să reducă la tăcere toate întrebările care îl trezeau noaptea. Totul începând din această zi putea fi sigur. Înscris pe piele. N-avea să mai fie silit niciodată să se întrebe dacă viața lui o să însemne și altceva decât un titlu citat în cercetarea altcuiva sau dacă este fără masă și invizibil, o irosire de timp și spațiu.

Nu trebuia decât să zică „da".

CAPITOLUL 15

Consimțământul

Hanei i se umplură ochii de lacrimi, dar nu îndrăzni să clipească. Se temea că gândurile ei se vor abate de la luna plină care tremura în lacul pictat pe *fusuma* și vor evada. Știa exact unde s-ar fi dus. În secunda în care i-ar fi scăpat de sub control, s-ar fi repezit și l-ar fi găsit pe Keishin dincolo de paravanul glisant de pânză, întins pe masa lui *Horishi*, făcând un târg crud pentru ca ea să-și poată găsi mama.

Lacrimi fierbinți îi înțepară ochii. O bărcuță pluti pe lac, împrăștiind imaginea lunii, și Hana nu mai avu ce altceva să privească, cu excepția adevărului: deși mâna lui *Horishi* ținea *nomi*-ul, ea era cea care îl înfigea în pielea lui Keishin. Înjură printre dinți și dădu la o parte *fusuma*.

— Oprește-te!

— Hana!

Keishin se ridică de pe masă. Hainele lui erau grămadă pe podea.

— Nu pot să te las să faci asta!

Ochii Hanei se plimbară pe pielea lui goală. Harta lui *Horishi* se dezvăluia numai când o atingea ploaia, așa că Hana nu putu decât să se întrebe dacă nu e prea târziu.

— Vreau s-o fac, Hana.

Keishin se ridică în picioare.

— Și-a dat consimțământul.

Horishi lăsă jos un *nomi* cu vârful înmuiat în cerneală albastră.

— Nu și-l poate retrage.

— Dar eu pot.

Hana înhăță hainele lui Keishin de pe podea și răsturnă castronul de argint plin cu apă de pe masă. La picioarele lui Keishin se formă o băltoacă. Îl îmbrânci pe Keishin în ea și sări în urma lui.

Hana ieși din heleșteul din curtea ei și îl găsi pe Keishin protăpit în fața ei.

— De ce, Hana?

Vocea îi ieșea sugrumată din gâtul contractat.

— De ce ai oprit-o? *Horishi* ne-ar fi spus unde să o găsim pe mama ta.

Hana își feri ochii de goliciunea lui. Keishin nu se dezbrăcase numai de haine. Sacrificiul pe care fusese pe punctul de a-l face pentru ea îi dezgolise sufletul. Nu avea nevoie de ochelarii mamei sau ai tatălui ei ca să vadă că el strălucea orbitor. Îi întinse bocceaua de haine mototolite.

— Îmbracă-te și pleacă!

Vocea îi tremura la fel de tare ca mâinile. Niciodată nu rostise cuvinte mai sincere. Sau mai mincinoase. Își dorea ca el să stea cu aceeași disperare cu care voia să-l vadă plecat. Deși harta de pe pielea ei nu era vizibilă, îi știa pe de rost fiecare detaliu tatuat. Keishin nu apărea pe ea.

— Hana...

— Kei, du-te acasă!

Lăsă hainele lui să cadă pe jos.

— Cât mai poți.

目は口ほどに物を言い

PARTEA A DOUA

Ochii spun la fel de multe ca gura.

CAPITOLUL 16

Plata

Keishin stătea la ușa casei de amanet, cu mâna pe clanța de alamă. Ce ironic, își zise el, că singurul regret pe care ar fi vrut să-l amaneteze era momentul în care va reveni în lumea lui și va închide ușa după el. O privi pe Hana peste umăr.

— Spune-mi, de ce ai oprit-o pe *Horishi*?

— Prețul era prea mare.

— Eram dispus să-l plătesc.

Își luă mâna de pe clanță și se întoarse către ea.

— N-aveai dreptul să decizi pentru mine. Era alegerea mea.

— Și ar fi fost ultima alegere adevărată pe care ai fi făcut-o. Crezi că *Horishi* îți oferea viitorul pe gratis? Prețul este același, plătit de toți cei a căror cărare le este cartografiată pe piele. Libertatea. Să-ți cunoști viitorul te-ar fi lipsit de orice alegere, de orice șansă pe care ai fi putut-o avea de a coti la stânga, și nu la dreapta. Ți-ai fi pierdut abilitatea de a visa și de a spera, de a-ți dori alt deznodământ decât acela care a fost scris. Ești dispus să plătești acest preț ca să ajuți o străină?

— Dacă asta ar fi adevărat, mi-ar fi mult mai simplu să plec. Dar nu mai ești chiar o străină.

— Nu mă știi.

— Știu destule. Știu cum este ca unul dintre părinții tăi să dispară ca fumul și să nu te lase decât cu întrebări și cu durere. Mama ne-a părăsit când eram mic. Am plecat din Japonia din cauza asta. Să respirăm același aer pe care îl respirase ea era ca și cum am fi respirat sticlă spartă.

— Îmi pare rău..., zise Hana. Dar asta e altceva. Tata nu m-a părăsit.

— Sigur? Îndoiala care te roade este motivul pentru care-ți dorești cu atâta disperare să-l găsești. Vrei să-ți demonstrezi că te înșeli. Vrei să-l găsești și să-l auzi spunându-ți că totul a fost doar o neînțelegere. N-am mai văzut-o pe mama de când m-a sărutat pe obraz și m-a învelit, în seara de dinainte să ne părăsească. Și totuși azi m-am pomenit umblând prin Tokio în zori în speranța că o să dau peste ea și o să pot în sfârșit să o întreb de ce nu m-a iubit suficient ca să rămână.

— Eu...

În vocea Hanei se simțiră lacrimile.

— Îmi pare rău! N-am știut.

— Vreau să ai dreptate, Hana. Vreau să-ți găsești tatăl și să nu-ți petreci viața căutând răspunsuri care nu vor sosi niciodată.

Hana clătină din cap.

— Pleacă! Uită că toate astea s-au întâmplat!

— *Cum?*

— Cu timpul, vei putea să trăiești așa cum o fac clienții noștri. Tot ce ai văzut și ai auzit aici o să ți se pară un vis. N-ar fi trebuit să te las să vii cu mine.

— Nu m-ai forțat să fac nimic.

— Am profitat de curiozitatea și bunătatea ta. Pot citi oamenii. Asta m-am antrenat toată viața să fac. Ți-am plimbat pe dinaintea ochilor straniul și imposibilul fiindcă am știut că nu o să reziști și o să vrei să descoperi dacă tot ce ți-am spus e adevărat.

— Știm amândoi că nu așa s-au petrecut lucrurile. O monedă a decis pentru noi.

— Oare?

— Ce vrei să spui?

Hana întinse pumnul și îl desfăcu. În centrul palmei sale se afla moneda lui Keishin.

— Aveam nevoie de ajutorul tău chiar dacă nu voiam să o recunosc.

Keishin se uită la monedă.

— Ai trișat la datul cu banul?

— Mi-am făcut meseria. Dezorientare și manipulare. De aceea cămătarii câștigă orice târguială.

— Atunci de ce te-ai mai obosit să dai cu banul? Ți-am spus că vreau să te ajut. Nu trebuia decât să zici „da".

— Soarta, până și iluzia ei, pecetluiește un târg mai bine decât orice cuvânt.

— Și de ce-mi spui toate astea acum?

— Pentru că am greșit. Eram egoistă și disperată. M-am înșelat.

— Și așa îndrepți lucrurile? Cerându-mi să plec? Pentru că te simți vinovată că mi-ai arătat o lume a cărei existență nu mi-am imaginat-o niciodată? Dacă despre asta-i vorba, atunci îmi pare rău să ți-o spun, dar nu ești atât de pricepută să citești oamenii pe cât crezi. Nu ai făcut apel la curiozitatea și bunătatea mea, Hana. Ai făcut apel la lăcomia mea.

Keishin indică printr-o mișcare a brațului casa de amanet.

— Locul ăsta... lumea ta... e ceea ce am căutat toată viața.

— Alt mister de deslușit?

— Nu un mister. Mai mult de-atât. Ceva aflat dincolo de lumea cunoscută, dincolo de ce e tangibil. Floarea din oglindă. Luna din heleșteu. Am crezut că știința și stelele mă vor ajuta să-l aflu, dar, când colo, a fost aici tot timpul, în spatele ușii ăsteia. Dacă tu chiar crezi că ai greșit față de mine, atunci îndreaptă lucrurile în mod corect.

Keishin se apropie de Hana.

— Plătește-mă! Dacă nu-mi accepți ajutorul fiindcă crezi că este inspirat de o empatie prost plasată, atunci plătește-mă! Plătește-mă lăsându-mă să rămân, cel puțin până aflăm ce s-a întâmplat cu părinții tăi.

— După ce pleci n-o să-ți mai amintești nimic. Nimic din toate astea nu va conta.

— O să am clipa asta. Pentru prima oară în viață, nu va trebui să dau cu banul pe un acoperiș ca să îmi constrâng mintea să se concentreze la ceea ce se află sub nasul meu. Nu-mi lua asta! Nu încă.

— Chiar dacă rămâi, tot nu știm ce să facem mai departe. Am ajuns într-o fundătură.

— Bun.

— Ce?

— Pentru că, dacă nu dăm cu capul de zid, nu putem trece prin el. Toate descoperirile științifice importante realizate vreodată au fost făcute pentru că cineva s-a lovit de un zid și a decis să înainteze.

Hana clătină din cap.

— Ăsta nu-i unul din experimentele tale.

— Dar e tot un puzzle. Poate că nu putem afla răspunsurile fiindcă nu punem întrebările corecte.

— Ce întrebări au rămas de pus? Unde e tata? De ce a făcut asta? A avut o mulțime de prilejuri să-mi spună ceva despre planurile lui. Orice. Dar tot ce a făcut a fost...

Ea încremeni.

— Hana?

— Tata... el...

În ochii Hanei, Keishin văzu miile de gânduri care i se perindau prin minte asemenea unor bolizi gonind pe autostradă, dar cu o viteză mult mai mare. Ea se încruntă, încetinindu-le. Keishin își ținu respirația, convins că restul vieții lui depinde de ceea ce va spune ea.

— Ce a făcut tatăl tău?

— Mi-a dăruit o cutie cu ceai.

CAPITOLUL 17

Darul

Cutia de ceai stătea răbdătoare pe măsuța de lângă patul Hanei, așteptând să o observe cineva. Era înfășurată într-o bucată de mătase pictată de Hana cu o săptămână în urmă. Deși modelul era ascuns de noduri și pliuri, ea își recunoscu creația. Un nufăr umplea pânza, plutind de-a lungul marginii unui heleșteu cu ape calme.

— Ce-i așa deosebit la ceaiul ăsta? o întrebă Keishin.

— Absolut nimic.

Hana nu îi ceruse lui Keishin să rămână. Nici nu-l împinsese afară pe ușă. Dar descoperi că respirația îi este mai regulată când se află alături de el, ca și cum vocea lui ar face aerul mai ușor de respirat.

— Este același ceai pe care îl dăm clienților în schimbul alegerilor lor. Am crezut că tata nu a avut timpul sau imaginația necesară ca să-mi ia un alt cadou. Acum cred că este posibil să fi existat alt motiv. Când mi-a dăruit ceaiul, mi-a spus că azi va avea un gust diferit, fiindcă este prima mea zi ca proprietară a casei de amanet. A spus că lucrurile se vor schimba, chiar dacă vor părea la fel. Ceaiul ăsta ar putea fi un alt indiciu.

Hana turnă ceaiul într-un bol spart, lipit cu pudră de aur. Ceaiul arăta și mirosea ca de obicei, prăjit și cu o dulceață vagă. În timp ce îi inspira aburul înmiresmat, simți îndoiala rozându-i stomacul. I se părea stupid să se complacă în ideea că tatăl ei i-a lăsat un mesaj în ceai, când cu fiecare secundă devenea tot mai clar că el nu dorește să fie găsit. Umplu un al doilea bol.

— Dacă ai dreptate și este un indiciu, atunci probabil conține un mesaj care îți este destinat numai ție, zise Keishin. Pot să aștept în biroul din față cât îl bei.

— Poți să rămâi.

— Ești sigură?

— Nu cred că mai sunt sigură de ceva.

Îi dădu ceaiul.

— Crede-mă când îți spun că știu exact ce simți!

— Ar trebui să bem pentru asta.

— Pentru ce?

— Pentru incertitudine.

Până în acea zi, cuvântul fusese un străin pe buzele Hanei. Îi lăsă un gust metalic pe limbă.

— Pentru unicul lucru pe care îl putem împărtăși.

Keishin își ridică privirea de la bolul crăpat.

— Oare să fie singurul?

— Ce altceva mai au de împărțit doi oameni din lumi diferite? O cursă prin ploaie? O călătorie printr-o băltoacă? Un ceai?

Keishin întinse mâna peste masă și-și puse palma peste a Hanei.

— O mână pe care să o strângă.

— Se răcește ceaiul.

Hana se retrase, întrerupând contactul. Duse bolul la buze, sperând că ceaiul va șterge adevărul pe care mâna lui Keishin îl lăsase înscris pe pielea ei. Căldura era căldură, indiferent de pe care parte a ușii proveneai. La fel și bunătatea. Îi răsună în minte vocea tatălui ei, amintindu-i că nu-și poate permite să le cunoască nici pe una, nici pe cealaltă.

Regulile casei de amanet se aplicau și dincolo de zidurile ei. Empatia strica târguiala.

Ceaiul avea același gust ca întotdeauna. Hanei i se puse un nod în gât. Altă fundătură. Apoi sosi revelația. O dulceață uitată se ridică precum un val din fundul gurii ei. O purtă pe Hana către o cameră cu o lumină caldă, unde o față ridată îi zâmbea de pe partea opusă a unei măsuțe. Trase aer în piept.

— *Sobo*?

Hana? o strigă Keishin de foarte departe. *E totul în regulă?*

Hana îl ignoră, neslăbindu-și bunica din ochi. Bătrâna stătea în fața ei, bând ceai dintr-o ceașcă de lut lăcuită. Îi zâmbi Hanei, fără să pară tulburată de apariția bruscă a fetei la ea acasă.

— *Sobo*, știi unde e mama? o întrebă Hana.

— Te rog, mai ia, Hana! Ești prea slabă, zise bunica ei, întinzându-i o farfuriuță cu prăjiturele din *mochi** și pastă de fasole roșie.

— *Sobo*, ai auzit ce-am zis?

Hana se apucă de marginea mesei.

— Ce repede trece timpul! zise bunica ei. Nu pot să cred că ai zece ani! La vârsta asta, mama ta arăta exact ca tine.

— Zece? se încruntă Hana. *Sobo*, te rog, ascultă-mă! Eu...

Pământul se cutremură, făcând să zornăie ceștile de pe masă. Bunica ei îi zâmbi și bău din ceai, fără să remarce cutremurul. Hana sări de pe scaun și își apucă bunica de mână. Degetele ei nu găsiră decât aerul.

— Nu!

— Hana!

Vocea lui Keishin îi bubui în urechi.

Hana deschise ochii și îl descoperi pe Keishin care o zgâlțâia de umeri. Ceașca ei de ceai îi zăcea spartă la picioare.

---

* Prăjitură din pastă de orez specifică bucătăriei japoneze (n.t.).

— Ești teafără?

Keishin îi strângea umerii în palme.

Hana clipi.

— Ce s-a întâmplat?

— Erai într-un fel de transă. Nu te-ai mișcat și n-ai scos un cuvânt timp de aproape o jumătate de oră.

— Ce? Pentru mine abia au trecut câteva minute.

— Ce ai văzut?

— Cred că era o amintire.

— A cui?

— A primei dăți când am băut ceaiul ăsta. Kei, m-am înșelat. Acesta nu este ceaiul pe care îl oferă tata clienților. Este cel pe care îl servește bunica alor ei. Cred că amintirea din ceai înseamnă că trebuie să o văd.

— Hana, nu trebuie să o faci singură. Ai zis-o chiar tu, când o să revin în lumea mea nimic din toate astea nu va conta. Când o să se termine, o să uit totul despre acest loc. Ce rău poate fi dacă mă lași să mai stau puțin și să te ajut?

Hana își plimbă privirea peste harta invizibilă de pe brațele ei. Fiecare moment petrecut cu Keishin era necartografiat și o îndepărta și mai mult de soarta ei. Mama ei era un memento constant a ceea ce le făceau *shiikuinii* celor care se abăteau din cale.

— Nu faci parte din cărarea mea.

— Ba sigur că da, zise Keishin. Sunt clientul tău. Mi-ai spus că toți cei care-ți intră pe ușă sunt clienții tăi. Asta înseamnă că nu pot să plec. Nu până nu ne terminăm afacerea. Nu încalci nicio regulă, Hana. Lăsându-mă să rămân, le respecți.

Hana nu-l putea contrazice. Clătină din cap și-și lăsă mâinile în poală, oftând ostenită.

— Ceainăria bunicii. Acolo trebuie să mergem. Dar trebuie să așteptăm până la miezul nopții.

— De ce?
— Pentru că este unica oră când ceainăria ei există.

CAPITOLUL 18

Un adevăr bine spus

Casa de amanet era aproape imaculată dacă nu te uitai prea atent. Numai lipsa unor ochiuri de geam din ușile unor dulapuri mai amintea de dezordinea anterioară. Hana și Keishin își petrecuseră ziua făcând curat. Abia vorbiseră în timp ce lucrau și când o făcuseră, de obicei Keishin întrebase unde este locul unui lucru și Hana îi răspunsese cât mai scurt cu putință. Hana simțea că așa este mai sigur. Vorbitul ducea inevitabil la rostirea adevărului și erau secrete pe care nu trebuia să le dezvăluie.

Keishin își șterse sudoarea de pe frunte cu dosul palmei, lăsându-și o dâră de praf pe tâmpla stângă.

— Se pare că, în sfârșit, am terminat.

— Ți-a scăpat un loc, zise Hana.

— Da? întrebă Keisin, cercetând încăperea. Unde?

Hana îi șterse praful de pe față cu o cârpă curată.

— Aici. Acum am terminat.

— Mulțumesc! spuse Keishin, roșind. Acum ce urmează? Mai avem câteva ore până la miezul nopții.

— Cina. Tocmai mi-am dat seama că n-am mâncat nimic toată ziua. Probabil ești mort de foame. Îți cer iertare!

— Nu mi-am dat seama.

Stomacul lui Keishin scoase un ghiorțăit.

— Stomacul tău nu e de acord cu...

Un ciocănit brusc o întrerupse. Hana aruncă o privire către ușa din spate. Îi făcu semn lui Keishin să tacă.

Ciocănitul deveni mai insistent.

— La etaj! șopti Hana. Repede!

Keishin se furișă în susul scării. O treaptă trosni. El privi înapoi către Hana, înghițind în sec.

Hana îi șopti rugător: *Ascunde-te!*

Keishin dispăru pe coridor.

Hana se apropie de ușa din spate, cu inima bătându-i atât de tare, că acoperea ciocănitul. Trase aer în piept ca să se calmeze și deschise ușa. Asupra ei căzu o umbră.

În prag stătea o siluetă suplă îmbrăcată într-un chimono alb. O mască Noh cioplită din lemn de chiparos și vopsită în culoarea lunii îi acoperea fața. Crăpăturile prin care privea erau mici, dând la iveală două puțuri negre fără fund.

— *Shiikuin-san*, zise Hana făcând o plecăciune adâncă. Nu mă așteptam să veniți atât de devreme. Luna nouă nu a apărut încă pe cer.

— Nu am venit să luăm păsările.

Un cor alcătuit din cel puțin zece voci cavernoase, tinere și bătrâne, răsună de pe buzele *shiikuinului*. Ultimul cuvânt fu rostit cu o voce de copil, dar nu mai puțin gravă decât cea mai vârstnică voce a corului.

Hana încuviință.

— Vă rog, intrați!

Shiikuinul intră, alunecând pe scândurile podelei de parcă ar fi plutit prin aer.

— Pot să vă ofer un ceai? întrebă Hana.

Shiikuinul își înclină lent capul, lăsând lumina să se răsfrângă din curbele și unghiurile măștii sale. Umbre transformară fața de lemn, schimbându-i expresia până când creară iluzia unui zâmbet sumbru, lipsit de veselie.

— Am venit să-ți punem o întrebare.

— Sunt fericită să vă spun tot ce doriți să aflați.

Buzele pictate ale măștii alcătuiră o linie subțire.

— Unde e tatăl tău?

Hana simți că-i împietrește spatele.

— Și dacă minți...

Shiikuinul întinse brațul, o îmbinare scârboasă de fier și putreziciune. Își desfăcu palma, dând la iveală gheare negre acolo unde ar fi trebuit să fie degetele.

— O să ne dăm seama.

Neîncrezându-se în vocea ei, Hana încuviință din cap. Își puse încet încheietura în mâna *shiikuinului*, folosindu-și și ultimul strop de putere ca să o împiedice să-i tremure.

— Ishikawa Hana!

Ghearele *shiikuinului* îi cuprinseră brațul, apăsând o venă și cercetându-i pulsul.

— Spune-ne unde e tatăl tău!

— Nu e aici.

— I-am simțit absența.

Shiikuinul înfipse mai tare o gheară neagră în pielea încheieturii Hanei. O picătură de sânge se prelinse din brațul ei.

Hana strânse din dinți, ignorând durerea.

— Unde s-a dus? întrebă un cor de voci.

— Nu știu.

Shiikuinul se aplecă înainte și o privi pe Hana prin deschizăturile măștii.

— Spune-ne unde este!

— L-am văzut ultima dată ieri-seară, înainte să merg la culcare.

O sudoare rece năpădi ceafa Hanei.

— Când m-am trezit, dispăruse. Nu știu unde e! Jur!

Shiikuinul își înteți strânsoarea, făcând-o să sângereze mai tare.

— Spune-ne ce știi!

Ea trase o gură zdravănă de aer, pe care îl eliberă lent printre dinți.

— De dimineață, am descoperit că prăvălia a fost jefuită și că din seif lipsește o pasăre. Tata dispăruse și el. Se pare că hoțul a fugit în lumea de dincolo de ușă și că tata l-a urmărit. Nu s-a întors.

— Ishikawa Hana!

Shiikuinul își apropie masca până la un fir de păr de fața Hanei. Îi strânse încheietura, străpungându-i și mai adânc pielea. Umbrele transformară zâmbetul *shiikuinului* într-un rânjet.

— Da, *shiikuin-san*?

Picături de sânge căzură pe piciorul Hanei.

Shiikuinul o eliberă.

— Spui adevărul.

Hana își strânse brațul la piept. Tremura, lipit de inima ei agitată.

— Mulțumesc, *shiikuin-san*!

— Vom veni să luăm păsările peste două zile.

Hana se înclină.

— Da, *shiikuin-san*.

— *Toate* păsările.

Hana păli.

— Dar...

Shiikuinul ridică bărbia Hanei cu o gheară neagră, zgâriindu-i pielea.

— Ai ochii mamei tale. S-ar putea să descoperi că fără ei o să-ți fie mai dificil să citești fețele clienților tăi și să le examinezi alegerile. Luna nouă e peste două zile.

CAPITOLUL 19

Ceainăria de la Miazănoapte

Keishin ascultă conversația dintre făptura mascată și Hana din vârful scării. Corul vocilor *shiikuinului* îi îngheță sângele în vene. Se ghemui, nevăzut, strângând un cuțit de bucătărie în pumnul drept. Nu mai înjunghiase pe nimeni, dar asta părea să fie o zi a primelor dăți.

Când *shiikuinul* îi ceru Hanei să-i spună adevărul despre ceea ce s-a întâmplat cu tatăl ei, strânse cuțitul și mai tare. Dar, pe măsură ce Hana răspundea cu calm, Keishin descoperi că strânsoarea îi slăbește, iar în acel moment înțelese motivul înșelătoriei tatălui ei. Întorsese casa de amanet cu susul în jos și înscenase un furt pentru ca Hana să poată spune o poveste adevărată. Mințise, pentru ca ea să nu trebuiască să o facă.

— Poți să cobori acum!

Hana privea fix ușa, apăsându-și stomacul cu brațele.

Keishin coborî treptele în fugă, scăpând cuțitul de bucătărie. O luă în brațe.

— Ești teafără?

— Nu.

Hana se lăsă moale la pieptul lui.

— Făptura aia..., începu el, strângând-o tare, era *shiikuinul*?

— Unul din mai mulți. Vor alegerea dispărută.

— Am auzit partea aia. Și amenințarea lor.

— N-a fost o amenințare.

Hana ieși din cercul brațelor lui.

— A fost o promisiune.

— Atunci trebuie să găsim alegerea. Repede. Probabil că tatăl tău a luat-o cu el. Dacă îl găsim, găsim și alegerea.

Keishin își verifică ceasul.

— Până la miezul nopții sunt numai câteva ore. În curând, noi o să primim niște răspunsuri.

— *Noi*? Tot mai vrei să faci asta? Chiar și după ce l-ai văzut pe *shiikuin*?

— Creatura aia o să revină peste două zile. N-o să te abandonez acum.

— Kei... trebuie să-ți spun ceva.

— Hana, nu poți spune nimic care să mă facă să mă răzgândesc.

Keishin își întipări pe chip ceea ce spera că este un zâmbet convingător.

— În plus, m-am obișnuit să sar în băltoace.

— Băltoacele nu ne pot duce la bunica acasă.

— Cum ajungem acolo?

— Trebuie să împărțim patul.

Erau culcați unul lângă altul pe salteaua pliabilă a Hanei, cu trupurile suficient de aproape ca să-și simtă reciproc căldura. Keishin privea în tavan, încercând să își amintească de cea mai plictisitoare prelegere cu putință. Se imagină din nou la liceu, așezat în spatele clasei la ora de istorie, rezolvând probleme de matematică în cap ca să-și țină ochii deschiși. Problema nu era că Renașterea i s-ar fi părut plictisitoare, ci că ideea despre predare a doamnei Whitecotton era să citească din manual până suna de ieșire. Dar în seara aceasta nici măcar amintirea mormăitului monoton al fostei sale profesoare nu reușea să-i îngreuneze pleoapele.

Vocile *shiikuinului* se suprapuneau peste Epoca de Aur elisabetană, alungându-i somnul. Keishin se ridică în șezut icnind.

— E imposibil! Nu pot să dorm!

— Întinde-te!

Hana îl trase cu blândețe la loc lângă ea.

— Și încearcă să nu te gândești la nimic. Somnul va veni.

Keishin își lăsă capul pe pernă și oftă.

— Ești sigură că nu putem să sărim într-un lac sau într-o băltoacă?

— N-am mai întâlnit niciun bărbat ca tine.

Hana se răsuci cu fața la el.

— Ești diferit de toți ceilalți care au intrat pe ușa casei de amanet.

O șuviță de păr argintiu alunecă în ochii lui Keishin. Hana își plimbă degetele prin părul lui, dându-i-o la o parte de pe față, iar el se încordă, trăgând brusc aer în piept. Ea întâlni privirea lui mirată. Un zâmbet încreți pielea din jurul ochilor lui și îi îndulci privirea. Keishin luă mâna Hanei și și-o lipi cu blândețe de obraz.

— În ce sens? șopti el și colțul buzelor lui îi mângâie palma.

— Eu, ăăă, îmi pare rău! zise ea nedumerită, fără să-și retragă mâna. Ce ai zis?

În obrazul lui Keishin se ivi o gropiță.

— Cum anume sunt diferit de ceilalți clienți ai tăi?

Hana roși. Nu încercă să o ascundă.

— Toți clienții noștri, chiar dacă n-o știu, vin să caute ajutor. Tu ești primul care îl oferă. Sari în necunoscut fără să stai pe gânduri și nu eziți să mă crezi când îți spun că drumul către bunica trece prin vise. Ești un om bun, Kei.

Își împleti degetele deasupra abdomenului.

— Poate prea bun.

— Nu mi-am dat seama că să vrei să faci ce-i corect este un defect.

Keishin se propti în cot.

— Nu e un defect. E o slăbiciune. E mai ușor pentru oameni să te rănească.

— Singurele motive și acțiuni pentru care sunt responsabil sunt ale mele. Cum aleg oamenii să reacționeze față de ele e problema lor.

— Devine problema ta când îți provoacă durere. Am văzut suficiente lacrimi în casa de amanet ca să știu că asta e adevărat în ambele noastre lumi.

— Printre lacrimile astea sunt și ale tale?

Ea se întoarse cu spatele la el.

— Ar trebui să încercăm să dormim.

— Hana...

— E aproape miezul nopții.

Keishin se culcă.

— Nu se întâmplă să ai prin preajmă o sticluță de rezervă cu somniferul tatălui tău?

— Închide ochii și ascultă-mi glasul! O să-ți spun o poveste.

— O poveste la culcare? Vorbești serios?

— Ai încredere!

Keishin închise ochii.

— Bine.

— A fost odată, demult, tare demult, un pescar pe nume Urashima Taro. Într-o zi când pescuia, a văzut niște copii chinuind o țestoasă. Taro a salvat țestoasa și a eliberat-o în mare. În dimineața următoare, o țestoasă bătrână s-a apropiat de el înot și i-a spus că cea pe care a salvat-o este fiica lui Ryūjin, Împăratul Mării. Ryūjin îi ceruse țestoasei să-l invite pe Taro în regatul său ca să-i mulțumească. Țestoasa i-a dat bronhii lui Taro și l-a condus în palatul subacvatic al lui Ryūjin. În palat, Taro i-a întâlnit pe Ryūjin și pe fiica sa, Otohime, care se transformase din țestoasă într-o prințesă frumoasă.

Vocea Hanei îl liniștea pe Keishin ca un cântec de leagăn, învelindu-l și legănându-l. Urma cuvintele Hanei de parcă erau firimituri de pâine pe o potecă din pădure, fiecare conducându-l mai aproape de un vis despre mare.

— Taro a rămas cu Otohime vreme de trei zile, dar a descoperit că-i este dor de bătrâna lui mamă. Cu regret, Otohime a acceptat să-l lase să revină în lumea lui. Înainte de plecare, i-a dăruit un sipet misterios care avea să-l protejeze atât timp cât nu îl deschidea. Bătrâna țestoasă l-a condus pe Taro înapoi pe țărmul satului său.

Keishin se chinuia să rămână treaz, sfâșiat între epuizare și curiozitate. Hana se răsuci pe o parte și își puse capul pe pieptul lui, iar el o strânse în brațe, nemaiștiind dacă visează sau este încă treaz.

— Ține-te de mine! șopti Hana deasupra inimii lui. O să te călăuzesc prin vis.

Keishin încuviință pe jumătate adormit.

— Ce s-a întâmplat cu Taro?

— Când Taro a revenit în satul lui, a descoperit că totul se schimbase. Trecuseră trei sute de ani. Toți cei pe care-i cunoștea muriseră. Tulburat, a deschis sipetul de la Otohime...

Hana îl privi cum doarme. Avea să i se alăture în curând, dar pe moment îl lăsă să viseze. Într-un fel, avea sentimentul că ea i-a luat-o înainte și că visează deja. Keishin era cel străin în lumea ei, dar, de când venise, nimic din ceea ce o înconjura nu i se mai părea familiar. Camera ei. Patul ei. Chiar și pielea ei. Nu era nevoie decât de cea mai scurtă privire a lui Keishin ca să înceapă să vibreze și să simtă furnicături din cap până-n picioare, ca atunci când se cocoțase în cel mai înalt copac de pe una din cărările muntoase pe care îi plăcea să le exploreze în copilărie. Tatăl ei îi spusese să n-o facă, dar ea tot se urcase, din ce în ce mai sus, departe de ecoul regulilor lui, departe de zidurile a tot ce i se spusese că poate sau nu poate face. Privind lumea de sus, din poziția ei precară, nu-și putuse da seama dacă curentul care-i vibra prin vene o făcea să se simtă vie sau îngrozită. O rafală de vânt biciuise bolta pădurii de sub ea, transformând-o într-o ceață verde și cenușie. Hana își ridicase privirea la timp ca să vadă cum se deschid cerurile mânioase. Se agățase de o creangă care tremura.

Picături înghețate de ploaie îi loviseră pumnii, trezind cocorii de hârtie tatuați pe pielea ei. Stolul își luase zborul pe dosul palmei sale, ignorând biciul ud al ploii. Hana îi invidiase pentru aripile lor. Slăbise strânsoarea și se gândise să dea drumul crengii, numai ca să afle, pentru puținul timp de dinainte să zacă pe stânci cu trupul frânt, cum este să zbori.

Ghemuită pe saltea lângă Keishin, cu fața suficient de aproape ca să simtă pe buze căldura răsuflării lui, Hana atârna de creanga unui copac înălțat deasupra a tot ce știa ea. De la acea distanță, lumea de dedesubt era micuță și ea era eliberată din ghearele ei. Totuși nu avea aripi. Își cuibări obrazul la pieptul lui Keishin și închise ochii, întrebându-se dacă a cădea în el ar durea la fel de mult ca a se izbi de sol și a-și frânge toate oasele.

Pietrișul trosni lângă urechea lui. Keishin deschise ochii. Se ridică în șezut și privi în jur. Înaintea lui se întindea un pod arcuit. Un șir lung de oameni îmbrăcați în veșminte albe de dormit înaintau fără grabă pe pod de pe un drum cu pietriș.

— Acesta este Podul de la Miazănoapte. Leagă noaptea de dimineață.

Hana se ridică și își scutură praful și pietrișul de pe haine.

— Oamenii îl traversează în vis. Ceainăria bunicii este peste drum.

— Unde?

Keishin își lungi gâtul ca să vadă peste oamenii care stăteau la coadă ca să treacă podul. Într-o grădină de peste drum creștea un copac mare cu frunze înflăcărate, care îi aminti de arțarii din campusul fostei lui universități.

— Aceea este ceainăria lui *Sobo*.

— Copacul?

— I se spune copacul *kito*. Înseamnă „calm", denumire care mi se pare foarte potrivită. Ceainăria bunicii le oferă refugiu celor care au coșmaruri.

— Coșmaruri?

Keishin privi oamenii așezați la coadă la pod și observă că au ochii închiși.

— Toți sunt adormiți...

— Da. Și la fel și noi. Diferența este că noi știm că visăm. Bunica m-a învățat drumul către casa ei de când eram mică. Când adormi, cotești la stânga și la sfârșitul celui de-al doilea vis faci la dreapta.

Keishin privi răsuflarea Hanei care se transforma în aburi în aerul nopții. În toiul unui vis, lângă un pod care ducea către dimineață, găsi alinare în constatarea că măcar unele legi ale științei erau încă valabile. Mulți oameni nutreau convingerea greșită că îți vedeai suflarea pur și simplu când se răcea vremea. Însă umiditatea juca un rol la fel de important în transformarea răsuflării cuiva în mici picături de apă care pluteau în văzduh.

— Punct de rouă, murmură el absent, de parcă ar fi rostit o rugăciune învățată pe de rost.

— Ai zis ceva?

— Eu, ăăă, ziceam că mă bucur că nu ne-am trezit în râu.

— Da. Am văzut ce se petrece când cade cineva în el.

Hana privea apa curgătoare.

— În timpul unei vizite la bunica am văzut un vânzător din Piața de noapte urmărit pe drumul ăsta de un *shiikuin*. Toți cei de pe drum și de pe pod au încremenit. Numai vânzătorul fugea. *Shiikuinul* înainta lent și uneori se oprea la jumătatea unui pas și nu se mai mișca deloc.

— Parcă ai zis că *shiikuinul* îl fugărea pe vânzător?

— Așa e, dar pentru *shiikuini* timpul trece altfel. Tata a spus că, deși noi s-ar putea să-i vedem stând nemișcați, ei ar putea goni prin timp, trăind câteva vieți cât ai clipi o dată din ochi. Ei nu aleargă niciodată, pentru că știu că nu-i nevoie. N-avem unde să ne ascundem de ei. Întotdeauna ne vor prinde în cele din urmă.

— De ce îl fugărea *shiikuinul* pe vânzător?

— Din singurul motiv pentru care fugăresc pe oricine din lumea asta. Vânzătorul nu-și făcuse datoria. Adormise în timp ce stătea la tarabă. N-o să uit niciodată teroarea de pe fața lui. *Shiikuinul* a făcut un semn din cap către oamenii de pe pod și ei au început să se miște ca marionetele acționate de sfori. L-au prins pe vânzător, smulgându-i hainele și zgâriindu-i pielea. El urla și încerca să-i împingă, dar erau prea mulți. Au blocat capătul podului, împiedicându-l să ajungă spre dimineață. Vânzătorul a sărit în râu, preferând să se înece decât să fie prins.

Keishin privi apa iute, care purta cu ea un copac căzut.

— Ce bine că n-a fost decât un vis!

— Vânzătorul se afla în vis, dar *shiikuinul* era real. Vânzătorul nu s-a mai trezit. Cine cade în râu nu reușește să îl traverseze către dimineață.

Înghițind în sec, Keishin privi râul.

— Atunci ar trebui să ne ținem departe de el.

— Din păcate, singura cale de a ne întoarce este să trecem podul.

O grădină *roji*[*] îngrijită se întindea ca o graniță acoperită de mușchi între drumul de pietriș și imensul copac *kito*. Keishin simți o schimbare în atmosferă de îndată ce intră în grădina ceainăriei. Adierea blândă care plutea pe deasupra peisajului liniștit, alcătuit din tufișuri perene tunse perfect, părea dulce și solemnă, un semnal discret că ceremonia ceaiului începuse odată cu primul lui pas. Fiecare piatră a cărării așternute prin iarbă îl ducea tot mai departe de lume.

— *Tsukubai* este ca să ne purificăm înainte să intrăm în ceainărie.

Hana se opri lângă un mic bazin de piatră înconjurat de pietre aranjate cu gust. Luă un polonic de bambus și se spălă pe mâini, apoi își clăti gura.

Keishin îi urmă exemplul. Din solul de lângă bazin răsună un sunet subțirel, plăcut și liniștitor ca muzica unei țitere.

— Ai auzit asta?

— Este *suikinkutsu*. Eu am ajutat-o pe bunica să-l creeze. Facem o gaură într-o oală de lut și o îngropăm cu gura în jos. Când apa picură prin gaură, cade într-o mică băltoacă și face oala să cânte.

Keishin nu-și amintea majoritatea viselor sale, dar speră că la trezire va ține minte cântecul de *suikinkutsu*.

— E magic.

— E o oală îngropată, n-are nimic magic.

Hana se apropie de o poartă din lemn de bambus de lângă un gard viu din cucută.

— Kei, nu te îndrăgosti așa de repede de lucrurile din

* În traducere din limba japoneză, „sol plin de rouă", grădină tradițională care trebuie traversată înaintea ceremoniei ceaiului, jucând rolul unui spațiu de tranziție (n.t.).

lumea asta! O să descoperi că aici multe nu sunt ceea ce par.

— Un cântec frumos e un cântec frumos.

Ochii lui Keishin stăruiră asupra feței Hanei.

— Indiferent din ce lume este.

Poarta se deschise, invitându-i în grădina interioară a ceainăriei. Hana intră pe poartă fără să privească înapoi. Keishin o urmă și descoperi o scenă mai rustică și mai intimă. La umbra copacului *kito*, tufele erau lăsate să crească în voie. Keishin își ridică privirea către bolta deasă și vastă. Până și la lumina lunii, frunzele lui păreau să ardă. Își plimbă palma pe trunchiul copacului și simți sub ea o bătaie ca a unei inimi.

— Tot nu reușesc să-mi imaginez cum încape ceainăria bunicii tale în copacul ăsta.

— A crescut înăuntrul lui de când era încă o sămânță, zise Hana.

— O sămânță?

Mintea lui Keishin zbârnâia din pricina posibilităților.

— Presupun că bunica ta nu are niște semințe în plus ca să le pot lua cu mine? Ar putea rezolva...

Strâmbă din nas, regretându-și cuvintele.

— Scuze! Uită că am zis ceva! Obicei prost.

— Am putea să o întrebăm, dar nu sunt sigură că o sămânță ca asta ar crește în sol. Mintea este de o mie de ori mai fertilă decât orice țărână.

— Bine zis, râse Keishin.

Fulgerul brăzdă cerul nopții. Vântul suflă, aducând cu el miros de ploaie. Nici măcar în vis nu putea scăpa Keishin de vremea urâtă.

— Ar trebui să intrăm.

Hana ciocăni cu degetele în trunchiul copacului.

O creangă lungă se întinse din lateral și apucă o ridicătură din trunchi cu crenguțe ca niște degete. Trase scoarța în lături ca pe o ușă. O altă creangă îl bătu pe Keishin pe umăr. El tresări și se răsuci. Creanga îl înghionti în piept.

Hana încercă să-și ascundă un mic zâmbet.

— Îți spune să intri.

Creanga continua să-l înghiontească pe Keishin.

— Vin, vin! zise el, descălțându-se.

Își lăsă pantofii pe o piatră plată de la intrarea în copac.

— Kei, așteaptă!

— Ce e?

— Cred că ar fi mai bine să nu îi spunem bunicii că mama ar putea fi în viață. N-avem nicio dovadă concretă și ar putea să o supere.

— Am înțeles.

Deși nu avea ferestre, ceainăria goală era luminată de strălucirea caldă a licuricilor care zburau liberi sub tavanul înalt. Un cer plin cu stele dansatoare. O bătrână îmbrăcată într-un chimono simplu își ridică ochii de la tejgheaua de lemn crescută din podeaua acoperită de mușchi a localului. În spatele ei, rafturi noduroase expuneau sortimente variate de ceai în vase de lut.

— Hana?

Pe chipul lui Asami se ivi un zâmbet care îi încreți colțurile ochilor.

— *Sobo!*

Hana dădu fuga la bunica ei și o îmbrățișă strâns. Asami o îmbrățișă și ea.

— Ce surpriză frumoasă! De ce nu m-ai anunțat că vii?

Aruncă o privire către Keishin.

— Și cine e prietenul tău?

Keishin șovăi, neștiind cum va reacționa Asami la prezența lui.

Hana îi aruncă o privire iute, îndemnându-l să răspundă.

— Eu, ăăă, sunt Minatozaki Keishin.

Keishin se înclină dinaintea ei.

— Credeam că i-am cunoscut pe toți prietenii Hanei, zise Asami privindu-l.

— Keishin e...

Hana se retrase din brațele bunicii ei.

— Nu e de aici.

Keishin își ținu răsuflarea.

— Nu e de aici?

Asami se încruntă.

— E din cealaltă lume.

Asami își duse palma la gură.

— Hana, ce ai făcut? De ce l-ai adus aici?

— Keishin mă ajută să-l găsesc pe tata.

Venele de pe gâtul lui Asami deveniră mai pronunțate.

— Pe tatăl tău? De ce? Ce s-a întâmplat?

— În dimineața asta m-am trezit și am descoperit casa de amanet răscolită și că *Otou-san*... a dispărut.

Buzele lui Asami păliră.

— *Shiikuinii*...?

— Nu.

Hana o apucă pe bunica ei de mâini.

— Și ei îl caută. Din acest motiv trebuie să-l găsesc eu prima. A lăsat indicii care ne-au condus încoace.

— Speram că veți avea niște răspunsuri, zise Keishin.

Asami nu-l băgă în seamă, privind-o cercetător pe Hana.

— Are legătură cu mama ta, nu? Tatăl tău mi-a făcut o vizită foarte neobișnuită acum două luni. A spus lucruri foarte ciudate despre ea. Am crezut că a muncit prea mult sau e beat. I-am spus să meargă acasă și să se odihnească.

— Ce a zis? întrebă Hana.

— Niște prostii, zise Asami, clătinând din cap. Mi-ar fi rușine să le repet.

Hana strânse și mai tare mâinile bunicii sale.

— Dar ne-ar putea ajuta să-l găsim.

Keishin își mușcă buzele, împotrivindu-se impulsului de a interveni ca să o ajute pe Hana să-și pledeze cauza. Era clar că Asami nu-l vrea aici.

— Uită toate astea! Du-te acasă, Hana!

— Nu pot. Știi ce-o să-i facă *shiikuinii* dacă o să-l găsească primii! Trebuie să-mi spui ce ți-a povestit tata. Nu plecăm până n-o faci.

— Ești la fel de încăpățânată ca mama ta. Nu vreau să te pierd și pe tine.

— N-o să mă pierzi. Îți promit!

— Asta nu-i o promisiune pe care s-o poți face. Numai *shiikuinii* pot să-ți decidă soarta. Te vor face să suferi cum a suferit mama ta.

— Nu, dacă ne ajutați! izbucni Keishin.

Asami se uită urât la el.

— Asta nu te privește.

— Hana mă privește.

Keishin ridică vocea mai mult decât intenționase, dar nu regretă. Imaginea Hanei fugărită în apa râului de *shiikuini* îi umplu mintea.

— Vă implor!

Își îmblânzi tonul.

— Vă rog să ne spuneți ce știți! Ar putea fi unicul mod ca Hana să fie în siguranță.

Aruncându-i o privire dură, Asami expiră și trupul ei micuț păru să se dezumfle.

— Toshio, zise ea, coborându-și vocea. Mi-a spus că urmează să se pensioneze în curând și că o să poată, în sfârșit, să îndrepte lucrurile.

— Cum? întrebă Hana încruntându-se.

— A spus că are un plan ca să fii în siguranță în timp ce el...

Ochii lui Asami se încețoșară de lacrimi.

— În timp ce el o caută pe mama ta. Am încercat să-i spun că a murit, dar el avea un licăr sălbatic în ochi și insista că trăiește. A spus că, imediat ce o să preiei casa de amanet, o să plece în căutarea ei.

Își încleștă maxilarul.

— Cum am zis, numai prostii.

— Dar dacă..., zise Hana. Dacă nu spunea prostii?

— Nimeni nu-și dorește mai mult decât mine ca mama ta să fie în viață, dar nu asta este realitatea. După moartea ei, *shiikuinii* au venit la mine și mi-au dăruit o perlă *kioku** care conținea ultima ei zi de viață.

— O perlă *kioku*? întrebă Keishin.

Asami îl țintui cu privirea.

— Poate arăți ca unul de-ai noștri, dar ignoranța ta trădează locul de unde ești de fapt. Dacă nu vrei ca prezența ta să fie descoperită, trebuie să fii atent ce vorbești după ce vei pleca de aici. Sunt mulți cei care n-ar ezita să te trădeze. Dacă nepoatei mele i se va întâmpla ceva rău din pricina neglijenței tale, o să-ți dorești să te găsească *shiikuinii* înaintea mea.

— Îmi pare rău!

Keishin se înclină.

— O să fiu mai atent.

— O perlă *kioku* este un recipient pentru amintiri, zise Asami. *Shiikuinii* au făcut una care a conținut procesul lui Chiyo, ca să-mi arate ce s-a petrecut în ziua aceea. Au vrut ca avertismentul lor să fie clar. Există o singură soartă pentru cei care nu-și fac datoria.

— Nu mi-ai spus niciodată că ai o perlă *kioku* din dimineața aceea, zise Hana.

— N-am. Am aruncat-o. De ce să păstrez ceva atât de crud? De când am văzut ultimele clipe ale lui Chiyo, nu

* În traducere din limba japoneză, „amintire" (n.t.).

mi-am dorit decât să le uit. Dacă aș fi fost acolo, n-aș fi stat cu mâinile în sân ca...

Cuvintele îi muriră pe buze.

— Ca tata? întrebă Hana.

— Totul e în trecut, zise Asami pe un ton apăsat. Dar tatăl tău s-a convins că trecutul nu este ceea ce pare.

— Cum așa?

— Era convins că poate imposibilul. Credea că o va putea găsi pe Chiyo dacă va da timpul înapoi.

Coada de visători înainta cu iuțeala melcului către pod, dar niciunul dintre cei care așteptau nu părea să se grăbească. Fiecare era prea preocupat să își străbată propriul vis ca să remarce pietrișul care îi trosnea sub picioare. Dar Keishin era extrem de conștient de fiecare pietricică și de fiecare secundă care trecea în timp ce aștepta să-i vină rândul să traverseze către dimineață. Își masă ceafa.

— Ar fi ceva îngrozitor să intrăm peste rând? Toți dorm. Nu vor remarca.

— Da, ar fi, răspunse Hana.

— Mi-aș dori să am jumătate din răbdarea ta!

— Când îți petreci viața temându-te de viitorul tău, înveți să primești cu bucurie orice te face să aștepți.

— E chiar atât de cumplit? Să conduci casa de amanet? Cu excepția *shiikuinilor*, vreau să zic, nu că ar fi ușor să uiți de ei. Dar casa de amanet ajută o mulțime de oameni din lumea mea. Faci mult bine.

Hana continua să privească podul.

— Hana? Ai auzit ce am zis?

— Nu pot să nu mă gândesc la ce a zis bunica despre planul tatei de a da timpul înapoi.

— Știu că lumii tale nu-i pasă de știință și de regulile ei, dar până și bunica ta a spus că nu este posibil să călătorești în timp, zise Keishin. Ar trebui să căutăm altă pistă. Ce-i cu perla despre care a pomenit bunica ta? A zis că i-a arătat ce s-a întâmplat în ziua procesului mamei tale. Nu putem să mai găsim una?

— O perlă *kioku* a unei întâmplări nu poate fi făcută decât de cei care au fost de față la momentul respectiv. Nu cred că ar fi o idee înțeleaptă să-i întrebăm pe *shiikuini* dacă n-au una de rezervă. Să găsim o altă perlă care să conțină aceeași amintire ar putea fi mai greu decât să călătorești în timp.

— Deci suntem într-o fundătură. Din nou.

— Poate că nu. Știu că nu este posibil să călătorești în timp, dar tata nu-i genul de om care să spună cuvinte pe care nu le crede, oricât de beat ar fi. Când e beat, atunci e cel mai sincer. Timpul trebuie să aibă un rol în planul lui de a o găsi pe mama, zise Hana. Ce spune știința ta despre timp?

— Nimic definitiv. Dar avem teorii.

— Ce fel de teorii?

— Păi, de exemplu, știm că spațiul poate fi curbat de gravitație. Asta înseamnă că și continuumul spațiu-timp poate fi curbat. În teorie, asta înseamnă că și timpul poate fi curbat.

— Curbat...

Hana își mușcă colțul gurii.

Oamenii de la coadă încremeniră cu picioarele în aer. Hana înjură.

— Ce e? o întrebă Keishin. Ce s-a întâmplat?

— Sunt aici!

Keishin se răsuci. O siluetă mascată stătea la capătul drumului, sfredelindu-l cu ochii ei întunecați.

— *Shiikuinii*!

Hana îl apucă de mână.

— Fugi!

Hana a sărit în șezut pe salteaua ei, cu hainele îmbibate de transpirație. Zorii se revărsau printr-o deschizătură a draperiilor din dormitorul ei. Se apucă de braț, amintindu-și mâinile reci și putrede care încercaseră să o împiedice să traverseze podul. Atingerea lor îi transformase măduva în gheață, îi consumase căldura și curajul. Keishin le împinsese în spate, folosindu-și trupul ca să o ocrotească. Ele îl zgâriaseră, făcându-l să sângereze. El îi strigase să fugă, spunându-i că e chiar în spatele ei.

Nu era.

CAPITOLUL 20

Călătorii și trenuri

Există coșmaruri din care te trezești și coșmaruri *în* care te trezești. Diminețile nu puteau face nimic ca să le oprească. Și nici Hana. Îl privi pe Keishin care se zvârcolea pe pat, sângerând din rănile lăsate de *shiikuin* pe brațele lui. Fața i se schimonosi de durere. Sudoarea îi lipi de obraz o șuviță de păr argintiu. Ea îl prinse de umeri și-l zgâlțâi din răsputeri, deși știa că nu-l poate trezi. Singura cale ca el să se trezească era să răzbească de unul singur de cealaltă parte a podului.

Keishin se ridică în șezut cu o tresărire, smulgându-se din niște mâini invizibile. Ochii lui descoperiră chipul Hanei.

— Hana..., zise el, respirând sacadat.

— Kei! spuse ea și îl îmbrățișă. Ai traversat!

— Era cât pe ce să nu! gâfâi el.

Hana sări în picioare.

— Ridică-te! Trebuie să plecăm.

— Cum ne-au găsit?

— Poate că a fost *Horishi* sau poate cineva care ne-a văzut la ceainărie sau în templu. Nu contează. *Shiikuinii* ți-au prins mirosul.

— Mirosul meu?

— *Shiikuinii* ne pot simți mirosul. Așa ne dau de urmă. Acum, că știu că te afli aici, nu vor înceta să te caute.

— Nu te părăsesc!

— Știu. E foarte clar că e inutil să mă contrazic cu tine. Nu îți cer să te întorci în lumea ta, dar nu putem rămâne aici.

— Unde mergem?
— Oriunde.

Ieșiră dintr-o băltoacă lângă intrarea unei clădiri lătărețe din cărămidă roșie, cu un acoperiș mare de ardezie în formă de cupolă. Sub cupolă, un ceas demodat cu cadranul rotund anunța ora. La trei etaje dedesubtul ceasului, mulțimea intra și ieșea grăbită pe ușile înalte ale clădirii.

— Asta e, la noi, gara Tokio, zise Hana. În lumea ta arată la fel?

— Nu cred că am intrat vreodată în cea de pe partea mea. Dacă am fost, nu-mi amintesc. Viața mea din Tokio este în cel mai bun caz cețoasă. Abia dacă-mi amintesc...

— Fața mamei tale?

Keishin simți că i se strânge inima.

— De unde știi?

— Și eu am aceeași expresie ori de câte ori mă surprinde tata uitându-mă la singura fotografie a mamei mele pe care a păstrat-o. Nu mi-o amintesc pe mama, dar tot fur fotografia aia de la el din cameră, sperând că, data următoare când o voi privi, voi găsi vreo urmă de-a ei în mintea mea.

— Eu încerc să nu mă gândesc la mama.

Keishin își ridică ochii către ceas.

— Nu merită nicio secundă din timpul meu sau cel mai mic loc în mintea mea.

Cerul se întunecă.

— O să plouă, zise Hana. Ar trebui să intrăm.

— O să luăm un tren?

— O parte a noastră, da.

Un tavan înalt de formă octogonală o făcu pe Hana să se simtă mică. Opt vulturi de marmură stăteau cocoțați de jur-împrejurul tavanului, urmărindu-i cu ochii pe călătorii de sub ei, care se grăbeau să prindă trenurile.

— Vulturul ăla tocmai s-a mișcat? întrebă Keishin.

— Sigur că da. E o statuie. Așa fac ele, se mișcă.

— Atunci vei fi foarte dezamăgită de statuile din lumea mea.

Keishin cercetă gara din priviri.

— De unde luăm bilete?

— Biletele au fost deja cumpărate.

Hana privi către o mulțime care se îndrepta către peroane.

— De către ei.

Keishin stătea în mijlocul mulțimii de pe peron și își masa tâmplele.

— Dintre toate lucrurile pe care le-am văzut și auzit în lumea ta, planul ăsta este de departe cel mai ciudat.

— Dar va merge, zise Hana.

— Chiar vrei să mă apropii de o persoană complet necunoscută și să-i spun cel mai mare secret al meu? zise Keishin cu un aer chinuit.

— Amândoi o vom face. Cu cât le spunem mai multor oameni, cu atât *shiikuinilor* le va fi mai greu să ne găsească. Ne urmăresc conectându-se la secretele noastre. Parfumul unui secret este mai puternic și mai distinct decât orice alt miros. Nu sunt doi oameni care să aibă același secret.

— Și de aia trebuie să le împărtășim?

— Cât mai multor oameni cu putință. Ei ne vor duce secretele cu ei oriunde vor merge. Asta îi va zăpăci pe *shiikuini* și să sperăm că ne va oferi suficient timp ca să găsim răspunsuri.

Hana porni pe peron, se opri lângă un bărbat care se uita la ceas și îi șopti ceva la ureche. Kei îi urmă exemplul, împărtășind mulțimii secretele sale.

Stăteau pe peron, privind un tren care pleca din gară.

— Mă bucur că s-a terminat! zise Keishin. Nu cred că am fost mai stânjenit în viața mea. Parcă eram într-unul din visele alea în care le predau studenților gol pușcă.

— Cred că într-un fel ai fost. Onestitatea ne dezbracă de tot ceea ce acoperă ființa noastră adevărată. E mai ușor să-ți împărtășești secretele unor oameni pe care nu-i vei mai vedea niciodată.

Hana se încheie la haină.

— *Shiikuinilor* le va lua o vreme până să-și dea seama că i-am trimis pe urmele fiecărui tren care a plecat din gară în ultimele douăzeci de minute. N-ar trebui să irosim niciun minut din timpul pe care tocmai l-am câștigat.

— Încotro acum? întrebă Keishin.

— La marginea mării.

CAPITOLUL 21

Cerul, marea și un cântec

Keishin nu fusese la plajă decât de câteva ori în viață, însă de fiecare dată când se plimba pe țărmul mării îl copleșea o senzație de familiaritate care-l încălzea din cap până-n picioare. Interpreta sentimentul ca fiind rezultatul conexiunii primordiale a omului cu marea, o reminiscență a vremurilor în care viața răsărise din supa prebiotică a planetei. Degetele lui de la picioare aparțineau unei școli mai simple de gândire, fericite să accepte pur și simplu că le place marea pentru că se bucură de senzația nisipului dintre ele. Azi se simțeau părăsite, luând personal faptul că Keishin le refuzase simpla plăcere a unei plimbări. Plaja aceasta nu semăna cu niciuna vizitată de el. Acolo unde se termina nisipul fin ca pulberea, norii lingeau țărmul. Keishin se lăsă pe vine lângă băltoaca din care ieșiseră și își înmuie mâna în cerul de la picioarele lui. Fuioare de nori i se încolăciră pe degete.

— Incredibil! zise el cu o voce care era mai mult aer decât sunet.

— Ești norocos, zise Hana.

— Norocos?

Keishin se ridică și-și scutură pantalonii de nisip.

— Nu-mi pot aminti când am privit ultima dată ceva care m-a făcut să mă minunez. Dacă nu pun la socoteală momentul...

Ochii Hanei se abătură de la Keishin către norii care se izbeau de nisip ca valurile.

— Dacă nu pui la socoteală ce anume?

— Nimic.

— Haide! Tocmai ți-ai împărtășit cel mai mare secret unor străini dintr-o gară. Asta nu poate fi atât de rău! Pot să-ți zic și eu un secret în schimb, dacă vrei.

— Nu e nevoie să facem schimb.

— Bine. Nu mi-aș dori să fiu nevoit să-ți povestesc despre momentul când am dat foc laboratorului din greșeală. Dă-i drumul atunci! Când ai văzut ultima dată ceva care te-a făcut să te minunezi?

— Nu ceva. Pe cineva.

— Da?

— Pe tine.

— Pe mine? De ce?

— Pentru că ai încălcat toate regulile pe care le știu.

Keishin se încruntă.

— Ce reguli?

— Prea multe.

— Zi-mi una!

— În loc să amanetezi o alegere, mi-ai oferit una. Până-n ziua morții mele n-o să înțeleg cum ai ajuns să te afli alături de mine pe plaja asta, ajutându-mă să-mi caut părinții.

— Și tu ești un mister pentru mine.

Kei mai făcu un pas către ea. Fugeau ca să-și salveze viețile și căutau o femeie moartă, dar tot ce vedea el era haloul de calm din ochii Hanei și fața lui întorcându-i privirea din irisurile ei. Își invidie imaginea. Ea putea ajunge acolo unde el n-avea cum. Se întrebă cât de multe secrete de-ale Hanei cunoaște aceasta, privilegiu pe care se îndoia că-l va împărtăși vreodată. Oricât de aproape ar fi stat unul de altul, Hana se afla întotdeauna la un univers distanță de el. Fără să se gândească, întinse mâna și-i atinse obrazul, împins de cele mai vechi instincte ale lui să cunoască necunoscutul. Era mai moale decât și-i imaginase.

— Încă mai ești.

Hana se uită în altă parte, ascunzându-și îmbujorarea care apăruse în locul unde degetele lungi ale lui Keishin îi atinseseră pielea. Arătă către un grup de construcții de lemn cocoțate pe piloni, în depărtare.

— De acolo vom lua următorul nostru mijloc de transport.

— Transport. Corect! zise Keishin, smulgându-și gândurile de la Hana.

Își umbri ochii cu palma, apărându-i de soare.

— Nu văd nicio ambarcațiune.

— Pentru că nu e niciuna. Bărcile nu pot călători pe Marea Cerului.

Era un sat construit pe piloni groși, cu câteva case care înaintau în apă pornind de la linia țărmului. Podețe din lemn bătut de vreme legau casele între ele, alcătuind o rețea complicată de străzi deasupra mării de nori. De la tarabele lor colorate de pe marginea străzilor, vânzătorii făceau reclamă unei palete vaste de bunuri. Keishin se întrebă nedumerit la ce puteau folosi unele mărfuri.

— De ce vinde omul acela sticle cu nisip? șopti el la urechea Hanei. Și de ce i le cumpără lumea? Pot să adune de pe țărm pe gratis.

— Nu e nisip.

Hana luă o sticlă și i-o oferi lui Keishin.

— E timp. Nu foarte mult. Numai vreo două minute în fiecare sticlă. Să vinzi mai mult de-atât este interzis. Oamenilor le place să le ia cu ei în călătorie, în caz că durează mai mult decât s-au așteptat și sunt în întârziere.

— Timp?

Keishin ridică sticla și studie grăunțele mărunte din ea.

— Nu o să vezi foarte des la vânzare așa ceva. E destul de rar. Dar, uneori, frânturi de timp sunt aduse de valuri la mal. Vânzătorii le adună și le vând.

— De unde le aduc valurile?

— De la oamenii care se pierd în larg.

Hana luă sticluța din mâinile lui Keishin și i-o înapoie vânzătorului.

— Nisipul ăsta este timpul pe care n-au mai apucat să-l folosească.

— Oh! zise Keishin încet, îndepărtându-se de tarabă.

— E ceva în neregulă?

— Timpul este un subiect despre care fizicienilor le place să discute. Am colegi care o pot ține așa ore în șir, dezbătând dacă există sau nu, dacă crește sau descrește. Și uite-l aici, adunat de la cei morți și vândut în sticluțe unor călători care se tem să nu întârzie.

Keishin oftă.

— Ne petrecem toată viața studiind universul și ce avem de arătat? Oare chiar știm ceva?

— Tu știi, zise Hana. Din acest motiv ești aici. Îți aduci aminte ce mi-ai zis despre timp când eram pe pod?

— Că în teorie poate fi curbat?

— Dacă nu-i doar o teorie? Dacă există o persoană care ar putea să curbeze timpul și să ne arate ce i s-a întâmplat cu adevărat mamei?

Keishin făcu ochii mari.

— Cunoști pe cineva care poate îndoi timpul?

— E posibil. Lucrează la *Kyoiku Hakubutsukan.*

— Muzeul Educației?

Hana încuviință și se opri lângă o tarabă care vindea prăjiturele de orez.

— Ți-ai dori unele pentru drum? N-am mâncat nimic toată ziua.

Keishin își scoase portofelul.

— Eu, ăăă, n-am decât dolari sau yeni. E OK?

— E o piață. N-ai nevoie de bani aici.

Hana zâmbi și alese câteva prăjituri.

Vânzătorul le împachetă și i le oferi.

— Ce v-ați dori în schimbul lor? îl întrebă Hana.

— O carte, răspunse vânzătorul. Ceva ce să nu fi citit încă. Una groasă, cusută cu fir aurit.

Hana își vârî mâna în traista împletită de pe umăr. Scoase o carte despre istoria fabricării zmeielor pe care Keishin o văzuse pe un raft în casa de amanet.

— Asta e bună?

Vânzătorul încuviință și zâmbi, admirând cartea.

— Mulțumesc! Să călătoriți în siguranță!

Hana puse prăjiturile cu orez în traistă și porni pe stradă. Keishin o ajunse din urmă.

— Cum de s-a nimerit să ai în traistă exact cartea pe care o voia vânzătorul? Ce mai ai acolo?

— Nimic.

Hana își luă traista de pe umăr și i-o dădu lui Keishin, care se uită în ea.

— E goală...

— M-am temut ca prăjiturile cu orez să nu fie strivite, așa că le-am lăsat pe masa din bucătăria mea. Și cartea am luat-o din biblioteca tatei, zise Hana. Ar fi o traistă inutilă și ar deveni și foarte grea dacă ar trebui să car lucruri în ea.

Keishin izbucni în râs.

— E ceva amuzant?

— Da. Lumea mea.

Un zâmbet strâmb arcui obrazul lui Keishin.

— Am trimis oameni în spațiu și am construit detectoare enorme sub pământ ca să studiem universul, dar cumva nu am descoperit cum ar trebui utilizată cu adevărat o traistă.

— Încetează!

— Ce să încetez?

— Chestia la care te gândești.

— La ce mă gândesc?

— La același lucru la care te gândești de când ai descoperit că putem călători prin bălțoace. Încerci să-ți imaginezi cum ai putea realiza asemenea lucruri pe partea ta de ușă. Dar heleșteiele... traista asta.... nu sunt menite pentru lumea ta. Ai eșua.

— Și ce-i greșit în a eșua? întrebă Keishin, înclinându-și capul. Sau în a vrea să îmbunătățești lucrurile? Doar pentru că un lucru a fost făcut într-un anume fel nu înseamnă că trebuie făcut mereu așa. Și dacă eșuez, ce? Asta înseamnă că am eliminat o ipoteză greșită și sunt mai aproape de cea corectă. Știința a fost clădită pe umerii oamenilor mari, atât pe greșelile lor, cât și pe realizări. Sensul a tot ce fac eu este să explorez tot ce a fost, este și...

— ... ar putea fi.

Keishin încuviință.

— Întocmai!

— Trebuie să fie plăcut...

Hana trasă cu degetul harta invizibilă de pe mâna ei.

— Să poți să vrei mai mult.

Docuri înguste se desprindeau din pâlcurile de case și toate duceau spre nori. Pe ele așteptau călători așezați la coadă, dar Keishin nu-și putu da seama ce anume așteaptă ei. Nu se vedeau nici bărci, nici corăbii.

Hana îi indică un doc aflat la stânga lor.

— Acela este al nostru.

— Mai spune-mi o dată de ce nu putem folosi o băltoacă pentru a călători până la muzeu? o întrebă Keishin.

— O să înțelegi când vom ajunge.

Hana înaintă pe doc.

— Muzeul nu pare o destinație prea populară, zise Keishin. E o singură persoană la coadă.

— Nu e la coadă. Ea este *kashu*.

— O cântăreață?

Hana încuviință.

— Docurile astea le aparțin lor. Fiecare *kashu* te duce altundeva.

Kashu stătea la capătul docului, îmbrăcată într-un chimono albastru și ținând în brațe un *shamisen*. Instrumentul cu coarde semăna cu un banjo cu gâtul lung, subțire și lipsit de marcaje și avea o cutie de rezonanță pătrată, goală pe dinăuntru. *Kashu* îi salută cu o plecăciune. Hana și Keishin îi răspunseră și ei cu una.

— Bine ați venit! zise *kashu* cu o voce care îi reaminti Hanei de clopoțelul de aramă de la ușa casei de amanet. Vântul îmi poartă cântecul spre est, dincolo de Marea Cerului, și îi duce ultimele note până la *Kyoiku Hakubutsukan*. Nu merge mai departe și nu face cale-ntoarsă.

— Cât costă transportul a două persoane până la muzeu? întrebă Hana.

— Nu cer nicio plată.

Kashu îl măsură pe Keishin din cap până-n picioare și își înclină capul ca și când ar fi cugetat.

— Cu condiția ca însoțitorul tău să-mi împărtășească un cântec din lumea lui. Mereu am fost curioasă cum este muzica lumii celeilalte.

— Cum...

Keishin se încordă.

— Cum ți-ai dat seama?

Hana o apucă pe *kashu* de braț.

— Te rog, nu le spune *shiikuinilor* că e aici!

— De ce să le spun ceva *shiikuinilor*? Treaba mea este să transport călătorii. Este singura mea obligație. Regulile pe care le încalci sunt treaba ta, nu a mea.

Kashu se întoarse către Keishin.

— Și știu că nu ești de aici pentru că pot să-ți aud inima. În pieptul tău bate numai jumătate din ea. Cealaltă jumătate o cheamă dintr-un loc foarte îndepărtat, aflat mai departe decât pot călători cântecele noastre. Deci ești de acord cu schimbul? Un cântec din altă lume ca să te trimit la destinație?

— Dar nu pot să cânt.

— Nu trebuie să cânți. Nu trebuie decât să te gândești la un cântec care te transportă.

— Mă transportă?

— Din momentul prezent. Departe de tot ce te ține pe loc. Nu este posibil ca lumile noastre să fie atât de diferite. În mod sigur ai cântece la care apelezi ca să îți lași mintea să plutească?

— Păi..., zise Keishin. E un cântec la care mă gândesc.

— Bine.

Tunetul acoperi vocea lui *kashu*.

— Împărtășește-l și pornește la drum! *Kyoiku Hakubutsukan* este destul de departe și nu vrei să navighezi cu cântecul tău prin furtună.

— Cum ți-l împărtășesc?

— Închide ochii și lasă cântecul să-ți umple mintea. Nu te gândi la altceva, dacă nu vrei să te pierzi pe mare, zise *kashu*. Și țineți-vă strâns unul de altul!

Keishin o luă pe Hana de mână și închise ochii, încă neînțelegând cum ar putea un cântec să-i transporte altundeva. Trase aer în piept și lăsă melodia familiară să răsune tot mai tare în sinea sa.

Vânturile Mării Cerului amuțiră. Le luă locul un cântec, acompaniat de sirena unei mașini de pompieri. Keishin deschise ochii. Îi întoarse privirea fotografia alb-negru a unei păsări în colivie, pe care o cumpărase de la un târg de vechituri cu un an în urmă, atârnată acum de peretele de cărămidă al apartamentului său de la mansardă.

CAPITOLUL 22

Camere

Erau după-amiezi la casa de amanet când afacerea încetinea și Hana se rezema în coate de tejghea și își imagina lumea de dincolo de ușă. Lipea laolaltă crâmpeie din viețile clienților, creând o lume peticită cu clădiri cenușii de birouri pline cu oameni care-și doreau să fie altundeva, trenuri aglomerate care nu erau alimentate cu stropi de rouă și încăperi viu colorate cu șiruri de mașini de pachinko care mâncau bani. Niciodată în visarea ei cu ochii deschiși nu își închipuise un loc cu ferestre înalte de trei metri și o serie de fotografii alb-negru răspândite pe pereții de cărămidă. Sau că îl va împărți cu un bărbat ca Keishin. El alesese, în mod repetat, să rămână alături de ea, chiar și când, oricum ai fi privit, nimeni nu l-ar fi învinovățit dacă ar fi plecat.

— Ce loc e ăsta?

— Hana? exclamă Keishin, tresărind. Ești aici!

— Unde altundeva să fiu? Călătorim către *Kyoiku Hakubutsukan*, ai uitat?

— Dar ăsta-i fostul meu apartament! Parcă ai zis că o să călătorim către muzeu călare pe un cântec.

— Asta și facem. Ascultă!

Muzica se insinua dinspre un pick-up aflat sub fotografia unei păsări în colivie. Acul se mișca dintr-o parte în alta a discului, găsind în adâncurile șanțurilor de vinil vocea mătăsoasă și profundă a unei femei. Povestea unei fete care plutea în derivă noaptea pe mare umplea încăperea.

— Ăsta este cântecul tău. Ne aflăm în interiorul lui. Mă bucur că l-ai ales. E minunat.

Keishin își masă șaua nasului și se lăsă pe o canapea din piele roasă de culoare bej.

— Nu înțeleg.

— De ce îmi place cântecul tău?

— Nu înțeleg cum călătorim în interiorul unui cântec și de ce suntem în apartamentul meu.

— Muzica asta care se aude acum este cântecul pe care l-ai împărtășit cu *kashu*, nu?

— Așa e.

— Și asta este încăperea în care l-ai ascultat adesea? Poate stând exact în locul unde stai acum?

— Cu un pahar de vin sau de whisky după muncă.

— Atunci acesta este motivul pentru care ne aflăm aici. Aici trăiește cântecul.

Hana se așeză în celălalt capăt al canapelei.

— Dar acesta nu este apartamentul tău. Doar seamănă cu el.

Keishin se ridică și își plimbă mâna de-a lungul zidului de cărămidă.

— Nu e real?

— Este, dar nu este casa ta. Camera aceasta a fost creată ca să ne transporte până la muzeu. Este unică, numai pentru tine și cântecul tău. Camera tatei era foarte diferită.

— Cum era camera lui?

— Era seiful casei de amanet, răspunse Hana. Întotdeauna folosea cântecul păsărilor când călătoream. Oriunde am fi mers, el era cu gândul la seif și la alegerile pe care le țineam în el. Din păcate, să stai o seară întreagă în seif nu era foarte confortabil.

— O seară întreagă?

— Muzeul e foarte departe.

Hana scoase pachetul cu prăjiturele de orez din geantă.

— Ți-e foame?

Ambalajele goale ale prăjiturilor cu orez zăceau pe măsuța de cafea din lemn închis la culoare a lui Keishin, lângă un telescop miniatural demodat din cositor.

— Se poate?

Hana indică telescopul.

— Sigur, încuviință Keishin, iar ea luă telescopul și se uită prin instrument. Mă tem că nu merge. E numai de decor.

— Dar nimic din ceea ce ținem în jurul nostru nu este numai de decor, nu? Alegem și ne înconjurăm de obiecte care ne vorbesc sau care vorbesc despre noi, fie că suntem sau nu conștienți de asta.

Hana puse telescopul jos, murdărindu-se de praf pe degete.

— Și telescopul ăsta spune că are o nevoie disperată de a fi curățat. Scuze, am niște prosoape de hârtie în bucătărie.

Se ridică, dar se opri la jumătatea unui pas.

— Ăăă, am bucătărie? Nu sunt sigur cum funcționează transportul ăsta.

— Nu, nu ai.

Hana își șterse mâinile pe haină.

— Ai o singură cameră.

— Doar una? Ce bine că asta nu este o întâlnire, chicoti Keishin.

— Ce e aia o întâlnire?

— Stai puțin! Nu știi ce e aia o întâlnire?

— Ar trebui să știu?

— Păi, ăăă, e când doi oameni încearcă să se cunoască mai bine. Ies la cină. Merg la un film sau la o piesă de teatru. Și dacă lucrurile merg bine, ei... ăăă...

— Se vizitează unul pe altul acasă?

— Îmm, da. Se... ăăăă... vizitează.

— Cum facem noi acum.

Keishin încuviință.

— Cum facem noi acum.

— Și?

— Și ce?

— Ce mai fac oamenii în vizitele astea? De ce camera asta nu este de ajuns? Ce alte încăperi le mai trebuie?

Hana se afundă mai bine într-o pernă supradimensionată și-și puse mâinile în poală.

— Camera asta e foarte plăcută. Nu mi se pare că-i lipsește nimic.

— Știi ce? Ai dreptate! E o cameră cum nu se poate mai bună!

— Este.

În sufragerie se așternu o tăcere ca un strat de praf pe care nici Hana, nici Keishin nu păreau dornici să-l deranjeze. Keishin își schimbă greutatea pe canapea, făcând pielea să scârțâie.

— Ai adus multe iubite acasă? îl întrebă Hana de parcă s-ar fi interesat de un lucru oarecare, ca de exemplu cât e ceasul.

Keishin tuși.

— Iubite?

— Ăsta e scopul unei întâlniri, nu? Să îți găsești o pereche.

— Păi... eu....

— În lumea mea, căsătoria e altfel. Este o datorie, ca orice altceva din viețile noastre. Tot ce trebuie să știi despre viitorul tău soț e numele.

Își plimbă un deget peste mâna dreaptă, urmărind traseul invizibil pe care îl străbăteau cocorii de hârtie prin ploaie.

— Nu ne trebuie întâlniri.

Keishin îi privi pielea dezgolită a brațului, întrebându-se dacă pe ea era tatuat numele altui bărbat. Alungă gândul.

— Atunci, ăăă... poate că asta ar putea fi prima noastră întâlnire. Adică... dacă vrei tu să fie.

Hana zâmbi, ridicând dintr-o sprânceană.

— Credeam că mai întâi trebuie să iei cina și să mergi la un spectacol?

— Alea sunt opționale. Prăjiturile cu orez și telescoapele prăfuite sunt tot ce-ți trebuie cu adevărat ca să fie oficial.

— Așa e?

— Sigur că da! Nu ne lipsește decât un lucru.

Se apropie de fereastra înaltă.

— Și care ar fi acela?

— O priveliște. Peste drum se află magazinul cu mâncare chinezească la pachet al domnului Li. Au cel mai bun *chow mei* de pui. De-aia am ales apartamentul ăsta.

Trase draperiile în lături. Dincolo de sticlă se învolburau nori negri, ale căror contururi erau luminate numai de fulgerele care brăzdau bezna. Keishin se trase înapoi.

— Navigăm pe Marea Cerului, zise Hana. Într-o furtună adevărată. Îmi pare rău!

— Îți pare rău?

Keishin trase draperiile la loc.

— De ce?

— Vremea urâtă mă urmărește pretutindeni.

— Serios? zise el, încruntându-se. Și pe mine mă urăște vremea.

— Râzi de mine. Dar e adevărat. Sunt sigură că ai observat: oriunde merg, cerul nu întârzie să-și exprime dezaprobarea.

— Am observat, dar am presupus că era din cauza...

Acul sări și muzica se opri. Camera se clătină sub picioarele lui Keishin, făcându-l să se izbească de un perete.

— Kei! Cântecul tău! țipă Hana, acoperind trosnetul

lemnului și al cărămizii, iar Keishin se apucă de pervaz ca să-și recapete echilibrul.

— Cântă-l în gând! Acum!

Keishin închise ochii și invocă notele melodiei. Discul reîncepu să cânte. Cutremurul se potoli.

— Te-ai lăsat distras, zise Hana. Cântecul nu trebuie să înceteze. Trebuie să-ți golești mintea de gânduri care să-l împiedice să se desfășoare undeva în fundalul ei.

— Așa se pierd oamenii în larg, zise Keishin, înghițind revelația care i se oprise în gât ca un bolovan.

— Da. De aceea, indiferent ce se petrece, nu trebuie să-i dai drumul cântecului, zise Hana. Și nici mie.

— Nu o voi face! Promit!

Keishin se așeză lângă ea, ștergându-și transpirația rece de pe frunte.

— Nu o să te pun într-un pericol mai mare decât am făcut-o deja. *Shiikuinii* nu ne-ar vâna dacă n-aș fi eu.

— Poate că tu ai ales să rămâi, dar eu am ales să ți-o permit. A fost... prima alegere adevărată din viața mea.

— Asta e bine sau rău?

— Ăăă, nu știu încă.

Keishin își odihni ceafa pe spătarul canapelei.

— Și tu? Îți regreți decizia?

— Am fost speriat și confuz mai des decât mi-ar fi plăcut, dar nu regret nicio secundă din timpul petrecut aici.

— De ce?

— Pentru că...

Keishin se ridică în capul oaselor și-și regăsi zâmbetul.

— Pentru că?

— Pentru că am putut să te scot la prima ta întâlnire.

— Nu-mi amintesc să fi acceptat că asta e o întâlnire. În plus, ai zis că o întâlnire oficială cere o priveliște.

— Așa am zis, nu? spuse Keishin, scărpinându-se la ceafă. Chiar mi-aș dori să te fi putut duce altundeva decât în apartamentul ăsta plictisitor. Sunt atâtea locuri și lucruri din lumea mea care ți-ar fi plăcut.

— Cum ar fi?

— Mi-ar fi plăcut să-ți fac turul universității mele. Campusul este foarte frumos în perioada asta a anului. Arțarii din curte știu cum să ofere un spectacol pe cinste.

Hana încuviință, cu ochii alunecându-i către fereastra fără priveliște.

— Toamna are ceva care înfrumusețează lucrurile. Dintre toate anotimpurile, este cea mai onestă cu timpul. Primăvara și vara te orbesc față de trecerea lui cu demonstrațiile lor pline de culoare. Iarna vopsește totul în alb. Dar toamna nu este timidă cu privire la faptul că lucrurile se apropie de sfârșit. Îl primește cu brațele deschise, fluturând steaguri din frunze roșii, galbene și aurii. Îi celebrează tristețea.

— Dar nu numai tristețea, nu-i așa? zise Keishin. E și o celebrare a tot ceea ce așteaptă de partea cealaltă a ei.

— Da, zise Hana, surprinsă să descopere cât de repede este de acord cu el, deși cu numai o zi în urmă crezuse că anotimpul ăsta înseamnă numai melancolie.

La fel ca zâmbetul lui cu gropițe, și speranța lui Keishin era molipsitoare.

— Și asta.

— Deci ești curioasă să afli ce altceva am mai face la întâlnirea asta? întrebă Keishin.

— Nu trebuie să plecăm nicăieri. Eu încă mă mai bucur de copaci, zise Hana, privind în continuare frunzele imaginare.

— Îți promit că prăjitura cu aromă de dovleac de la cafeneaua de după colț o să-ți placă și mai mult. E numai un drum scurt. Dar trebuie să mă ții de mână. Nu vreau să te pierzi.

Îi întinse mâna.

Hana i-o strânse într-a ei.

— Mai povestește-mi despre prăjitura asta! zise ea, rezemându-se de umărul lui.

— De unde să încep? De la glazura cu cremă de brânză? De la moliciunea ei delicioasă? Că e perfectă cu cafea? E practic tot ce-mi place la toamnă, concentrat într-o mică tratație perfectă. Scorțișoară. Nucșoară. Cuișoare. Tot ce e confortabil și plăcut.

Keishin își lipi palma Hanei de obraz.

— Și dulce.

— Sună delicios.

Hana se pomeni plimbându-și degetul mare pe maxilarul lui, savurându-i căldura și fermitatea.

— Cred că... îmi place întâlnirea asta.

— Și mie.

Keishin îi atinse încheietura cu buzele.

Hana se îmbujoră. Își retrase mâna.

— Îmi pare rău! Nu trebuia...

— Nu trebuie să-mi ceri iertare. A fost vina mea. Lumea asta e nouă pentru tine, dar nu și pentru mine. Ar trebui să știu mai bine. Locul ăsta te poate face să simți lucruri care nu sunt reale. Camera asta. Canapeaua asta. Îți păcălesc mintea.

— Și tu, Hana, ești tot o păcăleală?

— Eu...

— Pentru că, dacă ești, atunci consideră-mă dornic să fiu păcălit! Felul în care vezi tu lucrurile și vorbești despre ele... când sunt cu tine, le faci să pară noi. Până și camera asta prăfuită.

— Nu e, ăăă, chiar așa de prăfuită.

Hana strănută zdravăn.

— Ce ziceai? râse Keishin.

Hana chicoti și ea, pentru că, atunci când Keishin râdea,

o făcea să dea uitării toate motivele pentru care nu ar fi trebuit să fie fericită.

— Te-am făcut să râzi! Sper că asta înseamnă că prima noastră întâlnire nu a fost un dezastru total!

— Nu, n-a fost, zise Hana, cu ultimul hohot de râs încă vibrându-i pe buze. Deși mă gândesc că a călători în cafeneaua aia ar fi fost puțin mai plăcut decât camera asta. Mereu am preferat prăjiturile în locul prafului.

— Nici nu știu de ce cântecul a ales camera asta ca să călătorim cu ea, zise Keishin. Mintea mea nu rămânea niciodată aici când îl ascultam.

— Nu cântecul a creat încăperea asta, tu ai creat-o. Poate că, oricât insiști tu că vrei să-mi explorezi lumea, *kashu* a avut dreptate. O parte din tine tânjește să meargă acasă.

— Dacă eu sunt responsabil că am creat camera asta, atunci sigur pot încerca ceva mai bun.

Keishin închise ochii și își împleti degetele cu ale Hanei.

— Dacă asta este unica mea șansă de a te face să întrevezi o parte din lumea mea, vreau să vezi unde mă transportă cu adevărat cântecul ăsta.

Unsprezece mii de ochi uriași de sticlă, care nu clipeau, o înconjurau pe Hana. Plutea într-o mică barcă de cauciuc și, respirând brusc printre dinții încleștați, strânse mâna lui Keishin.

— A mers!

Keishin clipi, privind în jurul imensei cuve cilindrice din oțel inoxidabil.

— Suntem aici.

— Ce înseamnă aici? întrebă Hana cu răsuflarea tăiată.

— La circa un kilometru sub pământ, răspunse Keishin. Mai ții minte neutrino ăia de care ți-am povestit?

— Particulele invizibile care sunt ca niște fantome?

— Aici le capturăm. Suntem în interiorul detectorului de neutrino Super-Kamiokande. Muntele sub care ne aflăm acționează ca un filtru. Numai neutrino pot trece prin straturile lui de piatră și pământ.

Keishin arătă către bulbii mari de sticlă care acopereau fiecare centimetru al pereților curbi ai detectorului.

— Și alea sunt TFM-uri, tuburi fotomultiplicante. Detectează lumina creată în rarele ocazii în care un neutrino străbate muntele și lovește o moleculă de apă. Sunt atât de sensibile, încât pot detecta lumina unei lumânări aprinse pe lună. În mod normal, cuva asta este plină cu apă, dar acum a fost golită parțial pentru mentenanță. Azi e un lac mic, pentru două persoane. Sau ca interiorul lui TARDIS*.

— TARDIS?

— Ăăă, uită că am zis asta! Ar putea fi mai greu de explicat decât neutrino.

— Deci asta este o amintire de la locul tău de muncă?

— Una împrumutată. Un coleg de la detector a înregistrat un filmuleț în timpul lucrărilor de mentenanță și mi l-a trimis. Era posibil ca reparațiile să se termine mai repede și cuva să fie umplută înainte să mă prezint la postul meu de la Super-K și nu voia să ratez priveliștea. Puțini oameni ajung să vadă cuva așa. Am crezut că este cel mai pașnic și nelumesc loc pe care l-am văzut. Sigur, asta a fost înainte să nimeresc în casa ta de amanet, zise Keishin. Și, da, văd ironia faptului că am evadat într-un loc care este, în esența lui, o capcană sofisticată.

— Una frumoasă, spuse Hana. Așa cum trebuie să fie cele mai bune capcane. Și eu m-aș ascunde aici. Nu cred că am fost vreodată într-un loc mai liniștit. Mulțumesc că m-ai adus!

---

* Numele unui dispozitiv din serialul *Doctor Who*, care este o navă spațială/mașină a timpului (n.t.).

Hana își studie chipul în apă. Mii de bulbi tremurau în jurul ei ca niște luni argintii. Nu se recunoscu. Pentru prima dată în viață, părea aproape mulțumită. Întinse mâna peste marginea bărcii de cauciuc ca să-și atingă imaginea.

Keishin o apucă de braț.

— Nu e genul de apă pe care să vrei să o atingi. Este o apă extrem de pură. E corozivă. Absoarbe mineralele din orice lucru cu care intră în contact. Cineva a scăpat din greșeală un ciocan de metal în cuvă și când l-au găsit peste câțiva ani nu mai rămăsese din el decât o cochilie de crom subțire ca o coajă de ou. Apa îl golise pe dinăuntru.

— Apa asta roade carnea?

— Dacă faci greșeala de a te bălăci pe îndelete în ea.

— Deci nu numai în lumea mea lucrurile nu sunt întotdeauna ce par.

Hana se întinse pe fundul bărcii.

— Dar mă bucur că suntem aici. E mai bine să ne odihnim cât putem, când putem. Următoarea parte a călătoriei s-ar putea să nu fie la fel de liniștită.

Keishin se întinse lângă ea cu degetele aproape atingându-le pe ale ei.

— Nu mi-ai spus sfârșitul poveștii.

— Care poveste?

— Cea despre Urashima Taro și țestoasă. Ce s-a întâmplat cu Taro după ce a deschis cutia?

— Ești sigur că vrei să afli?

— Sigur că da. Nu poți să-i spui cuiva o poveste și pe urmă să nu-i zici cum se termină.

— Dar nu așa e viața în lumea ta? Ca o poveste al cărei sfârșit n-a fost încă scris? M-am întrebat adesea cum ar fi să trăiesc așa. Pentru mine, acesta ar fi cel mai mare lux. Îmi închipui că însăși incertitudinea face să merite să lucrezi într-un loc ca ăsta. Entuziasmul descoperirii. Perspectiva de a afla ceva ce ar putea schimba cursul lumii tale.

— Nu greșești. Dar este totodată o viață care nu-ți oferă nici cea mai mică garanție. Sunt prea multe alegeri care te trag ba la stânga, ba la dreapta. Oamenii se abat de la angajamente și de la cărări. E ușor să te pierzi.

— Ai fi preferat să ai o hartă a vieții tale înscrisă pe piele?

— Nu pot să nu mă întreb cum ar fi stat lucrurile dacă mama ar fi avut o hartă. Dacă soarta ei ar fi fost clară, atunci poate că nu ar fi fost atât de neliniștită. Poate că ar fi...

— ... rămas cu tine și cu tatăl tău?

Keishin se întoarse cu fața către Hana.

— Răspunsul cinstit este că nu știu. Răspunsul pe care vreau să-l cred este că da.

— Datoria și iubirea nu sunt același lucru.

— Contează motivele dacă nu-ți dai seama de diferență?

— Închide ochii!

— De ce?

— Ai încredere în mine?

Keishin își coborî pleoapele, iar ea își lipi buzele de ale lui, făcând barca să se clatine cu ei.

— Hana?

El își retrase capul.

Hana îi cuprinse fața în palme, călăuzindu-i buzele către ale ei. Umerii lui Keishin se încordară, dar el nu întrerupse contactul. O cuprinse în brațe și o sărută mai apăsat, topindu-se în căldura gurii ei. Hana se retrase și se ridică în șezut.

Keishin o privi cu răsuflarea tăiată.

— Ce a fost asta?

— Un sărut.

— Știu că a fost un sărut. Vreau să știu de ce m-ai sărutat.

— Parcă ziceai că nu contează motivele.

— Deci n-a fost un sărut, zise Keishin și fața lui căpătă o expresie sumbră. Și eu care credeam că sunt singurul om de știință de aici. A fost un experiment prin care să demonstrezi că eu mă înșel, iar tu ai dreptate.

— Oare?

Keishin se lăsă pe spate în barcă, ațintindu-și privirea către bulbii de deasupra lor.

— Da.

— Și tu ai avut dreptate.

— Despre ce?

— Despre sărut. Primul a fost un experiment.

— Și al doilea?

— A fost a doua alegere reală pe care am făcut-o în viața mea.

— Și a fost un lucru bun sau rău?

Întrebările fără răspuns erau ca niște cutii pe care nu le deschideai niciodată și al căror conținut dispărea și reapărea, se întindea și se contracta, fiind nimic și totul simultan. Hana nu-și făcuse un obicei din a le colecționa. În lumea ei, nu era dificil. Pentru fiecare întrebare care-i trecuse vreodată prin minte exista un răspuns în alb și negru care îi răpea orice mister.

Dar în seara asta stătea într-o barcă de cauciuc, ținând în poală o cutie în care se afla întrebarea lui Keishin. Întrebarea lovea în capacul cutiei, străduindu-se să-i atragă atenția. Hana încercă să o ignore. Își păstră privirea ațintită asupra chipului lui Keishin, care dormea cu cântecul dansându-i în dosul pleoapelor în timp ce visa. Cutia zăngăni mai tare. Hana oftă. Se aplecă spre cutie și auzi șoapta dinăuntrul ei: „A fost un lucru bun sau rău?” Hana își atinse buzele, amintindu-și căldura umedă a gurii lui Keishin.

Întrebarea lui era simplă. Răspunsul la ea, nu. Dacă voia să-și găsească părinții și să-i aducă acasă, nu era un răspuns pe care să-l rostească cu glas tare. Azvârli cutia în apă, lăsând-o să se scufunde în reflexia a unsprezece mii de luni.

CAPITOLUL 23

Nisip

Cel mai confortabil pat din lume era acela din care trebuia să cobori încă dinainte să te trezești pe deplin. În acest caz, patul nu era un pat, ci o barcă de cauciuc care plutea pe o apă extrem de pură. Keishin se răsuci pe o parte și căută un buton de oprire a soneriei care nu era acolo. Apăsă pe el oricum. Ultimele câteva minute de somn erau întotdeauna mai dense, mai cremoase și mai delicioase decât orele care le precedaseră.

— Kei! zise Hana. Trebuie să te trezești!

Nisipul biciui fața lui Keishin. Îl scuipă și deschise ochii. Lumina soarelui vălurea deasupra unor dune aurii.

— Am ajuns.

Hana își ridică gulerul ca să se apere de rafalele de nisip.

Keishin cercetă deșertul. Orice urmă a detectorului Super-Kamiokande dispăruse, însă amintirea buzelor Hanei stăruia. Să înțeleagă ce simte cu privire la sărut era ușor. Hana era o femeie inteligentă și frumoasă și Keishin nu nega că e atras de ea. Dar să găsească vorbele potrivite ca să descrie ce simte față de ea se dovedea mai dificil. Era luna din apă, suficient de aproape ca să o atingi și totuși intangibilă.

— Unde „am ajuns"?

— La capătul cântecului tău.

— Nu înțeleg de ce n-am putut călători până aici pe apă. Te rog, spune-mi că muzeul nu e departe!

— Nu este, zise Hana. Acesta este *Kyoiku Hakubutsukan*. Stăm deasupra lui. Trebuie să cumpărăm bilete ca să putem intra.

— Asta-i partea unde scoți ceva din traista aia magică a ta?

— Mi-aș dori să pot, dar unica monedă pe care o acceptă muzeul este timpul.

— Și cum anume vom plăti cu timp?

— Consumăm și irosim timp zilnic. Situația asta nu diferă cu nimic. Prețul unui bilet este de numai câteva secunde, dar trebuie să fie unele prețioase.

— Prețioase? Adică trebuie să renunț la o amintire fericită?

— Nu la una fericită. La o greșeală. Va fi depozitată în arhivele muzeului.

Hana luă un pumn de nisip. Se îndreptă și își descleștă pumnul, lăsând vântul să-i fure grăunțele din palmă.

— Așa cum sunt astea.

Keishin privi cu gura căscată oceanul nesfârșit de nisip.

— Tot ăsta este timp? Sunt momente din viețile oamenilor?

Hana încuviință.

— Dar de ce vrea muzeul greșelile noastre?

— Este Muzeul Educației. Cum altfel să învețe vizitatorii lui, dacă nu din greșelile altora? Unele lecții sunt mai importante decât altele, dar toate sunt grăunțe de înțelepciune.

— Ar trebui să mă îngrijorez că mi se pare perfect logic ce spui? zise Keishin. Deci cum procedăm? Cum și de unde cumpărăm bilete?

— Funcționarul cu biletele ar trebui să apară în curând.

O coloană învolburată de nisip se înălță la câțiva pași de locul unde se aflau Keishin și Hana, răsucindu-se și transformându-se până când căpătă o siluetă care amintea de a unei femei. Brațe. Picioare. Coadă. Față de vulpe. Se apropie de ei, ușoară și fără grabă, împrăștiindu-se și adunându-se, strângând tot mai mult nisip cu fiecare pas. Se opri la un metru de Hana și crescu de două ori cât ea. Hana și Keishin se înclinară în fața ei. Ea se înclină drept răspuns.

— Salutare, *Kitsune-san**!

Hana își dădu capul pe spate.

— Dorim să cumpărăm bilete la muzeu.

— Sunteți conștienți de...

Vulpea de nisip se împrăștie și se adună la loc.

— Preț?

— Un fir de timp pentru fiecare bilet cumpărat, zise Hana.

Vulpea încuviință, cu trăsăturile ei de nisip schimbându-se în bătaia vântului.

— Alegeți-vă bine plata!

Se împrăștie complet și se reformă.

— Și eu voi judeca dacă merită să fie plasată în arhivă.

Keishin își trecu în revistă greșelile, încercând să descopere una căreia să nu-i simtă lipsa. Deși fiecare îi provocase, într-o măsură diferită, jenă, dezamăgire și durere, îi era greu să o aleagă pe aceea fără de care ar fi putut să trăiască. Ceea ce crezuse cândva că va uita ușor și cu bucurie acum părea o comoară pentru care luptase din greu, iar fiecare greșeală era o cicatrice prețioasă și neprețuită. *Kitsune* îi ceruse numai un grăunte din viața lui, dar Keishin se pomeni întrebându-se dacă nu este acel unic grăunte pe care s-a clădit tot restul.

— O să plătesc eu pentru amândoi, zise Hana.

— Nu! zise Keishin. Pot să-mi plătesc singur intrarea.

— Poți, dar nu trebuie.

---

* Creatură supranaturală din mitologia japoneză, cu aspect de vulpe (n.t.).

Hana îl trase deoparte.

— Să pierzi timp, oricât de puțin, te schimbă.

— Și exact de aceea trebuie să îmi plătesc biletul.

— Dar pe mine mă va afecta mai puțin decât pe tine. Soarta mea este stabilită. A ta – nu. Oricât de mult din timpul meu aș ceda, calea mea va fi întotdeauna clară. A ta ar putea devia în moduri pe care nici nu ți le poți imagina.

— Pentru o persoană care și-a trăit întreaga viață fără să facă vreo alegere adevărată, pari foarte pricepută să le faci în locul altora.

— Îmi pare rău, Kei, dar tu nu ai privilegiul de a fi încăpățânat, iar eu n-am luxul de a dispune de atât timp încât să mă cert cu tine. N-o să mă răzgândesc.

Keishin se uită în ochii Hanei și văzu că spune adevărul. Își ridică brațele în aer.

— Bine!

Hana se apropie de *kitsune*.

— Poți să-ți iei plata!

Chipul vulpii luă o formă omenească și trupul ei se micșoră până la dimensiunile Hanei. Îi cuprinse fața în mâini și o sărută cu blândețe și foarte scurt pe gură. Se îndepărtă, cu ochii ațintiți asupra buzelor Hanei. Două scântei luminoase, nu mai mari decât un grăunte de nisip, se desprinseră de pe buzele întredeschise ale Hanei și plutiră prin aer. *Kitsune* inspiră adânc, atrăgând luminițele în gura sa. O lumină caldă i se aprinse în piept și se răspândi prin fiecare grăunte al trupului ei. *Kitsune* încuviință solemn către Hana și, fără un cuvânt, se împrăștie în toate direcțiile. În locul ei apărură două chei aurite.

Hana le luă și îi dădu una lui Keishin.

— Te-a durut? o întrebă el încet, acceptând una dintre chei. Te simți schimbată?

— Nu, răspunse Hana.

— Ești sigură?

— Atât de sigură pe cât poate fi cineva care nu-și amintește la ce a renunțat. Timpul cu care am plătit-o pe *kitsune* nu mai este, a fost șters din viața și din mintea mea. E ca și cum momentele acelea nici nu s-ar fi petrecut. Dacă m-am schimbat, n-aș putea spune ce s-a schimbat sau de ce.

Keishin își puse mâinile în șolduri, lăsă capul în jos și oftă.

— Tot ești supărat pe mine, zise Hana.

— N-am niciun drept să fiu.

— Însă tot mai ești supărat.

— Nu.

Keishin clătină din cap cu umerii îngreunați.

— Nu sunt. Numai că te-am însoțit în călătoria asta ca să te ajut și nu par decât să complic lucrurile.

— Nu le complici.

Vântul ciufuli părul Hanei.

— Dar dacă vrei să pleci...

Keishin îi aranjă șuvițele răzlețe după ureche.

— Nu vreau.

Keishin urmă instrucțiunile Hanei și desenă o ușă în nisip cu vârful unui deget. Își dădu ochii peste cap, gemând la vederea desenului lui strâmb.

— Sunt groaznic de nepriceput. Nu putem să calculăm în schimb viteza vântului ăstuia din deșert?

— Tot ce contează e să încapi pe ea.

Hana își vârî cheia în desenul ei.

— Fă ce fac și eu! zise ea, răsucindu-și cheia în nisip.

Keishin procedă la fel.

Ușile lor scânteiară. Vântul se înteți, agitând nisipul.

Hana își acoperi fața cu haina.

— Încearcă să nu respiri! Nu-ți face griji. O să se petreacă rapid.

O rafală de vânt suflă înspre ei, luând cu ea nisipul din desenele lor. Keishin simți înțepătura nisipului în ochi. Își ținu răsuflarea și se oțeli. Vântul îi urlă în urechi și apoi, la fel de repede cum se pornise, amuți.

Hana își scutură nisipul din păr.

— Ușile sunt deschise.

Keishin privi în jos. Două găuri fără fund, de forma ușilor desenate de ei, înlocuiseră schițele lor. Se aplecă peste ele și făcu o strâmbătură.

— Dă-mi voie să ghicesc! Trebuie să sărim în ele, nu-i așa?

Hana îi zâmbi peste umăr, sări în gaură și dispăru în întuneric.

CAPITOLUL 24

Muzeul Educației

O scară elicoidală dublă din cristal pornea din centrul unei săli circulare albe, al cărei tavan era acoperit de nori. Faptul că în interiorul muzeului pluteau nori l-ar fi putut surprinde pe Keishin, dacă n-ar fi fost distras de micii cocori din hârtie împăturită care zburau în jurul lor, strecurându-se printre treptele suspendate ale scării. Un cocor de culoarea apusului ateriză pe umărul lui și-l ciupi în joacă de ureche. Keishin convinse cu blândețe pasărea-origami să i se mute pe deget. Ea se așeză pe noul său suport și-și ciuguli aripile triunghiulare. Keishin o ridică și o studie.

— E vie?

— Atât cât poate fi o pasăre din hârtie, zise Hana. Pare să te placă. Probabil simte că sunteți din același loc.

— Același loc?

— Cocorul vine din lumea ta. De acolo vin toți.

— Ce? exclamă Keishin, speriind cocorul de pe mâna lui. Acesta își luă zborul și își căută refugiul în nori.

— Dar n-am văzut nimic care să le semene!

— În lumea ta arată cu totul altfel. Nu. Stai! E greșit, zise Hana. În lumea ta nu arată a nimic.

Fuioare de ceață se învârtejiră în jurul lui Keishin în timp ce urcau scara în spirală. Cocorii răsăreau din nori și intrau la loc.

— Muzeul nu pare a fi prea popular.
— De ce zici asta? îl întrebă Hana.
— N-am văzut niciun vizitator de când am intrat aici.
Hana zâmbi și scoase din geantă ochelarii mamei sale.
— Uită-te din nou!
Keishin își puse ochelarii și aproape se împiedică de o treaptă. Și-i scoase, privi în jur, apoi și-i puse din nou, clipind rapid. Pe ambele scări se deplasau oameni. Unii se opreau și le ofereau cocorilor de hârtie brațele ca să se așeze pe ele. Își scoase ochelarii și cercetă muzeul pustiu.
— Unde au dispărut?
— Sunt tot aici.
Hana îi luă ochelarii.
— Dar nu în același timp în care suntem noi. Când muzeul ne primește pe ușile sale, schimbă timpul pentru fiecare vizitator, ca să nu ne îngrămădim cu toții în jurul aceleiași secunde. Așa putem avea tot muzeul doar pentru noi.
Keishin își înăbuși un icnet cu palma.
— Doamne!
— Dă-mi voie să ghicesc! zise Hana. În clipa asta încerci să te gândești la niște metode de a face asta în lumea ta.
— Îmi pare rău! Nu mă pot abține! E incredibil. De-abia aștept să văd exponatele. Sunt galerii la etaj?
— Asta este galeria. Cocorii sunt expoziția principală a *Kyoiku Hakubutsukan*. Toți sunt făcuți de specialistul în origami al muzeului.
Hana fluieră și întinse brațul. Un cocor coborî din aer și poposi pe încheietura ei. Hana îl examină cu atenție.
— Acesta este de pe o navă numită *Titanic*. Știi de ea?
— De *Titanic*? Sigur că da!
— Cocorul acesta reprezintă cincisprezece secunde din viața unuia dintre șefii de echipaj. A fost înlocuit în ultimul minut înainte ca nava să pornească. Acesta este fragmentul

precis de timp în care, în graba sa de a părăsi nava, a uitat să-și predea cheile de la dulapul unde erau binoclurile navei. Din cauza asta, șeful de echipaj care i-a luat locul nu a văzut aisbergul de care s-a lovit *Titanicul*. Cincisprezece secunde au costat o mie cinci sute de vieți omenești.

Cocorul își luă zborul. Hana fluieră după altul. Un al doilea cocor ieși din nori și poposi pe umărul ei. Hana îl luă și-l cântări în mână.

— Acesta este mult mai greu decât primul. Treisprezece minute. I-au aparținut unui om pe nume Georg Eisler. A încercat să asasineze un bărbat pe nume...

Hana privi cocorul mijind ochii, ca și cum ar fi încercat să citească un scris foarte mărunt.

— Adolf Hitler. Ai auzit de el?

— Am auzit, zise Keishin țeapăn.

— Eisler a pus o bombă în berăria unde își ținea Hitler discursul, dar Hitler și-a scurtat cuvântarea și a plecat mai devreme. Peste treisprezece minute, bomba a explodat și a omorât opt oameni, rănind încă șaizeci și doi.

— Hana, ce fel de muzeu e ăsta? o întrebă Keishin cu dinții încleștați.

— Unul care colectează cele mai mici momente din lumea ta, de ordinul secundelor și al minutelor, care ar fi putut schimba cursul istoriei voastre.

Hana arătă către norii care îi înconjurau.

— Și ei fac parte din expoziție. Au salvat un oraș și au provocat distrugerea altuia.

— Cum?

— Pe 9 august 1945, o bombă ar fi trebuit lansată asupra orașului Kokura. Dar, din pricina păturii groase de nori de deasupra Kokurei, avionul care transporta bomba a decis să o lanseze în schimb asupra orașului Nagasaki.

— De ce...?

Vocea lui Keishin se poticni.

— De ce sunt expuse asemenea lucruri?

— *Shiikuinii* au construit acest muzeu și tot ce au adunat aici slujește unui singur scop: să le arate tuturor ce se petrece într-o lume care este liberă să-și stabilească singură cursul și să ne aducă aminte că lucrul cel mai rău cu privire la alegeri este că...

Hana își mușcă buzele.

Keishin își aminti moliciunea gurii ei.

— Că?

— Că trebuie să trăiești cu ele.

Norii se subțiară, dând la iveală un crâng des de bambus aflat la capătul treptelor muzeului. Tulpini înalte și verzi se legănau în bătaia vântului, umplând tăcerea dintre Keishin și Hana cu foșnet de frunze. Keishin se uita fix la un cocor care-i urmase pe scări. Îl privi fără o vorbă cum dispare în zbor în crâng.

— A fost o greșeală să te aduc aici, zise Hana. E clar că te-a tulburat.

— Recunosc că e tulburător, dar mă bucur că m-ai adus aici. Una e să citești despre lucrurile astea în cărțile de istorie și cu totul altceva să te pomenești față-n față cu secundele care le-au alcătuit.

— Iartă-mă! Nu m-am gândit cum te-ar putea face să te simți muzeul. În lumea asta, muzeul este o carte de istorie, o poveste cu morală dintr-un loc care, pentru cei mai mulți dintre noi, nici nu pare real.

— Nu e vina ta. Nu e nici măcar a *shiikuinilor*. Fiecare secundă a acestei expoziții a fost cheltuită, irosită sau uitată de lumea mea. A fost timpul nostru și noi am făcut ce am poftit cu el. Nu sunt supărat că lumea ta are un asemenea loc. Mă întristează că lumea mea nu are unul.

Keishin luă mâna Hanei într-a lui.

— Nu vreau să fac și eu aceeași greșeală.

— Ce vrei să spui?

— Nu vreau să mai irosesc nici măcar o secundă din timpul pe care-l petrec aici ascunzând ceea ce trebuie să spun.

— Despre ce vorbești?

— Vino cu mine, Hana!

Îi cuprinse mâna în palmele lui.

— Ce?

— După ce îl găsim pe tatăl tău și recuperăm alegerea dispărută... vino cu mine! Știu că lumea mea nu este perfectă, dar ai fi liberă. Hana, locul tău nu e aici. Poți avea o viață. Una reală.

— Cu tine? zise Hana încet.

— Asta va fi o alegere care-ți va aparține. Eu nu-ți cer decât să pleci de aici.

Hana își desprinse mâna dintr-ale lui Keishin.

— Nu pot să trec în lumea ta. Niciunul dintre noi nu poate. Ne-am șterge. Așa a fost condamnată mama să moară, ai uitat?

— Dar n-a fost executată. Este încă în viață. Sunt un om de știință, Hana. Cred în lucrurile pe care le pot demonstra. Știi pe cineva care să fi trecut în lumea mea? L-ai văzut ștergându-se? Dacă poveștile astea sunt numai atât? Povești născocite de *shiikuini* ca să vă facă să trăiți cu frică?

— Și dacă nu sunt?

— Dacă aș găsi o metodă de a îți demonstra că e sigur? Ai veni?

Un cor de șoapte urgente se înălță dintre bambuși. Tulpinile se cutremurară.

— Ce se petrece? întrebă Keishin.

— Bambusul simte că undeva, în acest crâng, alte tulpini sunt tăiate ca să fie transformate în *washi*, hârtia folosită pentru cocori, zise Hana. Trebuie să ajungem la modelatorul de *orizuru** înainte să se tulbure prea tare.

— De ce?

— Dacă se supără, s-ar putea să nu ne lase să trecem.

Hana mângâie o tulpină de bambus până când aceasta se liniști și apoi îi șopti ceva ce Keishin nu auzi. Șirurile de bambuși se despărțiră, dând la iveală o potecă îngustă de pietriș. Hana se înclină dinaintea crângului.

— Mulțumesc!

* În traducere din limba japoneză „cocor împăturit", unul din modelele clasice de origami (n.t.).

CAPITOLUL 25

Hârtie

La capătul cărării de pietriș, chiar la marginea crângului de bambus, se afla o căsuță făcută din hârtie albă împăturită. Cocori-origami albi, înșirați pe bucăți lungi de sfoară, atârnau de cadrul ușii casei-origami. Degete lungi dădură deoparte perdeaua de hârtie. Din casă ieși un bărbat înalt, cu trăsături precise și izbitor de frumoase. Își purta părul lung, blond-pal, într-un coc dezordonat, din care scăpau șuvițe răzlețe care îi îndulceau conturul feței și îi mângâiau umerii chimonoului. O vulpe de iarnă în zăpadă. Cocorul care îi urmase pe Keishin și pe Hana pe scări zbură pe lângă Hana și se așeză pe umărul bărbatului.

— Hana! zise bărbatul cu un zâmbet care ar fi putut topi chiciura din copaci. Nu l-am crezut pe Maro când mi-a zis că ești aici.

Aruncă o privire către cocor.

— Ce surpriză!

— Mă bucur să te văd, Haruto! zise Hana. El e prietenul meu Keishin.

Keishin se înclină.

Haruto ezită, îl privi cercetător și se înclină la rândul lui.

— Orice prieten al Hanei este prietenul meu, zise el cu un zâmbet care nu îi lumina și ochii cenușii și limpezi.

— Îmi pare rău că nu te-am putut anunța că venim, zise Hana.

— Ești întotdeauna binevenită aici. Ai picat într-un moment bun. Am terminat de făcut cocorii pentru azi mai devreme, zise Haruto. Vă rog, intrați!

Keishin o urmă pe Hana prin perdeaua de cocori de hârtie.

— Nu mi-am dat seama că-l cunoști personal pe modelatorul de *orizuru*, zise el cu glas scăzut.

— E un vechi prieten, îi șopti Hana.

— Vă rog să vă faceți comozi!

Haruto le indică pernițele de hârtie din jurul unei mese-origami joase.

— Pot să vă ofer ceai?

— Îmi pare rău, dar nu putem sta mult! Nu vreau să fiu nepoliticoasă, dar suntem aici într-o chestiune extrem de urgentă. Tata a dispărut.

Lui Haruto îi pieri zâmbetul de pe chip.

— Ce s-a întâmplat?

Când Hana termină de relatat întâmplările care o aduseseră la ușa atelierului de origami al lui Haruto, deasupra grupului adunat în jurul mesei plana un nor de tăcere mai greu decât cel expus pe scara muzeului. Lăsă deoparte aspectele legate de apartenența lui Keishin, refuzând să-l facă pe Haruto complice la crima ei. Ceea ce voia să-l întrebe pe Haruto avea suficiente consecințe și așa.

— E vina mea, zise Haruto, lăsându-și capul în piept. Hana, îmi pare nespus de rău! Îți jur că o să îndrept lucrurile!

— Despre ce vorbești? Nu e vina ta!

— Ba este. În întregime. Sunt convins că dispariția tatălui tău este legată de ultima lui vizită.

— A fost aici? Când? întrebă Keishin.

— Acum o lună, răspunse Haruto.

— Tata nu mi-a spus că a venit aici. Întotdeauna te vizităm împreună, zise Hana.

— Nu voia ca altcineva să știe, nici măcar tu. M-a forțat să-i promit că o să păstrez secretul. Îmi pare rău! N-ar fi trebuit să accept favoarea pe care mi-a cerut-o.

— Ce favoare?

Hana se aplecă înainte, străduindu-se să-și țină mâinile împreunate în poală.

— Îmi închipui că aceeași pe care ai venit și tu să mi-o ceri.

Hanei i se uscă gura. Înghiți în sec, dar nu se simți mai bine.

— Și fața ta îmi spune că am dreptate, oftă Haruto cu umerii lăsându-i-se. Tatăl tău m-a privit cu aceeași expresie. Îl știu de când eram mic și în toți anii ăștia niciodată n-a lăsat vreo emoție mai fierbinte decât un ceai călduț să răzbată dincolo de zâmbetul lui abia schițat. În ziua vizitei sale neașteptate am descoperit că m-am înșelat. Zâmbetul stoic al tatălui tău ascundea mult mai multe decât mi-am imaginat.

— Haruto, te rog, spune-mi de ce a venit tata aici!

Haruto aruncă o privire către cocorul cocoțat pe pervazul din hârtie al ferestrei și își coborî glasul.

— Ar fi o idee mai înțeleaptă să purtăm această discuție într-un loc unde să fim singuri. Stai să-mi strâng lucrurile și putem continua la mine acasă.

— Mulțumesc! zise Hana.

— S-ar putea să fii mai puțin recunoscătoare când îți voi povesti ce rol am jucat în dispariția tatălui tău.

Haruto se ridică și alungă cocorul de pe pervaz cu o fluturare de mână. Se răsuci către Hana și Keishin.

— A călătorit vreunul dintre voi vreodată printr-o ușă de hârtie?

— Ăăă, nu, răspunse Keishin.

— Nici eu, zise Hana.

— Atunci trebuie să vă previn că s-ar putea să fie oarecum diferit de a intra pe o ușă de lemn, zise Haruto.

— Cum anume e diferit? întrebă Keishin.

— Este dificil de comparat cu altceva, cu excepția cazului în care ai trăit experiența de a fi presat până te-ai subțiat ca hârtia și apoi împăturit în două. Dar sună mult mai dureros decât este de fapt.

Haruto se apropie de un paravan pliant de hârtie din fundul casei. Îl trase în lături și dădu la iveală o coală mare de hârtie întinsă pe podea.

— Această ușă vă va duce direct la mine acasă. Este suficient de mare pentru voi amândoi. Puteți călători până acolo împreună. Culcați-vă și o să am grijă cum împăturesc ușa! Vă voi urma imediat ce-mi voi aduna ustensilele.

Fără să ezite, Hana se culcă pe hârtie. Keishin se întinse alături de ea.

— Închide ochii și încearcă să te relaxezi!

Haruto îi aranjă părul Hanei după ureche și degetele lui îi atinseră obrazul. Ea încuviință, schițând un zâmbet, moment în care Keishin strânse din dinți și se uită în altă parte.

— O să simțiți o ușoară senzație de disconfort, dar o să împăturesc cât de repede pot, îi avertiză Haruto, apucând hârtia de la capete. Va trebui să mă concentrez și să fac fiecare pliu cu precizie, așa că, vă rog, stați nemișcați!

Hana închise ochii și-și simți inima izbindu-i-se de coaste. Nu-și putea imagina cum este să fii împăturită și nu își făcea prea mari speranțe că va fi plăcut. Respiră adânc și expiră lent pe gură.

— Sunteți gata? întrebă Haruto.

Hotărâtă, ea încuviință.

— Atunci o să încep.

Când simți hârtia acoperind-o din cap până în picioare, Hana căută mâna lui Keishin. El îi strânse degetele cu blândețe și asta îi trimise prin ele o căldură care i se răspândi pe sub piele în susul brațelor, topindu-i încordarea din umeri. Tocmai îi cobora pe șira spinării, când simți o presiune pe piept. Se intensifică, țintuind-o de podea. Foșnetul hârtiei îi răsună în urechi și coastele îi cedară, presându-i plămânii și nelăsându-i aer ca să țipe. Dar, dacă a fi aplatizat provoca vreo durere, Hana n-o simți. Când erai subțire ca hârtia, nu mai rămânea loc pentru alte senzații decât aceea de a fi împăturită repetat, schimbându-ți forma și devenind tot mai mică. Și când ajunsese atât de mică încât își zise că încă un pliu avea s-o facă să dispară, se simți despăturindu-se rapid. Hana deschise ochii gâfâind. Era acoperită cu o foaie de hârtie. O dădu la o parte și se ridică în șezut.

— Hai să nu mai facem asta niciodată! spuse Keishin, ridicându-se în picioare, și îi întinse mâna Hanei. Ești teafără?

— Cred că da.

Hana se lăsă trasă în picioare.

— Nu știu cum poate Haruto să facă asta zilnic.

Keishin privi prin încăpere, admirând figurinele origami elegante de pe pereții și rafturile ei.

— Pare să-i placă din tot sufletul să fie un artist origami.

— Chiar îi place. Este foarte norocos, zise Hana. Și-a descoperit pasiunea în datoria sa. Mama lui a fost artista muzeului înaintea lui. Haruto mi-a spus la un moment dat că nu a fost foarte fericită.

— Voi doi păreți, ăăă, apropiați.

— Suntem. Ne știm de când eram copii.

Hârtia foșni în spatele lor și Hana se întoarse.

— Haruto?

Ușa de hârtie de pe podea se deschise. Haruto intră pe ea și se ridică grațios în picioare. Purta de-a curmezișul pieptului un sac de hârtie.

— Cum a fost călătoria? Sper că nu v-a provocat prea mult disconfort.

— A fost, ăăă, bine, zise Hana.

— Întotdeauna ai fost o mincinoasă teribil de nepricepută, Hana, chicoti Haruto. E unul din lucrurile care-mi plac cel mai mult la tine. Îmi petrec zilele distilând onestitatea din istorie. Este reconfortant când nu trebuie să fac eforturi atât de mari ca să văd adevărul.

— Și asta am apreciat și eu la prietenia noastră. Întotdeauna mi-ai spus adevărul. Contez pe onestitatea ta azi.

— Și eu pe a ta.

Haruto o privi în ochi și tonul lui deveni serios.

— Hana, nu mai minți!

— Să mint?

Hana se încordă.

— Despre ce?

— Înainte să-ți povestesc despre tatăl tău, vreau să-mi spui cine e cu adevărat acest bărbat.

Se răsuci către Keishin.

— Și de ce este cu tine.

Hana își trase umerii înapoi.

— Ți-am spus adevărul. Numele lui este Keishin și este...

— Un prieten de care n-am auzit și pe care nu l-am văzut...

Haruto se apropie de Keishin și se îndreptă ca să pară cât mai înalt.

— Niciodată.

Hana se puse între ei și îl apucă pe Haruto de braț.

— În clipa asta nu e important cine e el.

— Ba eu cred că este.

Haruto își eliberă brațul.

— De unde știu că pot să am încredere în el? Ceea ce știu despre tatăl tău ne pune pe toți în primejdie.

— Poți să ai încredere în mine, zise Keishin. Jur! Eu am venit numai ca să ajut...

— „Numai ca să ajut”, repetă Haruto cu lentoare spusele lui Keishin. Și *de unde ai venit* înainte să ajungi *aici*?

Keishin îi aruncă o privire Hanei.

— Cred că știi deja de unde vine Keishin, zise Hana. Își riscă viața ca să mă ajute. Crezi că vreo persoană din lumea noastră ar face același lucru?

Haruto își apleacă fruntea și clătină din cap.

— Eu aș face-o, zise el încet.

Ea îi cuprinse fața în palme și-l privi în ochi.

— Atunci ai încredere în mine! Și în el! Spune-ne ce a vrut tata de la tine!

Haruto se apropie de fereastră și se apucă de pervaz, înfigându-și unghiile în hârtia din care era făcut.

— Haruto, te rog! zise Hana, iar el oftă și se întoarse cu fața la ea.

— Voia răspunsul la o întrebare care nu-i dădea pace de foarte multă vreme. Voia să știe dacă mama ta mai trăiește și credea că unicul mod de a afla este să vadă ce i s-a întâmplat cu adevărat în ziua în care au venit *shiikuinii* s-o ia.

— Tata a vrut să dai timpul înapoi, zise Hana.

— Nu, Hana.

Haruto se așeză la masă și luă o coală mică de hârtie dintr-unul din teancurile colorate de pe ea.

— Voia să-l pliez.

CAPITOLUL 26

Favoarea

❁ *Cu o lună în urmă*

Haruto turnă conținutul unui ceainic de hârtie în două cești-origami care țineau ceaiul aburind la fel de bine ca orice cană sau bol de lut. Își ridică privirea de la cești și îi zâmbi lui Toshio.

— Mi-aș dori să mă fi anunțat că vii. Aș fi adus niște prăjituri de orez pe care mi le-a trimis mama.

— Îmi pare rău că am picat așa, pe neașteptate, zise Toshio. Nu mi-am dat seama că am de gând să merg până la capăt decât când m-am pomenit stând în fața studioului tău. Dacă n-ai fi ieșit din crângul de bambus fix în acel moment, aș fi în drum spre casă.

— De ce? Știi că ești întotdeauna binevenit aici. Îmi ești ca un tată.

— Mi-aș dori să nu fi fost așa.

Haruto se încruntă.

— De ce?

— Pentru că un adevărat tată nu ți-ar cere ceea ce urmează să-ți cer eu.

— Nu înțeleg. Ai necazuri? Ai nevoie de ajutor?

— Nu e un secret ce i s-a întâmplat soției mele, mama Hanei.

— Toți copiii cunosc povestea ei. *Shiikuinii* au avut grijă ca nimeni să nu uite pedeapsa pentru nelegiuirea ei.

Toshio se ridică în picioare și se apropie de fereastră. Se apleca și se uită la stânga și la dreapta.

— Ce faci? îl întrebă Haruto.

— Trebuie să mă asigur că suntem singuri.

— Vizitatorii muzeului nu vin niciodată aici. Numai cocorii îmi țin tovărășie când lucrez.

— Atunci trebuie să vorbim altundeva, pentru că ceea ce urmează să-ți spun este destinat numai urechilor tale.

— Vrei să-mi spui ce-i cu toată povestea asta? întrebă Haruto imediat ce ieși pe ușa de hârtie, pătrunzând în casa lui. Te asigur că suntem complet singuri.

Toshio respiră adânc.

— Cred că soția mea este în viață.

— Ce?!

— Am văzut-o într-un vis, chiar înainte să traversez podul spre dimineață. Am auzit pe cineva strigându-mă pe nume și am deschis ochii. Când am privit peste umăr, am văzut-o pe partea cealaltă.

Haruto clătină din cap.

— Este imposibil. Morții nu au voie pe Podul de la Miazănoapte. Probabil te-ai înșelat. O fi fost cineva care-i semăna.

— Asta mi-am spus și eu, zise Toshio. Până când, în noaptea următoare, am văzut-o din nou. Și în noaptea de după aceea. În ambele nopți, m-a strigat chiar când am pășit pe tărâmul zorilor.

— Dar morții nu visează.

— Și de aceea cred că e posibil să fie în viață, zise Toshio. Cred că *shiikuinii* m-au mințit cu privire la moartea ei.

— De ce să mintă?

— Nu știu. Știu numai că există o singură cale de a afla adevărul. Trebuie să văd ce s-a întâmplat cu adevărat în ziua în care au venit la amanet și mi-au luat-o.

Vocea lui Toshio se frânse.
— Și mie, și Hanei.
— Hana știe că ești aici?
— Nu vreau să o implic. Este prea periculos.
— Dar pe mine vrei să mă implici, zise Haruto. Pentru că nu sunt cu adevărat fiul tău.
— Știi că nu-i adevărat. Faci parte din familie, Haruto. Nu ți-aș cere ajutorul dacă aș avea altă soluție. Dar n-am. Îți încredințez secretul pentru că tu nu ești ca Hana. Ea seamănă prea mult cu mama ei. Impulsivă. Curioasă. Liberă. Încearcă să se lupte cu propria fire de dragul meu, dar o are în sânge. Dacă ar crede că mama ei trăiește, i-ar sfida pe toți *shiikuinii* ca să o găsească, indiferent de costuri, zise Toshio. Tu n-ai face asta.
— Îmi ceri s-o mint!
— Pentru siguranța ei.
— Și de siguranța ta nu-ți pasă?
— M-am gândit la siguranța mea când i-am lăsat pe *shiikuini* să îmi ia soția fără să mă împotrivesc, zise Toshio. S-a terminat cu asta.
— Te gândeai la fiica ta nou-născută.
— Mi-am spus că asta fac, dar acum nu mai sunt așa de sigur. Am fost un laș. N-am zis nimic, n-am făcut nimic. Am stat și i-am privit cum mi-au luat soția, zise Toshio. Dar n-am văzut tot ce s-a petrecut. De-aia am nevoie de ajutorul tău.
— Cum te-aș putea eu ajuta?
— Haruto, tu ai un dar. În fiecare zi creezi cocori din secundele și minutele celeilalte lumi.
— Pliez hârtie.
— Pliezi timpul, zise Toshio. Și cred că poți plia timpul până în dimineața în care a fost luată soția mea.
— Credința și realitatea sunt lucruri diferite. Știi la fel de bine ca mine de unde vine timpul pe care îl colecționăm

la muzeu și ce trebuie să facem ca să-l luăm. Anii pe care vrei să-i pliez sunt altceva. Aparțin acestei lumi și tot ce e în această lume aparține *shiikuinilor*. Nu pot să pliez timpul fără să devin un hoț.

Toshio scoase o sticlă cu dop din sacul lui de umăr. Înăuntrul ei strălucea o lumină albastră intensă.

— Și de aceea am furat deja ceea ce îți trebuie.

Haruto se uită la sticlă cu gura căscată de uimire.

— Ce ai făcut?

Toshio scoase dopul sticlei și îi vărsă conținutul într-un castronel lăcuit. Pe fundul acestuia se aflau trei grăunțe luminoase și Toshio avu grijă să le numere de două ori. Oasele de *shiikuin* erau aproape imposibil de găsit, locurile în care se aflau fiind pierdute într-un labirint de minciuni și de zvonuri. Toshio surprinsese șoapte despre oasele măcinate în Piața de noapte, cu ani în urmă, dar nu avusese niciun motiv să le cumpere. Până nu își visase soția moartă.

Poveștile despre cum și unde erau ascunse oasele erau mai numeroase decât fragmentele disponibile. Șoaptele cele mai timpurii spuneau că oasele pot umple o ceașcă de sake până la buză. Pe măsură ce zvonurile se stingeau, Toshio auzi că n-au mai rămas decât câteva grăunțe. Nu se miră. Oasele de *shiikuin* erau suficient de prețioase pentru a-i tenta până și pe cei mai disciplinați să devină îndrăzneți. Sau nesăbuiți. Toshio nu-și făcea iluzii că n-ar aparține ultimei categorii.

— Cum le-ai căpătat? întrebă Haruto.

— Ai fi surprins câți oameni cred că e în interesul lor să îi facă o favoare unui cămătar.

— Și au dreptate. Toți cei din această lume îți sunt nespus de îndatorați, zise Haruto. Iar eu îți datorez mai mult deât majoritatea.

Toshio ridică bolul.

— Atunci, ajută-mă! Te rog! Crezi că sunt de ajuns? Numai pe astea le-am putut găsi.

Haruto îi luă bolul și studie oasele.

— Nu știu. N-am experiența de a fabrica hârtie din altceva decât din pastă de bambus și din timpul celeilalte lumi. Ce înseamnă trei fragmente de os de *shiikuin*? Conțin povestea unei vieți? A zece vieți?

— Oasele unui *shiikuin* conțin amintirile tuturor *shiikuinilor* care au fost înainte sau vor fi după el, toate lucrurile la care au fost martori, orice cuvânt pe care l-au rostit sau l-au auzit, zise Toshio. Dar nimeni nu știe cu adevărat cât sunt de puternice sau ce pot face.

Haruto privi bolul.

— Pentru că singurele povești pe care le auzi despre cei care au încercat să folosească aceste oase sunt ale celor care au eșuat.

CAPITOLUL 27

Îndatoriri și datorii

Până să termine Haruto de povestit amănuntele vizitei lui Toshio, pe masă răsărise o grădină de flori din hârtie. Împachetă neatent o floare *kusudama** și o plantă la capătul unui șir, într-un echilibru nesigur pe marginea mesei. Floarea căzu și ateriză la picioarele Hanei, care o ridică și i-o înapoie lui Haruto.

— A mers? Ai putut să transformi oasele în hârtie și să pliezi timpul?

Haruto mototoli floarea în pumn.

— Haruto? insistă Hana.

El începu să plieze altă coală de hârtie.

— A mers perfect.

Hana îl apucă de mână, oprindu-l la jumătatea unui pliu.

— Haruto, te rog! Spune-mi ce a văzut tata!

El puse hârtia jos.

— Nu pot!

— De ce? Pentru că tata te-a pus să-i promiți că vei păstra secretul? La ce folosește promisiunea dacă e mort? Trebuie să-l găsim până nu e prea târziu.

— Nu-ți pot spune, pentru că nu știu ce a văzut tatăl tău. A luat timpul pe care l-am pliat și a plecat.

— Nu!

---

* Modele origami modulare, în care unități identice sunt asamblate alcătuind o formă ca de minge (n.t.).

Vocea Hanei tremura.

— Trebuie să fie mai mult! Ceva! Orice!

— Singurul lucru pe care mi-l mai amintesc din acea zi este expresia de pe chipul tatălui tău când i-am pus ziua pliată în mâini. Tot ce am văzut în ochii lui a fost regretul. Orice îi va fi dezvăluit ziua aceea trebuie să fi avut de-a face cu dispariția lui. Nu poate fi o coincidență. Dar în ce privește locul unde s-a dus sau motivele sale nu-ți mai pot spune nimic. Îmi pare rău! Mi-aș dori să te fi putut ajuta mai mult.

— Poți, zise Keishin. Fă-o din nou!

— Ce?!

Haruto îi aruncă o privire tăioasă.

— Pliază din nou timpul!

— N-ai auzit nimic din ce am zis? Este interzis să pliezi timpul lumii noastre. Să pliezi timp luat din oase furate de *shiikuin* este de o mie de ori mai rău. Chiar și acum mă trezesc noaptea întrebându-mă dacă aceasta este ora la care *shiikuinii* îmi vor bate la ușă.

— Pentru Toshio ți-ai asumat riscul, zise Keishin.

— Așa e. Nu-i de ajuns?

— Nu, dacă vrei cu adevărat să o ajuți pe Hana, așa cum susții. Dacă ții vreun pic la Hana...

— Nu e treaba ta să-mi spui ce ar trebui să simt cu privire la Hana sau ce ar trebui să fac ori să nu fac. Cine te crezi? Locul tău nici măcar nu e aici!

Keishin se ridică strângând din dinți. Hana îl apucă de braț și-l trase departe de Haruto.

— Haruto are dreptate.

— Dar...

— Ceea ce a făcut pentru tata este suficient.

Hana îi dădu drumul lui Keishin și se întoarse către Haruto.

— Nu pot să-ți cer și nu îți voi cere mai mult decât ai făcut deja. Eu și Keishin vom găsi un alt mod de a da de urma tatei.

Se uită la Keishin.

— Ar trebui să plecăm.

Keishin încuviință și se întinse să o apuce de mână.

— Așteaptă!

Cuvântul se rostogoli de pe buzele lui Haruto dinainte ca degetele lui Keishin să le găsească pe ale Hanei.

— O să o fac.

Hana icni.

— Dar *shiikuinii*...

— Să încerce să mă oprească!

— Nu trebuie să faci asta! insistă ea, apropiindu-se de el.

— N-o să mă pot ierta dacă ți se va întâmpla ceva pentru că am fost laș, zise Haruto.

— Nu ești laș.

Hana puse mâna pe brațul lui.

— Mi-a mai rămas un singur fragment de os. Le-am folosit pe celelalte două pentru tatăl tău și am păstrat unul pentru cazul în care ceva ar fi mers prost. O să prepar hârtia și o să pliez timpul cât de bine o să pot, dar nu-ți garantez că vei putea vedea tot ce a văzut tatăl tău.

— Orice conține hârtia va fi mai mult decât știu acum, zise Hana.

— Fiecare persoană din lumea noastră îi este nespus de îndatorată familiei tale. Eu îi datorez tatălui tău chiar mai mult de-atât. N-o să-l pot recompensa niciodată pentru ce a făcut pentru mine și pentru mama, dar voi încerca, zise Haruto. Dar mai întâi trebuie să iau osul de unde l-am ascuns. N-am îndrăznit să-l țin aici. S-ar putea să dureze un timp până-l recuperez. A fi mai bine să vă petreceți noaptea la casa de oaspeți de pe deal și să reveniți mâine-dimineață. O să am totul gata până atunci.

Scoase o foaie goală de hârtie din mânecă și i-o înmână Hanei.

— Ia asta! O să o folosesc ca să iau legătura cu tine dacă ceva merge prost.

— Nimic nu va merge prost!

Hana luă hârtia din mâna lui. Haruto se răsuci către Keishin.

— Ai grijă de ea!

— O să am, zise Keishin.

— Îți mulțumesc pentru ce faci, Haruto!

O lacrimă se prelinse printre genele Hanei.

— Nu trebuie să-mi mulțumești. E o datorie pe care o am față de tatăl tău.

Haruto o apucă pe Hana de bărbie și îi șterse lacrima cu degetul mare.

— Și îndatorirea mea față de tine, ca soție a mea.

CAPITOLUL 28

Sigur. Departe. Secret.

Ca om de știință, Keishin era de părere că ideea de a plia timpul, capturându-l în hârtie, este cel mai palpitant lucru pe care l-a auzit vreodată. Posibilitățile acestei tehnologii erau infinite. Explorarea spațiului. Călătoria în timp. Cercetare. Dar, oricât se strădui, lui Keishin nu reuși să-i pese. O singură întrebare îi frământa mintea, urmându-l de acasă de la Haruto până în camera închiriată din unicul *minshuku** din așezarea învecinată, cameră pe care trebuia să o împartă cu Hana.

Încăperea avea pereți de hârtie și se lăuda cu o vedere către un munte pe care Keishin nu-l putea vedea pe întuneric. Două saltele care, presupuse el, ocupau majoritatea podelei când erau desfăcute, stăteau sprijinite într-un colț, lângă singura fereastră a camerei. Hana luă una și o întinse pe tatami. Se întinse după a doua.

— Nu, zise Keishin. Adică... mulțumesc, dar o s-o fac singur!

Hana încuviință și se culcă. Se întoarse cu spatele la Keishin.

— Ar trebui să încerci să dormi. Ne vom întoarce acasă la Haruto la prima geană de ziuă.

— Haruto, zise Keishin, fără să-și dea seama că rostise numele cu glas tare. Soțul tău.

---

* Locuri de cazare într-o casă sau cameră de oaspeți sub același acoperiș cu proprietarul (n.t.).

— Nu e soțul meu, zise Hana fără să-l privească pe Keishin. Nu încă.

— Ah!

Probabil că erau sute de răspunsuri mai bune, dar doar de atât fu în stare Keishin fără să trădeze greutatea din stomacul său, despre care știa că nu are niciun drept să se afle acolo.

— Asta te supără, zise Hana.

— Ce? Nu. Sigur că nu. De ce să mă supere?

— Te supără pentru că te-am sărutat și m-ai sărutat și tu.

— Asta nu e...

— Ar fi trebuit să-ți spun. Îmi pare rău! Eu și Haruto am fost sortiți de *Horishi* încă de când eram copii. Numele lui este scris pe pielea mea.

Hana își plimbă degetele peste un nume invizibil de pe interiorul brațului.

— Nu trebuie să-mi explici.

— Dar vreau, zise Hana, ridicându-se în șezut. În lumea mea, majoritatea oamenilor nu își întâlnesc soțul sau soția până în ziua nunții, dar tata a dorit ca pentru mine lucrurile să stea altfel. Mi-a spus că ceea ce i s-a întâmplat mamei ar fi putut fi prevenit dacă ar fi înțeles-o mai bine. De aceea eu și Haruto ne-am cunoscut de când eram copii. Nu i-a fost ușor să-mi fie prieten, am avut grijă de asta. Când eram mică nu suportam să mi se spună ce să fac și lui Haruto îi plăcea să mă necăjească spunând că, atunci când îi voi fi soție, va trebui să fac orice va zice. Majoritatea vizitelor se încheiau cu mine încercând să-l trag pe Haruto de păr și cu tata străduindu-se să ne despartă.

— Sună ca temelia unei căsătorii perfecte, zise Keishin pe un ton pe care-l dorise nostim, dar care sună cam crispat.

— Eu și Haruto suntem firi foarte diferite, dar am învățat să fim prieteni. N-am simțit nimic altceva unul față de altul.

Tata îmi spunea că deja avem un început mai bun decât majoritatea oamenilor și că dragostea sau ceva apropiat de ea va sosi mai târziu.

— Ești sigură de asta?

— De ce anume?

— De ceea ce simte Haruto pentru tine. Își riscă viața ca să te ajute.

— La fel și tu.

— E altceva.

— Oare?

Un vânt rece suflă prin încăpere, stingând unica lampă. Hana scoase o exclamație de groază și se ridică grăbită.

— Trebuie să plecăm! zise ea, adunându-și lucrurile. Ne-au găsit!

Keishin ieși pe fereastra *minshuku*-lui și ateriză pe iarbă lângă Hana. Își zgârie palma într-o piatră. Keishin își înăbuși un țipăt și cercetă în grabă străzile întunecate ale așezării.

— Îmi amintesc că am trecut pe lângă o fântână pe drum încoace. O putem folosi ca să scăpăm?

— Da, îi răspunse Hana. Acum fugi!

Cel de-al doilea dezavantaj major când călătoreai printr-o fântână era că trebuia să cazi în ea. Cel dintâi era să încerci să nu țipi.

Nimic din experiența de o viață a lui Keishin nu-i putea oferi vreo asigurare că n-a sărit către propria moarte. Izbise apa rece ca gheața cu picioarele înainte, dar era prea absorbit de groază ca să mai simtă și frigul. Se scufundă în întuneric, repetând instrucțiunile Hanei ca pe o rugăciune. Îi ceruse să se gândească la un loc în care să se poată ascunde, un refugiu pe care numai el să-l cunoască. Dacă el era cel care deschidea drumul, *shiikuinilor* avea să le fie mai greu să îi găsească.

„Sigur. Departe. Secret."

„Sigur. Departe. Secret."

„Sigur. Departe. Secret."

Deasupra lui tremurau lumini. Suprafața apei era aproape. Keishin se uită în jur. Hana nu se vedea nicăieri.

あわせもの、はなれもの

PARTEA
A TREIA

Ce a fost unit
poate fi despărțit.

CAPITOLUL 29

Porc picant sau pui?

Facultate. Căsătorie. Copii. Acestea erau deciziile importante, cele care, credeau oamenii, contează. Greșeau, firește. În realitate, alegerile pe care oamenii nici nu-și dădeau seama că le fac erau cele care le stabileau cursul vieții. Schimbările erau mici, infime chiar, dar fie și sub unghiul cel mai mic, ele orientau omul către ceea ce urma să se petreacă.

În cazul lui Keishin, tot ce avea să definească restul vieții lui fu decis în secunda în care își mută privirea de la tăițeii instant cu aromă de porc picant la cei cu aromă de pui, apoi înapoi la porc. Întinse mâna după pachetul roșu-aprins și-l lăsă să cadă în coșul verde de plastic. Nu era momentul să experimenteze noi arome. Zborul lui lung către Tokio era a doua zi și ultimul lucru de care avea nevoie era un stomac deranjat în timpul călătoriei.

Strâmbă din nas la cina lui constând din *ramen* instant și jură că imediat ce va ateriza în Japonia va cumpăra niște *ramen* adevărat. Făcu un pas în spate, îndepărtându-se de raftul cu *ramen*, și călcâiul solid al bocancului său se opri pe ceva în mod cert prea moale ca să fie podeaua din dale a magazinului. Un țipăt ascuțit îi alungă orice speranță că a maltratat vreo prăjiturică rătăcită, și nu piciorul unui străin. Se răsuci, cu scuzele rostogolindu-i-se de pe buze înaintea lui.

— Vai de mine, îmi pare rău!

— Unde suntem? îl întrebă femeia în japoneză.

— O... bună! zise el trecând la japoneză.

Îi cercetă fața mică, în formă de inimă, căutând orice indiciu care să-i spună cine este. Nu prea avea memoria numelor, dar se îndoia că l-ar fi uitat pe al ei.

— Îmi pare rău! Te cunosc?

Hana se încruntă.

— Sunt eu! Hana!

— Ai fost la vreun curs de-al meu?

— Ce? Nu! Nu-ți amintești? Am sărit într-o fântână și eu ți-am cerut să găsești un loc sigur unde să ne ascundem.

— Bine..., zise el, îndepărtându-se de ea și pornind către casa de marcat. Îmi pare rău, dar trebuie să plec.

— Stai!

Hana îl apucă de braț.

— Te cunosc și tu mă cunoști pe mine. Te cheamă Keishin. Ești fizician și ai acceptat un post la detectorul Super-Kamiokande. Încerci să găsești neutrino.

— Toată lumea de la universitate știe de ce mă mut în Japonia.

— Ai fost părăsit de mama ta și fiecare realizare și descoperire din viața ta n-a fost decât o încercare de a găsi ceva care să te facă să te simți demn de dragostea ei.

Lui Keishin îi căzu coșul din mână, împrăștiindu-i cina pe podea.

— Cine ți-a spus asta?

— Tu mi-ai spus. Mi-ai povestit că mama ta te-a părăsit când erai foarte mic. Restul... am văzut cu ochii mei.

— Cine te-a pus să faci asta? E o glumă? Fiindcă, dacă e, eu n-o găsesc amuzantă.

— Keishin... Kei...

Hana se apropie încet de el.

— Trebuie să mă asculți cu mare atenție! Ai făcut ce te-am rugat. Ai găsit un loc sigur unde să ne ascundem. Suntem într-un moment din mintea ta atât de mic și de neimportant, încât nimeni nu se va gândi să te caute în el. Dar te-ai ascuns prea bine și prea adânc.

— E o nebunie!

Se îndreptă către ieșire.

— Unde vrei să te duci? În apartamentul tău? Ca să stai pe o canapea de piele și să asculți un cântec care te va transporta într-o mică barcă plutind pe un lac liniștit de sub pământ? Capcana ta frumoasă?

— De unde ai...

— M-ai dus acolo. Am fost amândoi în barcă în Super-Kamiokande.

— Dar asta este numai o...

— O amintire pe care ai împrumutat-o de la altcineva.

Hana privi prin magazinul de cartier.

— Însă amintirea asta este a ta, un fragment din perioada de dinainte să intri pe ușa unei case de amanet.

— Casa de amanet...

Keishin strânse tare din pleoape.

— A fost... a fost jefuită.

— Da.

— Și tu erai acolo. Îți sângera piciorul.

— Călcasem pe un...

— Ciob de sticlă.

Keishin clipi și o privi pe Hana.

— Îmi... îmi amintesc.

Hana expiră și-l cuprinse în brațe.

Keishin o strânse la piept.

— Suntem în siguranță? întrebă el în șoaptă în părul ei.

— Pe moment. Încă mai suntem în cădere.

— În cădere?

— Prin fântână.

Hana se depărtă de el.

— Ăsta este un ocol. Nu ne puteam duce direct în niciunul din locurile pe care le cunosc. *Shiikuinilor* le-ar fi fost mai ușor să descopere locurile acelea. Sper că ne vor pierde urma dacă o să stăm un timp aici.

— Cât de mult?

— Până dimineață, răspunse Hana. Și apoi va trebui să mergem la Haruto.

— Hana..., zise Keishin.

— Ce este?

— Dacă *shiikuinii* ne-au putut găsi la *minshuku*, nu crezi că este posibil să fi aflat și despre Haruto?

— Nu.

— Dar...

— Nu.

Vocea ei se poticni în gât.

— E în siguranță. Trebuie să fie!

Keishin o privi cum respiră precipitat printre buzele palide. Încuviință, permițându-i Hanei să creadă minciuna pe care și-o spunea. Când fugi ca să-ți salvezi viața, onestitatea este un lux. Curajul, chiar și cel fals, nu.

Keishin și Hana se așezară la o tejghea din magazin, așteptând să fie gata porțiile de *ramen* instant. Alți clienți treceau pe lângă ei fără să-i privească fie și în treacăt.

Keishin ridică folia de aluminiu de pe castronul cu *ramen*.

— E gata. Amestecă-l puțin!

Hana amestecă tăițeii cu o furculiță de plastic.

— Nu arată a *ramen*.

— Haide, încearcă-i! o încurajă el cu un zâmbet, iar ea duse precaută o furculiță cu tăiței la gură.

— Ăăă, nu sunt răi. Dar nici *ramen* nu sunt.

— În mod cert nu sunt precum cei pe care-i găsești în lumea ta, râse Keishin. Și asta este bine.

— De ce?

— Pentru că nimic din castronul ăla nu-ți face bine la sănătate.

Hana mai înghiți conținutul unei furculițe.

— Atunci, ce bine că nimic nu-i real!

— Probabil că ar trebui să mănânc tot ce-i aici dacă tot nu trebuie să-mi fac griji că m-ar putea îmbolnăvi.

Keishin cercetă rafturile cu privirea.

— Asta arată interesant, zise Hana, arătând mașina cu băuturi cu gheață pisată. De ce e albastră?

Keishin strâmbă din nas.

— Nu ți-aș recomanda să încerci așa ceva, chiar dacă nu e real.

Hana râse.

La fel și el. Un hohot mic care-i gâdilă stomacul și-i execută un dans vesel pe limbă. Crescu, rostogolindu-i-se prin stomac și extinzându-i-se în piept, incontrolabil și neîmblânzit. Keishin chicoti și trase aer în piept. O rafală de râsete scăpă de pe buzele Hanei. Râsul explodă între ei, răsturnându-i pe amândoi pe podea. Keishin se rostogoli pe o parte ținându-se de burtă, cu ochii plini de lacrimi.

Hana se ridică în șezut și se rezemă de un raft cu snacksuri, domolindu-și râsul cu respirații lente și deliberate. Keishin se așeză lângă ea și-și întinse picioarele lungi de-a curmezișul culoarului.

— La naiba, ce bine a fost!

Hana zâmbi.

— A fost.

— Nici nu știu de ce am râs.

— De nimic, zise Hana gâfâind. De toate.

Ochii lui Keishin făcură ocolul magazinului.

— Mi se pare ciudat să mă întorc aici.

— Pentru că nu este real?

— Nu cred că mi s-ar părea real nici dacă aș fi cu adevărat aici. Amintirea asta este veche de numai câteva zile, dar nu mă mai simt ca și cum aș fi aceeași persoană.

— Asta se va schimba.

Hana se jucă cu un pachet de chipsuri luat de pe un raft.

— Când toate astea se vor termina, vei simți că vechea ta viață este singura pe care ai trăit-o.

— Pentru că n-o să-mi mai amintesc de tine, zise el încet.

Hana își lăsă capul pe umărul lui.

— Ai zis că nu te deranjează că nu-ți vei mai aminti lumea mea.

— Așa am zis.

— Și acum?

Ea închise ochii.

— Acum e...

O luă de mână, împletindu-și degetele cu ale ei ca și cum așa ar fi împiedicat-o să dispară.

— ... altceva.

Keishin trăise toată viața cu convingerea că timpul nu este ceva ce să poți păstra, dar această seară se potrivea perfect în paharul de hârtie care-i încălzea mâinile. Cincisprezece minute miroseau și arătau exact ca un latte aburind. La sfârșitul acestui timp, când avea să soarbă ultimele sale secunde bine prăjite, o va trezi pe Hana, așa cum îi ceruse, din puiul de somn pe care-l trăgea sprijinită de umărul lui. Ea zisese că trebuie să pornească la drum dinainte de răsărit, reluând căutarea de indicii. Și vânătoarea în care ei erau prada.

Dar pe moment paharul lui Keishin era plin și avea timp s-o privească pe Hana cum doarme. Îi îndepărtă o șuviță rebelă de pe obraz. Hana avea un somn surprinzător de tihnit pentru o persoană care stătea pe podeaua de o curățenie îndoielnică a unui magazin de cartier. Keishin se simțea și el calm, în parte pentru că era bine să nu fie silit să privească în mod constant peste umăr, dar mai ales pentru că găsise, în sfârșit, răspunsul la o întrebare care implica un lift defect, o femeie gravidă și o cutie șifonată cu cărți vechi gratuite.

CAPITOLUL 30

Ghidul pentru moșit al Inei May

Cu un an în urmă

Blocul lui Keishin arunca deasupra străzii o umbră binevenită. Iuți pasul. Mintea lui ajunsese acasă înaintea sa și-și lepăda zorită hainele transpirate, aruncându-le pe podea. Sărea sub duș și stătea în bătaia jetului de apă rece, așteptând ca restul lui Keishin să i se alăture. Era obișnuită să-l lase în urmă. Trupul lui se străduia mereu să țină pasul cu gândurile sale. Mai târziu, când aveau să se reîntâlnească, Keishin își va turna un pahar de vin alb și rece, va pune un disc și va ațipi pe canapea ascultându-și cântecul preferat, cu părul încă ud după duș.

Keishin intră în grabă în bloc, cu cămașa lipită de piept. Simțea cum transpirația combinată cu cremă de protecție solară îi ustură ochii. Din fericire, nu trebuia să vadă pe unde merge ca să găsească drumul către lift. Tropăiturile pașilor lui pe dalele de marmură albă și neagră îi erau de ajuns. Alături de bolborositul aparatului de cafea, tropăiturile acestea discrete erau sunetele lui favorite. Exact douăzeci și două. Fiecare îl purta mai aproape de micuța cutie din metal care îl sustrăgea zgomotului zilei. Nu-i plăcea s-o împartă cu alții.

O femeie gravidă, care-și făcea vânt energic cu meniul unui restaurant chinezesc cu livrare la domiciliu, îi strivi orice speranță de solitudine. Ușile liftului se deschiseră.

Keishin aruncă o privire către scări și alungă ideea de a urca pe jos cele zece etaje până la apartamentul său de îndată ce-i veni. Liftul scoase un clinchet. Keishin întâlni privirea femeii. Ea se uită în altă parte, cu o mișcare care-i făcu părul prins în coadă de cal să i se legene pe ceafă ca un pendul. Intră agale în lift, îndesând meniul într-o geantă de umăr supradimensionată în timp ce strângea la piept o cutie de gogoși cu gem. Keishin o urmă și apăsă pe butonul etajului său.

— La opt, te rog! zise gravida. Mulțumesc!

Keishin apăsă pe buton în locul ei.

Cabina se zgudui. Femeia se împletici înainte, scăpând gogoșile și făcându-l pe Keishin să se izbească de ușa liftului. Lovi metalul cu obrazul. Luminile se stinseră și cabina se cufundă în întuneric. Se aprinse o lumină de urgență.

Maxilarul lui Keishin pulsa de durere.

— Ești bine? întrebă el, masându-și pielea în încercarea de a alunga durerea.

Femeia își apăsă palmele pe stomac.

— Ăăă, cred că da.

— OK. Bine. O să chem ajutor.

Apăsă pe butonul pentru apeluri de urgență din lift.

— Alo?

Difuzorul se însufleți pârâind.

— Alo? zise Keishin. Mă aude cineva? Liftul s-a blocat.

— Vă aud. E toată lumea teafără acolo înăuntru?

— Suntem teferi.

— Chemăm echipa de depanare chiar în clipa asta. Ar trebui să sosească în curând.

Keishin respiră adânc și-și spuse că lucrurile ar fi putut sta mai rău. Ar fi putut să fie blocat în lift cu Trisha, vecina cu care făcuse greșeala să se culce după un film prost, o cină nememorabilă și mult prea multe sticle de vin.

— Eu sunt Liz, zise femeia. De la etajul opt.

— Știu.

— Corect! Te-am rugat să apeși pe buton. Scuze. Creier de gravidă!

— Eu sunt Kei. De la zece, zise el, nu pentru că ar fi fost necesar, ci pentru că așa era politicos.

Spera ca situația să fie îndreptată în curând și nu credea că a aștepta liftul cere să faci conversație.

Liz se așeză pe podea și-și făcu vânt cu meniul chinezesc.

— Sper să ne scoată repede de aici.

— Așa o să facă.

Keishin se așeză în fața ei. Liz tresări și-și masă pântecul.

— Vai de mine!

— Ce e? Ce se-ntâmplă?

Liz gemu și se îndoi de spate. Pe frunte îi apărură broboane de sudoare.

— Cred... cred că vine copilul!

— Ce?

Keishin se târî către ea. Liz își încleștă dinții și-l apucă de mânecă.

— Nu am fost suficient de norocoasă ca să mă blochez în lift cu un doctor, nu-i așa?

— Ăă, ba da, dar nu din cei folositori.

Fața lui Liz se schimonosi de durere. Îl apucă strâns de braț și gemu.

— Nu vreau să nasc în lift! zise ea, izbucnind în plâns.

— O să ieșim de aici în curând, îți promit!

— Nu, nu în curând! Acum! Trebuie să ieșim acum!

Liz respira precipitat. Sudoarea îi șiroia pe față și pe buzele livide.

— Nu pot să respir! Nu mai avem aer! O să mor! Bebelușul...

Keishin îi strânse mâna. Nu știa mare lucru despre cum se nasc copiii, dar era foarte familiarizat cu atacurile de panică. În primele luni de după plecarea mamei lui, Keishin își descoperea tatăl strâns ghem, convins că e pe moarte, cel puțin o dată pe săptămână. La fel ca Liz, avea mâini reci și transpirate, care tremurau în ale lui Keishin. Își ținea tatăl de mână până când respirația lui se domolea, încercând să-l aline în singurul mod pe care-l știa. Se culca lângă el și trecea în revistă, ca pe o poveste, toate lucrurile pe care mintea lui tânără le știa a fi adevărate. *Soarele este o stea. Creierul nu poate simți durerea. Gestația la elefanți durează aproape doi ani.* Faptele îl reconfortaseră întotdeauna pe Keishin. Iubirea mamei sale fusese odinioară în capul listei, înaintea oricăror curiozități despre Pământ și Lună. După plecarea ei, adunase cât de multe adevăruri putuse, convingându-se că, într-o bună zi, va avea suficiente ca să umple gaura din pieptul lui care fusese cândva plină cu certitudini. Își împărtășea colecția de fapte neîndoielnice și neschimbate cu tatăl lui, dându-i ceva de care să se agațe ori de câte ori un curent de îndoială amenința să-l ia cu el.

Keishin strânse mâna lui Liz.

— Ține minte, pentru că e cel mai adevărat lucru: trupul tău nu e o lămâie. Nu ești o mașină. Creatorul nu este un mecanic neglijent. Trupurile femeilor au același potențial de a da naștere ca leul-furnicilor, leul, rinocerul, elefantul, elanul sau bivolul-de-apă, zise el.

— Ce? gâfâi Liz.

— E un citat din cartea *Ghidul pentru moșit al Inei May*, zise Keishin. Și un adevăr.

— Și știi asta pentru că? întrebă Liz cu respirația domolindu-i-se.

— Vrei varianta scurtă sau lungă?

— Scurtă.

Liz expira regulat.

— În mod clar cea scurtă.

— Prețul favorit al tatei era gratis.

— Și?

— Asta e. Ai cerut versiunea scurtă.

— OK. Am înțeles.

Liz își șterse fruntea transpirată.

— Încerci să-mi distragi atenția de la catastrofa care se apropie.

— Merge?

— Da. Continuă! Zi-mi varianta lungă sau poate pe cea medie!

— OK, dar mai întâi trebuie să-mi promiți ceva.

— Ce?

— Trebuie să mai ții bebelușul înăuntru un pic, OK? Cred că situația cere un profesionist cu o înțelegere mai bună a modului în care se nasc copiii decât cineva care a găsit cartea prăfuită despre moșit a Inei May într-o cutie pe care tatăl lui a luat-o de pe marginea trotuarului.

— S-a făcut!

Liz nu se ținu de promisiune.

Keishin se agăță de cuvintele Inei May ca și cum ele ar fi fost cablul care împiedica liftul să se prăbușească. Își repetă că Liz nu este o lămâie și că, ajutată de călăuzirea testată în timp a Inei May, va naște la fel de ușor ca un leu al furnicilor.

— Te descurci nemaipomenit, Liz, zise el, privind pe deasupra picioarelor ei îndoite. Mai împinge odată cu putere, OK?

Liz gemu și sprâncenele i se uniră.

— Suntem aproape gata. Respiră adânc, Liz! Asta e! Pot să-i văd capul!

Keishin își poziționă mâinile între picioarele lui Liz și prinse copilul care ieșea.

— Am prins-o!

— E... e teafără? scânci Liz.

Keishin își trecu cu delicatețe palma peste nasul și gura copilului, așa cum recomanda Ina May, curățându-le de fluide. Din pieptul copilului ieși un țipăt sănătos. Keishin puse bebelușul în brațele lui Liz.

— E frumoasă! zise Liz, râzând și plângând. Îți mulțumesc!

Keishin își șterse fruntea cu mâneca.

— Să-i mulțumești Inei May!

Ușile liftului se deschiseră. Un bărbat într-un trening bleumarin stătea afară, cu gura căscată.

— Sfinților din ceruri! Sunteți teferi, oameni buni?

Keishin se uită din nou la Liz. Zâmbetul ei părea nelalocul lui într-un lift încins, care duhnea a sânge, sudoare și lichid amniotic. Era un zâmbet care nu putea aparține decât cuiva nespus de mulțumit că a eșuat în acel loc. Așa arată fericirea, își zise Keishin: o femeie la capătul puterilor, care zace într-o băltoacă de lichid amniotic și gogoși cu gem strivite, cu pliantul mototolit al unui restaurant chinezesc alături. Ochii lui Liz nu o vedeau decât pe fiica ei și, în afară de ghemotocul din brațele sale, nimic nu mai conta. Keishin își șterse mâinile însângerate pe pantaloni și ieși din lift, întrebându-se dacă se va simți vreodată suficient de fericit ca să stea complet tăcut și nemișcat.

CAPITOLUL 31

Mesajul

Hana se sprijini de umărul lui Keishin, sperând că, dacă va ține ochii închiși, ultimele cincisprezece minute petrecute într-un magazin ireal vor părea mai lungi. Refuza să-și petreacă fie și unul singur gândindu-se la ce se va întâmpla când se vor termina. Avea nevoie de fiecare secundă ca să rescrie o amintire numai a ei. Aici ar fi trebuit să-l întâlnească pentru prima oară pe Keishin: la raionul cu tăiețe instant al unui magazin cu prea multe culori și lumini orbitoare, nu într-o casă de amanet presărată cu cioburi de sticlă. Aici ar fi putut avea șansa de a fi mai mult decât doi străini care se agățau unul de altul căutând căldură și siguranță. O făcu să se gândească la povestea tatălui ei despre păsările amanetate care puteau reseta timpul dacă evadau. Acesta ar fi momentul către care ar zbura ea, își zise Hana, dacă, la fel ca păsările, ar putea să fugă.

Hârtia foșni la urechea ei. Hana tresări, cât pe ce să dărâme paharul cu cafea din mâna lui Keishin.

— Uau! zise Keishin. Ai grijă! E fierbinte. Chiar dacă nu este reală.

— Ai auzit? îl întrebă Hana.

— Ce să aud?

Foșnetul de hârtie deveni mai sonor. Hana își luă traista și vârî mâna înăuntru. Scoase bucata de hârtie pe care i-o dăduse Haruto. Se zvârcolea în mâna ei.

— E Haruto, zise ea, așezând hârtia pe podea. Ne trimite un mesaj.

Hana și Keishin priviră hârtia care se mișca frenetic, pliindu-se singură, îndoită de o mână nevăzută de expert. Când ajunse la forma ei finală, unghiulară, încremeni.

Hana privi origamiul.

— Ai avut dreptate când ai zis că *shiikuinii* vor afla despre ajutorul pe care ni-l dă Haruto. Nu ne putem întoarce la el acasă.

— De unde știi asta?

— Pentru că Haruto tocmai ne-a spus unde să mergem.

Keishin ridică hârtia împăturită.

— O stea?

CAPITOLUL 32

Valea stelelor

Se dovedi că băuturile albastre cu gheață aveau și alt scop decât acela de a-ți scurtcircuita creierul. Keishin o privi pe Hana cum varsă una pe podea. Sări în băltoaca albastră și se scufundă, plăcut surprins să descopere că nu-i este frig.

Călătoria trecu rapid, terminată înainte ca Keishin să încerce măcar să înțeleagă ce înseamnă să călătorești către o stea. Vulpile alcătuite din nisip și sulurile vii îl siliseră să redefinească sensul cuvântului „fantastic" și era convins că o stea îi va pune la încercare noile limite ale definiției. Ca urmare, era de înțeles de ce lui Keishin îi veni greu să-și ascundă dezamăgirea când ajunseră la destinație.

— Nu la asta te-ai așteptat, zise Hana, privind un sătuc aflat la poalele unui deal înclinat.

— Cred că nu te-am auzit bine. Mi s-a părut că ai zis că mergem pe o stea.

Hana zâmbi.

— Ai auzit bine. Dar nu vom vedea o stea. Vom vedea mai multe. Satul acesta are o singură responsabilitate. În fiecare noapte creează cerul.

Energia care străbătea străzile pietruite ale satului făcea aerul să vibreze și înfiora pielea lui Keishin. Oriunde te uitai, nu vedeai o persoană stând degeaba. Toată lumea, până la cel mai mic copil, avea o treabă de făcut. Coșuri circulau într-un șir neîntrerupt pe ambele părți ale drumului, purtate în spate și pe umeri. Mici grupuri ghemuite deasupra unor mese de lucru tăiau hârtie *washi* sau despicau bambusul în nuielușe subțiri, fără să se oprească pentru a vorbi sau a-și ridica ochii de la lucrul lor. Copiilor li se încredințase misiunea de a duce tăvi cu mâncare și băutură. O fetiță cu mâini durdulii se opri și le oferi lui Keishin și Hanei niște biscuiți delicioși cu orez.

— Mulțumesc! îi zise Keishin, luând un biscuit rotund și rumenit.

Ea se înclină și zâmbi într-un fel care-i făcu obrăjorii și mai bucălați. Plecă mai departe pe stradă cu tava ei, căutând o altă persoană căreia să-i ofere biscuiți.

— Toată lumea din această așezare conlucrează cu scopul unic de a pregăti cerul nopții. Unii pregătesc stelele. Alții fac curat. Alții au grijă ca lumea să nu rabde de foame sau de sete cât muncește. La sfârșitul zilei montează cerul și se duc la culcare. A doua zi de dimineață o iau de la capăt.

— Cred că din tot ce am auzit sau văzut de când am pus piciorul în lumea ta, ceea ce tocmai mi-ai spus este lucrul cel mai lipsit de sens. Cum adică „pregătesc cerul nopții"? Cum pregătești stelele?

— E mai bine să vezi cu ochii tăi, zise Hana. Vino!

Se opriră la capătul străzii, peste drum de o casă de lemn cu un etaj. În fața ei staționa o căruță pe care o descărcau doi bărbați. Ei le înmânau coșuri pline cu pachete mici, învelite în mătase, unor femei care le duceau în casă.

— Aici începe totul, zise Hana. Gândește-te la tot satul ca la un atelier! Fiecare stradă are o însărcinare anume și fiecare casă de pe strada respectivă este responsabilă cu îndeplinirea diverselor părți componente ale însărcinării. Casa asta este responsabilă cu colectarea și sortarea speranțelor.

— Speranțe? întrebă Keishin, ridicând din sprâncene.

— Până și într-o lume ca a noastră, unde toată viața ne este cartografiată dinainte, tot avem nevoie de speranță sau măcar de iluzia ei. De ziua noastră de naștere ni se permite să ne trimitem speranțele către acest sat. Le scriem cu câteva săptămâni înainte de aniversare și le expediem aici. Datoria satului este să le suie pe boltă, zise Hana. Asta conțin coșurile acelea. Speranțe. Fiecare casă de pe strada asta este responsabilă cu colectarea și sortarea lor. Dar nu toate speranțele sunt la fel. Unele presupun mai multă muncă decât altele. Casele responsabile cu pregătirea speranțelor legate de dragoste au cea mai dificilă îndatorire.

Keishin și Hana fură primiți cu căldură într-o casă de pe strada învecinată, ca și cum ar fi fost vechi prieteni de familie. Suzuki Fumiko, o doamnă în vârstă și adusă de spate, a cărei vedere slabă nu îi tăiase pofta de vorbă, îi conduse într-o încăpere unde un mic grup era adunat în jurul unei mese, pictând pe coli subțiri de hârtie.

— Nu ne vin prea des vizitatori în sat.

Fumiko îl privi pe Keishin mijindu-și ochii.

— Mereu mă bucur să văd fețele celor care își trimit speranțele încoace.

— Vă mulțumesc că ne-ați permis să vă vedem la treabă, Suzuki-san! zise Hana.

— Acum copiii mei sunt cei care pictează. Ochii mei au cedat cu mult timp înaintea minții și a mâinilor. Dar, o, ce frumuseți puteam să pictez! Toți spuneau că lucrările mele sunt cele mai frumoase din tot satul. Chiar mai bune ca ale surorii mele. Specialitatea mea erau fețele. Buzele. Ochii. Nasul. Le pictam pe toate cu cea mai mare grijă, zise femeia dintr-o răsuflare. Ah, iertați-mă! adăugă chicotind. Iar încep. E viciul unei femei bătrâne să trăncănească și să profite de oamenii care sunt prea politicoși ca să-i spună să tacă.

Keishin zâmbi, deoarece găsea liniștitoare trăncăneala ei. Îl făcea să se gândească la altceva decât la faptul că era urmărit de *shiikuini*. Făcea și ca ziua cu Hana să pară una în care erau simpli turiști fără nicio altă grijă decât unde să ia prânzul sau de unde să cumpere suveniruri. Într-un fel, era ca o întâlnire, a doua lor întâlnire, dacă o punea la socoteală pe cea imaginară pe care o avuseseră cât călătoriseră cu cântecul lui. O însoțeau chiar și micile bule care-ți sfârâiau în stomac când stăteai lângă cealaltă persoană, cu mâinile suficient de aproape ca să se poată atinge.

— Suntem fericiți să ascultăm orice doriți să ne spuneți.

Fumiko se lumină la față.

— Îmi placi. Îmi amintești de tata. Oricât ar fi fost de ocupat, lăsa deoparte tot ce făcea ca să îmi asculte poveștile despre insectele pe care le găsisem sau despre câte o piatră care mi se păruse frumoasă. Mă făcea să simt că sunt cele mai interesante lucruri din lume. Fața lui și alte comori vechi pe care le păstrez aici sunt singurele lucruri pe care le văd limpede acum.

Se bătu ușor în tâmplă cu un deget încovoiat.

— Dar n-am niciun motiv să mă plâng. Familia mea a avut privilegiul să picteze toate speranțele pe care și le-a făcut vreodată lumea noastră despre dragoste. Se spune că speranțele legate de copii sunt cele mai colorate, speranțele legate de fericire - cele mai frumoase și speranțele legate de dragoste - cel mai dificil de pictat. Și așa este. E o încercare să redai toate nuanțele dragostei cu ajutorul pigmenților. Dar facem tot ce putem și am suficiente amintiri ale tuturor iubirilor pe care le-am pictat în timpul vieții încât să umplu un ditamai muzeul. Nu mai am nevoie să văd nimic. Am încredere în copiii mei că vor duce mai departe datoria familiei.

Arătă către partea mai îndepărtată a mesei.

— Mikio este fiul meu cel mare și un ilustrator talentat.

Un bărbat mărunțel, cu părul rar își ridică privirea de la o foaie hexagonală de hârtie *washi* și îi salută pe Keishin și pe Hana cu un zâmbet politicos. Se reîntoarse la munca lui, pictând pe foaie cu cerneală neagră, folosind o combinație de linii groase și subțiri. Imaginea de pe hârtie nu era decât pe jumătate gata, dar Keishin reuși să deslușească trăsăturile unui chip frapant.

— Și ea e Emiko.

Fumiko făcu semn către o femeie cu o față care-i aminti lui Keishin de o piersică.

— Ea aduce la viață desenele lui Mikio.

În colțul ei, Emiko ridică privirea și salută cu timiditate. Își înmuie pensula într-un vas mic de lut, o scutură ușor lovind-o de buza vasului și aplică o roșeață delicată pe fața unei femei. De unde stătea, Keishin aproape că simți căldura radiată de obrazul pictat.

— O să rămâneți să vedeți stelele în noaptea asta? îi întrebă Fumiko. Va fi o priveliște pe cinste. Am locuit toată viața aici, în sat, dar fiecare noapte pare altfel.

— Nu știm încă ce planuri avem, zise Hana. Dar vă mulțumim că ne-ați împărtășit munca voastră. Totul e foarte frumos.

— Fiecare speranță merită să scânteieze pe boltă.

Fumiko zâmbi și ridurile din jurul ochilor i se adânciră. O bătu pe Hana pe mână.

— Chiar și pentru o singură noapte.

Când ieșiră din locuința lui Fumiko, între sprâncenele lui Keishin se cuibărise o întrebare.

— Picturile pe care le făceau ei ar fi trebuit să fie stele?

— Vor fi. Încă nu sunt terminate. După ce se usucă, vor fi trimise către casele de acolo.

Hana arătă către o stradă care se intersecta cu a lor.

— Misiunea acelor familii este să prindă hârtia pictată pe un cadru din lemn de bambus. Casele de peste drum trebuie să lege frânghia și să îndoaie bambusul în așa fel încât totul să fie ferm prins laolaltă.

Keishin miji ochii, imaginându-și produsul final.

— Fac zmeie?

— Câte un zmeu pentru fiecare speranță trimisă în sat. În noaptea asta vor pluti pe cer asemenea stelelor. Acesta este unicul loc în care *shiikuinilor* nu le este permis accesul, un loc în care ne putem preface că suntem liberi.

— Deci de aceea ne-a zis Haruto să ne întâlnim aici, zise Keishin. Pentru că *shiikuinii* nu ne pot urmări.

— Da, și pentru că persoana în care are cea mai mare încredere locuiește în acest sat.

— Cine?

O femeie înaltă, cu părul blond-pal, a cărei față avea o asemănare izbitoare cu a lui Haruto, se apropie de Hana din spate.

— Mama lui, spuse femeia.

Hana se răsuci și se înclină în fața ei.

— Masuda-san.

— Hana, zise Masuda Masako fără să zâmbească.

— Haruto e aici?

Masako ridică mâna, făcând-o să amuțească.

Hana încuviință, privind în jur ca să vadă dacă n-a auzit-o cineva.

Masako îl studie pe Keishin.

— Străin, șuieră ea printre dinți.

Masako rostise cuvântul pe un ton tăios, care sfârtecă aerul și brăzdă obrazul stâng al lui Keishin, care tresări. Cuvântul era mult prea familiar. Asta simțea despre sine, indiferent unde se afla. Ar fi putut fi numele său.

— Masuda-san, Keishin e un prieten, zise Hana, privind-o drept în ochi.

— Hana, n-ai idee în ce pericol cumplit ne-ai pus pe toți!

— Știu. Îmi pare sincer rău! O să plecăm de îndată ce...

— De îndată ce, o întrerupse Masako întunecată la chip, o să vezi ce i-au făcut fiului meu. Din cauza voastră.

Casa lui Masako se afla la umbra unui copac mare. Tufe de *gampi*, *mitsumata* și *kozo** creșteau în voie în grădina din față, aproape acoperind cărarea către casă.

— Aveți grijă să nu călcați pe ele! le zise Masako, pășind peste una din tufele rebele. Îmi trebuie ca să fac hârtie.

— Am văzut în sat *washi* făcute de tine, zise Hana încet. Sunt foarte frumoase.

— Mă țin ocupată. Asta fac oamenii cu bun-simț când se pensionează. Fac lucruri de bun-simț. Nu se apucă să alerge după năluci și să-i pună în pericol pe cei din jurul lor.

Se opri și se răsuci către Hana.

— Numai tatăl tău e de vină. De ce n-a putut lăsa trecutul în pace? Nu-mi pasă de datoria familiei mele față de el! A mers prea departe și a cerut prea mult de la Haruto și de la toată lumea. *Shiikuinii* n-ar fi...

Își încleștă pumnii pe lângă trup, cu ochii plini de lacrimi. Se uită în altă parte ca să și le ascundă.

— Haideți! Haruto vă așteaptă înăuntru.

Masako îi conduse pe ușile glisante într-o încăpere din spatele casei. O siluetă suplă zăcea pe o saltea într-un colț, cu fața la perete și cu părul lung și blond ciufulit.

— Haruto? zise încet Masako.

Haruto tresări.

---

* Plante din care se fabrică manual hârtia tradițională japoneză numită *washi* (n.t.).

— Au sosit, zise Masako. O să aștept afară cât vorbiți.

Ieși din cameră și închise după ea ușile glisante de hârtie.

Haruto se ridică încet de pe saltea, lăsând să-i scape un mic geamăt.

— Ești teafăr? se repezi Hana la el. Ce s-a întâmplat?

Haruto se răsuci către ea, cu fața acoperită de o sudoare rece. Părul i se lipise de frunte și de obraji.

— N-am nimic, zise el cu un zâmbet silit, care-i trăda durerea.

Hana întinse mâna ca să-i dea la o parte părul de pe față.

— Nu!

Mâna lui Haruto se ridică să o oprească pe a ei. Un bandaj însângerat îi acoperea mâna din vârfurile degetelor și până la încheietură.

Hana îl privi cu oroare.

— Nu...

Keishin privi cu gura căscată mâinile lui Haruto. Ambele erau înfășurate în bandaje pătate de sânge.

— *Shiikuinii* au făcut asta? zise el, simțind cum îi stau cuvintele în gât.

— Cineva le-a spus că v-au văzut pe tine și pe Hana la muzeu. *Shiikuinii* au venit la mine acasă și m-au interogat. Voiau să știe de ce ați vrut să mă vedeți și unde sunteți. Când am refuzat să le răspund....

— Te-ar fi putut omorî!

Vocea Hanei era înecată de lacrimi.

— Nu, n-ar fi putut, zise Haruto. Mama este prea bătrână ca să facă treaba mea și eu n-am încă fii sau fiice cărora să le trec meseria. Nimeni altcineva nu poate face ce fac eu.

Hana îi luă mâinile într-ale ei.

— Așa că au făcut ceva mai rău.

— Așa am vrut eu. Era singura cale.

— Despre ce vorbești? Singura cale să ce?

— Dacă *shiikuinii* nu m-ar fi rănit, dacă n-ar fi făcut ceva groaznic ca să mă silească să vorbesc, n-ar fi crezut minciuna pe care le-am spus-o.

— Ce minciună? întrebă Hana.

— Că tu crezi că tatăl tău a găsit o metodă sigură de a trece în cealaltă lume și că ești în căutarea unei căi de a-l urma. Le-am spus că te interesa dacă printre exponatele muzeului se află ceva care să te ajute să faci trecerea. Am mărturisit că te-am sprijinit luând câteva ore din expoziție și dându-ți-le ție, ca să ai mai mult timp să-l cauți pe tatăl tău înainte să se șteargă. Le-am spus că te-am trimis la Lacul cu Lotuși ca să aduni materialul de care am nevoie pentru a confecționa hârtia care să țină orele.

— Și te-au crezut? întrebă Keishin.

— După ce mi-au rupt cea de-a doua mână și eu am repetat aceeași poveste, da, m-au crezut.

Hana plângea.

— Haruto, nu trebuia să faci asta!

— Mâinile o să mi se vindece. În plus, dacă le-aș fi spus adevărul, atunci toată osteneala pe care mi-am dat-o ca să recuperez oasele ar fi fost în zadar.

— Tu... adică...

Vocea Hanei tremura.

— Am făcut-o. A mers. Am pliat timpul. Dar...

— Dar ce? întrebă Keishin.

— Nu ți-l pot da.

— De ce nu? întrebă Keishin.

— Fiindcă a trebuit să-l înghit ca să-l ascund de *shiikuini*.

— Ăăă! Am înțeles, zise Hana. Ai procedat bine.

— Nu ți-l pot da, zise Haruto. Dar îți pot povesti tot ce am văzut. Știu că nu aveam dreptul să mă uit, dar după ce am împăturit timpul nu m-am putut abține. Îmi pare rău!

— Mulțumesc!

Hana îl îmbrățișă.

— Mulțumesc mult!

— Dar, Hana, zise Haruto.

— Da?

— Povestea pe care ți-o voi spune nu va fi ușor de auzit.

CAPITOLUL 33

Procesul și condamnarea lui Ishikawa Chiyo

Cu douăzeci și unu de ani în urmă

În casa de amanet, dimineața începu ca întotdeauna, cu bolborositul ceainicului și prepararea ceaiului verde. În afară de asta, nimic nu era la fel. O tensiune umplea încăperea, făcând aerul dificil de respirat.

— Spune ceva! zise Chiyo, mototolindu-și fusta în poală cu mâinile ei subțiri. Orice. Te rog!

Toshio o privi pe deasupra mesei.

— Nimic din ceea ce spun nu va schimba soarta la care ne-ai condamnat pe toți.

— Ce am făcut am făcut pentru noi, zise Chiyo.

— Ai făcut-o pentru tine.

— Poate.

Chiyo își coborî privirea.

— Și aș face-o din nou.

— Dar nu poți!

Toshio lovi cu pumnul în masă și se ridică.

— Nu poți s-o faci din nou. Nu vei putea să mai faci nimic din nou, pentru că de mâine vei fi moartă.

Chiyo se apropie de el.

— Acum sunt încă aici.

Toshio făcu un pas înapoi, respirând cu greutate.

— Nu!

Chiyo îl cuprinse în brațe și își lipi obrazul de pieptul lui.

— Să-i povestești despre mine, ca să nu-și uite mama.

— O să-i spun Hanei o singură poveste despre tine.

Toshio o împinse de lângă el.

— O să-i povestesc despre ziua asta, ca să știe să nu fie niciodată la fel de nesăbuită ca mama ei.

— Chiar vrei ca astea să fie ultimele cuvinte pe care ni le spunem, Toshio? Cândva m-ai iubit...

— Eu...

Lacrimile făcură vocea lui Toshio să tremure.

— Încă te iubesc.

— Dar ți-ai dori să nu fie așa.

Toshio strânse din dinți.

— Mi-aș dori să te pot urî pentru ceea ce ne-ai făcut. Ar fi mai ușor să te uit când n-o să mai fii.

— Și eu mi-aș dori să nu fi trebuit să fur alegerea aceea, dar a fost singura soluție.

— Exista o altă soluție.

Vocea lui Toshio se poticni.

— Te-ai fi putut mulțumi cu ceea ce aveai. Ai fi putut să fii fericită. Pentru... pentru mine tu ai fost întotdeauna de ajuns.

— Atunci bucură-te de mine acum! zise Chiyo. Cât mai avem timp.

Toshio o strânse la piept și-i acapară buzele. Chiyo îi răspunse la sărut, apăsat și îndelung, fără să se oprească să respire.

Casa de amanet nu fusese niciodată mai tăcută, își zise Toshio. Până și frunzele copacului din curtea lor păreau să nu scoată niciun sunet. Sau poate urlase atâta în mintea lui de când aflase despre crima lui Chiyo, încât asurzise. Îi privi pe *shiikuini* ieșind fără grabă din heleșteul casei de amanet, cu măștile lor lipsite de emoție. Hana dormea în brațele lui așa cum numai bebelușii pot, profund și liniștit, fără nicio umbră de grijă care să o urmărească în vise.

Viața fiicei lui avea să se schimbe pentru totdeauna după ziua de azi și ea nu avea să-și amintească nicio secundă din viața ei de mai înainte. Și poate era mai bine așa. Nefericirea e mai ușor de înghițit dacă nu știi ce gust are fericirea. Deși *shiikuinii* veniseră să o pedepsească pe Chiyo pentru crima ei, Hana era cea care avea să poarte stigmatul. Să pierzi o mamă îți sfâșie inima chiar dacă era bătrână și căruntă și tânjea după odihnă. Să-ți pierzi mama pentru că ți-o luau *shiikuinii* era mult mai dureros.

Doi *shiikuini* se apropiară de el mișcându-se grațios, cu brațele încrucișate la piept, cu ghearele negre ascunse în mânecile chimonourilor. Ar fi fost o priveliște frumoasă dacă nu le-ai fi cunoscut adevăratele intenții. Descoperiseră crima lui Chiyo cu luni în urmă, în ziua în care veniseră să ia păsările din seif. Ar fi exilat-o chiar atunci dacă n-ar fi fost însărcinată. Copilul pe care-l purta nu se deosebea cu nimic de orice alt copil din lumea lor. Le aparținea. Chiyo îi jefuise o dată. *Shiikuinii* n-aveau de gând să-i permită să fure încă o dată de la ei. Deciseseră ca pedeapsa ei să fie administrată după ce proprietatea lor le va fi livrată. În fond, Chiyo nu avea unde fugi. Azi așteptarea lor se încheiase.

— Unde e criminala? întrebară *shiikuinii* la unison, cu vocile un cor de cel puțin alte o sută.

Hana se agită în brațele lui Toshio. El o legănă cu blândețe, adormind-o la loc.

— Soția mea vă așteaptă înăuntru.

Shiikuinii încuviințară și trecură pe lângă el. Toshio îi urmă, cu mintea gonind înapoi către toate secundele minuscule care îi conduseseră către această zi. Fiecare moment era identic cu celelalte, mic și neremarcabil, făcând imposibil de spus când se abătuseră el și Chiyo atât de cumplit și de ireversibil din drum.

Chiyo îi întâmpină pe *shiikuini* în mijlocul casei de amanet, cu spatele și umerii drepți. Deși abia îi ajungea până la ureche, în clipa aceea lui Toshio i se păru că Chiyo e înaltă de treizeci de metri. Privea direct în ochii întunecați ai *shiikuinilor*, ca și cum ea era cea care urma să-i condamne pe ei la o soartă nefastă.

— Ishikawa Chiyo, ziseră cei doi *shiikuini*. Ai fost acuzată de cea mai gravă dintre crime. Ai luat ceea ce nu-ți aparținea, o alegere reclamată de *shiikuini* în numele cetățenilor supuși ai acestei lumi. Cum pledezi?

— Să visezi...

Chiyo își ridică bărbia.

— Să dorești... să aspiri la mai mult decât îți este scris pe piele nu e o crimă.

— Să furi este. Datoria ta solemnă era să colectezi acele alegeri și să le păstrezi în siguranță. Folosind o alegere ca și cum îți aparținea, ai încălcat încrederea soțului tău și încrederea pe care lumea noastră ți-a acordat-o. Negi asta? rostiră *shiikuinii* în cor.

Pleoapele lui Chyio tremurară.

— Nu neg.

Shiikuinii se răsuciră către Toshio.

— Dorești să spui ceva în apărarea soției tale?

— Da, eu...

Hana se foi la pieptul lui și începu să plângă. Toshio o strânse în brațe, simțind că parcă devine mai grea. Îl trecu transpirația în timp ce se lupta să poarte povara unei vieți care depindea acum pe deplin de el. Se uită la Chiyo, care îi întâlni privirea și îl imploră în tăcere să-și țină promisiunea pe care îl silise să i-o facă. Îl implorase să tacă de dragul fiicei lor, să nu-i înfurie sau să-i sfideze și mai mult pe *shiikuini*. Hana nu-și putea pierde și tatăl.

— Vorbește! ziseră *shiikuinii*.

— N-am nimic de zis.

Toshio își coborî ochii, încercând să nu privească nimic în afara chipului fiicei sale. Chiyo era pierdută pentru el din clipa în care luase alegerea din seif. Hana era tot ce conta acum.

— Ishikawa Chiyo, ziseră cei doi *shiikuini*. Tribunalul te-a găsit vinovată. Te condamnăm la exil.

— Îmi accept pedeapsa, zise Chiyo, plecându-și capul. Pot să-mi țin fiica în brațe pentru ultima oară?

Shiikuinii se întoarseră unul către altul și se sfătuiră fără să rostească un cuvânt.

— Nu, nu poți.

— Vă implor!

Chiyo căzu în genunchi.

— Vreau doar să-mi iau adio.

— Nu.

— Vă rog! De azi încolo, Hana nu va avea o mamă care să o țină în brațe. Omorâți-mă pentru crima mea, dar nu-mi pedepsiți fiica! Ea este nevinovată.

Shiikuinii își înclinară capetele ca și cum i-ar fi cântărit spusele.

— Foarte bine! Poți să-ți iei adio!

Toshio o puse pe Hana în brațele lui Chiyo, care își strecură nasul în părul ei, cu obrazul lipit de al fiicei sale. O sărută pe Hana pe frunte și i-o înapoie lui Toshio. Îl mângâie pe obraz.

— Aveți grijă unul de altul!

Toshio o sărută cu ochii în lacrimi.

— Te iubesc!

— Și eu te iubesc!

Chiyo reveni lângă *shiikuini*.

— Sunt gata!

Cei doi *shiikuini* se așezară de o parte și de alta a Hanei și o apucară de brațe. Îl priviră pe Toshio.

— Lasă-ne singuri!

— Nu! Vreau să fiu aici! spuse Toshio, strângând-o cu putere pe Hana la piept.

— Ce vrei tu nu are nicio importanță, ziseră *shiikuinii*, înfigându-și ghearele și mai adânc în încheieturile lui Chiyo. Pleacă!

— Fă cum zic ei, Toshio! spuse Chiyo. Nu trebuie să asiști la asta. Nu vreau ca tu și Hana să fiți aici. Nu-i o amintire cu care să-mi doresc să rămâneți.

Cei doi *shiikuini* o conduseră pe Chiyo către ușa casei de amanet, ținând-o strâns de brațe. Chiyo se întrebă dacă ștergerea este un proces rapid sau dureros. Nu credea că poate fi mai dureros decât să-și părăsească fiica. *Shiikuinul* din dreapta ei cuprinse clanța cu ghearele și deschise ușa, apoi se opri brusc și o închise la loc. Amândoi *shiikuinii* închiseră ochii și-și plecară capetele, înclinându-le ușor de parcă ar fi ascultat un sunet stins sau foarte îndepărtat.

— Se va face, ziseră ei, răspunzând unei persoane pe care Chiyo n-o putea vedea sau auzi.

Își ridicară capetele și o priviră pe Chiyo.

— Ce s-a întâmplat? întrebă ea.

— Ne-am răzgândit!

— Ce?! exclamă Chiyo.

— Am decis că meriți o pedeapsă pe măsura crimei tale.

Cei doi *shiikuini* își înclinară capetele și lăsară umbrele să le transforme buzele nemișcate de ghips în rânjete.

— Moartea e mai mult decât meriți.

CAPITOLUL 34

Familia

Haruto se rezemă de perete. Buzele îi păliseră și sudoarea îi șiroia pe obraz. Închise ochii, răsuflând epuizat.

— Mi-aș dori să-ți pot spune mai multe, Hana, zise el cu o voce firavă, dar asta a fost tot ce a dezvăluit fragmentul de os. Dacă aș fi avut cantitatea pe care am folosit-o când am pliat timpul pentru tatăl tău, aș fi putut să văd unde au dus-o pe mama ta. Îmi pare rău!

— Nu ai de ce să-mi ceri iertare. Ai făcut deja foarte mult pentru mine. Prea mult.

Hana îl ajută să se întindă pe saltea.

— Nu știu cum o să te pot răsplăti.

Haruto îi zâmbi, mângâindu-i obrazul cu mâna bandajată.

— N-ai de ce să mă răsplătești.

Hana se încordă sub atingerea lui Haruto și aruncă o privire către Keishin, care se uită în altă parte.

Haruto își retrase mâna și zâmbetul îi dispăru.

— N-ai de ce să mă răsplătești pentru că nu suntem mai aproape de a-l găsi pe tatăl tău decât eram înainte să împăturesc timpul. Tot nu știm unde sunt părinții tăi. Hârtia nu ne-a spus nimic.

— Ba da, zise Hana. Ne-a spus cel mai important lucru. *Shiikuinii* au lăsat-o pe mama în viață. N-a fost ștearsă.

— Ce crezi că înțelegeau *shiikuinii* prin „o pedeapsă pe măsura” crimei sale? întrebă Keishin.

Hana clătină din cap.

— Nu știu.

Ușa de hârtie se dădu în lături și își făcu apariția Masako.

— E momentul să plecați. Aveți lucrul pentru care ați venit. Nu-mi puneți fiul într-un pericol și mai mare!

Haruto se ridică în șezut pe saltea, crispându-se.

— Ar trebui să rămână. Satul este locul cel mai sigur pentru ei până încercăm noi să ghicim ce au vrut să spună *shiikuinii*.

— *Noi*? zise Masako. Haruto, asta e problema lor, nu a ta. N-ar fi trebuit să te implici în asta.

— Îi datorez viața mea lui Ishikawa-san.

— Nu-i datorezi nimic! N-ar fi fost nevoie să te salveze dacă Chyio n-ar fi...

Masako îi aruncă o privire tăioasă Hanei.

— Nu-i datorezi nimic *ei*.

— Hana face parte din familie, spuse Haruto.

— Nu încă, zise Masako. Încă nu e soția ta.

— Dar va fi. Numele ei este scris pe pielea mea la fel de vizibil cum a fost scris numele tatei pe pielea ta. Vrei să mă abat și mai tare de la cărarea mea și să-i înfurii și mai rău pe *shiikuini*?

Masako clătină din cap și oftă.

— Sigur că nu. Nu asta am vrut să zic.

— Atunci s-a stabilit. Hana și prietenul ei vor rămâne la noi și vom încerca să ne dăm seama unde au dus-o *shiikuinii* pe mama Hanei, zise Haruto.

Hana îi puse cu delicatețe mâna pe umăr.

— Nu e corect să te punem în continuare în pericol. Ar trebui să plecăm.

— Și unde ai de gând să te duci, Hana? întrebă Haruto. Dacă pleci fără să ai un plan, nu faci decât să le oferi *shiikuinilor* mai multe șanse de a te prinde.

— Haruto are dreptate, zise Keishin. Dacă fugim orbește de *shiikuini*, asta nu ne va ajuta să-ți găsim părinții.

— Asta-i casa mea și eu voi decide cine poate sta și cine nu, zise Masako. Hana poate rămâne, dar nu vreau să-mi doarmă un străin sub acoperiș. O să fie la fel de în siguranță la han ca în casa asta.

— O să merg cu el, zise Hana.

— Nu, zise Keishin. Ar trebui să stai aici. Haruto are nevoie de tine. Dacă vreunuia dintre noi îi vine vreo idee despre ceea ce au vrut să spună *shiikuinii* cu privire la pedepsirea mamei tale, ne putem reîntâlni.

— Kei...

— E-n regulă, Hana, zise Keishin. E cel mai bine așa. Trebuie să petrec niște timp singur. Să mă gândesc.

— La ce?

Privirea lui Keishin trecu de la Haruto la Hana.

— La tot.

Castronul cu *okayu* încălzea mâinile Hanei și-i trezea amintiri din zilele în care era bolnavă și tatăl ei îi făcea terciul acesta apos de orez. Îi plăcea să i-l servească cu ouă și cartofi dulci. Masako completase porția gătită pentru fiul ei cu o prună murată. Hana luă o lingură de terci și i-o întinse lui Haruto. El o refuză fluturând din mână.

— Trebuie să mănânci ceva ca să-ți recapeți puterile, zise Hana.

— Nu mi-e foame.

— Doar o lingură? Te rog, zise Hana.

— Doar una, oftă Haruto, iar ea îl hrăni cu terci. Hana, nu trebuie să ai grijă de mine.

— Dar vreau să o fac.

Hana îi șterse buzele cu un șervet moale.

— Serios?

— Sigur că da.

— Nici nu voiai să fii aici, spuse Haruto, întinzându-se. Voiai să fii cu Keishin.

— Pentru că e străin de locurile astea. Mi-am făcut griji că va sta singur la han.

Haruto privi în tavan.

— Ăsta e unicul motiv?

— Ce alt motiv să am?

— Ții la el.

— Da. Ca la un prieten.

— La fel cum ții și la mine, zise Haruto. Ca la un prieten.

Hana își puse cu blândețe mâna peste a lui.

— Ca la cel mai drag și mai vechi prieten.

— O să ne căsătorim într-o lună, Hana.

— Eu... știu.

Hana împinsese data în străfundurile minții ei. De la sosirea lui Keishin, se pomenise împingând-o și mai adânc.

— Și încă nu mă iubești.

— Ba te iubesc.

— Nu așa cum își iubește o soție soțul.

— Știu că tata asta și-a dorit pentru noi, dar deja avem mai mult decât au de obicei oamenii din lumea noastră când se căsătoresc. Tata a văzut-o pentru prima oară pe mama în ziua nunții. La fel și părinții tăi. Avem o prietenie mai profundă decât vor cunoaște cei mai mulți oameni în toată viața lor. Nu e de ajuns?

— Știu că ar trebui să fie. Dar nu este, zise Haruto.

— Mama a învățat să-l iubească pe tata. Ceea ce nu avem acum s-ar putea să vină mai târziu.

— Oare? Ne cunoaștem de o viață. Dacă nu ai învățat

încă să mă iubești, crezi că o ceremonie într-un templu va schimba ceva? Mi-aș dori numai ca...

— Ce este? Spune-mi!

— Nu contează.

Privi prin fereastră cerul care se întuneca.

— Singurul loc pentru speranțe și dorințe este pe cer.

CAPITOLUL 35

Printre stele

Keishin urmă procesiunea care ieșea din sat, fără să știe încotro îl va conduce. I se părea de preferat să pună un picior înaintea celuilalt decât să stea culcat pe patul de la han și să aștepte să răsară soarele. Nu-i plăceau gândurile care-i țineau tovărășie. Încercase să le încredințeze rezolvarea misterului pe care li-l servise Haruto lui și Hanei, dar ele îi scăpaseră din frâu și se apucaseră să-i picteze chipul Hanei pe interiorul pleoapelor. Înainte să se poată refugia în vis, ar fi trebuit să îndure ore de neliniște cu ochii în tavan, privind un zâmbet care nu-i fusese menit niciodată.

Masako a avut dreptate să-l alunge, își zise Keishin. Era un străin, în lumea lui și în lumea asta. Dăduse buzna în viața Hanei, amestecându-se într-un scenariu care nu-i rezervase niciun rol. Lucrul acesta îi devenise foarte clar când o văzuse pe Hana cu Haruto. El făcuse un sacrificiu pe care numai o persoană care și-a devotat viața alteia îl putea face. Îi dăruise Hanei inima lui cu mult timp în urmă. Și acum îi dăruise mâinile sale. Scopul vieții sale. *Ikigai*-ul său.

Keishin ar fi trebuit să-l admire, dar nu putea să simtă decât rușine. Voia o femeie pe care de-abia o cunoștea, fiind pe deplin conștient că nu este capabil de același sacrificiu ca bărbatul care o iubește cu adevărat. Dar, chiar și așa, o voia. La fel de mult cum voia să cunoască totul despre stele și secretele lor. Poate chiar mai mult.

Acesta este cel mai josnic dintre instincte, cel care-i împinge pe oameni să fure, își zise el. Mama Hanei îl simțise și ea. Keishin nu știa ce anume furase Chiyo. Dar nici nu trebuia. Hoții se înțelegeau unii pe alții. Toți voiau luna din apă. Keishin și-o imagină pe Chiyo stând în seiful casei de amanet, înconjurată de toate acele lucruri pe care nu le putea avea. Nu se îndoia că și mama lui simțise același lucru ori de câte ori îl ținuse în brațe. Viața pe care și-o dorea cu disperare o aștepta chiar de cealaltă parte a ușii și nu trebuia decât să își golească mâinile ca să deschidă ușa și să iasă.

— Iată-te din nou! zise o voce de femeie în vârstă din spatele lui. Bună!

— Suzuki-san, bună seara! zise Keishin înclinându-se.

— Unde e prietena ta? V-ați hotărât să rămâneți și să priviți stelele?

— E undeva mai în față, minți Keishin. Și, da, am decis că vrem să vedem la ce trudește atât satul.

— N-o să-ți pară rău, zise Fumiko, cu un zâmbet care scoase la iveală doi dinți lipsă. Îți promit că este o priveliște pe care n-o vei uita prea curând. Dar mai bine ne-am grăbi. E aproape întuneric și stelele nu vor aștepta.

Sătenii se adunară pe o câmpie ierboasă sub cerul fără stele. Cei din față duceau în spinare coșuri mari și la sunetul distant al unui gong le dădură jos de pe umeri. Băgară mâinile în coșuri și scoaseră câte un zmeu, apoi îi trecură coșul persoanei din spatele lor. Asta continuă până când coșurile ajunseră în spatele mulțimii. O femeie zâmbitoare se întoarse și îi dădu lui Keishin un coș gol. El îi întoarse zâmbetul, încercând să nu pară dezamăgit.

— E în regulă, zise Fumiko, bătându-l pe braț. Nu poți să privești în sus și să și alergi. Spectacolul din noaptea asta nu se desfășoară pe pământ.

Vântul se înteți și smuci chimonoul lui Fumiko. Keishin își ridică ochii spre cer, așteptându-se să vadă nori de ploaie.

— Îmi pare rău! zise el fără să se gândească, simțind impulsul de a se scuza pentru ghinionul lui legat de vreme.

Fumiko își înclină capul.

— Pentru ce?

— Pentru vreme. Stă să plouă. Zmeiele nu vor putea să se ridice în noaptea asta.

Fumiko chicoti.

— De ce ar trebui să-și ceară cineva scuze cu privire la starea vremii? În plus, ploaia știe că este interzisă aici. Râul și roua ne oferă toată apa de care avem nevoie. Nimic nu împiedică stelele să-și găsească locul pe cer. Nici ploaia, nici *shiikuinii* nu le pot opri să se înalțe.

— Sunteți foarte norocoși aici, să scăpați de monștrii ăia, zise Keishin.

— Monștri?

— *Shiikuinii.*

Fumiko îl bătu pe Keishin pe mână.

— *Shiikuinii* nu sunt monștri. Sunt necesari. Își joacă rolul, ca mine și ca tine. În lumea noastră este ordine pentru că ei îi elimină pe cei care o tulbură.

— Chiar credeți asta?

— Desigur. Cocorii de la *Kyoiku Hakubutsukan* ne-au arătat nebunia lumii de dincolo de ușă. Un sat ca al nostru n-ar putea exista într-o lume atât de haotică. Luminile orbitoare ale acelei lumi ar ascunde stelele. Poate că *shiikuinii* nu pot pătrunde aici, dar toți locuitorii acestui sat le sunt recunoscători pentru serviciile lor. Cine altcineva ar mai colecta și păstra păsările?

Răsună un alt gong, mai sonor decât primul, încărcând aerul cu o energie pe care Keishin o simți în oasele lui. Sătenii își ridicară zmeiele pe umeri și, încolonați, alergară pe câmp, încercând să prindă vântul. Keishin îi privi cum își înalță zmeiele tot mai mult. Pe măsură ce urcau, zmeiele începură să lumineze și, pentru un moment, Keishin crezu că au luat foc. Se ridicară pe cer unul câte unul, zburând mai sus decât le-ar fi permis-o o sfoară oricât de lungă. Mai bine de o sută de zmeie scânteiau pe pânza nopții, plonjând și învârtindu-se, alcătuind constelații pe care Keishin își dori să le poată numi. Și când fiecare zmeu își găsi locul, sătenii le tăiară sforile, lăsându-l pe Keishin să stea sub bolta scânteietoare a speranțelor unei lumi întregi.

— Este cel mai frumos lucru pe care l-am văzut vreodată, zise el, întinzându-și gâtul ca să poată vedea totul.

— Ah! zise Fumiko zâmbind. Nu ai copii?

— Nu, nu am. De ce întrebați?

— Pentru că, dacă ai fi avut, cerul ar fi doar al doilea dintre cele mai frumoase lucruri pe care le-ai văzut, zise Fumiko. Asta e ceva ce tu și Hana veți înțelege când veți deveni părinți.

— Hana nu este... Adică noi nu suntem... ăăă...

— Îmi pare rău! Te rog, iart-o pe această bătrână pentru gura ei proastă! Nu mi-am dat seama că pe pielea ta și a soției tale nu sunt tatuați copii. Dar trebuie să ne încredem în harta pe care ne-a dat-o *Horishi*.

— Ăăă, da, încuviință Keishin. Trebuie.

— Unor oameni pur și simplu nu le este sortit să aibă copii. Ca mie.

Keishin se încruntă.

— Dar aveți copii. I-am cunoscut la dumneavoastră acasă.

— Sunt ai surorii mele. Când ea a murit, i-am crescut și i-am iubit ca pe ai mei. Și ei m-au iubit, zise Fumiko. Cât de mult au putut. Au fost multe nopți în care, stând întinși lângă mine, au plâns după adevărata lor mamă până au adormit. Deși stelele luminează cerul satului, acelea au fost cele mai întunecate nopți de care am avut parte. Și totuși n-am putut să nu simt că le-am meritat.

— Că le-ați meritat?

— Am trimis o speranță care nu-și avea locul printre stele. Am sperat să am copii, deși pe pielea mea nu era tatuat nici măcar unul. Când mi-au fost dați în grijă copiii surorii mele, n-am putut să nu simt că, într-un fel, i-am furat soarta.

Fumiko își ridică ochii spre cer.

— Nu există nefericire mai mare decât să ții în brațe ceva ce știi că nu-ți aparține cu adevărat. În cele mai rele momente, m-am gândit că aș fi preferat să fac schimb de locuri cu sora mea.

— De ce?

— Pentru că moartea este iute și îndurătoare. Dorul este o condamnare pe viață. Dar, sigur, acum este mai bine, iar eu...

— „O condamnare pe viață."

Keishin repetă cuvintele lui Fumiko, fără să-și dea seama că vorbise cu glas tare.

— Ai zis ceva? îl întrebă Fumiko.

— Eu... Îmi pare rău, dar trebuie să plec!

CAPITOLUL 36

O caserolă cu ton,
o cravată albastră și un străin într-o cutie

Dacă ar fi murit în Japonia, ar fi fost îmbrăcat în alb. Dar tatăl lui Keishin murise la mii de kilometri de fostul său cămin, iar în acest loc morții purtau costume care-i făceau să pară îmbrăcați pentru un interviu de angajare.

Tatăl lui Keishin nu purtase costum în viața sa și mama lui vitregă petrecuse ore în șir la raionul cu reduceri, încercând să aleagă între un costum cenușiu cu cravată neagră și un costum în dungi cu cravată albastră. Dacă i-ar fi cerut părerea, Keishin i-ar fi spus că nu contează. Bărbatul din coșciug avea să arate ca un străin oricum. Cancerul se ospătase din tatăl său, devorându-l până rămăsese numai piele și os. În cele din urmă, mama lui vitregă alesese combinația de dungi cu cravată albastră după ce vânzătorul îi spusese că are o reducere suplimentară de 20%. Celălalt lucru care părea să fi fost la reduceri în săptămâna aceea era tonul. După ce a patra caserolă cu ton de la unul din vecini fusese îndesată în frigider, Keishin fusese aproape sigur că până la finele săptămânii aveau să-i crească branhii.

Keishin ciugulea din cea de-a treia caserolă cu ton la rând, numărând înghițiturile pe care le mai avea de luat înainte să se scufunde în cea mai recentă carte împrumutată de la bibliotecă, un exemplar îngălbenit din *A Brief History of Time**, de Stephen Hawking.

---

* Carte apărută și în limba română cu titlul *Scurtă istorie a timpului*, traducere de Mihaela Ciodaru, Humanitas, București, 1994 (n.t.).

— Nu trebuie să o termini, zise mama lui vitregă fără să-și ridice ochii din farfuria ei neatinsă.

Keishin o privi, încercând să proceseze ceea ce tocmai auzise. Asemenea cuvinte nu se rostiseră niciodată în casa lor cât trăise tatăl lui. Dacă le-ar fi auzit, poate că l-ar fi ucis mai iute decât o făcuse cancerul. Tatălui său îi plăceau multe lucruri la noua lui patrie, dar cantitatea de mâncare pe care o vedea aruncată în fiecare zi la restaurantul unde lucra îl făcea să scrâșnească din dinți.

— O să o termin.

Keishin își îndesă în gură încă o înghițitură din conținutul lipsit de gust al caserolei.

— Lucrurile nu trebuie să rămână la fel, dacă nu vrei, zise mama lui vitregă.

Keishin înghiți pe nemestecate.

— Ce vrei să spui?

— Nu trebuie să te mai prefaci, zise ea. Știu că ai încercat din răsputeri să mă accepți ca pe noua ta mamă când eu și tatăl tău ne-am căsătorit. Am apreciat asta. Sincer. Dar acum tatăl tău nu mai e. Nu trebuie să te mai prefaci de dragul lui sau al meu. Aș prefera să fim sinceri unul cu altul, în loc să fim politicoși. Poate în felul ăsta am putea chiar să devenim prieteni.

Keishin își puse furculița jos și își privi mama vitregă de parcă ar fi văzut-o prima oară. Nu o auzise niciodată vorbind atât de sincer și de direct. O parte din el se simțea ușurată la auzul spuselor ei. Nu că nu ținea la ea. Ținea. Și știa că și ea ține la el. Dar faptul că era soția tatălui său nu o transformase ca prin magie în mama lui și nici faptul că el îi spunea *Okaa-san* nu-l transformase în fiul ei. Să-i dai unui lucru un nume fals îl făcea să pară și mai puțin adevărat. Și totuși o altă parte a lui Keishin se întristă când o auzi pe mama lui vitregă vorbind în acest fel. Minciuna lor, ca majoritatea minciunilor, fusese un balsam peste un adevăr dureros. Fără el, îi rămăsese numai conștiința necruțătoare a faptului că are imitația perfectă a unei mame, care face tot ce ar trebui să facă mamele bune.

Și în felul acesta, auzind cuvintele lui Fumiko în noaptea aceea, sub cerul înstelat, Keishin își dădu seama că trebuie să fugă către Hana cât de repede poate. Înțelesese care a fost adevărata pedeapsă a lui Chiyo, pentru că, la fel ca Fumiko, și el fusese condamnat la ea.

CAPITOLUL 37

O pedeapsă pe măsura crimei

Hana stătea întinsă lângă Haruto și-l privea cum doarme. Respira neregulat, cu o încruntare între sprâncene. Hana se ridică de pe saltea și se apropie de fereastră. Munca sătenilor sclipea pe cer.

— Hana?

Haruto se frecă la ochi cu dosul mâinii lui bandajate.

— Ai traversat podul devreme. Nu s-a făcut încă dimineață.

— N-am avut niciun vis care să mă rețină, zise el, ridicându-se în șezut. De ce mai ești aici?

— Voiam să fiu în preajmă în caz că ai nevoie de ceva.

— Ți-am spus, pot să-mi port singur de grijă.

— Bine. O să plec.

Hana porni către camera pe care i-o pregătise Masako.

— Așteaptă! Îmi pare rău! Stai aici... dacă vrei.

Hana se așeză lângă el pe saltea.

— Când ți-ai dat seama?

— Când mi-am dat seama de ce anume?

— Când ți-ai dat seama că ceea ce simți pentru mine este mai mult decât prietenie?

El clătină din cap.

— Nu trebuie să discutăm despre asta. Știu că nu simți la fel.

— Vreau să știu. Trebuie să știu, zise Hana.

— Nu cred că am un răspuns la întrebarea ta. N-a existat o zi precisă sau un moment anume. Nu m-am trezit și deodată am simțit că te iubesc. Singurul răspuns pe care ți-l pot da este că s-a întâmplat treptat. Încet și pe neobservate, așa cum transformă oceanul piatra în nisip. Și tu ești un ocean, Hana. Blând și liniștit, dar suficient de puternic ca să iei pe sus orice om sau navă. M-am înecat în tine cu mult timp în urmă și nici măcar n-am știut.

— Dar dacă... dacă se întâmplă la fel și cu mine? Dacă te iubesc și nu mi-am dat seama?

— Pot să te ajut să afli răspunsul, dar mai întâi trebuie să-mi răspunzi la o întrebare.

Haruto se aplecă spre ea, punându-i întrebarea din ochi înainte ca buzele lui s-o rostească. Ochii lui nu puteau ascunde nimic de Hana. Trădau până și cele mai subtile schimbări din mintea lui, spunându-i cu precizie când se simte jenat, timid, speriat, trist, fericit sau surprins. În seara aceasta îi spuneau, fără nicio ambiguitate, că el vrea s-o sărute.

— Da, zise Hana.

— Da?

— O să mă întrebi dacă poți să mă săruți. Răspunsul meu este „da".

— Ești sigură că asta vrei?

Hana se uită în ochii lui și îl văzu pe băiatul căruia nu-i plăcea nimic mai mult decât să plieze hârtia ca să-i confecționeze ei flori și pe bărbatul care-și sacrificase mâinile pentru ca ea să fie în siguranță. Închise ochii și așteptă să simtă atingerea buzelor lui Haruto pe ale ei, să știe, în sfârșit, dacă putea fi soția pe care el o merita.

— Sunt.

— Sper să găsești ceea ce cauți, Hana.

Buzele lui Haruto le depărtară pe ale ei.

Inima Hanei i se izbea de coaste atât de zgomotos, încât era sigură că poate s-o audă și Haruto. La ușă răsună un ciocănit puternic, acoperindu-i bătăile inimii. Hana se retrase brusc.

— *Shiikuinii*! exclamă ea, ridicându-se în picioare.

— Hana? strigă o voce de bărbat de dincolo de ușă. Haruto?

— Keishin?

Hana se repezi la ușă. Keishin respira precipitat, ținându-se de coaste.

— Fumiko, zise el, încercând să-și recapete suflul. Fumiko... știe...

— Ce știe? întrebă Hana.

— Știe cum e să ai ceva ce-ți dorești cu disperare.

Keishin își șterse transpirația care-i curgea în ochi.

— Și să știi prea bine că nu e ceea ce pare.

— Ce spui acolo? întrebă Haruto.

— Cred că știu la ce pedeapsă s-au gândit *shiikuinii* pentru mama Hanei, ce chin ar fi mai rău decât moartea. *Shiikuinilor* nu le pasă de dreptate.

Privirea lui Keishin se opri pe mâinile rupte ale lui Haruto.

— Îi interesează să provoace cât mai multă durere. Și ce durere poate fi mai mare, continuă el uitându-se la Hana, decât să fii dureros de aproape de ceva după care tânjești, dar despre care știi că nu-ți aparține cu adevărat?

— Nu înțeleg, zise Hana.

— *Shiikuinii* au văzut cu câtă disperare își dorea mama ta să te țină în brațe. Știau cât de mult te iubește, zise Keishin. Moartea i te-ar fi luat, dar pedeapsa aceea nu era suficientă. *Shiikuinii* voiau ca ea să sufere.

— Cum? întrebă Haruto.

— Dându-i o condamnare pe viață, zise Keishin. Lăsând-o să trăiască într-un loc unde să i se amintească tot timpul de fiica pe care a lăsat-o în urmă.

Haruto clătină din cap.

— Chiar dacă ai dreptate, unde ar trebui să o căutăm? Ai de gând să cauți prin toate închisorile din lumea noastră?

— S-ar putea să nu fie nevoie, spuse Masako intrând în încăpere.

Haruto se întoarse către mama lui.

— Ce vrei să zici?

— Cred că străinul are dreptate. Dacă ar fi exilat-o pe Chiyo în cealaltă lume n-ar fi făcut decât să o șteargă pe ea, cu tot cu durerea ei. Dar să o exileze într-un loc unde să fie înconjurată de ceva ce-și dorește, dar nu poate avea ar fi o pedeapsă mai crudă decât moartea. Ce pedeapsă mai bună poate exista pentru cineva care a luat ceva ce nu-i aparținea? Ca mamă, nu mă pot gândi decât la o închisoare care ar putea aplica o asemenea tortură.

— Ce închisoare e asta? întrebă Haruto. Unde este?

— Nu știu unde este, dar am auzit șoptindu-se despre ea în Piața de noapte. Se spune că există un loc unde trăiesc copiii care nu-s copii. Copiii care își petrec zilele și nopțile plângând după o mamă.

Keishin se încruntă.

— Ce vrei să spui prin „copiii care nu-s copii"?

— Dacă ai nevoie de mai multe răspunsuri va trebui să le capeți singur, zise Masako.

— Atunci trebuie să mergem în Piața de noapte cât mai repede, zise Haruto.

— Eu și Keishin vom merge în Piața de noapte, spuse Hana. Tu trebuie să rămâi aici.

— Hana are dreptate, zise Masako. Nu te-ai întremat îndeajuns ca să călătorești. N-ai face decât să-i încetinești. Dacă îți pasă cu adevărat de siguranța Hanei, cel mai bun lucru pe care-l poți face este să rămâi aici.

Haruto își lăsă capul în piept și oftă.

— Trebuie să ne mai oprim undeva înainte să mergem în Piața de noapte, zise Hana.

— Unde? o întrebă Haruto.

— E mai bine să nu știi.

— Sunt de acord, zise Masako.

Hana se întoarse către ea.

— Știu că am cerut deja prea mult de la tine, dar mai este un ultim lucru pe care trebuie să ți-l cer înainte să plecăm.

— Dacă asta vă va face să plecați mai repede, voi fi încântată să vă ofer orice sprijin doriți.

CAPITOLUL 38

Luminile din lac

Luminile satului se făcură tot mai mici pe măsură ce Keishin și Hana vâsleau în josul râului. Licuricii roiau în jurul copacilor și alcătuiau constelații însuflețite, demne să rivalizeze cu cele care străluceau pe boltă. Până și apa era însuflețită. Făpturi subțiri și luminoase, mai mici decât grăunțele de nisip, se învârteau în jurul vâslei lui Keishin și pluteau în siajul bărcuței lor, umplând râul de stele. Keishin privi peste marginea bărcii ca să le vadă mai bine. Făpturile se adunară și roiră, schimbându-și forma până când alcătuiră o imagine a feței lui. La vederea sa, Keishin tresări și se retrase.

— Noi le spunem *hansha**, zise Hana. Le place să copieze tot ce văd.

Keishin își întinse brațul deasupra apei. *Hansha* se răsuciră și se învolburară, imitându-i exact forma brațului și a mâinii. Apoi lumina lor păli, transformându-le dintr-o reflecție luminoasă într-o formă solidă ce părea făcută din carne și oase. Keishin își mișcă degetele. *Hansha* se agitară și ele.

— Incredibil! zise Keishin, retrăgându-și mâna.

— Sunt făpturi remarcabile, zise Hana cu oboseală în glas.

— Pot să vâslesc doar eu restul drumului, zise Keishin din spatele ei.

* În traducere din limba japoneză, „reflexie" (n.t.).

— Nu sunt obosită.

Hana își ținea privirea îndreptată către prova bărcii.

— O să ajungem mai repede la cascadă dacă vâslim amândoi. Lacul e chiar dincolo de ea.

— De ce nu i-ai spus lui Haruto unde mergem? o întrebă Keishin.

— Pentru că ar fi încercat să ne oprească.

— De ce?

— Fiindcă Lacul cu Lotuși este exact locul unde le-a spus *shiikuinilor* că vom fi.

— Ce? Și atunci de ce mergem acolo?

— I-au rupt mâinile lui Haruto ca să-l facă să spună adevărul. Închipuie-ți ce i-ar face dacă ar descoperi că a mințit. Trebuie să ajungem la lac, pentru ca *shiikuinii* să nu creadă că i-a păcălit.

— Am ratat eu partea aceea a planului în care spui cum anume o să evităm să fim prinși de *shiikuini* după ce ajungem acolo?

Keishin se opri din vâslit. Hana se răsuci spre el, făcând barca să se clatine.

— De ce te-ai oprit?

— Înțeleg că vrei să-l aperi pe Haruto, dar să călcăm de bunăvoie într-o capcană nu va fi de ajutor nimănui.

— Nu o să călcăm în nicio capcană.

— De ce ești așa de sigură?

— Pentru că o să intrăm în ea înot.

Ceața și întunericul ascundeau vârful cascadei revărsate de-a lungul fațadei stâncoase abrupte. Zgomotul tunător cu care se prăbușea în râu îl făcu pe Keishin să creadă că vine din cer. Apucă vâslele și se chinui să țină stabilă mica lor bărcuță în timp ce se apropiau.

Hana icni în timp ce vâslea, luptându-se pentru fiecare centimetru care-i apropia de cascadă.

— Încă... puțin...

Cascada se despărți ca o cortină, dând la iveală gura căscată a unei peșteri spațioase. Keishin simți cum barca devine tot mai stabilă, cârmindu-se singură, fără să mai aibă nevoie de vâsle. Cascada se închise în spatele lor și amuți. Nu se mai auzea decât sunetul bărcii lor plutind pe apă. Lacul era plin de *hansha*, care umpleau tot spațiul cu o lumină blândă și caldă. Din peșteră se ramificau patru coridoare ale căror guri întunecate înghițeau lumina emanată de *hansha*. Barca se opri în mijlocul lacului, ca pentru a le permite lui Keishin și Hanei să decidă încotro vor să o apuce.

Hana arătă către coridorul din stânga.

— Acesta duce la Munții Doliului. Cel de lângă el, către Pădurea Cântătoare. Peștera de alături duce unde vrem noi să mergem.

— La Lacul cu Lotuși?

— Da.

— Și ultima peșteră? Unde duce?

— În gara Tokio.

— Asta e, hm, convenabil.

— Deci îți este clar planul? îl întrebă Hana.

Keishin încuviință.

— Și, ține minte, încearcă să nu sperii făpturile. Nu face mișcări bruște când ești în apă.

Hana se întoarse cu spatele la Keishin și începu să se dezbrace.

El își feri privirea și își scoase hainele.

— Fără mișcări bruște. Am băgat la cap.

Hana se lăsă în apă. *Hansha* înotară în jurul ei, luminându-i pielea.

— Dacă le place de tine, îți vor păstra forma un timp mai îndelungat.

— O să fiu cât de fermecător pot.

Keishin o urmă în lac, pregătindu-se să-i înfrunte răceala. În schimb, îl îmbrățișă o apă călduță ca aceea în care-i plăcea să facă baie.

— Ai grijă!

Hana inspiră adânc și se scufundă, dispărând sub un strat învolburat de lumină lichidă.

Keishin o urmă. Galaxii luminoase se învârtiră în jurul trupului său, explorându-i cu lentoare fiecare centimetru. Se opriră, apoi se mișcară la unison, răsucindu-se și schimbându-și poziția până când Keishin se pomeni privindu-și în ochi geamănul identic. Keishin clipi. Geamănul lui clipi și el. Keishin făcu cu mâna. Geamănul lui îi făcu și el cu mâna.

Hana înotă către Keishin și îi făcu semn să iasă la suprafață, iar el înotă alături de ea, străduindu-se să nu își lase ochii să rătăcească pe rotunjimile îmbietoare ale Hanei. Ea se mișca la fel de grațios ca *hansha*, ale căror lumini sclipeau ca vrăjite peste fiecare centimetru al pielii ei.

Hana ieși la suprafața apei și trase o gură zdravănă de aer.

— Am reușit!

Keishin călcă apa alături de ea.

— Bine ar fi dacă restul planului tău ar fi la fel de simplu.

Unica lumină din tunel venea de la cele două bancuri de *hansha* care împrumutaseră formele lui Keishin și ale Hanei. Înotau de o parte și de alta a bărcii, ridicând ocazional privirea ca să le zâmbească și să le facă cu mâna.

— Măcar doi dintre noi nu par neliniștiți, zise Keishin.

— Eu sunt recunoscătoare că au decis să ne urmeze.

— Hana...

— Da?

— Dacă planul nu merge...

— Va merge.

— Dar, dacă nu va merge, dacă va ieși prost, trebuie să te gândești la tine. Nu la tatăl tău. Nu la mama ta. Nu la Haruto. Trebuie să fugi. Promite-mi că o să fugi și n-o să te uiți înapoi!

— O să fug, dar numai dacă-mi promiți și tu ceva.

— Ce?

— Că, atunci când o să fug...

Îl luă pe Keishin de mână.

— N-o să-mi dai drumul.

Kieshin revăzu planul Hanei în minte în timp ce lega barca de piatră ieșită în afară aproape de capătul tunelului. Planul presupunea să se afle în două locuri simultan, idee care, cu numai o săptămână în urmă, l-ar fi făcut pe Keishin să râdă în gura mare și să-și dea ochii peste cap. Acum nu făcu nici una, nici alta. Pierduse șirul legilor științifice pe care le încălcase de când pătrunsese în lumea Hanei. Să mai adauge încă una pe listă nu schimba nimic.

— Nu eram sigură că mama lui Haruto va accepta să facă asta pentru noi. Mă bucur că a făcut-o, zise Hana, scotocind prin geantă de unde scoase doi pești-origami. Fără ei, planul ăsta n-ar fi mers.

Keishin luă un pește din mâna Hanei și privi cascada care ascundea gura peșterii. Deși nu era la fel de lată ca aceea de la intrarea în cavernă, era la fel de puternică. Keishin nu reușea să accepte că ceva atât de măreț poate să nu scoată niciun sunet. Își dori să o fi făcut. Ar fi putut acoperi duduitul inimii lui și atunci i-ar fi fost mai ușor să se prefacă viteaz. Își lipi spatele de peretele peșterii și înaintă de-a lungul pragului îngust care ducea afară. Cascada se despărți și-i lăsă să treacă.

Keishin și Hana se ghemuiră lângă un șuvoi de apă căzătoare, stând cât de aproape le permitea pragul. Keishin se uită printr-o deschidere din șuvoi. Un câmp de lotuși se întindea până în zare, dând impresia unei grădini întinse, nu a unui lac. Spre deosebire de lotușii din lumea lui, care se trezeau numai pentru soare, marile flori albe de pe lac zâmbeau adorator către lună. Siluete întunecate pluteau pe suprafața lacului, abia atingând apa cu poalele robelor. Fiecare avea o seceră cu care tăia florile din calea sa.

— *Shiikuinii*, îi șopti Keishin Hanei.

— Câți sunt?

— Cel puțin zece. Curăță apa de lotuși.

— Cred că ne ascundem în apă.

— Exact cum ai zis.

— Și acum le vom oferi ceva ce să găsească.

Hana eliberă în apă unul din peștii-origami făcuți de Masako și îl privi dispărând rapid.

— E rândul tău.

Keishin îi șopti peștelui său înainte să-l elibereze, care porni după celălalt de îndată ce ajunse în apă.

Geamănul *hansha* al lui Keishin apăru din cascadă și porni pe urma peștelui de hârtie. Geamăna Hanei venea imediat în urma ei. Lotușii din calea lor tremurau, trimițându-și undele pe apă. *Shiikuinii* se răsuciră în direcția perturbării și izbucniră într-un cor de țipete care-ți înghețau sângele-n vene.

Keishin simți că-l trec fiori de gheață de la glezne și în sus, de-a lungul coloanei. Se ghemui mai bine, cu respirația șuierând.

— Nu uita ce ai promis, Hana!

Hana îi strânse mâna cu degete tremurânde.

— Nu uita nici tu!

Shiikuinii amuțiră și-și coborâră secerile. Stăteau nemișcați ca statuile, înclinându-și doar capetele ca să urmărească mișcarea de sub apă. Se priviră între ei, încuviințară și porniră în urmărire.

— Nu pot să cred! zise Keishin. Chiar a mers.

Hana expiră.

— Acum ce urmează? o întrebă Keishin.

— *Hansha* se vor distra un timp. Când se vor plictisi, se vor împrăștia și vor reveni în peșteră, dar nu înainte să le permită *shiikuinilor* să ne întrezărească fețele. Sunt făpturi poznașe de felul lor.

— Și astfel *shiikunii* nu vor avea niciun motiv să se îndoiască de Haruto, zise Keishin.

Hana încuviință.

— Și noi vom avea un avans către Piața de noapte.

CAPITOLUL 39

O infestație cu căpușe

Lui Keishin îi ardeau umerii și brațele de atâta vâslit. Râul subteran care ducea către Pădurea Cântătoare era de două ori mai lung decât cel care-i condusese până la lac. Cerul se lumină dincolo de cascada de la capătul peșterii. Cu ochii ațintiți asupra luminii, Keishin trase la vâsle, ignorând durerea care-i sfârteca palmele numai carne vie. Un clinchet melodios răzbătu de dincolo de perdeaua de apă curgătoare de la intrare.

— Ai auzit?

— Pădurea este aproape, zise Hana. Acesta este cântecul ei.

— Cât de departe de pădure este Piața de noapte? întrebă Keishin.

Hana continuă să vâslească de parcă n-ar fi auzit întrebarea.

— Hana?

— Îmi pare rău!

Hana oftă.

— Știu că ești epuizat, dar mă tem că va fi nevoie de mai bine de o jumătate de zi de mers ca să străbatem pădurea. După ce vom ajunge în luminiș, o băltoacă ne va transporta până la un sat aflat aproape de piață.

— Nu trebuie să-mi ceri iertare.

Keishin o privi pe Hana peste umăr, cu un zâmbet năstrușnic.

— După ce am stat toată noaptea în barca asta, mi-ar prinde bine o plimbare lungă.

Hana zâmbi.

— Sigur că da!

Capcane de vânt din sticlă multicoloră, în formă de frunze, creșteau de pe crengile copacilor imenși și cântau în bătaia vântului. Lumina soarelui se strecura prin coronamentul scânteietor, desenând curcubeie pe solul pădurii. Keishin, fermecat de priveliște, nu-și putea desprinde ochii de capcanele de vânt. Cântecul lor obsedant era când vesel, când melancolic, schimbându-se odată cu capriciile vântului.

Hana îl apucă de cot.

— Fii atent pe unde mergi!

— Uau!

Keishin privi în jos și se opri înainte să calce pe un buștean putred.

— Chiar n-am nevoie să adaug o gleznă scrântită la lista problemelor noastre.

— Capcanele de vânt pot să te distragă, zise Hana pășind peste buștean. Nu o dată am căzut și m-am julit la genunchi în pădurea asta.

— Să te distragă e un eufemism, zise Keishin, străduindu-se să fie atent la cărarea șerpuită. Cred că mi-aș putea petrece toată viața în lumea ta și tot aș mai descoperi zilnic ceva care să mă uimească.

— Asta simt și eu despre lumea ta, zise Hana.

— Serios?

— Puținul pe care l-am întrezărit din ea m-a fascinat întotdeauna. Hainele clienților noștri. Lucrurile lor. Poveștile lor. Îmi stăruiau în minte mult timp după ce clienții plecau și *shiikuinii* veneau să-și ia alegerile.

Keishin se încruntă, înclinând întrebător din cap.
— Ce e?
— Am fost atât de ocupați să fugim de *shiikuini*, încât abia acum mi-am dat seama că nu știu la ce le trebuie *shiikuinilor* alegerile lumii mele.
— Poate ar fi mai bine ca lucrurile să rămână așa.
Hana continuă să meargă. Keishin o ajunse din urmă.
— După toate prin câte am trecut nu crezi că merit să știu adevărul? Și ce a vrut Haruto să spună, că întreaga lume îi este îndatorată casei de amanet și tatălui tău?
— Problema nu este dacă meriți sau nu adevărul.
— Dar atunci care este?
— Aceea de a fi apărat de el.
— Hana, nu trebuie să mă aperi.
— Nu pe tine.
Hana se opri.
— Pe mine. Dacă ai ști adevărul despre ceea ce eu și tata am luat cu adevărat din lumea ta și ce am făcut cu toate astea, n-ai putea să mă mai privești în același fel.
— Nimic din ceea ce mi-ai putea spune nu-mi va schimba...
Keishin se întrerupse.
— ... părerea despre tine.
Hana îi întâlni privirea.
— Poate că ai dreptate. Poate ar trebui să știi. Poate atunci o să înțelegi că venirea ta aici a fost o greșeală și că ar trebui să te întorci acasă până nu e prea târziu.
— Acasă... asta e provocarea finală a cartografului, nu crezi?
Keishin dădu cu șutul într-o piatră.
— Un cartograf poate face cea mai amănunțită hartă, pe care să includă fiecare marcaj și cele mai clare drumuri. Harta lui te poate ajuta să ajungi aproape oriunde vrei. Pe

poduri. În parcuri. În biblioteci. Dar nu acasă. Pe aia nu o s-o găsești trecută pe nicio hartă din lume. Poți să trăiești în același loc ani în șir și să știi pe de rost fiecare drum către el, cu autobuzul, cu bicicleta sau pe jos, și totuși să nu cunoști cu adevărat drumul spre casă. Poate de aceea nu o poți găsi pe nicio hartă. Pentru că nu există.

Keishin o privi pe Hana cu un zâmbet trist.

— Sau poate e schimbabilă.

— Ce vrei să spui?

— Vreau să spun... Ce ar fi dacă n-aș vrea să mă întorc? zise Keishin.

— Luăm suflete, zise Hana.

Keishin o privi cu gura căscată.

— Păsările pe care le ținem în seiful nostru... nu sunt doar alegeri.

Vocea Hanei tremura.

— Sunt bucăți din sufletele clienților noștri. Ei cred că schimbă vechi regrete pe o stare de mulțumire, dar se înșală. Tatăl meu îi păcălește. Eu îi păcălesc. Tata mi-a spus că bucata din sufletul lor pe care o luăm este așa de mică, încât ei nici nu-i vor simți lipsa, dar eu nu l-am crezut niciodată. Poate că ceea ce luăm noi o fi o bucată mică, dar este cea mai bună parte a ta, partea care a decis să o ia la stânga, și nu la dreapta. Nu contează care a fost rezultatul acestei alegeri. Ar putea fi cumplit, iar oamenii ar putea să o regrete, dar când clienții își lasă alegerile la amanet renunță la șansa de a se împăca cu viața pe care au ales-o. Va fi o călătorie pe care n-o vor încheia niciodată, o lecție pe care nu o vor putea învăța. Cum poți să fii împăcat când o parte din tine lipsește? Va fi un gol pe care vei încerca toată viața să-l umpli, fără să știi măcar că există.

Keishin inspiră lung, expirând la fel de lent.

— Și ce fac *shiikuinii* cu bucățile pe care li le dai?

— Îți amintești coliviile goale pe care le-ai văzut acasă la *Horishi*?

Keishin încuviință, temându-se de răspunsul pe care urma să i-l dea Hana.

— M-ai întrebat unde sunt păsările.

Hana își trase mâneca și își întinse brațul.

— Sunt aici. În pielea noastră, în cerneala lui *Horishi*. Vă luăm sufletele pentru că noi nu avem așa ceva. Asta este datoria pe care o are lumea noastră față de tata pentru meseria pe care o practică. Fără casa de amanet, această lume-parazit pe care tu o consideri atât de fascinantă nu ar exista. Acesta nu poate fi căminul tău, Keishin. Nu e decât o invazie de căpușe care se ospătează pe spinarea unui câine.

Keishin și Hana stăteau în iarbă, sprijiniți de o parte și de alta a unui trunchi gros. Deasupra lor, crengile se legănau în bătaia unei adieri, dirijând o orchestră de sticlă și vânt. Keishin privi cerul fără nori printre capcanele de vânt și se pomeni că îi este dor de ploaia care îl urmărea în mod normal pretutindeni. Vremea își alesese un moment nepotrivit să decidă că-l place. Sau poate să alunge norii era modul ei de a fi și mai nesuferită. O furtună ar fi fost numai bună să ascundă lacrimile care amenințau să cadă imediat ce Keishin ar fi clipit. Nu era sigur dacă sunt lacrimi de furie sau de tristețe, ci numai că o să-l usture.

— Când ajungem în luminiș, poți să folosești băltoaca de acolo ca să te ducă înapoi la casa de amanet. După ce ajungi, nu trebuie decât să ieși pe ușa din față ca să fii din nou acasă, zise Hana. O să uiți tot ce s-a întâmplat aici și o să-ți vezi de viața ta. O să găsești neutrino și răspunsurile la toate întrebările pe care le ai despre universul tău.

— Și o să fiu fericit.

— Da.

— Numai de te-aș putea crede!

— N-ai încredere în mine.

— Cum să am?

Keishin se ridică și se apropie de Hana.

— Tocmai mi-ai spus că ți-ai petrecut toată viața fiind învățată cum să minți și să manipulezi oamenii ca să-ți dea o parte din sufletele lor. De unde să știu că ce-mi spui acum nu e o minciună? Dacă mă întorc acasă și-mi amintesc totul? Cum să-mi văd de viață și să mă prefac că lucrurile pe care le-am văzut în lumea asta nu există? De unde știi tu ce se întâmplă cu clienții tăi după ce pleacă din casa de amanet? Nu știi decât ce ți-a spus tatăl tău, omul care te-a părăsit ca să alerge după soția lui moartă.

Keishin își regretă cuvintele de îndată ce îi ieșiră din gură.

— Eu... îmi pare rău!

Hana se ridică în picioare.

— De ce să-ți pară rău? E adevărat. Singurul meu talent și singura mea datorie pe lumea asta sunt să mint, iar tata chiar m-a părăsit. Și ai dreptate și când spui că nu știu ce ți se va întâmpla după ce te vei întoarce. Nu știu decât că...

Lacrimile îi înecară glasul.

— O să fii în siguranță.

Keishin se luptă cu impulsul de a o strânge la piept.

— Te rog, nu plânge!

Hana se șterse la ochi cu dosul palmei.

— Ai dreptate. Paraziții n-au dreptul să plângă.

— Nu spune asta! Nu ești un parazit.

— Ba sunt.

Ochii Hanei se umplură din nou de lacrimi.

— Ba nu, nu ești!

Keishin o cuprinse în brațe.

— Nu știu de ce lumea ta funcționează așa cum funcționează sau de ce are nevoie de a mea ca să existe, dar uite ce știu. Mi-ai oferit mai mult decât ai luat. Mi-ai arătat lucruri care-mi depășesc imaginația și...

Îi ridică bărbia.

— Și m-ai făcut să simt lucruri pe care n-am crezut că le voi putea simți.

— Lucruri pe care nu ar trebui să le simți.

— Pentru că Haruto îți este sortit.

Keishin își coborî privirea.

— Haruto n-are nicio legătură cu asta.

— Te iubește.

— Da.

— Și într-o zi îl vei iubi și tu.

— Ba nu!

— N-ai de unde să știi.

— Ba da! zise Hana. L-am sărutat. Și a fost altfel.

— Decât ce?

— Decât atunci când te-am sărutat pe tine.

Hana se desprinse de el.

— Dar orice am simți unul pentru altul nu are loc în lumea asta sau în a ta.

— Nu trebuie să aparțină niciunei lumi, Hana. E suficient să ne aparțină nouă.

Hana se lipi de pieptul lui și-și lăsă lacrimile să curgă.

CAPITOLUL 40

Fantomele

Sătucul scăpase printre degetele timpului și se rostogolise la marginea drumului vieții cu multă vreme în urmă. Stătea acolo ca o cochilie a fostului său sine, așteptând să se năruie în lumina soarelui după-amiezii târzii. Odinioară tânjise după vizitatori, dar acum era prea obosit și avea prea mult praf în ochi ca să remarce că două persoane au ieșit din băltoaca de lângă podul pe vremuri vopsit în roșu-intens. Pe sub acesta se întindea o albie cu pietre rotunde și prăfuite, ale căror muchii fuseseră netezite de un râu acum dispărut.

Hana își strânse mai bine coada de cal și cercetă împrejurimile. Ea și Keishin de-abia își vorbiseră pe durata drumului prin pădure și, chiar și după ce călătoriseră prin băltoacă, ea una încă nu găsea cuvinte care să merite aerul și efortul consumate pentru a le rosti.

— Era mai ușor cu capcanele de vânt, zise Keishin.

— Ce anume? întrebă Hana.

— Să nu ne vorbim. Sunetul lor umplea golul.

Keishin cercetă așezarea pustie.

— Dar tăcerea din locul ăsta face aerul să aibă un gust stătut. E greu să respiri. Îmi pare rău, dar, dacă tu nu zici nimic, voi fi nevoit să te plictisesc cu o prelegere despre fizica cuantică și alte chestii extraordinar de neinteresante numai ca să nu ne sufocăm.

— Bine ați venit!

De pe partea opusă a podului, un bărbat le făcea cu mâna.

— Bine ați venit!

— O, bună ziua!

Hana făcu o plecăciune.

— Nu mi-am dat seama că mai locuiește cineva aici.

Bărbatul se apropie de ei, zâmbind larg.

— Mă numesc Uchida Tomo. Căutați un loc unde să stați? Familia mea are un *ryokan** aici.

— Oh, ăăă, mulțumim, Uchida-san, dar ne ducem la Piața de noapte zise Hana.

— Piața nu se va deschide până la miezul nopții și amândoi păreți să nu fi dormit prea mult. De ce nu stați la *ryokan* cât așteptați? Soția mea vă poate găti o masă caldă.

— Ne-ar prinde bine un pui de somn, îi șopti Keishin Hanei. Și ceva de mâncare.

Hana scoase din traistă ochelarii mamei sale și se întoarse către Tomo. Ridică din sprâncene și la fel de repede și le coborî. Încuviință și-i zâmbi lui Tomo.

— Unde este *ryokan*-ul dumneavoastră, Uchida-san?

Ryokan-ul simplu și îngrijit se afla la poalele muntelui. Comparat cu vecinele sale părăginite din sat, arăta ca un palat.

— Nu prea mai vin mulți oameni în sat, zise Tomo, conducându-i printr-o grădiniță. Soția mea va fi bucuroasă de oaspeți.

— Am trecut pe lângă satul ăsta de câteva ori în drum spre Piața de noapte. Nu mi-am dat seama că mai locuiește cineva aici. Am crezut că este abandonat.

— Acum n-am mai rămas decât eu și soția mea, zise Tomo. Când a secat râul, toți ceilalți s-au mutat. Dar este căminul nostru și nu ne dorim să locuim altundeva.

---

* Han tradițional japonez, prezent mai ales în zonele cu stațiuni balneare (n.t.).

O femeie zveltă, cu o față blândă, îi întâmpină în prag.

— Fiți bineveniți!

— Ea este soția mea, Yui, zise Tomo, prezentându-i pe Hana și pe Keishin.

— Vă rog, intrați! le spuse Yui, zâmbind. O să vă conduc în camera dumneavoastră.

Pe o măsuță joasă din mijlocul încăperii, în jurul unui vas cu ceai verde proaspăt preparat, erau aranjate o farfuriuță cu *daifuku*, bulete din *mochi* umplute cu boabe măcinate de *azuki** amestecate cu miere și un castron de *karintō*, niște gustări crocante în formă de crenguțe, prăjite și învelite în zahăr brun.

Keishin îi aruncă o privire Hanei, manifestându-și surpriza de a fi descoperit că gustările îi așteaptă.

— *Onsen*-ul** e pe aici.

Yui se apropie de niște uși glisante din partea opusă a camerei și le deschise. Într-o grădină ornamentală era cuibărită o baie exterioară aburindă, alimentată de un izvor termal și mărginită de pietre netede.

— Nu avem alți oaspeți, așa că aveți întregul *onsen* numai pentru dumneavoastră.

— Mulțumim! zise Hana. E minunat.

— Masa va fi servită în salon după ce veți fi savurat baia. O să vă las să vă odihniți, dar vă rog să nu ezitați să mă anunțați dacă mai aveți nevoie de ceva.

Yui se înclină zâmbind și plecă, trăgând ușa după ea.

— Pentru un *ryokan* dintr-un sat părăsit par foarte pregătiți să primească oaspeți. Mai să zici că au știut că venim, zise Keishin, coborând vocea. Crezi că e o cursă de-a *shiikuinilor*?

---

* Tip de fasole specific estului Asiei din care se face o pastă îndulcită care constituie un ingredient de bază în bucătăria locală (n.t.).

** Izvor termal japonez cu sau fără facilități pentru scăldat amenajate în jurul lui (n.t.).

— Nu e o cursă.
— Dar nu ți se pare ciudat că...
— Sunt fantome.
— Ce?!
— Tomo și soția lui sunt fantome.
Hana își dădu jos ochelarii mamei sale.
— Am văzut prin ochelari cine sunt cu adevărat. Sunt morți de foarte mult timp.
— Atunci ce mai căutăm aici?
Ochii lui Keishin fulgerară.
— Ai zis-o chiar tu. Avem nevoie de odihnă și de mâncare.
— Dar...
— Sunt inofensivi.
Keishin făcu ochii roată prin cameră.
— E real ceva din toate astea?
— E real, pentru că Tomo și Yui cred că-i real.
— Nu știu că sunt morți?
Han clătină din cap.
— Și nu e treaba noastră să le spunem contrariul.
Keishin își masă ceafa.
— N-am crezut niciodată în fantome.
— Nu? Dar nu de aceea te-ai mutat în Japonia? Ca să le găsești?
— Neutrino nu sunt fantome.
— Mi-ai spus că sunt rămășițe ale trecutului. Fâșii de nimic pe care nu le poți vedea sau atinge. Ecouri care poartă poveștile unor stele moarte. Cum să nu fie stafii?
— Eu... nu știu, zise Keishin. Nu cred că mai știu nimic.
— Nu e nimic în neregulă să nu știi lucruri.
— Ba este când întreaga ta carieră se bazează pe găsirea răspunsurilor.
— Te-a făcut fericit vreunul din răspunsurile pe care le-ai găsit?

— Știința n-are treabă cu găsirea fericirii.

— Credeam că în lumea voastră găsirea fericirii este principalul scop al vieții. Că din acest motiv a fost întotdeauna atât de ușor să-i convingem pe clienții noștri să renunțe la alegerile lor. Tot ce-și doreau toți era să zâmbească. Dacă fericirea ar fi atât de simplu de dobândit în lumea asta, și eu mi-aș fi dat o parte din suflet.

— Ce vrei să-ți zic, Hana? Că nimic din ceea ce am făcut în lumea mea nu m-a făcut fericit cu adevărat? Că mi-am petrecut viața încercând să umplu golul lăsat de mama? Că atunci când am venit aici și m-am prefăcut că sunt nobil și am zis că vreau să te ajut tot ce îmi doream de fapt era să pot să descopăr, în sfârșit, ceva care să mă facă să simt că merit să fiu iubit? N-ai fost singura care a ascuns adevărul.

— Cred că semănăm mai mult decât am crezut.

— Probabil că da.

Hana și Keishin își proptiră bărbiile pe brațele îndoite, de o parte și de alta a *onsen*-ului, plimbându-și privirile în jur. Luna abia răsărită scălda grădina într-o lumină nelumească, trădând adevărul. Nu era numai un peisaj pitoresc. Era părerea unică a creatorilor săi despre lume și despre locul lor în ea. Grădina era natura în miniatură, o versiune idealizată unde pietrele erau munți și heleșteiele cu koi erau mări. Era o plăcere care nu trebuia degustată toată deodată, ci explorată lent, cu delicii ascunse după delușoare sau copaci. Pietre de pășit inegale te forțau să fii atent pe unde calci, obligându-te să fii prezent și complet conștient de cărarea desfășurată înaintea ta.

— Ăsta este paradisul lui Tomo și al lui Yui, nu? zise Keishin.

— Vreau să cred că da.

— Mă întreb dacă toți au libertatea de a-și crea singuri viața de apoi.

— Tu ce fel de paradis ai crea pentru tine? îl întrebă Hana.

Keishin se întoarse către ea, dându-și deoparte din ochi o șuviță umedă de păr argintiu. Hana nu mai văzuse un bărbat mai puțin conștient de felul în care umplea spațiul din jur, încărcând aerul de electricitate. Fulgerul din părul lui o făcu să creadă că, dacă luna ar dispărea și i-ar înghiți bezna, el singur ar continua să scânteieze. Keishin se apropie de ea, cu lumina lunii sclipindu-i pe umerii uzi.

— Ar arăta exact ca locul ăsta cu tot ce-i în el. N-aș schimba nimic, zise el, privind în ochii Hanei. Dar tu?

Apa aburindă unduia între ei, mângâind sânii Hanei.

— Nu sunt sigură.

— Încearcă! Închide ochii și încearcă să-ți imaginezi ce te-ar face fericită pentru eternitate.

— Nu cred că știu ce-i eternitatea. E prea mare.

— Atunci, începe cu ceva mai modest. Imaginează-ți momentul de acum. Ceva ce poți ține în mâini.

Hana închise ochii și lăsă căldura trupului lui Keishin să-i călăuzească degetele către fața lui. Le lăsă să-i urmeze conturul maxilarului și să-i mângâie arcul buzelor.

— Așa?

— Hana...

Îi rosti numele cu un glas răgușit, o cuprinse pe după talie și o trase la pieptul lui.

Dorința pătimașă linse sânii Hanei și dansă ca o flacără între coapsele ei.

— Ar trebui să te îndepărtez.

— Așa ar trebui.

Keishin îi lăsă o dâră de săruturi din spatele urechii până pe umăr, smulgându-i un geamăt.

O ridică din apă și-i cuprinse un sân cu buzele. Hana își strecură degetele prin părul lui, strângându-l lângă ea, iar limba lui șterse aproape toate argumentele pe care le adunase ca să fugă de el, scriindu-i în cercuri mici în jurul sfârcului o listă de motive de a rămâne.

— Kei..., zise ea, hotărâtă să-și concentreze ultimele rămășițe de rațiune în ceva ce spera că seamănă a cuvinte. Nu avem viitor.

Keishin se retrase, respirând precipitat.

— Ai dreptate.

Hanei i se puse un nod în gât. O parte a ei sperase că o va contrazice, că se va supăra și va insista că vreo lege a științei din lumea lui face spusele ei complet nerezonabile.

— Nimănui nu i se garantează ziua de mâine, zise Keishin. Nu există contract, jurământ sau tatuaj magic care să îți promită eternitatea alături de cineva, chiar și din aceeași lume cu tine. Dar ceea ce avem este acel lucru pe care noi doi ne străduim să-l negăm aproape din secunda în care ne-am întâlnit. Hana, între noi este o conexiune, un nod fără formă sau greutate măsurabilă, un nod care devine cu atât mai strâns, cu cât ne zbatem mai tare să ne îndepărtăm.

— Atunci, nodul ăsta este o capcană. Una frumoasă, cum e cușca aia cu apă pentru fantomele din stele.

Tunetul răsună deasupra *ryokan*-ului.

— O să plouă, zise Hana, surprinsă că ploaia a avut nevoie de atât timp ca să o găsească.

Se pare că era singura constantă a vieții ei, întotdeauna gata să-i reamintească de datoria sa.

— Ar trebui să intrăm.

— Că altfel ce? O să ne udăm? zise Keishin.

Un hohot de râs urcă prin gâtul Hanei și i se revărsă de pe buze, luând cu el toată durerea pe care până atunci o înăbușise lăuntric. Keishin râse odată cu ea, iar lacrimile lor căzură în bazin, purificându-i și transformându-se în fuioare de abur. Ploaia le căzu pe obraji și le șiroi de pe umeri. Pe pielea Hanei, cerneala albastră a lui *Horishi* începu să strălucească. Ea își ridică mâna ca să se acopere, dar Keishin o apucă de încheietură și i-o îndepărtă cu blândețe.

— Ți-am spus, Hana. Eu te văd pe tine. Numai pe tine.

Stropi de ploaie căzură pe încheietura lui Keishin. Pe pielea lui străluci un nume tatuat cu litere albastre.

Hana.

Hana scoase o exclamație de uimire.

— Ce... cum...

Keishin îi lăsă brațul. Își plimbă degetul mare peste numele Hanei.

— *Horishi* mi-a spus că n-a tatuat niciodată soarta unui adult. Îmi trăisem deja o mare parte din viață, așa că s-a gândit că ar fi cel mai bine să-mi înceapă povestea de la sfârșit. Cu numele tău. A fost tot ce a reușit să scrie, pentru că ai venit tu și i-ai spus să se oprească.

— De ce... de ce nu mi-ai spus?

— Pentru că a-ți spune n-ar fi schimbat nimic. S-a făcut, Hana. Soarta mea, la fel ca a ta, este scrisă.

— Dar ce înseamnă asta?

— Cred că știi la fel de bine ca mine ce înseamnă. Călătoria asta cu tine este momentul în care se termină povestea mea.

— Nu! Să nu spui asta! O să te întorci în lumea ta. Îți vei găsi drumul spre casă.

— Nu-i nimic, Hana. A fost alegerea mea. Ți-am spus, nimănui nu i se garantează ziua de mâine. Sunt recunoscător pentru timpul pe care-l am la dispoziție acum. Să văd fantome. Să ascult capcanele de vânt. Să te țin în brațe, pentru oricât de puțin timp. Pentru prima oară în viață, mintea îmi e plină cu altceva decât cu întrebări. Mi-am primit răspunsul. E scris pe pielea mea.

Hana își lipi buzele de ale lui Keishin, savurându-l. Ar fi putut trece ore, săptămâni sau ani și ea n-ar fi observat. Între pielea ei și a lui timpul nu încăpea. Nevoia ocupa tot spațiul disponibil. Totul în afara gurii lui Keishin dispăru, lăsând numai fiorul trecut de pe buzele lui pe ale ei. Îi simți dorința și, după felul în care Keishin o devora, își dădu seama că și el o simte pe a ei. Dar mai era ceva pe limbile lor, o frică nerostită care făcea sărutul lor să aibă un gust dulce-amar. Ultimele dăți veneau aproape de fiecare dată deghizate, nedezvăluindu-ți cine sunt până nu treceau și tot ce-ți mai rămânea de făcut era să le duci dorul.

Dar Hana știuse că ziua în care îl întâlnise pe Keishin era începutul unui lung rămas-bun. În cea dintâi și poate ultima lor noapte împreună, Hana se asigură că își va aminti fiecare amănunt. Erau deja fantome unul pentru altul.

CAPITOLUL 41

Sfârșituri

Keishin nu-și mai amintea cum au ajuns din *onsen* pe podeaua camerei lor din *ryokan*. Trăise mai multe vieți înăuntrul Hanei și, când oboseala copleși dorința, se topi fericit în îmbrățișarea ei. Închise ochii, bucurându-se de greutatea capului Hanei pe pieptul lui.

— O să-mi spui cum s-a terminat povestea lui Taro? îi ceru el, mângâindu-i brațul.

— De ce vrei să știi? întrebă Hana, a cărei voce părea să vină de la jumătatea cărării către somn.

— Trebuie să am un motiv anume?

— Da. Motivul corect.

Hana se ridică în șezut și-și strânse halatul pe lângă trup.

— Fiindcă, dacă vrei să știi finalul pentru că tu crezi că vei muri aici, atunci...

— Vreau să știu finalul pentru că de acum încolo nu mai vreau să rămână cuvinte nerostite între noi. Fără secrete!

Hana îl privi cercetător.

— Bine, zise ea, lăsându-se din nou pe pieptul lui.

Îi luă mâna și sărută locul unde *Horishi* scrisese numele ei.

— Bătrânețea.

— Bătrânețea?

— Asta era în cutia lui Taro. Timpul trecuse altfel în lumea lui față de cea din ocean. Când a revenit în satul său și a deschis cutia pe care o primise de la prințesă, toți anii l-au ajuns din urmă și el a îmbătrânit.

Keishin privi în tavan.

— Cred că asta mi s-ar întâmpla și mie dacă m-aș întoarce. M-aș transforma într-un bătrân. Ceea ce am trăit aici nu pare să poată fi cuprins într-o singură viață omenească. În fiecare secundă pe care o petrec aici, mă simt întins la limită, ca și cum m-aș strădui să îndes totul în cămăruța care a fost întreaga mea lume. Sunt momente în care simt că, dacă respir prea adânc, dacă vorbesc prea tare sau dacă mă mișc prea repede, o să mă sparg.

— Chiar și acum? îi șopti Hana inimii lui.

— Nu, acum nu.

Keishin o sărută pe creștet.

— Pentru prima dată de când am ajuns aici, nu mai sunt ziduri care să crape în jurul meu.

Tomo și Yui se înclinară și le făcură cu mâna când Keishin și Hana părăsiră *ryokan*-ul. La lumina lunii, Keishin aproape că vedea prin ei. Le făcu cu mâna și le zâmbi, simțind că picioarele îi devin mai grele cu fiecare pas. Într-un sat părăsit, într-un *ryokan* bântuit de năluci, descoperise un mic petic de rai. Și acum lăsa totul în urmă.

— Piața de noapte nu e departe de aici, zise Hana.

— E o greșeală să zic că-mi doresc să fi fost?

Hana îl privi cu un zâmbet trist.

— Și eu mi-aș dori să nu fi trebuit să plecăm de la *ryokan*.

Keishin își împleti degetele cu ale ei. Palma îi era moale și caldă, un adăpost binevenit împotriva frigului. El se pomeni dorindu-și să facă pași mai mici și mai lenți.

— Pot să te întreb ceva?

— Sigur.

— Dar nu trebuie să răspunzi. E numai ceva ce nu-mi pot

scoate din cap. Știu că povestea mea se termină cu tine, dar nu știu cum...

— Cum se termină a mea?

— Nu-mi place că întrebarea asta mi se tot învârte în minte de atât timp, dar parcă e și mai rău să o rostesc cu voce tare. Mă simt foarte prost că te-am întrebat. Îmi pare rău!

— Să nu-ți pară! Numele meu este tatuat la încheietura ta și viața ta este legată de a mea, zise Hana. Dar mă tem că nu-ți pot da un răspuns.

— O! E, ăăă, OK. Înțeleg.

— Nu știu cum se termină povestea mea.

— Păi credeam că toată viața ta este cartografiată.

— Era, dar m-am abătut atât de mult de la cărarea mea, încât nu mai recunosc nimic din ce-i pe hartă. Nimic din ea nu s-a schimbat, dar parcă este povestea altcuiva, a unei străine a cărei cărare se termină cu...

Hana atinse un semn invizibil de la încheietura ei.

— O lună în apă.

— Ce înseamnă asta?

— Nu știu. Odinioară mă supăra faptul că nu înțeleg ce înseamnă imaginea asta, când cărările altora sunt atât de limpezi. Dar acum nu mai contează.

Zgomotele făcute de niște vânzători care-și aranjau tarabele acoperiră vocea Hanei.

— Piața e mai aproape decât am crezut eu, oftă Keishin. Dar presupun că, cu cât ajungem acolo mai repede, cu atât mai repede vom primi răspunsurile.

— S-ar putea să dureze până îi găsim pe cei care ne pot ajuta. Piața de noapte e mare.

— Mă bucur că e mare. Dacă *shiikuinii* ne iau urma până aici, o să avem unde să ne ascundem.

— Să fugim de *shiikuini* prin Piața de noapte ar putea fi dificil.

— De ce?

— S-ar putea să cădem din nori.

CAPITOLUL 42

Piața de noapte

Patru ancore mari cât casa se înfigeau în pământ în cele patru colțuri ale unui câmp ierbos. Funiile prinse de ele dispăreau în văzduhul întunecat. Din cerul fără stele răzbăteau voci înăbușite și vacarmul caracteristic unei piețe care își începea activitatea. Keishin își ridică privirea, străduindu-se să vadă prin pătura groasă de nori.

— Cum ajungem acolo? Și observă că nici măcar n-am întrebat cum e posibil să instalezi o piață în cer. Oricum, mă aștept să nu înțeleg explicația pe care mi-ai dat-o.

— Ajungem acolo urcând pe scări. Și răspunsul la întrebarea pe care n-ai rostit-o, dar la care în sinea ta îți dorești să cunoști răspunsul este „ciori".

— Ciori, zise Keishin. Sigur că da!

Scări colorate se desfășurară din cer și căzură pe sol în diverse locuri de pe câmp. Micii clopoței atârnați de scări sunau în bătaia vântului, anunțând mulțimea adunată dedesubt că Piața de noapte este deschisă. Keishin și Hana veniră lângă scara cea mai apropiată și se așezară la coadă.

Keishin își ridică privirea către scara care se legăna și palmele îi fură acoperite de o transpirație rece. Și le șterse pe haină.

— Nu cred că ți-am spus vreodată că mi-e frică de înălțimi.

— Și eu urăsc înălțimile, zise Hana. Tata mă sfătuia să-mi țin ochii ațintiți asupra scării și să nu privesc în jos.

— Ți-a fost de vreun ajutor?

— Nu, deloc.

— Minunat! Îți mulțumesc pentru sfat.

Keishin ajunse în fața cozii. Respiră adânc, apucă laturile scării și începu să urce. Mâinile lui, încă sensibile după noaptea de vâslit, îl usturau. Pe măsură ce urca, vântul sufla tot mai puternic, făcând scara să se legene în arcuri largi. Keishin se opri din ascensiune și privi în jos ca să vadă ce face Hana.

— Continuă să urci! îi strigă ea.

Cu mâinile umede și tremurând, Keishin încuviință. Ușurarea de a o fi văzut pe Hana în siguranță pe scară lăsă cu repeziciune loc ororii de a fi văzut solul. Își ridică piciorul să urce pe următorul fuscel*. Talpa îi alunecă, făcându-i jumătate din trup să iasă prin scară și să se legene în văzduh.

— Kei! țipă Hana de sub el.

Keishin își înfășură brațul în jurul unui fuscel și se ridică.

— Sunt... sunt teafăr, zise el, grăbind urcușul înainte să-și piardă curajul de tot.

Când ajunse sus, o mână aspră o apucă pe a lui. Un bărbat cu fața tăbăcită îl trase de pe scară pe o dală de piatră care plutea pe un nor.

— Bun-venit în piață! zise el cu un zâmbet larg care îi încrețea întreaga față.

Dala se cătină sub piciorul lui Keishin.

— Ăăă, mulțumesc! zise el, nereușind să-și regăsească vocea întru totul.

Hana urcă după el.

— Locul ăsta pare mai mare decât ultima dată când am fost aici.

Keishin privi în jur. Deasupra norilor se întindeau șiruri de tarabe viu colorate cu mărfuri pe care nu le recunoscu.

---

* Fiecare dintre vergelele sau scândurile orizontale care formează treptele unei scări (n.r.).

Bărci înguste îi transportau pe clienții pieței de la una la alta. În siajul ambarcațiunilor, norii se învolburau, despărțindu-se uneori cât să se întrevadă solul.

— Pe aici.

Hana sări pe o dală.

— Va trebui să închiriem o barcă pentru a ne deplasa.

O femeie înaltă stătea în partea din spate a unei bărci, ținând în mâini o vâslă lungă. O folosi ca să împingă barca de lângă doc, făcând-o să plutească pe un râu de nori. Cârmea ambarcațiunea cu atâta grație și ușurință printre tarabe, încât dacă i-ai fi pus mișcările pe muzică ar fi părut un dans.

Keishin își desprinse ochii de la luntrașă și îi lăsă să colinde peste tarabele pieței. Pe una, mingi luminoase erau așezate în grămezi înalte, ca niște fructe. Taraba alăturată vindea sticle pline cu stele. Ultima pe lângă care trecură nu părea să vândă nimic, dar era asediată de bărci pline de clienți ce păreau nerăbdători să cumpere.

— Nici măcar nu înțeleg ce văd, îi zise el în șoaptă Hanei. Ce se vinde în piața asta?

— Lucruri pierdute. Lucruri găsite. Lucruri fabricate cu inimile sau cu mâinile.

Hana îi indică o tarabă aflată la stânga lor. Pe niște rafturi erau aranjate ordonat cochilii de scoică de diverse mărimi.

— Când eram mică, acesta era unul din standurile mele preferate.

— Dă-mi voie să ghicesc! zise Keishin. Îți plăcea să asculți oceanul.

Hana înclină întrebător din cap.

— Oceanul?

— Sunetul valurilor în cochilie.

— Oh! Așa sună scoicile din lumea ta?

— Ale voastre nu?

— Ale noastre spun glume.

Arătă către raftul cel mai de sus al standului.

— Acelea spun cele mai bune glume. Odată am râs așa de tare, că era să cad printre nori.

— Aș da orice să văd asta, râse Keishin.

Hana zâmbi și ridică din sprâncene.

— Vrei să mă vezi căzând?

— Vreau să te văd atât de fericită, încât să râzi din toată inima.

— Și eu... îți doresc același lucru.

El o mângâie pe obraz.

— Atunci dorința ta s-a îndeplinit deja.

— Bună seara!

Un bărbat într-un chimonou argintiu îi salută de la o tarabă învecinată.

— Avem o colecție deosebită în noaptea asta. Ați dori să vă uitați?

Făcu semn către un aranjament elegant de coliere și brățări confecționate din șiraguri de perle albastre, strălucitoare.

— Ce sunt astea? îi șopti Keishin Hanei.

— Această tarabă vinde amintiri. Acestea sunt perle *kioku*.

Keishin se aplecă peste marginea bărcii, ca să le privească mai îndeaproape. Perlele se dovediră a fi mici sfere cristaline pline cu oceane miniaturale, cu tot cu orizonturi arborând apusuri, răsărituri și nori. Vânzătorul apropie un colier de urechea lui Keishin. Valuri se spărgeau de pereții de cristal, la fel de zgomotos ca și cum s-ar fi plimbat pe un țărm.

— Mulțumesc!

Hana se înclină în fața vânzătorului în timp ce barca lor plutea pe lângă tarabă. Se întoarse către Keishin.

— Oamenii păstrează în ele amintiri ca să le transmită

moștenire copiilor. Dar unii își vând amintirile. Vânzătorii le transformă în bijuterii.

— De ce?

— Într-o lume unde cărarea ta este prestabilită, amintirile altor oameni sunt adesea unica posibilitate de a vedea vieți care nu pot fi niciodată ale tale.

Hana îi arătă o tarabă în fața căreia nu se oprea nicio barcă.

— Aceasta vinde alifii și licori tămăduitoare.

— Ca o farmacie? întrebă Keishi.

— Ceva de genul.

— Nu pare foarte populară.

— Mulți nu-și pot permite ce vinde.

— Atunci cum reușește să rămână în afaceri?

— Nu are nevoie decât de o singură persoană suficient de disperată ca să plătească atât cât cere. Dacă reușește să vândă unui singur client pe an, e de ajuns.

— Vă interesează să ajungeți într-un loc anume? îi întrebă femeia de la vâsle.

— Trebuie să ajungem la hamali, zise Hana.

Luntrașa o privi întrebător.

— La hamali?

— Există un zvon despre care vrem să aflăm mai multe. Ni s-a spus să începem de aici, din piață.

— Toate zvonurile pornesc de aici, zise luntrașa. Și aveți dreptate să-i căutați pe hamali. Ei știu tot ce se șoptește.

— Bun, zise Hana.

— Dar trebuie să vă previn cu privire la hamali, zise luntrașa. Sunt mai lacomi decât orice vânzător de pe-aici și le plac jocurile de noroc.

Hamalii își umplură coșurile cu mărfurile cumpărate de clienți, pe care și le prinseră apoi pe spate. Își verificară încărcăturile unii altora, asigurându-se că toate erau fixate bine. Cei care erau gata se aliniară în fața unei fântâni, urcară într-un coș mare și se coborâră printr-o deschizătură din nori.

— Au fost angajați să ducă mărfurile respective direct la clienți acasă, pentru ca ei să nu-și facă griji că vor trebui să coboare scara cu cumpărături cu tot, zise Hana.

— Înțeleg valoarea serviciilor lor. A fost destul de greu să urc pe scară fără să car nimic, zise Keishin.

Hana se apropie de niște hamali care jucau zaruri pe un doc plutitor de lemn.

— Bună seara! zise ea, făcându-le o plecăciune.

Ei își luară ochii de la joc, se ridicară în picioare și se înclinară și ei.

— Bună seara! spuse femeia care stătea cel mai aproape de Hana.

O sută de oceane scânteiau în lumina lunii din două șiraguri de perle albastre, care-i atârnau la gât.

— Aveți nevoie de ajutor cu cumpărăturile? Eu sunt Nakajima Natsuki, șefa hamalilor.

— Speram să ne poți ajuta în altă chestiune, Nakajima-san, zise Hana.

— Da?

Natsuki o privi întrebător.

— Ce chestiune?

— Am auzit un zvon că...

— Ah! Un zvon, chicoti Natsuki. Celălalt serviciu pe care-l oferim.

Grupul izbucni în râs.

— Ce zvon ați auzit? Sunt multe, zise Natsuki, punându-și mâinile în șolduri.

— Cel despre copiii care nu-s copii, zise Keishin. L-ați auzit?

— Sigur că da! zise Natsuki cu un aer jignit. Noi auzim tot.

— Ce ne puteți spune despre el? întrebă Hana.

— Vă putem spune o mulțime de lucruri despre multe lucruri, zise Natsuki.

— Dar vă trebuie o recompensă, zise Hana.

— Ba nu, nici vorbă! spuse Natsuki, clătinând din cap. Toate informațiile pe care le oferim sunt gratuite. Nu vă cerem decât să jucați un joc cu noi în schimbul lor.

— Un joc unde se pariază, presupun, zise Keishin.

Alți hamali se adunară în jurul lui Keishin și al Hanei, iar printre ei se răspândi un murmur entuziast.

Natsuki zâmbi.

— Un joc fără nicio miză nu merită jucat.

— Ce joc trebuie să jucăm și ce soi de pariu trebuie să facem? o întrebă Keishin.

— Jocul e simplu. Zaruri. Miza pe care pariem îl va face interesant. Aici noi jucăm pe amintiri.

— Amintiri? întrebă Keishin.

— Nu-ți face griji! Nu ne interesează rememorările dureroase ale trecutului cuiva. Avem destule de-ale noastre. Nu vă cerem decât o șansă de a împărtăși bucuriile voastre. Ne-am născut în piața asta și vom muri aici. Nu cunoaștem altă viață. Ceea ce întrezărim din lumea de sub nori când livrăm cumpărăturile clienților noștri ne face și mai grea reîntoarcerea în piață. Firește, îți vei păstra amintirea originară, dar copia ne va aparține să facem ce vrem cu ea.

— Vreți o amintire fericită, zise Hana.

— Ultima oară când întreg trupul ți-a zâmbit. După cum știți, extragerea unei perle *kioku* poate fi... neplăcută. Nu vrem să fiți siliți să săpați mai adânc decât este nevoie. Vindecarea este costisitoare și, în fond, nu-i vorba decât de puțină distracție pe care să le-o ofer oamenilor mei.

Natsuki își răsuci colierul pe deget.

— Jucăm?

Distracție. Cuvântul îi rodea stomacul lui Keishin. Ultima lui amintire fericită era în brațele Hanei și bănuia că ultima amintire a Hanei era la fel de intimă. Nu conta care dintre ei juca cu hamalii. Ideea ca Hana să fie distracția cuiva sau să fie expusă, în așa fel încât să o vadă oricine, îl îngrețoșa și sufoca de furie. Își încleștă pumnii pe lângă trup.

— Nu.

— Cum vreți!

Natsuki se întoarse la jocul ei de zaruri.

— Kei!

Hana îl apucă de braț.

— Nu avem de ales. Trebuie să jucăm.

— Dacă pierdem...

Hana se apropie de Natsuki.

— O să o facem. O să jucăm.

Natsuki zâmbi și îi făcu semn unui hamal îndesat, care stătea lângă niște stive de coșuri goale.

— Daichi! Adu cutia!

Hamalul încuviință și dispăru îndărătul coșurilor. Luă o cutiuță de lemn și reveni în grabă lângă Natsuki, cu ea sub braț.

— Mulțumesc!

Natsuki luă cutia. Se răsuci către Hana și Keishin și deschise cutia, dând la iveală cu urcior de vin din lut marmorat și un cuțit *deba* cu mâner negru, o ustensilă folosită pentru filetatul peștelui. Lângă cuțit se aflau un cârlig de pescuit și un mosor de ață.

— Ați decis cine va juca și cine va extrage piatra jucătorului? Trebuie să avem miza pe masă.

Keishin îi aruncă o privire Hanei.

— Să o extragă?

Hana îl trase pe Keishin mai departe de grupul hamalilor și își coborî glasul.

— Vinul va forma perla înăuntrul oricui îl va bea. Perla se poate forma în diferite părți ale trupului, în funcție de locul unde este ținută amintirea. Unele amintiri trăiesc în stomac, altele – imediat sub piele. Unele amintiri au rădăcini mai adânci. Am auzit de perle care au crescut înăuntrul oaselor. Dar nu-ți face griji din pricina asta! O să joc eu cu hamalii.

— Nu, eu o să joc, zise Keishin.

— Kei...

— Hana, ăsta nu-i un subiect pe care să ne contrazicem. Dacă e nevoie ca cineva să fie tăiat sau să aibă oasele scobite, acela trebuie să fiu eu.

— De ce?

— Pentru că nu există niciun scenariu în care eu să accept să-ți provoc mai multă durere decât ai îndurat deja. Nu pot! Nu vreau! Acum, te rog să-mi dai vinul ca să terminăm cu asta!

Vinul încălzi gâtul și abdomenul lui Keishin. Natsuki spusese că nu este nevoie decât de o înghițitură, dar Keishin luă două. Prima, ca să formeze piatra amintirii. A doua, ca să amorțească durerea pe care i-o provoca faptul că era tăiat cu un cuțit pentru filetat pește. Avea încredere în Hana, dar nu și în capacitatea lui de a nu țipa.

Keishin lăsă deoparte urciorul cu vin și se întinse pe o rogojină împletită pe care un hamal o așternuse peste un nor. Un alt hamal aduse două felinare, ca să fie mai multă lumină. Keishin privi în flăcările unuia dintre ele și se întrebă dacă va simți perla formându-se înăuntrul lui. O căldură se porni și se intensifică deasupra unei vene de la încheietură, care ducea către inimă, în locul precis în care

Horishi tatuase numele Hanei. Keishin masă locul și privi către Hana.

— E aici. O simt.

Hana turnă vin peste lama cuțitului.

— Nu-ți face griji! O să fiu rapidă!

Keishin prinse între dinți mânerul unui coș rupt și închise ochii.

Hana mută un felinar mai aproape de brațul lui Keishin. Respiră adânc și trecu tăișul peste pielea lui.

Keishin tresări.

— Văd perla, zise Hana. Dar va trebui să tai puțin mai adânc ca să o scot.

Keishin mușcă mânerul coșului, refuzând să le ofere hamalilor motive suplimentare de amuzament. Transpirația îi șiroia de pe frunte.

— Am luat-o, zise Hana, scoțând perla.

Keishin dădu drumul mânerului și oftă.

— Kei?

— Da?

Hana trecu ața de pe mosor printr-un cârlig mic.

— Cred că ar trebui să mai ții mânerul în gură pentru încă puțin timp.

Keishin își încleștă dinții pe mâner și strânse tare din pleoape, refugiindu-se în căldura și penumbra restaurantului său indonezian favorit și a Aproape-Zâmbetului care-l aștepta la masa lui obișnuită.

— Cum pot să te ajut de data asta? îl întrebă Ramesh, bând din berea Bintang. Tot mai pretinzi că nu te interesează deloc femeia pe care ai cunoscut-o la casa de amanet?

Keishin își trase un scaun și se așeză.

— Am pierdut lupta aia.

— Nu pari din cale-afară de supărat.

Ramesh își puse berea pe masă.

— Nu sunt, zise Keishin, zâmbind și luă o gură de *satay*.

— Atunci de ce sunt aici? Se pare că ai totul sub control.

— Control? Aș vrea eu! În clipa asta sunt cusut cu un cârlig de pescuit și cu ață.

— A, înțeleg. Să mai comand niște beri? întrebă Ramesh. Sau să luăm ceva mai tare?

Keishin clătină din cap.

— Am nevoie de ceva care să mă distragă.

— De la operația ta à la Frankenstein?

— De la jocul de zaruri pe care urmează să-l pierd.

Oftă.

— Am cel mai mare ghinion posibil. Niciodată nu câștig la chestiile astea. Vreun pont?

— Ai de gând să trișezi?

— Nu.

Ramesh ridică din umeri.

— Atunci n-am ce sfat să-ți dau.

— Ah, Ramesh! Ce m-aș face fără tine?

— În clipa asta? Probabil că ai urla de durere.

Ramesh luă o lingură de *nasi goreng*.

— Mi-aș dori să poți vedea lumea Hanei. Nici nu știu de unde să o apuc ca să o pricep. E frumoasă și...

Keishin își plimbă degetul mare peste picăturile de condens de pe sticla de bere.

— Și ce?

— Și în același timp înspăimântătoare.

— Așa sunt cele mai bune mistere, zise Ramesh. Și Hana? Și ea te sperie?

— Mai mult decât orice altceva în viața mea.

Sprâncenele lui Ramesh se ridicară.

— Ei, uite un răspuns sincer! Nu mă așteptam la asta din partea ta.

— Dacă nu pot fi sincer cu cel mai vechi și mai drag prieten imaginar al meu, atunci cu cine?

— Am vești bune pentru tine.

— Da?

— O să câștigi la jocul de zaruri.

— Tocmai ți-am spus că niciodată n-am reușit să câștig la genul ăsta de jocuri.

Ramesh își dădu ochii peste cap.

— Ce fel de fizician ești? N-ai auzit de A Doua Lege a Universului și a Jocurilor de Zaruri a lui Ramesh Kashyap?

— Probabil că în ziua aia am chiulit de la curs.

— Stabilește că probabilitatea de a câștiga la zaruri este direct proporțională cu miza jucătorului.

Ramesh ridică sticla de bere pentru un toast.

— Și, pentru prima oară în viața ta, Kei, există ceva ce ești îngrozit până la nivelul fiecărui atom din trupul tău că ai putea pierde.

Keishin ținu perla albastră între degetul mare și arătător și privi soarele apunând în micul ocean interior. Era greu să-și imagineze cum au putut să încapă în ceva atât de mic orele petrecute de el și Hana descoperindu-și reciproc trupurile.

Natsuki întinse mâna.

— O să am eu grijă de perlă până se termină jocul.

Keishin i-o înmână fără tragere de inimă.

Natsuki admiră perla la lumina unui felinar. Se uită de la Keishin la Hana cu un surâs cunoscător.

— În mod hotărât, un premiu demn de câștigat.

— Și acum ce urmează? întrebă Keishin.

Natsuki vârî perla într-o punguță prinsă de-a curmezișul pieptului.

— Acum jucăm. Regulile sunt simple. Pariezi dacă suma zarurilor este cu soț sau fără. Câștigă de două ori din trei și informația pe care o vrei este a ta. Pierde și vei pleca fără răspunsuri și fără perlă. Daichi va fi dealerul nostru.

Puținii hamali adunați în jurul lui Keishin și al Hanei aclamară. Daichi ieși din mulțime. Își lepădă jacheta și bluza, înaintă până în centrul cercului și-și ridică brațele, răsucindu-se lent pentru a-și expune pieptul musculos și gol.

— Sunteți convinși că dealerul nostru nu ascunde nimic? întrebă Natsuki.

— Da, zise Hana.

Natsuki le dădu Hanei și lui Keishin două zaruri cu șase fețe și o cupă de bambus ca să le cerceteze.

— Ne-am dori să fiți convinși că aici nimeni nu va trișa.

Keishin încuviință și-i restitui zarurile și cupa lui Natsuki.

— Să începem!

Natsuki îi dădu lui Daichi zarurile și cupa.

Dealerul lăsă zarurile să cadă în cupă și o agită. O răsturnă cu gura în jos pe o măsuță și se uită la Keishin.

— Cu soț, zise Keishin cu ochii țintă la cupă.

Daichi ridică cupa, dând la vedere zarurile. Cinci și patru.

Mulțimea aclamă. Daichi adună zarurile și le puse la loc în cupă.

Keishin înjură.

— Mai avem două șanse, zise Hana.

Zarurile zornăiră în cupă. Daichi o răsturnă.

Keishin respiră adânc și-și îndreptă umerii.

— Cu soț.

Șase și doi.

Hana îi strânse mâna lui Keishin.

Daichi scutură cupa.

Probabilități, combinații și permutări se rostogoliră prin mintea lui Keishin, zornăind mai tare decât zarurile din cupă.

Daichi răsturnă cupa. Își puse palma pe fundul ei și așteptă să audă alegerea lui Keishin.

— Cu soț, zise Keishin, fără alt motiv decât că-i plăcea cum sună cuvântul pe buzele lui.

În lumea Hanei, instinctele lui goneau libere, refuzând să se lase înfrânate de calcule sau de logică. Aici puteai să torni oceane în sfere și probabilitățile aveau la fel de multă greutate ca o piață care plutea prin nori. Cea de-a Doua Lege a Universului și a Jocurilor de Zaruri a lui Ramesh era de partea lui. Trebuia să fie. Keishin își ținu răsuflarea.

Daichi ridică cupa de pe masă.

Trei.

Ochii lui Keishin se repeziră la al doilea zar.

Unu.

— Da!

Keishin o luă pe Hana de mijloc, o ridică în aer și o sărută. Ea îi răspunse la sărut, iar mulțimea se împrăștie.

— Bine lucrat!

Natsuki scoase perla lui Keishin din pungă.

— Felicitări!

Keishin o lăsă jos pe Hana. Luă perla de la Natsuki și o vârî în buzunar.

— Acum ne-am dori să primim răspunsurile pe care ni le datorezi, te rog frumos!

— Și le veți avea, zise Natsuki. Vreți să știți mai multe despre copiii care nu sunt copii.

— Ce sunt ei și unde îi putem găsi?

— Nu putem discuta despre asemenea lucruri aici.

Natsuki le indică o bărcuță.

— Veniți cu mine!

Natsuki cârmi barca lor către marginea unui nor, departe de freamătul pieței. Trase vâsla în barcă și se așeză.

— Colierul meu era mult mai scurt când zvonul ăsta și-a croit prima oară drum prin piață, zise Natsuki. Mulți dintre vânzătorii care lucrau pe atunci s-au pensionat. Zvonul a călătorit mai repede decât altele, nu pentru că era senzațional, ci pentru că, după ce-l auziseră, oamenii nu puteau îndura să păstreze toată nefericirea aia numai pentru ei. O transmiteau repede mai departe, sperând că, dacă o împărtășesc, o parte mai mică a ei va trăi în mințile lor. Din proprie experiență vă pot spune că nu merge așa.

— Ce ai auzit? întrebă Hana.

Natsuki privi luminile orbitoare ale pieței.

— Lumea noastră există pentru că aici domnește o anumită ordine a lucrurilor. Toți își cunosc locul și îndatoririle. Vânzătorii își vând mărfurile. Hamalii le cară. Măturătorii parcurg fiecare centimetru de piață la sfârșitul fiecărei nopți, făcând curat și asigurându-se că totul este gata pentru afaceri în noaptea următoare. Ne trezim și zilele sunt exact la fel, găsim moduri de a ne amuza ca să facem timpul să treacă mai repede numai ca să dormim, să ne trezim din nou și să o luăm iar de la capăt, până când vocile noastre sunt prea răgușite ca să ne mai strigăm mărfurile sau spinările ne sunt prea fragile ca să mai cărăm coșurile. Dar nu ne plângem. De ce? Pentru că știm că există ceva mai rău decât truda. Și chiar decât moartea.

— Ce legătură are asta cu zvonul despre copii? întrebă Keishin.

— Așa cum învățăm cu toții încă din copilărie, în ierarhia lumii noastre sunt două soiuri de oameni ale căror îndatoriri sunt cele mai importante. Proprietarul casei de amanet, care colectează suflete, și *Horishi*, care le infuzează în hărți.

Natsuki privi cu nervozitate peste umăr, cercetând norii. Își coborî vocea și zise în șoaptă:

— *Shiikuinii* nu vor ca noi să știm asta, dar uneori oamenii ăștia dau greș.

— Cum adică dau greș?

Hana se crispă.

— Proprietarul casei de amanet nu reușește întotdeauna să adune suficiente suflete pentru toți copiii care se nasc în lumea noastră. Când acești copii îi sunt aduși lui *Horishi*, ei nu au cum să primească un suflet și o soartă. Sunt coji. Cochilii fără suflet.

— Fără suflet...

Hana își duse o mână la buzele care tremurau.

Keishin o cuprinse pe Hana pe după umeri și o trase către el.

— Ce se întâmplă cu copiii aceia?

— Nu sunt copii, zise Natsuki. Sunt monștri.

— Dar de ce nu am văzut asemenea copii... asemenea făpturi? se corectă Hana. *Shiikuinii* le omoară?

— Ar fi un act de îndurare, dar *shiikuinii* nu sunt îndurători. Conform șoaptelor, ei sunt... îngropați de vii.

— De vii?

Keishin simți că-l trec fiori reci.

— Unde sunt îngropați? întrebă Hana.

— Asta e o întrebare pe care va trebui să i-o puneți sursei zvonului.

— Cui?

— Proprietarului tarabei 510.

CAPITOLUL 43

Taraba 510

Coșuri, borcane și lăzi de lemn erau expuse pe rafturi în fața tarabei 510, fiecare conținând alt gen de marfă. Pixuri sortate pe culori înfloreau din borcane ca niște buchete de plastic. Cea mai mare colecție era cea de pixuri albastre. Lângă pixuri era un șir de borcane mai mici, în care se aflau tot soiul de flecuștețe pe care le puteai găsi adunând scame pe fundul unei genți. Tuburi de ruj. Chitanțe. Monede. Sub ele erau aranjate coșuri dând pe dinafară de ochelari și chei. Lăzile ocupau ultimul raft, cel mai aproape de nori, fiecare plină cu o colecție impresionantă de șosete desperecheate.

— Nu-mi place să recunosc, dar, cu excepția rujului, genul ăsta de stand îmi aduce aminte de camera mea de la facultate în săptămâna examenului de absolvire, zise Keishin. Unica diferență este că gunoiul meu nu era aranjat în coșuri. Era o cursă cu obstacole pe podea.

— Nu sunt surprinsă, zise Hana. Tot ce vinde acest stand provine din lumea ta. Ușa comună a casei de amanet și a restaurantului nu este singura cale de acces în lumea ta. Uneori apar fisuri. Lucrurile care sunt pierdute sau uitate prin colțurile prăfuite ale lumii tale cad prin ele.

Luă un card de credit de culoare aurie dintr-un teanc mic.

— Colecționam din astea. Lumea ta are niște semne de carte așa de frumoase!

— Ăăă, da. Foarte frumoase, zise Keishin, înăbușindu-și râsul. Uită de găsirea neutrino! Cel mai are mister al vieții a fost, în sfârșit, soluționat. Mereu m-am întrebat unde se duc ciorapii care dispar din mașina mea de spălat.

Keishin luă o monedă dintr-un borcan, pe care și-o plimbă pe articulațiile degetelor.

Din spatele tarabei apăru un bărbat înfofolit într-o haină din petice multicolore. În zona taliei, Keishin descoperi jumătatea de jos a unei cravate în dungi gri și roșii, cusută de o mânecă a unui tricou dintr-un parc tematic. Vânzătorul îi întâmpină cu o plecăciune adâncă și cu un zâmbet la fel de vesel ca haina. Se uită la moneda din mâna lui Keishin.

— Vă interesează asta? Se cheamă monedă. Oamenii din lumea cealaltă le folosesc ca să plătească. Iar monedele cu găuri în ele, ca aceea pe care o țineți în mână, se presupune că aduc noroc.

— Ce, hm, interesant!

Keishin puse moneda la loc în borcan.

— Tocmai am primit o nouă tranșă portofele, zise vânzătorul. N-am apucat încă să le expun, dar pot să le aduc dacă vreți să vă uitați.

— Mulțumim, dar nu am venit aici ca să cumpărăm. Nakajima-san ne-a spus că ne-ați putea oferi răspunsuri la niște întrebări, zise Keishin.

— Nakajima Natsuki? Hamalul?

— Da, zise Keishin.

— Dacă Natsuki v-a trimis încoace, presupun că aveți întrebări pe care nu-i înțelept să le rostești cu glas tare.

Vânzătorul luă un carnețel din spatele tarabei și extrase un pix albastru dintr-un borcan.

— Poftim! zise el dându-i-l lui Keishin. Scrieți întrebarea și o să văd ce pot face.

Keishin luă pixul, șocat că greutatea și forma lui i se par familiare și totodată bizare. Nu-și amintea o zi în care să nu fi luat un pix ca să scrie un memento sau o idee în timp ce fugea la un curs sau lucra în laboratorul universității. Ținea două pixuri într-o cană ciobită de pe noptieră, pentru nopțile mult prea frecvente în care vreuna din întrebările domiciliate în mintea lui decidea că nu mai poate aștepta până dimineață și începea să-i trăncănească la ureche. Dar de când ajunsese în lumea Hanei nu mai pusese mâna pe vreun pix, iar în noaptea aceasta i se părea mai mult un artefact exotic decât o unealtă banală. Deschise carnețelul vânzătorului și scrise o întrebare pe pagina goală. Își călăuzea pixul pe hârtie conștient de fiecare linie. Controlul era un lux într-o lume în care nu făcuse decât să urmărească întrebări ciudate, una după alta, în timp ce fugea ca să se salveze. Savura fiecare secundă a lui.

Vânzătorul își plimbă ochii pe carnețel. Rupse pagina și o arse la flacăra unuia dintre felinarele de la tarabă. Stinse felinarul și spulberă cenușa paginii pe tot norul.

— O să am o discuție serioasă cu Natsuki pentru că v-a trimis aici, zise vânzătorul după ce se asigură că norul a înghițit fiecare fir de cenușă. Îmi vine să nu-i mai dau de lucru o vreme.

— Vreți să ne ajutați? întrebă Hana. Tata...

Vânzătorul ridică o mână.

— Nu vreau să știu ce motive aveți. Cu cât știu mai puțin, cu atât mai bine. O să vă ajut numai fiindcă știu că Natsuki v-a făcut să plătiți un preț considerabil pentru un răspuns pe care nu vi-l putea da.

Vânzătorul își trase un scaun și se așeză. Se ghemui deasupra carnețelului și scrise atât de febril, încât Keishin se temu că va sfâșia hârtia. Vânzătorul rupse două pagini, le îndoi și i le întinse Hanei.

— Asta e tot ce știu.

— Vă suntem nespus de îndatorați, zise Hana.

— Puteți să mă răsplătiți dacă plecați din Piața de noapte și nu vă mai întoarceți niciodată. Nici nu vreau să vă știu numele. Dar voi puteți să-l știți pe al meu. Este Nakano Yasuhiro. Spuneți-i mamei că eu v-am trimis.

Vânzătorul băgă mâna într-un borcan și îi aruncă o monedă lui Keishin.

— Și luați asta, ca să vă poarte noroc. O să aveți nevoie.

CAPITOLUL 44

Biblioteca Lucrurilor Pierdute

Hana stătea în penumbra unui crâng de bambus, strângând în mâini paginile pe care i le dăduse Yasuhiro. Le mototoli în pumn.

— A avut dreptate că zvonul este de nerostit. Săracii copii!

— Nu erau copii, Hana, zise Keishin.

— N-a fost vina lor că n-au avut suflete. A fost vina mea și a tatei.

— S-a întâmplat cu mult timp înainte să te naști tu, ba chiar înainte ca tatăl tău să fie responsabil de casa de amanet.

— Nu contează. Rușinea rămâne a familiei mele.

— Nu știm toată povestea.

— Știu destule. Știm că bunicul vânzătorului a fost hamal și că *shiikuinii* i-au ordonat să ia un pachet de acasă de la *Horishi* și să-l îngroape. Și acum știm ce s-a dovedit a fi în pachet.

Vocea ei se frânse.

— Un copil fără suflet.

— Povestea e cumplită, dar, Hana, nu înțelegi? Acum avem o pistă reală de urmat. Mama lui Yasuhiro știe unde a dus tatăl ei copilul, pe câmpul unde a auzit vocile și plânsetele copiilor de sub pământ. Trebuie să fie locul unde au închis-o *shiikuinii* pe mama ta. Ce pedeapsă poate fi mai crudă pentru o mamă căreia îi e un dor disperat de copilul ei?

Soarele strălucea de după nori când Keishin și Hana suiră treptele înguste tăiate în fațada cenușie a unui munte. Poteca șerpuită, roasă și alunecoasă era singura cale de acces în și dinspre un sat care nu părea să vrea să fie găsit. Numai ușile de lemn presărate de-a lungul pantei trădau existența așezării mamei lui Yasuhiro. Hana se ținea de o funie întinsă de-a lungul scărilor și încerca să nu se uite în jos.

— N-am crezut că o să o zic vreodată, dar prefer scările Pieței de noapte, comentă Keishin. Oricine a avut ideea de a tăia locuințe în interiorul unui munte probabil că avea nevoie de emoții tari în viață.

— Ar putea fi mai rău.

— Cum?

— Am putea sui treptele astea noaptea sau pe ploaie.

— Nu-i da idei vremii! zise Keishin, apucându-se mai tare de frânghie. Ți-am zis că mă urăște.

Hana își dădu ochii peste cap.

— Și eu ți-am spus că ploaia care ne urmează pretutindeni este din cauza mea.

— Bine. Nu te contrazic. Cel puțin până o găsim pe mama lui Yasuhiro și ne aflăm în siguranță în spatele uneia din ușile astea.

Doi copii coborâră țopăind cărarea către Hana, fără să remarce sau să se sinchisească de treptele abrupte și alunecoase. Îi zâmbiră larg Hanei și se înclinară.

Viziunea unor copii monstruoși, lipsiți de suflet, luă locul celor doi care stăteau în fața ei. Hana încremeni. Keishin o strânse de umăr ca să o reconforteze, de parcă i-ar fi citit gândurile. Hana clipi ca să alunge imaginea.

— O, ăăă, bună! Știți unde locuiește o femeie pe nume Nakano Hiroko?

Cel mai scund dintre copii își ridică privirea către o ușă aflată chiar deasupra lor.

— Dar nu-i niciodată acasă, zise copilul mai mare. Își petrece ziua la bibliotecă.

— Unde e biblioteca? întrebă Keishin.

Copiii le arătară o ușă situată chiar în capătul de sus al treptelor.

— Acolo!

Ușa bibliotecii era mai înaltă și mai lată decât oricare dintre ușile bătute de intemperii din fațada muntelui. Era lucioasă și neagră ca o clapă de pian și, cu excepția ciocănelului de cositor, trăda prea puține semne de uzură. Un dragon înnegrit ținea un inel în gură, așteptând ca vizitatorii să vină către el. Hana apucă inelul de cositor și ciocăni de două ori în ușă. De dincolo de ea ei răsunară pași târșâiți.

— Da? răspunse o voce de femeie din spatele ușii.

— Bună ziua! spuse Hana. O căutăm pe Nakano Hiroko.

Ușa se deschise spre interior cu un scârțâit zgomotos.

— Eu sunt, zise femeia din prag.

Părul ei era cenușiu ca stânca din care era tăiată biblioteca și zâmbetul - cald ca soarele ocupat să mângâie ceafa Hanei.

— Nakano-san! zise Hana înclinându-se. Numele meu este Ishikawa Hana și el este prietenul meu, Minatozaki Keishin. Fiul dumneavoastră, Yasuhiro, ne-a spus că ne puteți ajuta să găsim...

Hana șovăi, nedorind să pomenească despre copiii fără suflete.

— ... ceva.

— Nu știu ce anume căutați, dar, dacă ați pierdut ceva, Biblioteca Lucrurilor Pierdute este un loc bun de unde să începeți, zise Hiroko zâmbind.

Rafturi de piatră până în tavan, cioplite în munte, se răsfirau ca razele soarelui, pornind dintr-o sală circulară de lectură. Licurici, în roiuri mult mai mari decât la ceainăria bunicii Hanei, zburau printre rafturi și luminau coridoarele bibliotecii cu strălucirea lor dansatoare. Hana își trecu mâna peste urmele de daltă de pe rafturi, încercând să-și imagineze de cât timp și voință a fost nevoie ca să fie cioplită o asemenea bibliotecă, una care aducea mai mult a fortăreață decât a depozit pentru cărți și suluri prăfuite.

— Îmi dau seama că pe fețele voastre este scrisă aceeași întrebare pe care o au toți cei ce vizitează prima oară biblioteca, zise Hiroko. Vreți să știți ce comoară are nevoie de siguranța unui sanctuar atât de formidabil. Și eu am vrut să știu răspunsul la întrebare de când am pus prima oară piciorul aici, când eram copil, dar harta de pe piele mi-a spus că datoria mea este alături de soțul meu în Piața de noapte. Întrebarea a trebuit să aștepte până m-am pensionat.

— Și acum ați găsit răspunsul?

— Da. Biblioteca protejează totul și nimic. Cărțile nu își află valoarea când sunt scrise. Își află valoarea când sunt citite. Fiecare carte de aici este în același timp fără valoare și neprețuită. Depinde pe cine întrebi. Întrucât n-am avut plăcerea de a citi nici jumătate din colecția bibliotecii, pot spune că numai cărțile pe care le-am luat de pe rafturi și le-am depozitat în inima mea sunt cu adevărat prețioase.

Hiroko indică un raft aflat în partea opusă a sălii.

— Această secțiune a bibliotecii este favorita mea. Locul în care trăiesc toate sfârșiturile posibile. Când un scriitor se răzgândește cu privire la soarta unui personaj, varianta alternativă a poveștii își află drumul până aici. Acum este liniște, dar când se trezesc cărțile, toate finalurile se ceartă, susținând fiecare că el e mai bun.

— Cred că aș putea trăi aici, zise Keishin.

— Îți împărtășesc sentimentele, chicoti Hiroko. Eu sunt un accesoriu la fel de durabil aici ca rafturile astea.

— De ce i se spune Biblioteca Lucrurilor Pierdute? întrebă Keishin, cercetând rafturile.

— A fost numită așa după colecția ei cea mai de preț, răspunse Hiroko. Biblioteca adăpostește o mică comoară, la care taraba familiei mele din Piața de noapte a contribuit de-a lungul anilor. Uneori, prin fisuri cad lucruri mult mai prețioase decât un creion sau o monedă. Le aducem aici. Scrisori de dragoste netrimise. Povești abandonate. Jurnale din copilărie. Cărți poștale îngălbenite. Cărți împrumutate care au fost uitate sub pat și n-au fost returnate. Vă interesează ceva anume? Cărțile celeilalte lumi sunt foarte ciudate, dar merită frunzărite.

— Nu căutăm o carte, Nakano-san, zise Hana. Sperăm că ne puteți ajuta să găsim un loc.

— Un loc?

— Locul unde tatăl dumneavoastră a auzit copiii plângând sub pământ.

Hiroko acoperi gura Hanei cu palma, privind de jur-împrejur.

— Nu mai spune niciun cuvânt!

Hiroko îi conduse către un colț întunecat al bibliotecii, unde rafturile erau acoperite cu un strat gros de praf.

— Această secțiune adăpostește toate poveștile cu sfârșit fericit. După cum vedeți, nu este prea populară. Până și licuricii evită locul ăsta.

— De ce? întrebă Keishin.

— Oamenii vin aici ca să evadeze, nu ca să se umple de invidie.

Hiroko privi în lungul coridorului gol.

— Aici putem vorbi.

— Mi-aș dori să nu trebuiască să vă întreb despre copii, zise Hana. Dar depind vieți de asta.

— N-am știut că niște cuvinte pe care le-am rostit când eram copilă mă vor urmări până la adânci bătrâneți. Presupun că-i pedeapsa mea pentru că am răspândit un secret pe care n-aveam dreptul să-l împărtășesc. Atunci nu m-am gândit decât că nu vreau să devină ca scrisorile acelea pe care le-am găsit.

Ochii lui Hiroko sticliră de lacrimi.

— Ce scrisori? o întrebă Keishin.

— Niște scrisori pierdute sau netrimise din lumea cealaltă. Le-am găsit putrezind într-o cutie umedă și sfărâmicioasă. Miroseau cumplit și erau acoperite de mucegai și praf, iar cuvintele și sentimentele lor se descompuseseră. Asta se întâmplă când cuvintele rămân nespuse. Nu contează cât de frumoase sunt. Cu timpul, totul putrezește. Așa am știut că secretul tatălui meu putrezește și el în mine. Îi simțeam duhoarea. Trebuia să-l spun cuiva. Oricui. I l-am povestit unui prieten, fiul unui hamal, și l-am pus să jure că nu va spune nimănui. Până la sfârșitul zilei, toată lumea din piață cunoștea fărădelegea mea. Și acum mi-ați adus rușinea în unicul loc unde am crezut că nu mă va găsi.

— Ne pare rău! zise Hana. Nu ne-am dat seama că o să vă provoace o asemenea tulburare.

— Nu e vina voastră. Este a mea. Tata n-a știut că l-am urmărit pe câmp. Mereu spunea că sunt prea curioasă pentru binele meu. Avea dreptate. Nu e zi în care să nu regret că m-am ascuns în ruinele acelui templu și că am văzut pachetul pe care *shiikuinii* îi porunciseră tatei să-l îngroape printre florile de câmp.

Hiroki își acoperi urechile cu mâinile și strânse tare din pleoape.

— Copiii... vocile lor... încă le mai aud ridicându-se din pământ, mai sonore decât susurul pârâului.

— Unde se află câmpul ăsta, Hiroko-san? întrebă Hana.

Hiroko își lăsă mâinile să cadă.

— Vă rog să mă credeți când vă spun că nu este un loc pe care să vreți să-l găsiți.

— N-am de ales. Trebuie să-l găsesc.

— Singura alegere pe care o avem în lumea asta este să fim mulțumiți, zise Hiroko. Dar eu eram o copilă încăpățânată și lacomă care voia să vadă mai mult decât lumea de dincolo de fereastra ei. Nu mi-am ascultat tatăl. Este o greșeală cu care voi fi nevoită să trăiesc pentru tot restul vieții mele. Plânsetele din mintea mea nu mă vor lăsa să uit niciodată. O să le iau cu mine în mormânt, oricât de mult va putrezi secretul lor înăuntrul meu.

Keishin se așeză pe treptele muntelui, neîndrăznind să-și abată privirea mai departe de picioarele sale. Nu voia să se uite la Hana. Căutarea mamei și a tatălui ei se încheiase, devenind cel mai recent adaos la colecția prăfuită de lucruri pierdute și neterminate a bibliotecii.

— Îmi pare rău, Hana! Am încercat.

Hana privea valea.

Keishin se întinse ca să o ia de mână, dar se răzgândi. Dacă ar fi ținut-o de mână, s-ar fi simțit și mai neputincios. Nu putea să-i spună nimic care să o reconforteze, nu exista îmbrățișare suficient de strânsă ca să o facă să simtă că totul va fi în regulă. Își vârî mâinile în buzunare. Degetele lui atinseră un obiect rece și dur. Scoase moneda pe care i-o dăduse Yasuhiro. Nu le purtase noroc și Keishin se gândi să o arunce de pe munte. Apucă moneda, ridică brațul și se opri, amintindu-și o metodă mai bună de a o folosi. Puse moneda pe o treaptă și o făcu să se învârtă, urmând un scenariu dintr-o altă viață. Moneda se învârti periculos de aproape de buza prăpastiei, încetinind gândurile lui Keishin și înăbușind zgomotul din mintea lui suficient cât să audă sfatul unui vechi prieten.

Keishin înaintă în grabă prin restaurantul indonezian aglomerat și fu cât pe ce să se lovească de un chelner. Își trase un scaun și se așeză în fața lui Ramesh cu răsuflarea tăiată.

— Trebuie să găsesc un câmp.

— Un câmp?

Ramesh lăsă jos furculița.

— Asta chiar că-i o premieră. Ce fel de câmp?

— Din acela unde-ți îngropi secretele.

Ramesh își masă bărbia.

— Interesant! Continuă!

— Unica persoană care știe unde poate fi găsit refuză să-mi spună. Am ajuns într-o fundătură.

Ramesh își încrucișă brațele pe piept.

— Ce a zis cu exactitate persoana respectivă?

— Hiroko a zis multe chestii. Dar nimic folositor.

— Bun.

Ramesh luă o gură de curry vegetal cu legume și mestecă lent.

— Cum poate asta să fie un lucru bun?

— Putea să-ți fi zis „nu" când ai întrebat-o despre locul respectiv și asta ar fi însemnat finalul conversației noastre. Ar fi fost păcat să irosim toată mâncarea asta. „Multe chestii" ne dau ceva cu care să lucrăm.

— Mi-aș dori să fie adevărat. Dar Hiroko a vorbit numai despre cum regretă că și-a urmărit pe ascuns tatăl până pe câmp .

Ramesh zâmbi.

— Acum ajungem undeva.

— Da?

— Dacă Hiroko și-a urmărit tatăl fără ca el să știe, presupun că a găsit o ascunzătoare bună.

— Așa e. S-a ascuns într-un...

Sprâncenele lui Keishin țâșniră în sus. Sări de pe scaun, răsturnându-și berea.

— Mulțumesc, Ramesh! Preiau eu de aici!

— Cu plăcere!

Ramesh oftă, privind mâhnit mâncarea de care abia se atinsese.

— Noroc!

Moneda care se învârtea căzu în prăpastie, luând cu ea refuzul asurzitor al lui Hiroko de a le dezvălui poziția câmpului. În tăcere, Keishin auzi toate cuvintele pe care le rotise ea.

— S-a ascuns în ruinele unui templu... Asta e!

— Despre ce vorbești? întrebă Hana.

— Știu cum să găsesc câmpul.

— Da? Cum?

— Poate că Hiroko nu ne-a spus poziția lui precisă, dar, intenționat sau nu, ne-a dat o șansă să-l găsim. Cred că o parte din ea voia totuși ca secretul să iasă la lumină. Ne-a spus trei lucruri despre câmp pe care nu le știuserăm. Mai întâi, în preajma locului în care a îngropat tatăl ei creatura erau ruinele unui templu. Al doilea, era acoperit de flori de câmp. Al treilea, în apropiere curge un pârâu. Ruinele unui templu. Flori de câmp. Pârâu. Asta ar trebui să ne limiteze substanțial căutarea.

Hana sări în picioare.

— Ne trebuie o hartă.

Semăna mai degrabă cu o tabără decât cu o gară. De-a lungul șinelor se întindea o varietate de corturi colorate, unele mari cât niște case de dimensiuni rezonabile. Pe peron, oamenii găteau la focuri în timp ce alții își întindeau rufele pe frânghii agățate între stâlpii gării. Unii reușiseră chiar să încropească niște grădini de legume. Copiii se fugăreau printre corturi, chicotind. Nimeni nu părea îngrijorat că panoul care ar fi trebuit să anunțe momentul sosirii trenurilor era gol, își zise Keishin.

Hana reveni la el cu un braț de hărți.

— Asta-i tot ce am putut găsi.

Keishin privi satul improvizat de pe peron.

— De ce s-au instalat aici?

— Își așteaptă trenurile.

Keishin ridică din sprâncene.

— De cât timp așteaptă?

— De ceva vreme.

— Cât de des sosesc trenurile?

— Asta nu e gara Tokio. Trenurile de aici nu au program fix. Sosesc când sosesc. Unii pasageri s-au născut așteptând aici, iar alții vor muri fără să-și zărească măcar trenul.

— Și le convine?

— Nu au de ales. Căile ferate nu stau pe loc tot timpul, mai ales acelea care traversează oceanele. Curenții se schimbă. Liniile ferate pot să intre în derivă și să forțeze trenurile să facă ocoluri foarte mari. Haide! Trebuie să găsim un loc unde să ne uităm la hărțile astea.

Se apropiară de o zonă mai puțin aglomerată a gării.

— Vrei să auzi ceva ciudat? o întrebă Keishin.

— Mai ciudat decât trenurile care se pierd în largul mării?

Hana îngenunche pe podea și lăsă jos hărțile.

— Nu atât de ciudat, râse Keishin. Nu-mi plac hărțile.

— De ce?

— Îmi amintesc de toate lucrurile pe care oamenii pretind

că le știu, de toate lucrurile pe care le născocim ca să simțim că înțelegem totul și că deținem controlul. Hărțile sunt mai mult o artă decât o știință. Sunt schițate la discreția celor care le trasează. Unele lucruri sunt micșorate și altele mărite, unele locuri sunt păstrate și altele excluse. Tragem linii roșii și groase în jurul spațiilor despre care pretindem că ne aparțin, ca și cum chiar am putea vedea unde se termină un loc și unde începe altul. Dar granițele sunt doar niște concepte teoretice. Ele există numai în mințile noastre.

Hana tăcu, nesigură cum să-și exprime dezacordul categoric în mod politicos. Granițele erau reale și cel mai dificil de traversat nu erau liniile invizibile dintre orașe, ci zidurile pe care oamenii și le clădeau în jurul lor. Granițele erau necesare. Ele păstrau secretele în siguranță.

— Atunci o să te bucuri să afli că hărțile noastre sunt puțin mai diferite decât cele cu care ești obișnuit.

Întinse o hartă pe podea, dând la iveală o pagină goală.

— Văd, zise Keishin, așezându-se pe vine lângă ea. Cum găsim ceva pe asta?

— Nu găsim. Hărțile găsesc locul pentru noi. Dacă le-o cerem foarte frumos.

— Dat fiind că n-am purtat niciodată o conversație cu o hartă, poate ar trebui să vorbești tu.

Hana netezi marginile hărții.

— Scuză-ne, poți să ne ajuți să găsim un câmp?

Harta se cutremură pe podea. Un lanț muntos în formă de semilună se înălță pe suprafața ei, încrețind hârtia. Unde străbătură harta, creând o câmpie în curbura interioară a muntelui. Se scutură, ca și cum ar fi vrut să o întrebe pe Hana dacă asta este câmpia pe care o caută.

— Un câmp cu flori sălbatice și cu un templu, zise Hana. Și cu un pârâu.

Munții de pe hartă se micșorară, lăsând hârtia la fel de netedă ca înainte să fi apărut. Harta se împături la loc, alcătuind un dreptunghi.

— Poate că următoarea hartă va ști unde este, zise Keishin.

Hana desfăcu o a doua hartă și repetă întrebarea.

Harta se împături la loc.

Keishin își mușcă unghia degetului mare.

Hana despături o a treia hartă și o întrebă despre câmp. Vorbi rar, ca să se asigure că aceasta înțelege fiecare cuvânt.

Dar harta rămase nemișcată.

Hana întinse mâna după a patra hartă.

Cea de-a treia hartă se cutremură. În colțuri opuse ale paginii albe răsăriră doi munți, lăsând între ei o vale. Valea se încreți și formă un templu. O ruptură șerpui prin mijlocul văii, dând la iveală podeaua de dedesubt.

— Kei...

Hana privea transfigurată ruptura.

— Cred că ăsta e un...

— Pârâu.

Îi strânse mâna.

Huruitul unui tren îi acoperi vocea. În toată tabăra izbucniră urale. O pătrime dintre oamenii de pe platformă se repeziră să-și îndese bunurile în geamantane și să țină în echilibru lucruri care nu le puteau încăpea în brațe. Un bărbat își pusese fetița călare pe umeri și alerga după tren cu două sacoșe umflate în mâini. Fiica lui sălta în ritmul alergării, ținând strâns la piept o mică plantă într-un ghiveci. Micul grup cu care împărțiseră un cort alerga după ei ca să le facă cu mâna.

Keishin ignoră larma și se concentră asupra fâșiei lungi de hârtie care plutea deasupra hărții. Se răsuci prin aer, fărâmițându-se în mici bucăți ca niște petale. Bucățile căpătară nuanța cea mai pală de albastru înainte să cadă ca o ploaie peste hartă, împrăștiindu-se prin valea de hârtie.

— Flori de câmp...

Harta încremeni. Bucățile ei se reabsorbiră și, în mai puțin de o clipă, era întreagă și curată. Dâre de pensulă apărură fără grabă pe pagina unde se aflase valea, dezvăluind poziția câmpului cuvânt cu cuvânt, cu un scris grijuliu.

— Am reușit!

Keishin o cuprinse în brațe pe Hana în timp ce trenul pleca din gară.

Pe hartă continuau să apară cuvinte. Ochii Hanei parcurseră indicațiile complete. Încremeni în brațele lui Keishin, care îi dădu drumul.

— Ce este?

— Știu unde e câmpul.

Ea privea liniile goale.

— Și tocmai am pierdut trenul pe care harta ne-a spus să-l luăm ca să ajungem acolo.

Tăcerea se așternu ca o pătură peste satul din corturi, pe măsură ce locuitorii săi se retraseră în casele lor improvizate și se duseră la culcare. Câteva grupuri mai rămaseră să discute în șoaptă, adunate în jurul focurilor. Vorbeau despre același lucru de câteva ore, fără ca vreunul să obosească, retrăind palpitanta sosire a trenului din ziua aceea.

Hana stătea în mijlocul unui mic grup adunat în jurul unui foc și-și încălzea mâinile la flacără.

— Dar dacă trenul n-o să vină niciodată?

Keishin o cuprinse cu brațul.

— O să vină. Trebuie. Am ajuns prea departe ca să ne dăm bătuți.

— Sunteți noi aici, nu? îi întrebă un bătrân așezat chiar lângă Keishin.

— Da, răspunse Hana.

— Bine ați venit! Eu sunt Ono Aritomo. Întotdeauna îmi dau seama cine e nou-venit.

Bărbatul le zâmbi, arătându-și gingiile aproape fără dinți.

— Ei sunt grăbiți. Așa eram și eu când am sosit aici cu mama.

— Cu mama dumneavoastră?

Keishin încercă fără succes să-și ascundă surprinderea din glas. Aritomo zâmbi.

— Eram un băiețel pe atunci, abia aveam doisprezece ani. M-am însurat și mi-am întemeiat o familie aici. Trenul soției mele a sosit acum zece ani. Fiul nostru a plecat cu ea.

— Îmi pare rău să aud asta, Ono-san! zise Hana.

— De ce?

Aritomo își scărpină bărbia.

— Soția mea avea propria călătorie, iar eu o aveam pe a mea. Când i-a sosit trenul, a trebuit să-l ia. Nu e nimic de regretat. Am avut o viață frumoasă. Am fost fiu, soț și tată. Multor oameni de aici le sunt prieten. Am cultivat o grădină, i-am hrănit pe cei flămânzi și am ridicat un cort unde străinii și-au aflat odihna. Ce mai poate cere un om? Sosirea la destinație nu e niciodată garantată. Numai călătoria este. Așteptarea face parte din călătorie.

Keishin încuviință lent.

— Ono-san, sunteți înțelept.

Aritomo clătină din cap.

— Nu mai înțelept decât oricare dintre cei care așteaptă aici. Am fost binecuvântați cu timp de gândire. Asta ne-a permis să înțelegem că viața înseamnă să-ți afli bucuria în spațiul dintre locul de unde ai venit și cel către care te îndrepți. S-ar putea să nu ajung niciodată acolo unde vreau, dar pot să privesc îndărăt către viața mea și să spun că n-am irosit nicio secundă a ei fiind amărât că nu mă aflu altundeva. Fericirea nu există într-un loc anume. Trăiește în fiecare răsuflare de-a noastră. Trebuie să alegi să o primești în tine, iar și iar.

Cuvintele lui Aritomo îl încălziră pe Keishin mai mult decât focul, găsind și umplând goluri pe care nu știa că le are.

— Sunt recunoscător că v-am întâlnit.

— Nu trebuie să-mi mulțumești. Am cunoscut tot soiul de oameni în anii petrecuți în gară. Unii sunt în trecere pe-aici, alții rămân o vreme. Toți cei pe care i-am întâlnit, oricât de fugar, fie au luat ceva, fie au lăsat ceva în urmă. Oamenii nepoliticoși îți pot răpi zâmbetul. Cei cumsecade ți-l pot reda. Am aflat că nu câștigi nimic furând fericirea altora. Oricât de multă ai fura, nu e ceva ce să poți folosi pentru tine.

Hana se ghemuise lipită de Keishin, topindu-se la pieptul lui.

— Ai putea fi fericit aici? O grădină de legume sau peronul unei gări te-ar putea face la fel de fericit ca neutrino și ca stelele tale?

Keishin îi masă umărul cu degetul mare.

— Oricât mi-aș dori să mă prefac că sunt la fel de înțelept ca Aritomo, știu că n-aș putea fi mulțumit aici.

— De ce?

Hana se răsuci cu fața către el.

— Pentru că refuz să-mi încalc promisiunea față de tine, Hana. O să-ți găsim părinții cumva. Nu-mi pasă cât de departe este câmpul, cât de greu este să ajungem acolo sau câți *shiikuini* ne vânează. O să-i găsim!

— Scuzați-mă! îi șopti Hanei o femeie care împărțea cortul cu ei.

Își dădu părul întunecat la o parte de pe fața bronzată și îl prinse într-un coc neglijent.

— N-am vrut să trag cu urechea la discuția voastră.

— Ăăă, scuze că te-am trezit, se bâlbâi Keishin.

— Ai zis că îi căutați pe părinții ei? Și că vă caută *shiikuinii*? întrebă femeia.

Hana păli.

— Nu vă faceți griji! O să păstrez secretul. Numele meu este Keiko. Nu sunt prietena *shiikuinilor*. Știu cât de cruzi pot fi. Tata a murit de mâna lor. Era bolnav și a ațipit la taraba lui din Piața de noapte și din cauza asta *shiikuinii* l-au alungat în râu.

— Îmi pare rău! zise Keishin, amintindu-și de povestea pe care i-o spusese Hana.

— Există și o altă metodă în afară de tren ca să ajungeți în locul dorit, zise Keiko.

— Da? zise Hana. Dar harta mi-a zis...

— Nicio hartă nu-ți va propune un asemenea mod de a călători, zise Keiko. Se vorbește despre el numai în cele mai întunecate colțuri ale Pieței de noapte și numai de către cei mai disperați oameni.

— De ce? întrebă Keishin.

— Pentru că oamenii îl consideră rușinos și dezonorant, răspunse Keiko. Dar, dacă viețile celor pe care îi iubesc ar depinde de asta, nu cred că m-aș sinchisi de onoare.

— Nici eu, zise Hana. E numai o chestiune de timp până să ne dea de urmă *shiikuinii*. Nu ne permitem luxul de a aștepta trenul nostru.

Keiko încuviință.

— Calea Interzisă vă va duce oriunde trebuie să ajungeți, dar nu va fi ușor.

— O să o facem, zise Hana. Când putem pleca?

— În curând. Dar e ceva ce trebuie să faceți amândoi mai înainte.

— Ce anume? întrebă Keishin.

— Să beți.

CAPITOLUL 45

Cea de-a treia sticlă de sake

一杯目人を酒飲む二杯目は酒酒を飲み三杯は酒人を飲む

Ippai-me wa hito sake o nomi, nihai-me wa sake sake o nomi, sanbai-me wa sake hito o nomu.

„Omul bea prima sticlă de sake, apoi cea de-a doua sticlă o bea pe prima și în final sakeul e cel care îl bea pe om.” Hana își dădu seama că nu înțelesese cu adevărat vechea zicală până în această seară, în gară. Își goli ceașca și șterse cu dosul palmei sakeul care i se prelingea pe bărbie. Peronul și toate corturile se învârteau în jurul ei. Când Keiko încercă să-i umple ceașca, flutură din mână, refuzând cea de-a patra sticlă.

— Îmi pare rău! zise Keiko, turnând restul de sake în ceașca Hanei. Dar e necesar.

— Noroc!

Keishin își dădu capul pe spate și își termină băutura dintr-o singură înghițitură. Pe fața lui dansa o piesă de umbre, jucată de foc.

Cu ochii mijiți, Hana urmări povestea umbrelor desfășurată dincolo de ceața din mintea ei. Keishin era într-o misiune eroică și nu știa cât de aproape sunt monștrii cu adevărat. Își goli și ea ceașca și o trânti de podeaua peronului.

Keiko încuviință.

— Acum puteți pleca.

— Tot nu ne-ai spus cum ar trebui să plecăm, zise Keishin.

— Următoarea parte e mai simplă, zise Keiko. Tot ce trebuie să faci e să vorbești și tot ce trebuie eu să fac e să ascult. Sakeul din tine ar trebui să te ajute să spui ce gândești și să alegi ce cuvinte să șoptești.

Hana își masă tâmplele, neștiind dacă sakeul sau oboseala din oasele ei făcea spusele lui Keiko așa de greu de înțeles.

— Nimic nu călătorește mai repede decât un zvon, zise Keiko. Și zvonurile cele mai iuți sunt acelea care conțin cel mai mult adevăr. În seara asta veți alege un zvon pe care să-l răspândiți și veți călători pe el până la destinație.

Keishin se frecă la ochi.

— Îmi pare rău, dar nu cred că sunt suficient de beat ca să pricep cum putem face autostopul pe un zvon!

— Nu trebuie să înțelegi ca să meargă, zise Keiko. Dar trebuie să ai încredere în mine. Taraba familiei mele din Piața de noapte nu vindea numai fleacuri. Noi oferеam căi de ieșire. Înainte să moară, tata m-a învățat cum să o fac.

— Spune-ne cum să procedăm, zise Hana.

— Hana!

Keishin o trase mai departe de foc.

— Ești sigură că vrei să facem asta? Ar putea fi o capcană. Keiko ne-ar putea trăda *shiikuinilor*.

— Până acum câteva zile și tu erai un străin pentru mine, zise Hana. Și încă nu ți-ai încălcat cuvântul.

Keiko se apropie de ei.

— V-ați răzgândit?

— Nu, răspunse Hana.

— Atunci, alegeți-vă adevărul și la drum!

Alegerea era evidentă. Hana n-ar fi fost niciodată de acord să o împărtășească dacă ar fi fost trează. Dar sakeul din ea pleda foarte convingător. Nu exista zvon care să poată călători mai repede decât secretul lui Keishin, care o apucă de mână și-l șopti la urechea lui Keiko.

„Nu sunt din lumea ta."

Hana se privi cum dispare. Labele picioarelor ei fură primele care se făcură nevăzute. Urmară picioarele, dispărându-i treptat de la glezne în sus. Ultimii fură ochii și, când ei dispărură, nu mai rămase decât întunericul.

CAPITOLUL 46

Un zvon despre un bărbat pe nume Minatozaki Keishin

„Nu sunt din lumea ta." Keishin se destrămă cu fiecare cuvânt. Adevărul pe care i-l șoptise la ureche lui Keiko îl transformă din nou în praful de stele din care sunt făcute toate lucrurile și-l proiectă în văzduh și în beznă. Particulele minții sale puteau reține un singur gând. Chiar și ca praf, se agăță de Hana și ce mai rămăsese din ea se agăță de el.

Keishin pluti până când începu să se coaguleze în dreptul locului unde i se aflase stomacul. Nu putea fi sigur. Nu avea ochi cu care să vadă. Se simți cusut laolaltă atom cu atom și, când avu pleoape, le deschise și o privi pe Hana căpătând formă.

— Unde suntem? întrebă ea imediat ce avu buze cu care să rostească cuvinte.

— Oriunde am fi...

Keishin privi în jur. Îi înconjura un cort în care se înghesuiau cele mai felurite lucruri. Pături. Coșuri. Oale. Cărți. Erau stivuite în teancuri precare, umplând tot spațiul disponibil.

— Nu cred că am ajuns departe. Se pare că suntem încă în gară.

Hana se apropie de perdeaua cortului, trase de ea, dar aceasta refuză să se clintească. Trase mai tare.

— Nu se deschide.

Nedumerit, Keishin încercă să ridice peretele de pânză al cortului, dar nu reuși să găsească nicio delimitare între cort și podea. Se propti în el și împinse. Peretele împinse înapoi, trântindu-l la podea. Se ridică, făcu câțiva pași înapoi, cât îi permitea aglomerația, și se izbi cu umărul în peretele cortului. Se ciocni de ceva la fel de dur ca osul. Durerea îi străbătu brațul. Keishin se împletici îndărăt, ținându-se de umărul îndurerat. Înjură și izbi cu pumnul în perete.

— Keiko! Keiko! Lasă-ne să ieșim!

Hana îl trase departe de perete.

— Nu slujește la nimic. Suntem captivi. Ai avut dreptate. Keiko ne-a trădat.

— Am ajuns înăuntru, zise Keishin, împingând în lături câteva teancuri de pături. Asta înseamnă că există o ieșire.

Cortul se zgudui cu violență, azvârlindu-i pe Hana și pe Keishin pe podea. Hana încercă să se ridice. Keishin o apucă de mână.

— Stai jos!

Cutremurul se opri. O lumină orbitoare se revărsă în cort. Hana privi pe deasupra grămezilor de obiecte, mijind ochii. Icni și se ridică de jos.

— S-a deschis!

Keishin se ridică.

— Fugi!

Se repeziră către ieșire, dărâmând teancuri precare de cărți și parcurgând o cursă cu obstacole alcătuită din pături și haine. Năvăliră afară din cort, umbrindu-și ochii ca să-i apere de lumină. Keishin își luă mâinile de pe față la timp ca să o vadă pe Hana ștergându-se.

A doua oară reuși să adune mai repede frânturile răzlețite ale sinelui. Sau poate doar i se păru așa. Fără un trup, era greu să ai noțiunea timpului. Keishin deschise ochii.

Hana stătea în fața lui cu membrele reformându-se din neant. Își privi mâinile abia formate și își flexă degetele.

— Ce se întâmplă cu noi?

Keishin privi în jur. Se aflau într-un foișor hexagonal înconjurat de un lac scânteietor. O lună plină plutea în apă. Keishin își întinse brațul, dar un zid invizibil îi împiedică degetele să iasă în afara cadrului de lemn al foișorului.

— Altă capcană.

Hana privi lacul liniștit.

— Nu mă simt ca într-o capcană.

— Cum altfel numești un loc din care nu poți pleca?

Solul se clătină sub ei, făcând lacul să vălurească. Se apucară de stâlpii foișorului. Lumina îi scăldă ca și cum s-ar fi deschis o ușă invizibilă, lăsând să pătrundă soarele.

— Iar se întâmplă!

Hana privi strălucirea cu ochii întredeschiși. Keishin făcu un pas nesigur către lumină.

— Kei, stai! zise Hana și îl apucă de braț. S-ar putea să ne ștergem din nou.

Keishin privi lumina printre gene.

— Poate așa trebuie să se întâmple.

— Ce?

— Poate ai dreptate. Poate nu e o capcană.

— Atunci ce este?

— Dacă la asta s-a referit Keiko când a zis că vom călători înăuntrul unui zvon?

— Crezi că suntem în mintea cuiva?

— Până când transmite zvonul altcuiva.

Keishin îi întinse mâna Hanei.

— Dar nu există decât o cale de a ști asta cu certitudine.

Mințile oamenilor, descoperi Keishin, sunt cum nu se poate mai felurite. Unele nu erau mai mari ca un bufet, în timp ce altele erau lungi ca un tren. Câteva încăperi abia dacă aveau ceva în ele și nu puține dădeau pe dinafară de tot soiul de fleacuri. Cea mai ciudată până acum fusese o cameră cocoțată într-un copac, cu fiecare centimetru al podelei acoperit de un covor de ceșcuțe aburinde de ceai verde.

Keishin stătea în interiorul unei camere rotunde făcute din sticlă și aștepta ca Hana să se întregească. Cu fiecare salt în lumină, timpul petrecut în diferite încăperi devenea tot mai scurt. Asta-i natura zvonului, își spuse el. Pe măsură ce crește, capătă viteză. Keishin contemplă cele mai recente împrejurimi, sperând să zăbovească aici ceva mai mult. Îi plăcea mintea asta. Avea formă de sferă și plutea printre stele.

— Ce frumos! admiră Hana constelațiile.

— Da. Este, zise Keishin, privind stelele strălucitoare care se răsfrângeau în ochii ei.

— Mă întreb ce fel de persoană are o astfel de minte, zise Hana, lipindu-și palma de peretele transparent.

— Genul de persoană pe care aș invidia-o foarte mult, zise Keishin.

— Să o invidiezi? De ce? Îmi închipui că și mintea ta e plină numai cu stele.

— Mi-aș dori să fie. Dar, din păcate, este probabil numai o cameră cenușie și prost luminată, cu grafice și cifre împrăștiate peste tot. Și poate cu un scaun. Și cu o pungă goală de Funyuns. Sau poate două.

— Funyuns? Vreau să știu ce e asta?

— Nu vrei. E o dependență oribilă. Nu pot munci fără ele. Am luat cu mine un geamantan întreg, pentru că mă temeam că n-o să le pot găsi în Japonia. Și acum că am zis-o cu glas tare, pare cel mai stupid lucru pentru care să-mi fac griji.

Keishin privi stelele.

— E ciudat cum găsește mintea metode de a se umple cu lucruri fără valoare, de parcă i-ar fi frică să fie goală.

— Sau tăcută, zise Hana.

Sfera se zgudui. Lumina răzbătu prin cristal.

Keishin o apucă pe Hana de mână.

— Să mergem! zise el și păși în lumină.

Era imposibil de spus unde se termină florile de câmp și unde începe cerul. Albastrul petalelor se contopea perfect cu orizontul fără nori. Keishin nu se întrebă cum de înfloresc florile astea toamna. Era doar recunoscător că se întâmpla.

Zvonul îi lăsase pe un drum nepavat, întins de-a lungul văii cu flori de câmp, pentru că un fermier nu găsise cui să-l împărtășească, cu excepția calului de la căruță. Calul nechezase și dăduse din coadă, alungând zvonul ca pe o muscă. Nu-i păsa deloc de un ins pe nume Minatozaki Keishin și cu atât mai puțin despre lumea din care venea acesta. Nu-l interesa decât să ajungă acasă, în boxa lui călduroasă din grajdul stăpânului, departe de câmpul albastru și vast care-l făcea să strănute. Zvonul pluti în aer între fermier și calul său, se învolbură o clipă și se îndepărtă purtat de vânt.

Hana rămase cu gura căscată de îndată ce i se materializă maxilarul.

— Am ajuns!

— Ar trebui să ne punem în mișcare, dacă vrem să găsim templul și pârâul, zise Keishin. Avem o mulțime de teren de acoperit.

— E mult mai mare decât mi-am închipuit. De unde să începem?

Un vânt puternic suflă în direcția lor, făcând florile să vălurească.

Hana înclină capul.

— Ai auzit?

— Ce să aud?

Vântul flutură părul Hanei, care adună la loc în coadă șuvițele răzlețite.

— Nimic. Era doar vântul.

O adiere sărută obrazul lui Keishin și-i purtă pe lângă ureche râsetele unor copii. El încremeni la jumătatea unui pas.

— Hana...

Ea îi întâlni privirea.

— Și eu am auzit.

CAPITOLUL 47

Sub florile de câmp

Din templu nu mai rămăseseră decât *torii*, porțile de piatră care marcau granița dintre secular și sacru. Să intri pe ele însemna să pătrunzi în lumea spiritelor. Dar, când intră pe poartă și traversă pârâul care străbătea ruinele templului, Hana nu se simți ca și cum ar fi fost în compania vreunuia dintre zeii pe care îi știa. Frumusețea câmpului era egalată numai de sentimentul apăsător de pustiire și frig care stăruia dincolo de pragul templului.

— Nu-mi place aici.

Hana se strânse cu brațele.

— Nici mie, zise Keishin.

— Nu-i mai aud. Crezi că am greșit locul?

— Se potrivește cu descrierea lui Hiroko. Ăsta trebuie să fie.

Un chicotit înăbușit se ridică din pământ. Hana tresări.

— Vine de acolo!

Keishin îi indică un petic de flori de câmp mai pale, dar care creșteau în pâlcuri mai dese decât în restul câmpului. Hana se lăsă pe vine lângă petic și-și lipi urechea de sol.

— Auzi ceva? o întrebă Keishin.

Hana își duse un deget la buze și închise ochii. Pe sub flori răsunară pași rapizi.

— Par să alerge. Să se joace. Hiroko ne-a spus că plângeau când i-a auzit ea. Mă întreb ce s-a schimbat.

— Aici sus n-o să găsim răspunsuri, zise Keishin cu ochii aținitiți asupra peticului cu flori de câmp. Sper că ai pus în bagaj și vreo două lopeți.

— N-am pus.

Hana își vârî brațul până la cot în traistă și cotrobăi prin ea.

— Dar tata are două în grădină, într-un șopron mic de lângă heleșteu.

Cu cât săpau mai adânc, cu atât râsetele copiilor deveneau mai sonore. Hana se luptă cu impulsul de a săpa mai încet. Câmpul era ultima lor pistă și, dacă nu-l găseau aici pe unul dintre părinții ei, nu știa cum să procedeze mai departe. Încercă să și-i imagineze într-un loc sigur, dar mintea ei nu-și putea închipui o lume subpământeană care să n-o facă să vrea să iasă din groapa pe care o săpau ea și Keishin.

Râsetele amuțiră. Hana strânse mânerul lopeții.

— De ce s-au oprit?

Keishin rezemă lopata de peretele gropii și își lipi obrazul de sol.

— Aud mișcare. Sunt încă acolo, dar cred că nu mai fac zgomot pentru că... pentru că și ei ne ascultă pe noi.

De pe fundul gropii, Hana nu mai vedea câmpul. Deasupra lor, cerul deveni purpuriu și portocaliu. În curând, groapa avea să fie prea adâncă pentru a mai putea ieși din ea și câmpul, prea întunecat pentru ca ei să poată reveni pe drum. Să fugă nu mai era o alegere, indiferent ce îi aștepta sub pământ.

Hana își șterse sudoarea de pe frunte, lăsându-și o dâră de noroi pe față. Fiecare mușchi îi ardea, dar palmele roase o dureau cel mai tare. Mănușile pe care și le improvizase din fâșii de cârpă rupte din poalele bluzei îi atârnau de pe mâini, amenințând să se desfacă în orice clipă.

— Ar trebui să faci o pauză, îi zise Keishin.

— N-am nimic!

Își ignoră durerea și continuă să sape.

— Stai!

Keishin își înfipse lopata în pământ. Îi luă mâinile rănite într-ale lui și, cu mișcări blânde, îi înfășură din nou cârpa în jurul palmelor.

— Ar trebui să țină un timp.

— Mulțumesc! zise Hana.

Keishin șterse praful de pe fața Hanei. Sângele se infiltră prin cârpa înfășurată în jurul mâinii lui.

— Sângerezi.

— Nu-i nimic, zise Keishin.

— Nimicul ăsta seamănă ciudat de mult cu sângele.

— E o rană mică. Nu e mai gravă decât tăietura de la picior pe care ți-ai făcut-o în casa de amanet.

Hana ridică ochii spre cerul tot mai întunecat.

— Ziua aia pare să fie cu o viață în urmă.

— Pentru mine chiar a fost cu o viață în urmă. Nu mai sunt persoana care a apărut la ușa ta. Am văzut, auzit și – ochii lui Keishin stăruiră pe trupul Hanei – simțit atâtea lucruri despre care nu mi-am imaginat că sunt posibile. Nu știu ce o să găsim acolo jos sau ce o să facem mai departe. Vreau să știi că țin la...

— Nu!

— Nu ce?

— Nu spune că tu crezi că ții la mine. Noaptea de la *ryokan* a fost o greșeală. Orice simțim unul pentru altul este o iluzie, indiferent cât de real ar părea. Ți-am spus când ai pătruns prima oară în lumea mea că aici nimic nu e cum pare. Nici cerul. Nici câmpul ăsta. Nici eu. Îți sunt sincer recunoscătoare pentru tot ce ai făcut. Dar undeva de-a lungul drumului ne-am permis amândoi să credem că noi doi am fi o posibilitate. Nu suntem. Nu putem fi.

Gheare țâșniră din sol și-l apucară pe Keishin de glezne. Hana țipă.

— Fugi, Hana!

Chipul lui Keishin se schimonosi când ghearele pline de noroi i se înfipseră în piele.

— Fugi!

Hana apucă lopata și lovi mâinile acelea ca niște gheare. Acestea îl apucară și mai strâns pe Keishin, trăgându-l mai adânc în pământ. Hana cuprinse umerii lui Keishin cu brațele și își înfipse picioarele în pereții sfărâmicioși ai gropii. Mâinile pline de noroi traseră mai tare, smulgându-i-l pe Keishin din strânsoare.

— Nu!

Keishin se înecă cu noroi.

— Pleacă!

Hana se agăță de mâna lui rănită. Pielea lui deveni alunecoasă din pricina sângelui și bandajul de pânză se desfăcu.

— Rezistă!

Keishin o privi în ochi.

— Îmi pare rău! zise el și-i dădu drumul.

Mai multe mâini îl apucară de cap și-l traseră sub pământ, apoi se retraseră după el.

— Kei!

Hana se aruncă peste locul unde dispăruse Keishin și scurmă pământul cu degetele.

— Kei!

Se lăsă în șezut plângând, cu mâinile pline de noroi. Fâșia de cer de deasupra gropii se încețoșă din pricina lacrimilor ei. Le lăsă să curgă, să i se rostogolească de pe obraji și să ude pământul. Lopata ei dispăru în noroi. Hana icni și se ridică. Mâini noduroase o apucară de încheieturi. Alte mâini țâșniră afară din pământul din jurul ei. Se încleștară de picioarele și brațele Hanei și o traseră dedesubt în timp ce ea țipa.

CAPITOLUL 48

Arătau ca niște copii

Râsetele suave ale copiilor răsunau în jurul lui. Keishin se târî orbește pe coate și pe genunchi, scuipând noroi. Și-l șterse din ochi și clipi. Tot ce putea desluși în beznă era că se afla într-un tunel sau într-o peșteră. Siluete întunecate prinseră contur în timp ce se ridica în picioare.

— Unde sunt?

Privi cu ochii mijiți formele neclare.

— Cine sunteți?

Îi răspunse ecoul vocii sale, urmat de râsete.

— Ce vreți de la mine? întrebă Keishin.

— Joacă-te cu noi! îi răspunse un cor de voci de copii. Vrem să ne jucăm.

— Să ne jucăm?

Vederea lui Keishin se limpezi. Îl înconjura un grup de copii mici și lumina vagă a felinarelor lor era înghițită complet de ochii lor complet negri, înfundați în orbite. Șuvițe lungi de păr rărit abia le acopereau scalpurile și li se lipeau de obrajii cenușii. Keishin se dădu înapoi.

Copiii își ridicară felinarele mai mult, luminându-și unghiile ca niște gheare, acoperite cu noroi.

— Vrem să ne jucăm.

Un țipăt străpunse întunericul.

— Hana!

Keishin se răsuci.

— Kei?

Vocea Hanei răsună prin tunel.

Keishin porni grăbit în direcția vocii. Copiii își înfipseră unghiile în brațul lui și-l ținură pe loc. Degetele lor înghețate îi absorbeau căldura din trup. Singura dată când atinsese un cadavru fusese când își luase tatăl de mână ca să-i spună rămas-bun. Copiii aceștia păreau și mai reci, lipsiți până și de cea mai mică fărâmă de viață. Îl trăgeau de braț.

— Joacă-te cu noi!

— O să... o să mă joc, zise Keishin, încercând să ignore răceala care i se strecura până-n măduva oaselor. Dar mai întâi trebuie să-mi găsesc prietena. O să ne jucăm amândoi cu voi. O să fie mai distractiv.

Copiii se uitară unii la alții, apoi din nou la Keishin.

— O să fie mai distractiv, ziseră ei, imitând tonul lui Keishin.

— Așa o să fie. Promit! Dar duceți-mă la Hana!

— Hana! Hana!

Copiii râseră, rostind în cor numele Hanei.

— Hana! chicotiră alți copii în bezna tunelului. Hana!

Din întuneric ieși un grup de copii, târând-o pe Hana între ei.

Keishin se eliberă din strânsoarea copiilor, deși unghiile lor ascuțite îi lăsară zgârieturi adânci pe brațe și aproape că-i desfăcură rana cusută. Se repezi spre Hana.

— Ești teafără? Te-au rănit?

— Ăăă, sunt doar puțin amețită.

Își masă fruntea.

— M-am lovit la cap când am căzut.

— Jucați-vă cu noi! ziseră copiii. Ați promis!

— O să ne jucăm. Dar Hana nu se poate juca acum. Are nevoie de odihnă. Și de apă. Are nevoie de apă.

— Apă! chicotiră copiii. O să ne jucăm în apă. Veniți! Ați promis! Veniți!

— Nu, zise Keishin. Hana e rănită. Ea...

— Trebuie să mergem cu ei, zise Hana, al cărei călcâi stâng se cufundase în noroi. Oriunde trebuie să fie mai bine decât aici.

Keishin nu își dădea seama de cât timp mergeau prin tunel, dar timpanele îi spuneau că se află într-o coborâre constantă. Înghiți în sec, cu îndârjire, ca să și le desfunde.

Hana mergea lângă el.

— Nu trebuia să-mi dai drumul la mână.

— Și tu trebuia să fugi când ai avut prilejul, zise Keishin. Cred că s-a stabilit de acum că suntem amândoi prea încăpățânați pentru propriul nostru bine. Putem să acceptăm că n-are rost să ne certăm din pricina asta?

— N-aveam de gând să mă cert cu tine. Voiam să-ți mulțumesc că ai grijă de mine, zise Hana. Dar trebuie să încetezi. Ți-am spus. Aici nimic nu este ceea ce pare. Nici măcar eu.

— Tot repeți chestia asta, de parcă ar trebui să înțeleg ce vrei să spui. Dacă spui că nu ești cine ești, atunci, te rog, zi-mi adevărul! Măcar atâta-mi datorezi. Hana, sunt om de știință. Cred ceea ce pot vedea și demonstra. Tot ce mi-ai arătat este o femeie altruistă, curajoasă, puternică și devotată celor pe care-i iubește. Până nu-mi arăți ceva care să demonstreze contrariul, ceea ce spui rămâne o ipoteză. Una rea.

La capătul tunelului, acolo unde ar fi trebuit să fie întuneric, se revărsa lumina.

Hana își proteja ochii.

— Ăla e soarele?

Copiii ieșiră în fugă din tunel într-o grădină de piatră în aparență fără capăt. Copaci curățați de uscături, tufișuri tunse și fântâni arteziene decorau peisajul pietros. Un pârâu lat și rapid șerpuia prin grădină, gonind pe sub poduri arcuite și bolborosind printre pietre. Deasupra grădinii, soarele lumina un cer albastru și senin.

— Cum se poate asta? întrebă Keishin, privind soarele cu gura căscată. Am coborât în permanență. Cum am ajuns la suprafață?

Hana privi norii care pluteau pe deasupra lor.

— N-am ieșit, zise ea, arătând către un nor. Uite!

Norul se deplasă, dând la iveală un loc unde cerul se subția. Prin el se vedea tavanul de piatră al peșterii.

— Suntem tot sub pământ, zise Hana.

— Suntem tot prinși în cursă, zise Keishin deznădăjduit.

— Sau suntem exact unde trebuie. Căutam copiii și acum i-am găsit. Părinții mei trebuie să fie aici.

— Jucați-vă cu noi!

Un copil îl trase de braț pe Keishin, strângându-i încheietura în gheare.

— În apă. Ne-ați promis!

— Da, am promis.

Keishin se apropie de un copac și culese o frunză.

— O să facem o cursă de bărcuțe.

— O cursă! cântă corul de copii.

— O cursă cu reguli. Puteți alege fiecare câte o frunză pe post de barcă, zise Keishin. Și trebuie să fugiți după ea în timp ce urmează pârâul. Nu trebuie să o pierdeți niciodată din vedere. Dacă o pierdeți, pierdeți cursa. Ați înțeles?

— Reguli. Frunze.

Copiii se împrăștiară prin grădină ca să culeagă frunze din copaci.

— Cred că știu la ce te gândești, zise Hana cu glas scăzut.

— Sper să meargă.

Copiii reveniră cu frunzele. Keishin se ghemui lângă pârâu și își lăsă în apă barca-frunză. O ținu, așteptându-i pe copii să se alinieze pe malul pârâului.

— Gata?

Copiii încuviințară.

— Plecați!

Keishin își lăsă frunza să fie luată de apă.

Copii dădură și ei drumul frunzelor și fugiră după ele în timp ce pârâul le purta departe.

— Acum, Hana, șopti el. Fugi!

CAPITOLUL 49

De-a v-ați ascunselea

Keishin și Hana străbătură grădina în fugă, cu pietrișul zburându-le de sub călcâie. Nu-și făcuseră niciun plan în afară de cel de a fugi de făpturile care semănau a copii și cu fiecare pas se afundau și mai mult în necunoscut. Alergau către falsul soare, pentru că, într-o grădină de sub pământ, era singurul lucru care le părea familiar. Hana căzu în genunchi gâfâind.

Keishin se apucă de coastele care îl ardeau.

— Trebuie să te ridici. Încă puțin, OK?

Hana se ridică în picioare. O luă la fugă și se împletici. Keishin dădu fuga la ea.

— Ești bine?

— Trebuie să-mi trag sufletul.

Avea fruntea îmbrobonată de transpirație. Keishin cercetă împrejurimile.

— Nu putem sta aici, la vedere. Ne putem odihni acolo, zise el, arătându-i un grup de bolovani aranjați ca să semene cu un lanț muntos.

Hana încuviință și se ridică.

— Ține-te bine! zise Keishin.

— De ce?

Keishin o ridică în brațe.

— De mine!

Hana se rezemă de bolovani respirând cu greutate.

— Când Yasuhiro ne-a povestit despre copii, am crezut că știu la ce să mă aștept.

— Monștri, zise Keishin, privind rănile pe care i le făcuseră pe brațe. Erau monștri, Hana.

— Monștri, rosti Hana ca și cum ar fi mâncat ceva stricat.

— Indiferent cum arătau, nu erau copii. Le-am simțit atingerea. Erau... pustii. Morți.

— Știu, zise Hana. Dar nu cred că ne voiau răul.

— Cucuiul ăla mare al tău te cam contrazice.

— A fost un accident.

— Faptul că ne-au zgâriat și ne-au târât în tunel nu a fost un accident.

— Dacă sunt monștri, e pentru că familia mea nu și-a făcut datoria.

Keishin clătină din cap.

— N-o să pretind că știu ce sunt ființele astea, de ce există și de ce fac ce fac. Știu însă că, dacă vrem să-ți găsim părinții, trebuie să stăm cât mai departe de ele.

Hana încuviință.

— Trebuie să așteptăm aici până când...

Niște pași făcură pietrișul să trosnească.

Keishin își puse palma pe buzele Hanei.

Pașii se apropiară.

Mușchii lui Keishin se încordară, așteptând instrucțiuni: luptă sau fugi!

Pașii se opriră, porniră în direcția opusă și se stinseră.

— A plecat, zise el, răsuflând ușurat, cu umerii acum destinși. Ar trebui să încerci să te odihnești. Trebuie să-ți păstrezi puterile pentru la noapte. Grădina asta este imensă. Avem mult teren de acoperit.

Își înăbuși un căscat. Adrenalina care îi alimentase sprintul se consumase aproape toată și puțina care-i mai rămăsese abia-l ajuta să-și țină ochii deschiși.

— Eu o să stau de pază.

— Cred că ai mai multă nevoie de somn decât mine, zise Hana. Dă-i bătaie! Dormi! Eu n-aș putea închide un ochi nici să vreau.

— De ce nu?

— Nu e important.

— Iar a sosit momentul ăla al zilei în care trebuie să-ți amintesc că sunt încăpățânat și nu știu ce înseamnă „nu"?

— Nu trebuie să-mi amintești. Nu e ceva ce mi-ai permis să uit.

— Atunci, spune! zise Keishin, încrucișându-și brațele pe piept. Te ascult.

Hana își ridică genunchii la piept.

— Nu pot să nu mă gândesc cum o să fie când o să o întâlnesc, în sfârșit, pe mama. Tot ce știu despre ea este ceea ce mi-au povestit tata și bunica. În capul meu trăia o versiune perfectă a ei.

— Și acum?

— Descopăr că o învinovățesc pentru tot ce s-a întâmplat. Cu tata. Cu Haruto. Cu tine. Suntem prizonieri sub pământ și înconjurați de... de... făpturile astea pentru că ea a fost egoistă și a luat ceva ce nu-i aparținea.

Hana culese o piatră și o rostogoli în palmă.

— Poftim! Am zis-o! E o dovadă suficientă pentru tine? E o demonstrație convingătoare a faptului că nu sunt persoana care mă crezi a fi? Crezi că sunt o fiică îndatoritoare aflată într-o misiune curajoasă de a-și salva părinții, dar eu nu mă pot gândi decât că, atunci când o voi întâlni, în sfârșit, pe mama, o să o resping. Dacă a fi rece și pustiu pe dinăuntru îi face monștri pe copiii ăștia, atunci și eu sunt un monstru.

— Dacă ești în căutarea cuiva care să te judece pentru ceea ce simți cu privire la mama ta, mă tem că te ascunzi după bolovani cu cine nu trebuie, zise Keishin. Tocmai ai descris cu exactitate sentimentele mele față de propria mamă. Mi-am petrecut toată viața încercând să găsesc căi de a mă simți demn de dragostea ei, dar adevărul este că tot ce vreau este să o privesc în ochi și să-i vâr sub nas tot ce am realizat fără ea, ca să-i demonstrez că a alege o altă viață în defavoarea fiului ei a fost o greșeală. Sunt un om care pretinde că vrea să descopere originile universului, când de fapt singurul lucru de care-mi pasă este să găsesc o cale de a o răni pe cea care m-a născut.

— Ce mai pereche suntem! zise Hana. Doi monștri ascunși după bolovani!

— Simțind unul pentru altul lucruri despre care tu pretinzi că nu sunt reale.

— Păi, nu sunt!

— Măcar spune-mi care sunt aceste sentimente false pe care le nutrești față de mine!

— Dacă nu sunt reale ce mai contează?

— Ți-am spus de când ne-am întâlnit prima oară că sunt un om curios. Vreau să știu. Trebuie să știu.

Keishin se aplecă suficient de aproape ca să simtă căldura pielii ei.

— Și poate pentru că e suficient ceva care ți se pare real în timp ce fugi ca să scapi cu viață.

Hana îl trase pe Keishin către ea. Buzele lui se contopiră cu ale ei și el înțelese că acesta era răspunsul Hanei. Căldura dintre ei ardea prin timpul care le mai rămăsese, făcându-l pe Keishin extrem de conștient de unicitatea tragediei lor. Orele, care de obicei întăresc legăturile dintre iubiți, pe ei îi îndepărtau unul de altul. Orice clipă apusă îl trăgea pe fiecare înapoi într-o lume în care celălalt nu-l putea urma. Inclusiv acest sărut. Între buzele lor nu era loc nici pentru aer, dar Hana era deja la o mie de kilometri depărtare.

Rămâi! urlă Keishin în minte. *Rămâi cu mine!*

— Hana? strigă o voce de bărbat de dincolo de bolovani.

Buzele Hanei se desprinseră de ale lui Keishin.

— Hana? repetă vocea pe un ton mult mai urgent.

Hana dădu să se ridice. Keishin o apucă de mână.

— Stai jos! îi șopti el. E o cursă.

— Nu!

Hana își desprinse mâna dintr-a lui și se ridică.

— E tata.

Keishin sări în picioare. Un bărbat mai vârstnic, cu pomeții Hanei și cu aceeași forță discretă în priviri se uita fix la el. O fetiță nu mai mare de șapte ani strângea mâna bărbatului cu ghearele ei. Spre deosebire de ceilalți copii, șuvițele întunecate de pe capul ei erau pieptănate îngrijit într-un coc micuț, mai mult flori și panglici decât păr.

— *Otou-san*, zise Hana.

Toshio scoase un icnet.

— Hana!

Fetița îl trase de mână pe Toshio și-i zâmbi.

— Ți-am spus, *Otou-san*, chicoti ea. Ți-am spus că sora noastră se ascunde aici.

CAPITOLUL 50

O fiică bună

Fiecare amănunt era așa cum și-l amintea Hana. Casa de amanet arăta exact la fel. Singura diferență era că această casă de amanet, construită în mijlocul unei grădini întinse de piatră, era imaculată. Nu se vedea nicio urmă a haosului în mijlocul căruia se trezise în ziua dispariției tatălui ei.

— Te rog, ia loc! zise Toshio, oferindu-i lui Keishin un loc la masa lor din sufragerie.

— Mulțumesc, Ishikawa-san! zise Keishin, pe chipul căruia încă se citea confuzia.

Hana se întrebă dacă și ea arată la fel. Să stea la un ceai cu tatăl ei în inima unei clădiri care semăna exact cu locuința lor era ultimul lucru la care se așteptase când ajunsese sub pământ.

— Hana, știu că ai întrebări, zise Toshio. Dar mai întâi lasă-mă pe mine să-ți pun una! De ce ai venit?

— De ce am venit?!

Vocea Hanei avea un ton pe care nu-l folosise niciodată cu tatăl ei.

— Cum adică de ce am venit?

— Exact cum te-am întrebat. Ce cauți aici? zise Toshio. Nu trebuia să vii. Am crezut că o să înțelegi mesajul pe care ți l-am lăsat.

— Ce mesaj? întrebă Hana.

— Acela care pare să te fi călăuzit până aici.

— Ai dispărut, casa de amanet a fost jefuită și din seif a fost luată o alegere. Ce te așteptai să fac?

— Mă așteptam să fii mai deșteaptă.

— Mai deșteaptă?! exclamă Keishin. Aveți idee prin câte a trecut fiica dumneavoastră ca să vă poată găsi?

— Kei!

Hana puse o mână pe brațul lui.

— Nu!

Toshio se răsuci către Keishin.

— Mi-am dedicat viața ca să o învăț pe Hana să fie mai bună de-atât, ca să preia casa de amanet într-o zi. Și acum se află aici pentru că a uitat una din cele mai importante lecții pe care i le-am predat.

Hana își privi imaginea reflectată în ceașca cu ceai.

— Nimic nu e ceea ce pare.

— Am răvășit casa de amanet și am furat alegerea pentru ca *shiikuinii* să aibă o poveste despre dispariția mea pe care să o creadă, zise Toshio.

— Pentru că voiați să creadă că ați fugit pe urmele unui hoț, zise Keishin.

— Da.

Toshio se răsuci către Hana.

— Dar am mai lăsat un mesaj, unul pe care nu puteam risca să-l pun în cuvinte.

— Ochelarii mamei lângă ușă și ceaiul, zise Hana.

Toshio încuviință.

— Voiam să știi unde m-am dus cu adevărat în caz că...

Hana își coborî privirea.

— În caz că nu te mai întorceai.

— N-am vrut să te pun în pericol. Să o găsesc pe mama ta era datoria mea, nu a ta. Te-am învățat că, pentru a evalua alegerile aduse la amanetat, trebuie să îți detașezi faptele și gândurile de emoții. Speram că vei putea face același lucru și când va trebui să-ți examinezi propriile decizii. Hana, n-ar fi trebuit să încerci să mă găsești. Ar fi trebuit să mă lași să plec.

Plânsul i se insinuă în voce.

— Dar întotdeauna te-ai priceput mai bine să fii o fiică bună și dezinteresată decât o hoață fără inimă care fură bucăți din sufletele oamenilor.

— *Otou-san*...

Hana izbucni în plâns.

— Îmi pare rău! zise Toshio, îmbrățișând-o strâns și hohotind cu obrazul în părul ei. Pentru tot.

Când Hanei îi secară lacrimile, ceaiul era rece. Totuși luă ceașca în palme, căutând niște căldură de împrumut. Nu se putea gândi la întâlnirea cu mama ei fără să simtă cum i se transformă măruntaiele în gheață.

— Ea unde e?

— Mama ta are grijă de copii, zise Toshio, cu ochii umflați din pricina lacrimilor vărsate. Va reveni la apus.

— Făptura aia..., zise Hana. Mi-a zis „soră".

— Copiii, zise Toshio apăsând pe cuvânt, știu totul despre tine. Mama ta le vorbește adesea despre tine. Nu te-a uitat, Hana. Dar...

— Dar ce? întrebă Hana.

— A uitat altele. Anii petrecuți aici au schimbat-o.

— Au schimbat-o? Cum?

— A creat această copie a casei de amanet din memorie, dar nu-și mai amintește mare lucru. Își amintește de familia noastră, dar nu și de întâmplările care au adus-o pe ea aici. Nu știe că a furat o alegere și nici despre ziua în care *shiikuinii* au venit în casa de amanet și i-au schimbat sentința dintr-o moarte rapidă în exilul pe meleagurile astea.

Toshio o privi pe Hana.

— Dar presupun că tu știi. Ai urmat aceleași indicii ca mine ca să ajungi aici. Probabil că Haruto a pliat timpul și pentru tine.

Hana tresări la auzul numelui lui Haruto. Străbătuse tot acest drum ca să găsească pe cineva care nu dorea să fie găsit, iar Haruto fusese cel care plătise prețul nesăbuinței sale.

— Ce e? întrebă Toshio. I s-a întâmplat ceva lui Haruto?

Hana strânse ceașca în palme.

— Mâinile lui...

Toshio păli și își încleștă pumnii.

— Hana, spune-mi ce s-a întâmplat!

— *Shiikuinii* i le-au frânt când au aflat că mă ajută.

Mâinile lui Toshio tremurară pe masă.

— E numai vina mea. N-ar fi trebuit să apelez la el. Haruto e prea bun și prea generos și am profitat de bunătatea lui.

— A fost alegerea lui, zise Keishin. A spus că vă este nespus de îndatorat.

Toshio își înghiți lacrimile.

— Nu-mi datorează nimic. Ce am făcut pentru el a fost doar să încerc să îndrept un rău care nu s-ar fi produs niciodată dacă...

— Dacă ce? întrebă Hana.

Pieptul lui Toshio se retrase de parcă s-ar fi ofilit pe dinăuntru. Se îndepărtă de masă, părând mai fragil și mai bătrân decât oricând.

— *Otou-san?*

Hana se ridică de la masă și îl urmă.

— Am greșit față de el, Hana.

— Cum.

— O alegere – un suflet. Este o îndatorire simplă și eu am dat greș. Alegerea furată de mama ta... îi fusese menită lui Haruto.

CAPITOLUL 51

Suflete și shiikuini

❁ *Cu douăzeci și unu de ani în urmă*

Plânsetele bebelușului umpleau casa lui *Horishi,* la fel ca plânsetele fiicei de o lună a lui Toshio cu numai o oră mai devreme. Când o culcase pe Hana pe masa lui *Horishi*, Toshio nu se gândise cum o să se simtă ea în timp ce soarta îi este înscrisă pe trupușor. Din clipa în care se născuse, singura lui preocupare fusese să-i ofere un suflet. Dar, când primul din nenumăratele ace străpunsese pielea fetiței sale și o făcuse să plângă, durerea Hanei devenise a lui. Așa știu că mama băiețelului care plângea suferă și ea. Dar mai știa și că suferința ei o depășește de departe pe a lui. Și că numai el este de vină.

Toshio îngenunche pe podea și o atinse cu fruntea, prosternându-se la picioarele lui Masako. Greutatea eșecului îl strivea, apăsându-l și mai tare pe rogojina lui *Horishi*. Tăcu. Nu existau cuvinte care să poată compensa alegerea pe care o pierduse, o alegere care ar fi trebuit să fie sufletul fiului lui Masako.

— Ridică-te! zise Masako, strângându-și la piept bebelușul care plângea. Vreau să-l privești pe fiul meu și să-i spui cum l-ai condamnat la o asemenea soartă. Ridică-te!

Toshio se ridică încet în picioare.

— Îmi... îmi pare foarte rău! Soția mea n-a vrut...

— Soția ta a plătit deja pentru crima ei. E moartă. Tu nu

ești. Spune-mi, care este pedeapsa ta pentru că n-ai putut ține în siguranță sufletul lui Haruto? Cui să mă adresez ca să mă răzbune?

Masako plângea și lacrimile îi cădeau pe fața lui Haruto.

— Tu și fiica ta vă veți vedea de viețile voastre ca și cum nimic nu s-ar fi întâmplat, dar eu va trebui să-mi trăiesc restul vieții știind că mi-ai ucis fiul. Mi-ai luat tot .

Se aruncă asupra lui Toshio și-l lovi cu pumnul în piept.

Toshio se ținu tare, acceptând fiecare lovitură. Deși Chiyo fusese cea care furase alegerea, fusese răspunderea lui s-o păstreze în siguranță. Merita ceva mai rău decât loviturile lui Masako.

— A sosit momentul.

Horishi se apropie de ei.

— Dă-mi creatura!

Masako se retrase, strângându-l pe Haruto la piept.

— N-o să te las să-l iei! Nu e un monstru! E fiul meu! Tatăl lui a murit! El e tot ce mi-a mai rămas!

— Nu-ți aparține.

Horishi se apropie de Masako.

— Nu! zise Masako și se lovi cu spatele de un perete. Nu te apropia!

Toshio îi tăie calea lui *Horishi*.

— Oprește-te! Nu te face singur mincinos!

Horishi se opri.

— Eu nu mint niciodată.

— Vei minți dacă-l iei pe Haruto, zise Toshio. Când am adus-o pe Hana acasă de aici ploua. Am văzut numele pe care i l-ai scris pe piele. Haruto este soarta Hanei.

Masako icni.

— E adevărat, *Horishi-san*?

— Nu controlez ce scrie cerneala. Nu cunosc nici motivele din spatele direcției în care alege să-mi ghideze mâna. Eu doar țin acul prin care curge ea.

Horishi se răsuci către Haruto.

— Și colectez ceea ce nu are suflet.

— O să găsesc alt suflet pentru Haruto, zise Toshio. Dar am nevoie de mai mult timp.

— Fiecare alegere este promisă de îndată ce este amanetată, zise *Horishi*. Nu poți fura de la un copil ca să-i dai altuia.

Gândurile clocoteau în mintea lui Toshio.

— Și dacă n-ar trebui să-l fur?

— Ce vrei să zici? întrebă Masako, strângându-l la piept pe Haruto care plângea. De unde să iei sufletul?

— De la mine.

Toshio se întinse pe spate pe masa lui *Horishi* și mușcă din lemnul pe care i-l dăduse acesta.

— Ești sigur că vrei să faci asta? îl întrebă *Horishi*.

Toshio încuviință. Se temea că dacă va vorbi se va răzgândi.

— Pot să-ți dau ceva împotriva durerii. N-o să fie ușor.

Horishi ascuțea un cuțit.

Toshio clătină din cap. Voia să simtă fiecare tăietură pe care i-o făcea *Horishi*. Acesta este motivul pentru care numele lui Haruto apare pe pielea Hanei, se convinse el. Haruto era soarta fiicei sale. Și pedeapsa pentru crima lui. Să-și ofere sufletul ca să se asigure că Hana nu se abate de la calea înscrisă pe pielea ei i se părea o pedeapsă mai mult decât potrivită pentru eșecul său.

— Masuda-sama nu vrea să-l iau pe tot, zise *Horishi*.

Toshio scuipă călușul și se ridică în șezut.

— Ce? De ce? O să ai nevoie de fiecare picătură de cerneală pe care o poți obține din pielea mea ca să cartografiezi soarta lui Haruto.

— E mamă.

Horishi ținu cuțitul la încins deasupra unei lumânări.

— Furia n-a făcut-o oarbă față de binele fiicei tale. Hana și-a pierdut deja mama. Masuda-sama nu vrea să-i ia și tatăl.

— Dar...

— Voi lua suficient cât să-i ofer lui Haruto o viață bună și ție îți va rămâne destul ca să o crești pe Hana până când e gata să preia casa de amanet, la ieșirea ta la pensie.

— Cât timp va avea Haruto?

— Soarta lui este legată de a ta. Dacă viața lui nu e scurtată de boală sau nenorocire, va avea parte de un an cu Hana.

— Hana nu va fi singură după moartea mea.

— Masuda-sama va avea un fiu, iar Hana va avea un soț, zise *Horishi*. Și pe tatăl ei. Pentru un timp.

Toshio își încleștă mâinile pe marginile mesei.

— Vrei să trec la treabă? întrebă *Horishi*.

Toshio își puse călușul și se întinse. Închise ochii strâns, nevrând să țipe în timp ce *Horishi* îi jupuia pielea.

CAPITOLUL 52

Reîntâlnirea

Tăieturile făcute de *Horishi* încadrau cicatricea ca marginile zdrențuite ale unei hărți vechi. Acopereau tot spatele lui Toshio. Hana privi cicatricea, neputând să mai vorbească. Haruto și tatăl ei mai aveau fiecare câte un an de trăit pentru că mama ei nu se sinchisise de nimeni, în afară de ea însăși.

Toshio își strânse halatul pe talie.

— Haruto nu-mi e dator cu nimic. Eu îi sunt dator lui. El are numai un crâmpei din viața care-i fusese menită. Eșecul meu i-a furat anii pe care ar fi trebuit să-i petreacă alături de tine.

— N-a fost vina ta, *Otou-san*, zise Hana cu asprime în glas. A fost a mamei. Ea a fost cea egoistă. N-a furat numai viața lui Haruto. A furat-o și pe a ta.

— Nu asta a intenționat.

— Nu-mi pasă ce a intenționat! De ce ai vrut să o găsești, *Otou-san*? Locul unui monstru este alături de monștri.

— Toshio? rosti o voce de femeie din spatele Hanei.

Hana se răsuci. Înaintea ei stătea femeia pe care o cunoștea numai dintr-o fotografie ștearsă. Se împletici și se lovi de Keishin, care o prinse de umeri, redându-i echilibrul.

— *Okaa-san*...

— Toshio?

Privirea lui Chiyo se plimbă de la Hana la Keishin.

— Ce se întâmplă? Cine sunt oamenii aceștia?

Toshio o conduse pe Chiyo către un scaun.
— Probabil ești obosită. Ar trebui să stai jos.
Chiyo se așeză pe o perniță de pe podea și-i zâmbi lui Toshio.
— Sunt clienți? E mult timp de când casa de amanet nu a mai avut clienți. Dar acum ești tu aici. De aceea merge mai bine afacerea.
— Nu sunt clienți, Chiyo, zise Toshio. El e Keishin.
Keishin făcu o plecăciune.
— Și ea este Hana, zise Toshio cu blândețe.
Chiyo își dădu capul pe spate.
— Hana?
Hana își îndreptă umerii și refuză să facă o plecăciune.
— Da.
Chiyo zâmbi.
— Te cheamă la fel ca pe fiica noastră. Pot să-ți ofer un ceai?
— Chiyo...
Toshio se așeză lângă ea și o luă de mână.
— Chiar este fiica noastră.
Chiyo izbucni în râs.
— Iertați-l pe soțul meu! E confuz. Fiica noastră e încă bebeluș.
Toshio o luă de mână.
— Nu, Chiyo. Hana nu mai e copil. A crescut.
— Nu se poate! Mi-o amintesc pe Hana. Știu cine e fiica mea. Le-am povestit despre ea tuturor fraților și surorilor ei. O țineam în brațe când...
Chiyo își smulse mâna dintr-a lui Toshio. Se luă în brațe și începu să se legene.
— Hana e un bebeluș! Greșești! Hana e un bebeluș!
Arătă către Hana.
— Și tu ești o mincinoasă! Mincinoaso! Ieși din casa mea! Ieși!

Toshio se apropie în grabă de Hana.

— E șocată. O să-i explic eu totul.

Hana clătină din cap.

— Ar trebui să plec. Ai avut dreptate. A fost o greșeală să vin aici.

— Nu! Nu pleca! Nu te recunoaște acum, dar te va recunoaște. Îți promit. Așteaptă în camera ta! O să vorbesc cu ea. O să o fac să priceapă. Te rog, Hana! Totuși e mama ta.

Era ciudat să se afle din nou în camera ei, înconjurată de lucruri care ar fi trebuit să-i fie familiare, dar nu-i erau. Era ca atunci când privise chipul mamei sale. Mama pe care o găsise era, simultan, femeia din fotografia din mintea ei și o străină. În această versiune a casei de amanet, camera ei era încă spațiul unde își aflau adăpost toate lucrurile care nu-și găseau locul altundeva în casă. Își plimbă degetele peste teancuri de cărți și cutii pline ochi cu tot felul de obiecte, simțind o afinitate cu lucrurile al căror loc nu era aici.

— Te simți bine? o întrebă Keishin. Îmi pare rău că nu te-a recunoscut!

— Nici eu n-am recunoscut-o. E ca făpturile acelea de afară. Seamănă cu mama, dar nu e ea. Nu o să o iert niciodată pentru ce le-a făcut lui Haruto și tatei. Mi-aș dori să nu fi venit aici. Am fost o proastă!

— Să-ți iubești părinții și să vrei ca ei să fie în siguranță nu te face proastă.

— Ba da, când în tot acest timp ar fi trebuit să-mi pese numai de unul din ei. Tata nu mi-a ascuns niciodată crima mamei. Am știut că a fost o hoață și nu mi-a păsat. I-am justificat acțiunile. Mi-am spus că n-a meritat să fie pedepsită pentru ce a făcut și că *shiikuinii* au fost cruzi. Nu au fost. Au fost prea buni. Mama are o viață aici. O familie. Un cămin. Haruto nu va avea nimic din toate astea. Și tata e prea orb ca să vadă că ea îi fură puținul timp care i-a mai rămas.

Palid la față, Toshio năvăli în cameră.

— Hana...

— Ce s-a întâmplat?

Hana se ridică în picioare.

— Fata care te-a găsit...

— Ce e cu ea? l-a întrebat Hana, încruntată.

— S-a întors.

— Suntem în primejdie? întrebă Keishin. Am crezut că-i puteți controla.

— Nu vrea să-ți facă rău. A venit să ne prevină. *Shiikuinii* sunt în tuneluri.

Keishin și Hana coborâră în goană treptele casei de amanet. Copila care îl condusese pe Toshio la ei în grădină plângea la pieptul lui Chiyo. Dar ceva era schimbat la ea. Crescuse.

— E aceeași fată?

Hana o privi fix.

— Acum arată ca de zece ani.

— Pentru copiii de aici timpul trece altfel, zise Toshio.

— Șșș!

Chiyo mângâie obrazul fetei și îi prinse cu blândețe în coc o floare roz care căzuse.

— Șșș! Nu plânge! Frații tăi n-au vrut să te sperie. Îți mulțumesc că ai venit și mi-ai spus că au sosit. Mă vizitează atât de rar! O să fac ceai pentru toți.

— *Frați? Ceai?* zise Hana. Despre ce vorbește?

— N-avem timp de asta acum, zise Toshio. Trebuie să pleci înainte să ajungă ei aici.

— Destul! M-am săturat de minciuni și de secrete! Nu plec nicăieri până nu-mi spui ce se petrece!

— E greu de explicat, zise Toshio.

— *Shiikuinii* sunt copiii mei, zise Chiyo, ținând-o de mână pe fetiță.

Hana încremeni.

— Ce ai zis?

— Hana, copiii nu au suflete, interveni Toshio. Ei cresc, dar nu pot muri. Cu timpul, unele părți din trupurile lor se uzează și sunt siliți... să le înlocuiască.

— Cu părți din metal, zise Keishin.

— Când am găsit-o, Chiyo mi-a dezvăluit adevărul pe care-l aflase despre *shiikuini*, zise Toshio. Dar *shiikuinii* sunt altfel decât copiii. Au uitat complet ce înseamnă să fii om. Nu trebuie să te găsească aici. Trebuie să pleci!

— Dar tu? întrebă Hana.

Toshio își cuprinse soția cu brațul pe după umeri.

— Eu o să stau aici.

— *Otou-san,* te rog, ascultă-mă! Femeia asta... nu e mama mea. Nu e soția ta. E un monstru. Părăsește-o!

— Hana, nu înțelegi!

— Înțeleg că, dacă rămâi, *shiikuinii* te vor ucide.

— Sunt mort oricum. Măcar lasă-mă să mor salvându-te pe tine. Nu există o viață la care să mă întorc. Am furat o alegere, la fel ca mama ta. *Shiikuinii* mă vor vâna până la sfârșitul zilelor.

— Nu o vor face. Nu dacă...

Hana înghiți în sec.

— Le dai înapoi lucrul pe care îl caută.

— Despre ce vorbești? întrebă Toshio.

— Te-ar ierta dacă le-ai înapoia alegerea pe care ai furat-o.

— Nu pot să o înapoiez. Am eliberat-o.

— De aceea...

Lacrimi tremurară sub pleoapele Hanei.

— ... am adus-o cu mine.

— Cum adică ai adus-o cu tine? o întrebă Keishin cu un nod în gât.

— Kei, ți-am spus...

Hana scoase din geantă ochelarii mamei sale și o oglinjoară și i le oferi lui Keishin cu capul plecat.

Nu așa avusese de gând să-i spună adevărul lui Keishin. Se gândise cum va fi această zi încă din clipa în care el apăruse în casa de amanet și nimic din ce își imaginase nu semăna cu realitatea care se desfășura sub ochii ei. Sperase că va fi mai calmă, că va găsi cuvintele potrivite cu care să-i explice ce a făcut și de ce. Unica imagine pe care o nimerise era expresia de pe chipul lui Keishin când îi spuse. Toată căldura din ochii lui se stinse, fiind înlocuită de furie.

— Aici nimic nu e ceea ce pare.

CAPITOLUL 53

O pasăre și un autobuz

❀ *Cu câteva zile în urmă*

Toshio ar fi putut alege orice pasăre din seif, dar îi atrase atenția cea mai strălucitoare dintre ele. Îi desprinse colivia din cârligul lanțului atârnat din tavan, o deschise și scoase cu grijă pasărea. Alegerea luminoasă a lui Takeda Izumi își înclină capul de parcă ar fi vrut să-l întrebe încotro merge. Toshio și-o așeză pe umăr. Ea privi în jur cu nervozitate, refuzând să se alăture cântecului celorlalte păsări.

— Nu-ți face griji! zise el, mângâindu-i căpșorul. Totul va fi în regulă.

Trânti pe podea colivia goală. Păsările amuțiră. Alegerea lui Takeda Izumi tremură pe umărul lui. Toshio își ridică piciorul deasupra coliviei și o făcu bucăți.

Toshio apucă clanța ușii de la intrare și privi peste umăr. Cioburi de sticlă sclipeau ici și colo în mijlocul haosului pe care îl lăsase pentru Hana. Îi oferise Hanei o poveste pe care să le-o spună *shiikuinilor*, una care să o exonereze de orice vină când aveau să descopere lipsa lui. Respiră adânc, apăsă pe clanță și deschise ușa. De cealaltă parte dormea o stradă întunecată din Tokio. Toshio își luă pasărea de pe umăr și o lăsă să i se cocoațe pe deget. Își întinse mâna dincolo de ușă și eliberă alegerea. Ea zbură pe cerul tomnatic fără să privească înapoi.

❁ *Cu douăzeci de ani înainte. Sau după.*
Izumi cea de șaptesprezece ani stătea într-o stație, așteptând autobuzul care avea să o ducă la restaurantul de *ramen* unde lucra Junichiro. Mai avea câteva minute până să vină autobuzul, suficient ca să-și cumpere dulciurile ei favorite de la magazinul de peste drum. Fiul patronului magazinului era un băiat simpatic cu o față blândă, care îi punea de fiecare dată ceva în plus în pungă. Probabil că era una din ultimele dăți când avea să poată intra în magazin ascunzându-și pântecul tot mai proeminent. În curând, nu va mai avea haine suficient de largi ca să-și ascundă secretul. Încă nu-i spusese lui Junichiro că va fi tată, dar nu se îndoia că el va face ceea ce e onorabil. O iubea și ea îl iubea pe el. Junichiro avea să aibă grijă de mica lor familie cât de bine putea un ucenic de bucătar de la un restaurant care servea *ramen.*

Izumi își puse mâna pe abdomen și se gândi la toate lucrurile la care va trebui să renunțe ca să țină un bebeluș în brațe. Sperase ca într-o bună zi să deschidă o florărie și să nu mai trebuiască să-și facă niciodată griji că nu are destui bani pentru un bilet de autobuz sau pentru dulciuri. O prietenă de la școală îi spusese că există o metodă de a nu renunța la visurile ei. Nu avea nevoie decât de un umeraș din sârmă.

Izumi privi de-a lungul străzii pustii. Singurul drum drept către restaurantul cu *ramen* se ramifică în mintea ei. Pe o cărare, privea autobuzul cum pleacă, lăsând-o cu o viață fără băiatul pe care îl iubea și fără copilul din pântec. Pe cea de-a doua, urca în autobuz și plătea șoferul să o ducă spre o viață cu șanse egale de a fi fericită sau plină de greutăți. I se umplură ochii de lacrimi. Se răsuci pe călcâie și fugi din stație.

O pasăre cu penajul orbitor de albastru zbură pe lângă ea. Izumi fu cât pe ce să se împiedice. Pasărea reveni și îi dădu ocol. Izumi își umbri ochii. Se auzi zornăitul metalului în contact cu asfaltul. Izumi privi în jur printre gene. Pasărea dispăruse, iar pe jos, scânteind în soare, era exact suma de bani necesară ca să ia autobuzul către Junichiro. Privi înapoi către stația de autobuz. Luă monedele și le îndesă în buzunar. Reveni în stație, cu monedele zornăind la fiecare pas. Clinchetul lor îi aminti de un cântec care era vesel și în același timp trist. Autobuzul opri în fața ei. Izumi privi ușa deschisă.

— Te sui sau nu? o întrebă șoferul.

— Da, da. Scuze! zise ea, zorindu-se să urce.

Izumi se așeză în spatele autobuzului și se uită pe fereastră. Își masă pântecul și se gândi la alegerea pe care tocmai o făcuse, la florăria pe care nu avea să o deschidă și la secretul pe care ea și Junichiro aveau să-l împărtășească. Își vârî după ureche o șuviță argintie și se întrebă dacă copilul va semăna cu ea sau cu el.

CAPITOLUL 54

Imaginea din oglindă

Oglinda se sparse pe podeaua casei de amanet, azvârlind cioburi tăioase de adevăr în toate direcțiile. Keishin le privi. Era aproape amuzant că aventura lui stranie cu Hana începuse și se termina cu sticlă spartă. Când se cunoscuseră, Hana se tăiase la picior într-unul din cioburile împrăștiate pe podeaua casei de amanet. Acum îl înjunghiase în spate cu cel mai ascuțit dintre ele. Își coborî privirea, așteptându-se să-l vadă ițindu-i-se din piept, dar îi pătrunsese în inimă, sfârtecându-l pe dinăuntru la fiecare răsuflare.

Înțelese în sfârșit de ce nu l-a plăcut vremea niciodată. Trăise întotdeauna într-o lume care nu-l dorise în ea. Își dădu jos ochelarii lui Chiyo.

— Când ai aflat? întrebă el, neputând s-o privească pe Hana.

— În clipa în care am deschis ușa casei de amanet și te-am văzut, răspunse ea. Ochelarii mamei mi-au dezvăluit cine ești: cea mai luminoasă alegere pe care am văzut-o vreodată.

— În tot timpul ăsta ai știut cine sunt și n-ai zis nimic? Keishin își încleștă pumnii.

— Când ne-am întâlnit, ți-am spus că singurele răspunsuri pe care ți le pot da sunt minciuni. Dar ți-am oferit atâtea prilejuri să pleci! Te-am împins.

— Deci în tot timpul ăsta plănuiai să mă dai *shiikuinilor*? De ce n-ai făcut-o pur și simplu de prima dată când au venit în casa de amanet? De ce ai fugit? De ce te-ai străduit atât de tare să menții șarada asta?

— Pentru că nu știam ce s-a întâmplat cu tata. Erai singurul lucru pe care-l puteam folosi ca să negociez cu *shiikuinii*. Nu puteam să te dau în mâinile lor fără să știu pentru ce anume negociez.

— Și acum știi.

Hana își coborî privirea.

— Chiar asta vrei, Hana? o întrebă Toshio. Tu nu ești așa.

— Nu asta ai dorit mereu să fiu? Cineva care poate să lase deoparte emoțiile și să încheie un târg fără cea mai mică remușcare? M-ai învățat să nu fac greșeala mamei, să nu mă las condusă de inimă și să iau ce nu mi-a fost sortit niciodată.

— Dar chiar ți-ai lăsat deoparte emoțiile? o întrebă Toshio. Azi am văzut în ochii tăi ceva ce n-am mai văzut niciodată. Te-am privit crescând alături de Haruto și pe el nu l-ai privit niciodată așa cum te uiți la acest bărbat pe care te pregătești să-l trădezi.

— Ce simt și la cine țin nu contează. Asta mi-ai spus toată viața. Datoria pe primul loc. Întotdeauna.

— Hana, uită-te în jurul tău! zise Toshio. Nu mai ești în casa de amanet. Suntem într-o iluzie creată de noi. Am construit gratiile închisorii și ne-am creat noi înșine temnicerii. Te-ai gândit vreodată ce s-ar întâmpla dacă ne-am opri?

— Să ne oprim? zise Hana.

— Tot ciclul ăsta. Ce ar fi dacă am înceta să-i mai dăm cerneală lui *Horishi* și să le acordăm *shiikuinilor* putere asupra vieților noastre? Ce ar fi dacă am înceta să colectăm suflete? Copilul din brațele lui Masako nu era altfel decât tine, însă noi am crezut că nu are... că nu poate avea suflet pentru că *Horishi* nu avea cerneala care să-i dicteze viața. Lumea noastră îi îngroapă de vii pe bebelușii ca Haruto pentru că ne temem că nu-i putem controla. Îi îngropăm pentru că sunt altfel, apoi ne mirăm de ce devin monștri. Și apoi, când monștrii noștri – fricile noastre – cresc...

— Se întorc și ne controlează, zise Hana.

— Și ciclul continuă, zise Toshio. Așa că te mai întreb o dată. Sigur asta vrei să faci?

Un bubuit zgomotos în ușă acoperi spusele lui Toshio.

Chiyo căzu în genunchi și își acoperi urechile.

— Sunt aici! Au venit să mă condamne la o soartă cumplită! Au venit să mă ia! Toshio, nu vreau să te părăsesc! Nu vreau să plec...

Chiyo o privi pe Hana și clipi ca și cum ar fi încercat să vadă mai bine prin ceață.

— Hana! Tu ești! Ești aici! Chiar ești aici!

— *Okaa-san...*

Hana începu să tremure în timp ce înăuntrul ei se rupse un baraj. O viață de singurătate se revărsă într-un potop de lacrimi fierbinți.

Bubuiturile în ușă deveniră și mai zgomotoase.

Toshio se repezi la ușă și se lipi cu spatele de ea.

— Alege, Hana!

— Stai!

Chiyo apucă un cuțit de pe bufet și își tăie brațul.

— Hana trebuie să știe adevărul.

— Încetează! țipă Hana.

Chiyo își vârî degetele în rană și scoase o mică sferă albastră. În ea scânteia un ocean miniatural. Chiyo vârî perla în mâna Hanei.

— Ia asta!

Ușa se zgudui violent.

— Alege, Hana! spuse Toshio și se propti cu spatele de ușă.

— *Otou-san...*

Hana plângea.

— Nu te părăsesc!

— Hana, nu-i vorba despre mine. Nu înțelegi? Eu sunt mort deja. Știam unde va sfârși această cărare când am decis că până și o zi alături de mama ta ar fi mai bună decât încă un an fără să știu unde este.

— Hana, noi am ales.

Chiyo o cuprinse pe Hana în brațe.

— Acum a venit timpul să alegi și tu.

— Nu, zise Keishin. Nu a venit.

Hana se întoarse către el cu lacrimi în ochi.

— Eu...

— Aceasta este alegerea mea, zise Keishin și se apropie de ușă.

Hana îl apucă de braț.

— Ce faci?

— Nu trebuia de la început să fiu aici. Sunt un regret. O greșeală pe care cineva a dorit să o uite.

Se depărtă de ea și îi privi pe Toshio și pe Chiyo.

— Dar pot să îndrept lucrurile.

O gheară străpunse ușa casei de amanet și sfârtecă umărul lui Toshio, care se încovoie gemând, cu mâna încleștată pe rană. Chiyo țipă.

— Fă-o acum, Hana! zise Keishin. Fă schimbul!

Hana se repezi spre ușă, aproape orbită de lacrimi.

CAPITOLUL 55

Alegerea Hanei

Există un râu care desparte cunoașterea de înțelegere. În seara aceasta, în iluzia locuinței sale, Hana îl traversă. Deși știuse dintotdeauna că *shiikuinii* trăiesc timpul altfel, abia când se poziționă între Keishin și ușa de care se izbeau *shiikuinii* întrezări un crâmpei din ce însemna asta. Țipetele mamei sale și chiraiturile *shiikuinilor* făcură secundele să se evapore de jur-împrejur, dar între zidurile minții ei timpul încetini și se opri. Hana se întrebă dacă acest răgaz este o favoare oferită celor care sunt în pericol sau pe moarte, un moment bun pentru a extrage claritate din haos sau pentru a face pace cu sfârșitul lor. În această scurtă eternitate, Hana se pomeni stând într-un loc în egală măsură familiar și nefamiliar. Casa de amanet în care crescuse părea altfel când te aflai de cealaltă parte a tejghelei.

— Vă mulţumesc că aţi ales să ne vizitaţi astăzi!

O femeie care era imaginea în oglindă a Hanei zâmbi.

— Sunt sigură că veţi descoperi că în acest amanet facem oferte corecte, ba chiar generoase. Ce alegere aţi dori să amanetaţi?

Hana inspiră rapid și făcu un pas înapoi. Tatăl ei o pregătise pentru orice scenariu posibil ca proprietară a casei de amanet, dar neglijase să-i ofere instrucţiuni despre cum să fie propria clientă.

— Nu. E o greșeală. Nu... nu am nimic.

— Nu v-aţi afla aici dacă n-aţi avea nevoie de serviciile noastre.

Hana clătină din cap.

— N-am niciun regret.

Femeia cu chipul Hanei se apleca și o privi în ochi ca și cum ar fi citit pasaje dintr-o carte.

— Ah! M-am înșelat.

Făcu o plecăciune.

— Nu aveţi nimic de oferit. Vă rog să mă iertaţi!

— Nu trebuie să-mi cereţi iertare. Înţeleg. E prima dumneavoastră zi.

Dacă femeia de dincolo de tejghea ar fi fost reală, Hana s-ar fi ostenit să-i spună că la finalul acestui răgaz imaginar aștepta o alegere care valora mai mult decât toate cutiile cu ceai verde împachetate în mătase din casa de amanet. Să colecteze o alegere atât de rară l-ar fi umplut de mândrie pe tatăl femeii. Nu exista nimic mai valoros decât o alegere care onora datoria cuiva. Dar conversaţia aceasta nu era decât rodul imaginaţiei. Hana se mulţumi să fie politicoasă.

— Poate o să revin când voi avea ceva pentru dumneavoastră.

— Nu veţi reveni, zise cealaltă cu un zâmbet des practicat.

Hana se încruntă.

— De ce nu?

— Pentru că, zise femeia, o decizie care merită amanetată presupune să poţi face deosebirea între o alegere reală și lașitatea inteligent deghizată!

— Hana!

O voce răgușită întrerupse șirul gândurilor Hanei.

Hana tresări. Timpul își reluă curgerea, luând totul în curenții săi.

— Oferă-mă acum, până nu e prea târziu! o imploră Keishin.

— Kei, ai dreptate. Ești regretul mamei tale.

Țipetele *shiikuinilor* îi acoperiră vorbele, dar Hana nu le auzi. Își șterse lacrimile și își îndreptă umerii așa cum fusese învățată să stea dinaintea clienților. Să se afle de cealaltă parte a tejghelei îi reamintise cine este. Era noua proprietară a casei de amanet și meseria ei era să colecteze regrete, nu să le creeze. Aruncă o privire către tatăl ei, transmițându-i cu ochii înroșiți un mesaj pe care era sigură că el îl va înțelege. Tăcerea fusese întotdeauna limbajul lor și Hana nu avusese niciodată mai puțină nevoie de cuvinte. Toshio îi răspunse încuviințând și o lacrimă se încrucișă cu surâsul lui abia schițat. Ea îl apucă de mână pe Keishin.

— Dar nu vei fi regretul meu.

Copila care îi prevenise că vin *shiikuinii* îi conduse pe Hana și pe Keihsin prin grădină, până la o scurtătură către tuneluri. Hana alerga, încercând să-și lase gândurile în urmă. Ele alergau după ea mai repede decât *shiikuinii*, încercând s-o tragă înapoi în casa de amanet, la părinții ei. Ultimele cuvinte ale mamei sale răsunau și mai tare, urlând la ea să fugă.

Fata dădu deoparte un tufiș, scoțând la iveală o mică deschizătură în peretele peșterii.

— Pe aici se intră în tuneluri.

— Mulțumesc!

Hana o îmbrățișă.

— N-am apucat să te întreb cum te cheamă.

— Hana, îi zâmbi copila. *Okaa-san* ne strigă pe toți pe numele tău.

Hana și Keishin înaintau pe bâjbâite pe întuneric, printr-un tunel îngust și suficient de înalt cât să poată sta în picioare. Hana era recunoscătoare că întunericul ascundea fața lui. Nu putea să-l privească în ochi.

— Kei..., zise ea când își găsi curajul să vorbească.

— Nu, Hana! Nu!

— De atâtea ori am vrut să-ți spun adevărul.

— Dar n-ai făcut-o. Tot timpul pe care l-am petrecut împreună a fost o minciună.

— Ce am simțit pentru tine a fost real. Acum știu asta. E adevărat că la început intenționam să te dau *shiikuinilor*. Când te-am văzut prima oară prin ochelarii mamei n-am văzut decât șansa de a pune capăt coșmarului în care mă trezisem. Printr-un miracol de necrezut, alegerea dispărută a lui Takeda Izumi intrase pe ușa mea din față. Toate lecțiile pe care mi le dăduse tata despre cum să mă port cu clienții... cum să-i manipulez... cum să-i fac să se simtă în largul lor... cum să-i fac să simtă că deciziile pe care le iau în casa de amanet le aparțin în întregime... s-au activat instinctiv.

— Astea-s prostii, Hana.

Keishin se răsuci către ea, cu vocea tremurând din pricina lacrimilor.

— Sunt prostii și știi asta. N-a fost vorba de instinct. A fost o alegere. Repeți că harta de pe pielea ta te împiedică să iei decizii, dar când ai ales să mă minți exact asta ai făcut. M-ai dus de nas, m-ai lăsat să țin la tine și m-ai făcut să cred că și tu ții la mine.

Cuvintele lui Keishin o loviră mai tare ca un pumn, nimerind locul de deasupra diafragmei Hanei, chiar sub plămâni, în acei câțiva centimetri unde trăia cea mai fragilă parte a sufletului ei. Lacrimile i se adunară sub pleoape.

— Kei, chiar țin la tine. Mai mult decât am plănuit, mai mult decât aș fi vrut. Deși m-am convins că trebuie să te predau *shiikuinilor*, n-am reușit s-o fac pentru că...

— Pentru că ce, Hana? Pentru că ți-ai dat seama că nu sunt o marfă suficient de bună pentru ca familia ta să reintre în grațiile *shiikuinilor*? Pentru că ți s-a făcut frică? Sunt numai urechi. Aștept cu nerăbdare să aud ieșind din gura ta ceva ce nu-i o minciună.

— Merit furia ta. Ura ta. Știu că nimic din ceea ce aș putea spune nu te va face să vrei să mă ierți, dar vreau să știi că te-am ales pe tine în loc să mă târguiesc pentru siguranța tatei, a mamei și a mea, nu pentru că m-am temut că voi eșua, ci pentru că eram sigură că voi reuși.

— Despre ce vorbești?

— *Shiikuinii* mi-ar fi cruțat viața din același motiv pentru care i-au cruțat-o lui Haruto. Nimeni altcineva nu poate conduce casa de amanet. Nimeni altcineva nu poate colecta suflete din lumea ta. *Shiikuinii* m-ar fi făcut să sufăr ca să fiu un exemplu, dar m-ar fi lăsat în viață.

— Dacă știai asta de ce nu m-ai predat lor?

— Pentru că într-un seif plin de alegeri tu erai orbitor. Ești menit să înfăptuiești lucruri mărețe, Kei. Nu pentru mama ta. Nu din răzbunare. Pentru tine. Vei afla răspunsuri la toate întrebările tale și răspunsurile acestea vor schimba lumea ta. N-ai de ce să te încrezi în mine, dar îți jur că voi face orice trebuie ca să ajungi în siguranță acasă.

Restaurantul indonezian era gol și la fel de întunecos ca tunelul prin care bâjbâiau el și Hana. Keishin nu-l mai văzuse niciodată așa. Împinse orbește din cale mese și scaune, în căutarea vechiului său prieten.

— Ramesh? Ești aici? Ramesh?

Se lăsă să cadă pe podea lângă un scaun răsturnat și urlă către tavan.

— Unde ești?!

O mână îl strânse cu fermitate de umăr.

— Ridică-te!

— Ramesh!

Keishin sări în picioare și-l îmbrățișă.

— Ești încă aici!

— Unde altundeva să fiu? Aici locuiesc, ții minte?

— *Aici*, șuieră Keishin cuvintele. Ce înseamnă asta? În capul meu? În amintiri? Tocmai am aflat că până acum câteva zile eram o pasăre luminoasă într-o colivie.

Ramesh se încruntă, sprijinindu-se în baston.

— Prostii! Nu s-a schimbat nimic. Tu ești tot tu. Asta-i tot mintea ta. Și pentru numele Domnului, aprinde lumina! Aproape am intrat într-un perete.

— Nu înțelegi...

— Ce să-nțeleg? Ce e real și ce nu? Cred că știu diferența între cele două mai bine decât oricine. Eu sunt imaginar. Tu nu. Eu nu pot exista în afara ta. Pe când tu te afli într-un tunel și fugi ca să te salvezi.

— Ramesh, Hana m-a mințit. Totul a fost o minciună.

— Dacă ar fi așa, atunci n-ai da buzna aici, răsturnând scaune și mese și urlând după mine ca nebunul, zise Ramesh. Ai stins toate luminile pentru că n-ai vrut să vezi adevărul.

— Ce adevăr?

— Aprinde luminile și vezi cu ochii tăi!

Lumina lunii scălda florile, făcându-le aproape să strălucească. Keishin și Hana ieșiră din tunel și se prăbușiră pe câmp. Hana își masă vânătaia de la cap.

— Ce-ți face capul? întrebă încet Keishin.

— Nu trebuie să fii politicos sau să-mi vorbești, zise Hana. Poți să te prefaci că nu sunt aici.

— Cred că ar fi cam dificil, dat fiind că suntem numai noi doi. Putem fugi mai eficient dacă ne coordonăm. Sigur, asta e numai o teorie. S-ar putea să mă înșel.

— Nu-mi dau seama dacă m-ai iertat sau mă urăști și mai mult.

Keishin se uită în jur, de parcă ar fi cercetat câmpul. Făcuse fără tragere de inimă ceea ce îi ceruse Ramesh și înfrunta ceea ce ascunsese în beznă.

La marginile luminilor calde ale sălii de mese familiare îl înconjurau gratii imense de fier. Ceea ce luase drept refugiu fusese o colivie nu foarte diferită de cele care atârnau în seiful Hanei. Keishin stătea lângă Ramesh cu gura căscată.

— Așa... a fost tot timpul?

Ramesh zâmbi întristat.

— Ți-ai petrecut viața observând lumea de la distanță. Întotdeauna obiectiv, întotdeauna detașat. Știința a fost colivia în care ai ales să trăiești când te-a abandonat mama ta, un loc unde nimic nu te putea răni așa cum a făcut-o ea. Între granițele legilor ei te-ai simțit în siguranță.

Îi indică o deschizătură în gratii, unde ușa coliviei era deschisă larg. De cealaltă parte a ei, Hana stătea în ușa casei de amanet.

— Dar acum nu ești legat de regulile ei. Ești liber, Kei. Să ierți. Să urăști. Să iubești o femeie care te-a trădat... și care și-a sacrificat familia ca să-ți salveze viața.

În gâtul lui Keishin se puse un nod. Libertatea în forma ei absolută era mai înspăimântătoare decât *shiikuinii*.

— Ceea ce ai simțit față de Hana nu a fost o minciună, zise Ramesh. Și acum, la fel ca Hana, ai de făcut o alegere.

— Kei?

Vocea Hanei s-a insinuat printre gândurile lui Keishin.

— Ai auzit ce am zis?

— Nu, scuze! minți el. Încercam să găsesc o cale de a ne întoarce. Nu cred că vom putea să facem autostopul pe un zvon decât dacă florilor de câmp le place bârfa.

Țipătul strident al unui *shiikuin* străbătu câmpul.

Keishin și Hana se ridicară în picioare și se așezară spate în spate. În jurul lor răsună un cor de țipete.

Privirea lui Keishin cercetă câmpul.

— Unde sunt?

— Peste tot.

七転び八起き

PARTEA A PATRA

Cazi de șapte ori,
ridică-te de opt.

CAPITOLUL 56

Un stol de cocori

Văzduhul se umplu de ciocănituri ușoare, ca picăturile de ploaie lovindu-se de sol. *Ploaia a decis în cele din urmă să-și facă apariția*, își zise Keishin. Îi aplaudă sincronizarea. Putea să spele sângele de pe câmp după ce *shiikuinii* aveau să termine cu el. Așteptă să fie udat. Un mic cocor de hârtie se ciocni de nasul lui. Altul i se lovi de umărul drept. Keishin își ridică privirea. Cocori-origami de toate culorile zburau pe cer deasupra lui, ca un nor de furtună, și cădeau pe câmp ca ploaia.

— Ce mama...

Țipetele *shiikuinilor* deveniră mai sonore.

Hana ridică un cocor de pe jos.

— E opera lui Haruto.

— Ce caută cocorii aici? De ce i-a trimis?

Covorul de cocori se agită deasupra florilor de câmp. Păsările fluturară din aripi și se ridicară de la sol. Roiră în jurul lor, făcând vântul să se întețească. Keishin nu vedea nimic dincolo de ceața aripilor de hârtie. Se alină cu gândul că perdeaua deasă de cocori funcționa în ambele direcții. *Shiikuinii* nu puteau vâna ce nu puteau vedea.

Hana arătă în jos.

— Uite!

Keishin își coborî privirea. Picioarele lui pluteau la doi centimetri deasupra celor mai înalte flori. Asediul cocorilor se întețí, ridicându-i pe Hana și pe Keishin în văzduh.

Keishin avu nevoie de un timp ca să se obișnuiască să plutească prin noapte pe un nor de cocori de hârtie. Păsările se legănau și se mișcau sub el, cărând cu schimbul greutatea lui și a Hanei. Își imagină că a zbura cu Hana pe spinare era mai dificil. Povara ei era mai grea decât a lui. El nu-și lăsase părinții la mila *shiikuinilor.*

— Îmi pare rău pentru părinții tăi.

— Au fost împreună la sfârșit. Așa cum au vrut.

— S-ar putea să mai fie în viață.

Hana clătină din cap.

— Trebuie să cred că nu mai sunt. Este mai ușor să lași durerea pe mai târziu decât să stai neclintit. Dacă mi-aș permite să cred că sunt în viață, aș sări de pe cocorii ăștia și aș fugi înapoi prin tuneluri ca să încerc să-i salvez. Dacă eu cred că nu mai sunt, pot să îmi spun că îi voi jeli după ce tu vei fi în siguranță.

— Hana...

— Părinții mei au ales și la fel și eu. Ei s-au ales unul pe altul, iar eu am ales să fac, în sfârșit, ce e corect.

O casă de hârtie construită pe o faleză abruptă se ivi în timp ce cocorii coborau. Luna învăluia într-o lumină pală acoperișul și pereții din hârtie albă și netedă.

— De ce ne aduc acasă la Haruto? întrebă Keishin. N-ar trebui să fie ascuns la mama lui?

— Poate crede că *shiikuinii* nu se vor gândi că o să îndrăznească să se întoarcă acasă.

Cocorii plutiră deasupra solului, permițându-le lui Keishin și Hanei să sară de pe spinările lor. Își luară zborul și se împrăștiară deasupra falezei.

— Mă întreb cum a făcut Haruto toți cocorii ăștia, zise Keishin. N-aveau cum să i se fi vindecat mâinile așa de repede.

— Există o singură metodă de a-și vindeca mâinile atât de repede, dar sper că n-a fost atât de nesăbuit încât să recurgă la ea.

— Ce metodă?

— Taraba cu leacuri din Piața de noapte. Prețurile ei... sunt prea mari.

Haruto stătea în fața casei lui și îi făcea semne Hanei cu niște mâini complet vindecate.

— Cum a fost călătoria?

Hana îi privi mâinile.

— Te rog, spune-mi că nu te-ai dus la...

— M-am dus și s-a săvârșit, zise Haruto.

— Prostule! scrâșni Hana din dinți. Ce plată ți-au cerut?

Haruto își încrucișă brațele.

— Mi-am închipuit că întâlnirea asta va începe cu tine spunând „Mulțumesc că ne-ai salvat viețile!" și cu mine răspunzând: „Cu plăcere!"

— Îți mulțumesc că ne-ai salvat, Haruto! zise Keishin. Vorbesc serios.

— Cu plăcere, Keishin! zise Haruto, apoi se întoarse către Hana: Vezi? N-a fost mai plăcut așa?

— Spune-mi ce preț ai plătit pentru mâinile tale! zise Hana.

— Cât am plătit e treaba mea, nu a ta.

Scoase o fâșie de hârtie din mânecă și o aruncă în aer. Flutură din mână înspre ea. Hârtia se împături din zbor, luând forma unui fluture.

— Am putut chiar să negociez niște îmbunătățiri.

— Haruto...

— De-ajuns, Hana! Ar trebui să intrăm.

Un cocor veni în zbor și i se așeză pe umăr.

— Cocorii mi-au spus că *shiikuinii* tot vă mai caută.

Haruto stătea cu vârfurile degetelor unite în timp ce Hana și Keishin îi povesteau ce s-a petrecut în tuneluri.

— Și tatăl tău? întrebă el, străduindu-se să-și alunge tremurul din glas. Ce s-a întâmplat cu el?

Hana își înghiți lacrimile.

— Este...

— I-a ținut pe loc pe *shiikuini* ca să putem fugi, zise Keishin. Nu știm ce s-a întâmplat după ce am plecat.

— Ar putea să mai fie în viață.

Haruto o privi pe Hana plin de speranță, dar ea își coborî privirea.

— Este o posibilitate, zise Keishin.

— Ți-am răspuns la întrebări, zise Hana. Acum trebuie să răspunzi și tu la a mea.

— Ți-am spus, nu te privește ce am plătit pentru mâinile mele.

— Atunci, spune-ne cum ai știut unde să ne găsești!

Haruto își puse palmele pe masă.

— Când m-am dus în Piața de noapte să-mi vindec mâinile, am auzit cel mai ciudat lucru... șoapte despre un bărbat din cealaltă lume.

— Ai urmat zvonul, zise Keishin.

— Cocorii mei au făcut-o. Zvonul era prea rapid pentru mine și am renunțat la orice speranță de a prinde un tren. Mi-am trimis cocorii să vă dea de urmă. Aveam presentimentul că zvonul pe care călătoriți este o călătorie numai dus.

— Ne-ai salvat viețile, zise Hana. Îți mulțumesc!

— În sfârșit! Puțină recunoștință!

Hana schiță un zâmbet.

— Bucură-te de ea!

— Ce aveți de gând să faceți în continuare? întrebă Haruto.

— O să mă asigur că Keishin se întoarce acasă.

— Și după asta? *Shiikuinii* n-o să te lase nepedepsită.

— Nu m-am gândit încă atât de departe.

Hana își vârî mâinile în buzunare, unde degetele ei descoperiră o sferă rece. O scoase și șterse cu mâneca sângele mamei sale.

— O perlă *kioku*.

Haruto privi oceanul din ea.

— Recent recoltată. A cui este?

— A mamei. Mi-a dat-o înainte să fugim. A spus că îmi va arăta adevărul.

— Adevărul?

Haruto se aplecă înainte.

— Despre ce?

Hana puse perla în mijlocul mesei. Începu să se învârtă și să devină tot mai luminoasă, iar oceanul din ea prinse să se agite. Valurile tot mai mari proiectară umbre pe pereții de hârtie. Umbrele se contopiră, țesând o poveste din întuneric și lumină.

CAPITOLUL 57

Alegerea pe care a furat-o Ishikawa Chiyo

❂ *Cu douăzeci și unu de ani în urmă*

Harta de pe pielea lui Chiyo străluci în ploaie și se însufleți, acoperindu-i imaginea reflectată în heleșteul casei de amanet. Parcurse harta cu privirea, știind prea bine încotro duce fiecare drum tatuat pe trupul ei. Dădea fuga în grădina din spatele casei de amanet ori de câte ori cerul se întuneca, nutrind speranța infimă că într-o bună zi, dacă va sta suficient de mult în ploaie, o furtună îi va dezvălui o cărare pe care nu o observase.

— Chiyo!

Toshio se apropie din spate și îi ținu o haină deasupra capului.

— Ești leoarcă. Intră în casă!

— Încă puțin!

Chiyo își întinse mâinile ca să prindă ploaia.

— Haide! O să-ți fac un ceai.

Chiyo își privi soțul și-i urmări soarta strălucind pe piele. Îi mângâie obrazul ud, plimbându-și degetul mare pe cărarea care ducea către numele ei.

— Cum reușești?

— Ce anume?

— Să fii mulțumit. Cum poți să nu-ți dorești mai mult decât ceea ce a scris *Horishi*?

— Îmi pare rău!

Ploaia lăsa dâre pe fața lui Toshio, așa că lui Chiyo îi fu imposibil să-și dea seama dacă el plânge.

— Pentru ce?

— Pentru că nu te fac la fel de fericită cum mă faci tu pe mine.

— Dar mă faci fericită, Toshio.

— Însă nu de-ajuns, zise el, conducând-o înăuntru.

Chiyo așteptă să adoarmă Toshio, apoi se dădu jos din pat și coborî pe furiș la parter. Avu grijă să evite ultima treaptă a scării. Furtuna care urla afară l-ar fi împiedicat pe soțul ei să-i audă scârțâitul, dar nu voia să riște. Toshio n-ar fi înțeles de ce simte ea nevoia să deschidă seiful casei de amanet în toiul nopții.

Nu reușea să-și scoată din minte alegerea care fusese amanetată în acea zi. Era cea mai luminoasă pe care o văzuse vreodată. Toshio îi spusese că, dacă ar fi fost făcută, alegerea aceea ar fi putut schimba lumea. Chiyo stătuse întinsă pe pat, ascultând răsuflarea lui Toshio și numărând minutele până când putea să revadă alegerea.

Degetele ei găsiră cu ușurință pe întuneric crestătura de pe marginea bibliotecii. Apăsă pe ea și lăsă biblioteca să se dea în lături. Păsările din seif o întâmpinară cu un cântec. Chiyo intră grăbită, uitând să închidă ușa. O pasăre dintr-o colivie aflată la dreapta ei strălucea mai tare decât celelalte. Chiyo desprinse colivia din cârlig, fără alt plan decât acela de a o studia mai îndeaproape. Pasărea zbură cu frenezie prin colivie și se izbi de bare.

— Nu vreau să-ți fac rău, zise Chiyo în încercarea de a calma pasărea. Promit!

Pasărea se lovi de acoperișul coliviei, făcând celelalte păsări din seif să izbucnească într-un cor de ciripituri disperate.

— Nu... nu... vă rog faceți liniște! O să-l treziți pe Toshio!

Chiyo aruncă o privire către ușa larg deschisă a seifului. Strânse colivia la piept și ieși în fugă.

Pe biroul ei, pasărea amuți. Chiyo ridică cu blândețe învelitoarea de mătase pe care o azvârlise peste colivie. Pasărea își curăță calmă penele albastre. Când Chiyo își scoase ochelarii și-i puse pe registrul lunii respective, locul păsării fu luat de o sticlă de sake.

Chiyo vârî mâna în colivie și o scoase afară cu grijă. Sticla conținea tot sakeul pe care fosta ei proprietară nu-l băuse niciodată, în toate serile în care refuzase invitațiile de a avea o viață în afara nișei sale cenușii de la birou. Își făcuse un plan și un program și refuza să se lase distrasă. Cu timpul, nișa ei cenușie deveni mai spațioasă. În cele din urmă, se transformă într-un birou de pe colț, la ultimul etaj al clădirii. Pe măsură ce se apropie mai mult de vârf, invitațiile deveniră mai puține și mai rare. Într-o bună zi încetară să mai sosească. Seară de seară, după ce toți plecaseră acasă, femeia stătea în biroul ei și se întreba ce fel de viață ar fi avut dacă ar fi crezut că merită altceva. Își imagină conversațiile pe care le-ar fi purtat, oamenii pe care i-ar fi putut cunoaște, bărbatul de care s-ar fi putut îndrăgosti și familia pe care ar fi putut-o avea împreună. Îi plăcea să se gândească ce nume le-ar fi dat copiilor ei. Îi era drag mai ales numele pe care îl alesese pentru fiica ei.

Chiyo privi sticla de sake, invidiindu-și clienta. Regretul era un lux pe care nimeni din lumea ei nu-l avea. Se întrebă ce gust are. Duse sticla la buze, spunându-și că nimeni nu va ști dacă va lua numai o înghițitură.

— Chiyo?

Toshio se apropie de biroul ei.

— De ce ai coborât?

Chiyo căscă și își întinse brațele deasupra capului. Cu coada ochiului, surprinse scânteierea unei sticle. Se frecă la ochi și clipi. Alături de ea era o sticlă goală de sake.

— Nu! exclamă Chiyo, amintindu-și, într-un vălmășag de imagini, cum o gură de sake se transformase în mai multe, ultima fiind și cea mai lungă dintre toate.

— Ce-i asta?

Toshio ridică sticla și își puse ochelarii pe nas. Mâna îi tremură și scăpă sticla ca și cum ar fi luat foc. Aceasta se sparse de podea.

— Iartă-mă! zise Chiyo.

— Chiyo, ce ai făcut?

— Eu... am luat ceea ce nu-mi aparținea.

Își apăsă mâna pe pântec și simți, într-un fel pe care toate cuvintele din lume nu l-ar fi putut explica, cum calea care-i fusese refuzată crește înăuntrul ei.

— Și numele ei este Hana.

CAPITOLUL 58

O alegere pe nume Hana

Valurile micului ocean din interiorul perlei se liniștiră. Lumina sferei păli, dar influența ei hipnotică asupra celor trei persoane din jurul său nu se diminuă. Keishin fu primul care se smulse din vrajă.

— Hana, se bâlbâi el, încercând să-și amintească vorbirea.

Ochii ei erau plini de lacrimi.

— Nu poate fi adevărat!

Keishin îi strânse mâna. Hana se agăță strâns de el.

— Acum înțeleg, zise încet Haruto.

— Ce înțelegi?

— De ce l-ai ales pe el.

Hana lăsă mâna lui Keishin.

— Haruto...

— Cred că asta este o discuție pe care trebuie să o purtați singuri, zise Keishin, ridicându-se. O să fiu afară dacă aveți nevoie de mine, zise el, atingând cu blândețe umărul Hanei înainte să iasă din încăpere.

— Hana, tu și el sunteți la fel, spuse Haruto și degetele lui șovăiră deasupra locului de pe brațul lui unde *Horishi* tatuase numele Hanei. Numele tău e tatuat pe pielea mea, dar niște zei mai puternici v-au cioplit sorțile în propriile voastre oase. Nouă nu ne-a fost niciodată menit să fim împreună. De fapt, nu aveam nevoie de amintirea mamei tale ca să știu asta. Aveam nevoie de ea numai ca să mă ajute să-mi găsesc curajul de a o recunoaște față de mine însumi. N-am greșit când am acceptat prețul cerut pentru vindecarea mâinilor mele.

— Ce-ai plătit pentru asta, Haruto?

— Nimic. Încă. Am negociat ca plata să fie făcută după ce te vor aduce cocorii înapoi. Trebuia să te văd pentru ultima oară.

— Ultima oară?

Hana îl apucă pe Haruto de mânecă.

— Despre ce vorbești? Ce ai făcut?

— Ce trebuia să fac. Mâinile mele erau zdrobite. Fără ele nu sunt nimic. Nu am un scop sau o datorie. Nu am o viață. Vânzătorul de la taraba cu leacuri mi-a spus că mi le poate vindeca, dar cu costuri foarte mari. N-aveam decât un singur lucru atât de prețios. Amintirile mele despre tine. După ce pleci, o să revin în Piața de noapte și o să renunț la toate.

Hana păli.

— Nu pot să te las să faci asta!

— De ce nu? Cerneala pe care *Horishi* a luat-o de la tatăl tău n-a fost de ajuns ca să-mi scrie o viață completă. Tatăl tău ți-a spus că mai am doar un an. Lasă-mă să trăiesc ce a mai rămas din el fără să tânjesc după ceva ce nu pot avea. Dacă nu-mi poți da dragostea ta, măcar lasă-mă să-mi aflu pacea.

Țipete stridente pătrunseră prin pereții de hârtie ai locuinței lui Haruto, care sări brusc în picioare.

— *Shiikuinii*!

Keishin intră în fugă pe ușă.

— Sunt aici!

— Câți sunt? întrebă Hana.

— Prea mulți.

Keishin zăvorî ușa de hârtie.

— Trebuie să plecăm de aici! O să sfâșie pereții.

— Hârtia mea e mai rezistentă decât ai crede, zise Haruto. Și nu va trebui să sfâșie pereții dacă le dai drumul înăuntru. Keishin, deschide ușa!

— Să deschid ușa? Ai înnebunit? exclamă Keishin.

— Când dau semnalul, fugiți pe ușa aceea! zise Haruto.

— Ce ușă? întrebă Keishin.

Haruto flutură din mână către peretele dinspre faleză. Hârtia se rupse și se plie, alcătuind o ușă.

— Aceea.

— Dincolo de ușa aceea e o prăpastie adâncă de treizeci de metri, zise Keishin.

— Ai încredere în mine! zise Haruto. Nu veți cădea.

—Tu nu vii? zise Hana.

Haruto o luă în brațe și o sărută pe creștet.

— Locul niciunuia dintre voi nu-i în lumea asta. N-ar trebui să muriți aici.

— Ce tot spui?

Hana se retrase din brațele lui.

— Spun că m-am răzgândit. Să mor amintindu-mi de tine este mai bine decât să trăiesc o singură zi fără să-ți știu numele.

Haruto deschise ușa din față.

Șapte *shiikuini* dădură năvală înăuntru.

— Acum, Hana!

Haruto flutură din mână către ușa dinspre faleză. Se deschise, dând la iveală un abis.

— Nu! țipă Hana în timp ce *shiikuinii* se apropiau.

Keishin o apucă de mijloc și se azvârliră amândoi pe ușă, în aer.

O mare de cocori le întrerupse căderea. Îi purtară pe Keishin și pe Hana pe spinările lor, dincolo de buza prăpastiei și în văzduh. Hana se împletici către marginea stolului și cercetă solul, căutând casa lui Haruto. Casa de hârtie se cutremură și începu să se împăturească. *Shiikuinii* dinăuntru țipau.

— Nu! strigă Hana în timp ce casa se micșora cu fiecare împăturire. Ce face?

Keishin o trase de lângă margine.

— Te protejează.

Hana se cutremură privind casa care se plia iar și iar până când în locul ei nu mai rămase decât o faleză pustie și amintirea casei de hârtie și a bărbatului care locuise în ea.

CAPITOLUL 59

O mie de luni oglindite în apă

Un cocor rămase în urmă. Ciugulea o pietricică de la picioarele Hanei, care se aplecă să-l ia, dar pasărea zbură înainte să o poată prinde. Își flutură aripile de hârtie și se ridică spre cer, alăturându-li-se celorlalți cocori care dispăreau în nori.

— S-au dus.

Hana privi de-a lungul drumului pe care îi lăsaseră cocorii lui Haruto. Casa de amanet era la câțiva pași, dar nu găsi energia și voința de a se pune în mișcare.

— A murit. Nu mi-a mai rămas nimeni.

— Vino cu mine! zise Keshin.

— Ce?

— Vino cu mine în lumea mea... în lumea noastră.

— Locul meu nu e acolo.

— Nici aici nu e. Hana, nu ți-a mai rămas nimic aici. Chiar vrei să-ți petreci restul vieții fugind de *shiikuini*?

— N-am de ales.

— Ai mai multe alegeri decât oricând în viața ta. Stânga. Dreapta. Sus. Jos. Poți să mergi oriunde. Să fii oricine. Nu trebuie decât să treci de o ușă. Cu mine.

— Nu-i așa de simplu.

— De ce?

— Pentru că nu te vom lăsa niciodată să pleci, se auzi un cor de voci stridente, revărsându-se din gurile celor doi *shiikuini* aflați la capătul drumului.

Hana și Keishin alergară către casa de amanet în timp ce în urma lor strigătele *shiikuinilor* deveneau tot mai ascuțite. Ea deschise ușa de la intrare. Adusă de vânt, o ploaie torențială năvăli înăuntru, inundând podeaua.

— Pleacă! țipă Hana peste urletul furtunii.

Ploaia îl biciuia pe Keishin, care îi întinse mâna.

— Vino cu mine!

Ghearele unui *shiikuin* apucară mâna Hanei. Keishin se aruncă asupra lui și-l doborî la podea. *Shiikuinul* lovi cu ghearele și-i tăie obrazul.

— Kei!

Hana se repezi spre el.

Zgomotul unei uși trântite îi acoperi vocea. Se auzi clinchetul unui zăvor.

Hana se răsuci. Cel de-al doilea *shiikuin* se întoarse dinspre ușa încuiată, cu iluzia unui rânjet arcuindu-i-se pe mască.

Celălalt *shiikuin* se desprinse de Keishin și se opri lângă cel care închisese ușa.

— Nu există o cale de ieșire, ziseră ei în cor.

— Dar există o cale în jos.

Hana îl apucă de mână pe Keishin și plonjă în băltoaca lăsată de ploaie pe podeaua casei de amanet.

Luni aurii scânteiau deasupra apei. Hana și Keishin înotară în sus, către ele. Ieșiră la suprafață și descoperiră o barcă de cauciuc plutind în apropiere. Keishin se cocoță în ea și o ajută și pe Hana să se suie. Rămaseră întinși pe spate, complet epuizați. Keishin privi în sus, către cerul plin de luni aurii. Detectorii de lumină erau mai aproape de suprafața apei decât în amintirea pe care o împrumutase de la colegul lui. Cisterna cu apă a dispozitivului Super-Kamiokande era aproape plină și, dacă se ridica pe vârfuri, putea atinge bulbii de sticlă.

— Cum am ajuns aici? Credeam că băltoacele nu te pot duce decât în locuri din lumea t... Din cealaltă lume, se corectă Keishin.

— Băltoaca în care am sărit noi nu era din lumea aceea. Era din aceasta. Nu eram sigură că va merge. M-am rugat să mă înțeleagă când i-am zis să ne ducă într-un loc sigur.

Panica sclipi în ochii lui Keishin.

— Asta înseamnă că *shiikuinii* pot folosi și ei băltoaca?

— Contez pe asta.

— Vrei ca *shiikuinii* să ne urmeze? De ce?

— Pentru că m-am săturat să fug. Ți-am spus de când m-ai adus prima oară aici că asta este o capcană frumoasă.

Hana apucă o vâslă și i-o dădu lui Keishin.

— Acum avem șansa să o folosim.

La suprafața apei apărură gheare, de ambele părți ale plutei. Hana împinse un *shiikuin* cu vâsla, împiedicându-l să iasă la suprafață. Keishin îl lovi cu vâsla pe cel de pe partea lui. *Shiikuinii* țipară și apa le distorsionă vocile. De fiecare dată când ieșeau la suprafață, Keishin și Hana îi împingeau la loc.

— Cât pot să continue?

Keishin gâfâi și lovi un *shiikuin* în cap. Masca se crăpă, dând la iveală fața descompusă de dedesubt. Fâșii de metal acopereau o gaură unde trebuia să fi fost nasul.

— De ce nu s-au înecat?

— Pentru că nu pot.

— Shiikuinii nu pot muri..., zise Keishin, amintindu-și ce le spusese Toshio. Își schimbă numai părțile care se strică.

— Părțile *metalice*.

Hana îl lovi pe *shiikuin* în umăr.

— Dacă speri că-i va dizolva apa ca pe ciocanul ăla de care ți-am povestit, n-o să se întâmple.

Keishin împinse *shiikuinul* de pe plută.

— Cel puțin nu înainte să ne cedeze nouă mâinile.

Apa se liniști. Keishin ridică vâsla deasupra capului, așteptând ca *shiikuinul* să reapară.

Hana se așeză pe plută și își lăsă vâsla alături.

— Au dispărut.

— Au dispărut? Cum?

Keishin cercetă apa liniștită.

— Pentru *shiikuini* timpul trece altfel. O viață ar trebui să fie mai mult decât de ajuns pentru ca apa să consume fiecare porțiune de metal și piele.

Keishin vâsli către o deschidere din vârful cuvei. Hana se rezemă și privi siajul pe care-l lăsau în apă.

— Hana!

Keishin îi rosti numele atât de încet, încât Hana se întrebă dacă a fost un cuvânt sau un suspin.

— Ai zis ceva? întrebă ea, ridicându-și privirea.

— Verificam ceva.

— Ce?

— Dacă-mi mai amintesc numele tău. Mă temeam să nu te uit, acum, că am revenit.

Keishin zâmbi.

— Îmi amintesc tot.

— Poate pentru că aparții ambelor lumi.

— La fel ca tine.

— La fel ca mine...

Hana își plimbă palma pe braț.

— Sunt încă aici.

— Presupun că asta înseamnă că amândoi avem dreptate când spunem că vremea ne urăște.

Hana își privi imaginea reflectată în apă.

— Hana? Te simți bine?

Ea oftă apăsat.

— Kei, *shiikuinii* nu vor înceta să ne vâneze. E datoria lor. Nu știu altceva.

— Am ajuns aproape de trapă. Suntem în siguranță.

Hana se apucă de marginile plutei.

— E prea liniște.

— Ne aflăm sub un munte. Trebuie să fie liniște. M-aș îngrijora dacă n-ar fi.

— Poate dacă găsesc o cale de a mă întoarce te vor lăsa în pace.

— Hana, încetează! Nici să nu te gândești la asta!

— Dacă nu mă gândesc la asta nu înseamnă că va fi mai puțin adevărat. Nu-mi pasă ce-mi fac. Pot să-mi ia ochii. Mâinile. Viața. Dar n-o să mă iert niciodată dacă te vor găsi pe tine.

— Hana, uită-te în jur! Am scăpat. Suntem liberi.

— Kei, încă-i simt. Le aud țipetele. Sunt aproape. Știu asta.

Keishin se opri din vâslit.

— Vino-ncoace! zise el, luând-o pe Hana în brațe.

O sărută pe creștet.

— Hana...

Gheare țâșniră din apă și se înfipseră în brațul lui Keishin, care urlă de durere. Sângele îi izvorî din rană. *Shiikuinul* se trase în barcă ținându-se de brațul însângerat al lui Keishin.

— Locul tău nu e aici, chirăi el.

— Nici al tău.

Hana se repezi la *shiikuin*, aruncându-se în apă împreună cu făptura. Imaginea unduitoare a o mie de luni aurii îi înghiți complet înainte ca Keishin să apuce să urle.

CAPITOLUL 60

Un an mai târziu

Toate poveștile de dragoste încep cu un cuvânt și se încheie cu un altul. „Bună, adio." „Rămâi, pleacă." „Da, nu." Când Keishin o întâlnise pe Jackie în anul doi de facultate, începuseră relația cu două cuvinte, un „te rog" neremarcabil, și o încheiaseră peste patru luni cu un „mulțumesc" politicos.

La un an după ce Hana dispăruse din cisterna cu apă a dispozitivului Super-Kamiokande, Keishin încă se mai străduia să-și aducă aminte care fuseseră cuvintele lor. Înclina către „scuze" ca primul lor cuvânt. Era pariul cel mai sigur. Își greșiseră unul altuia și își ceruseră iertare de atâtea ori, încât, statistic, una din scuzele lor avea o probabilitate mare de a reprezenta granița la care se terminase prietenia lor și începuse ceva mult mai greu de descris. Să stabilească ultimul lor cuvânt era mai greu. Ultima lui amintire despre Hana era dominată de țipete.

Keishin aștepta în fața restaurantului de *ramen*, cu mâinile adânc îngropate în buzunare ca să și le încălzească. Doi oameni tremurau la coadă, în fața lui. Își dori să fie mai mulți. Speranța îi ținea companie cât aștepta și-l părăsea imediat ce era primit pe ușă. Un an de dezamăgiri îl făcuse să nu mai suporte *ramenul*, dar nu îl oprise să mai vină la restaurant de câte ori putea. Încă erau zile când călătoria din Gifu la Tokio i se părea la fel de inutilă ca o mână întinsă, dornică să prindă luna. Acestea erau zilele în care Keishin se întreba dacă adevăratul Keishin n-a rămas cumva în lumea Hanei și un *shiikuin* nu i-a luat locul. Stătea în tren, rece și fără suflet, o carapace goală.

În ciuda a ceea ce Keishin învățase la biologie, ca să ții pe cineva în viață, un țel era mai important decât sângele din vene. Pierzându-l pe al lui, era surprins că încă mai respiră. Își zicea că acesta este unul dintre cele mai stranii lucruri la oameni. Chiar și când nu mai aveai pentru ce trăi, era o parte a ta care refuza să moară.

Trei persoane ieșiră din restaurant cu burțile pline și mulțumirea înscrisă pe fețe. Bărbosul care administra coada le făcu semn următoarelor trei persoane să intre. Keishin trase aer în piept și închise ochii. Păși pe ușă, repetând în gând o rugăciune înflăcărată: *Te rog, te rog fii acolo!*

Clinchetul bolurilor și al ceștilor îi dădură lui Keishin răspunsul pe care nu voia să-l audă. Se răsuci pe călcâie și fugi, cerându-i scuze celui care-l lăsase să intre.

Barajele cerului se sparseră și se revărsară peste Keishin, udându-l până la șosete. Se așteptase la asta. Toate prognozele meteo ale zilei spuseseră că va ploua. De aceea își lăsase umbrela în Gifu. Voia să aibă cea mai bună șansă să fie udat până la piele. Porni pe drumul cel mai lung către gară și își suflecă mânecile. Poate de data asta avea să găsească numele Hanei tatuat la încheietura lui, căpătând astfel o dovadă că întâlnirea cu ea fusese mai mult decât un vis. În lipsa lui, tot ce avea era un an de bilete de tren și chitanțe pentru *ramen*.

— Ți-am spus să-ți iei o umbrelă.

Ramesh mergea alături de el, adăpostit sub o umbrelă mare și neagră.

— M-aș oferi să o împart pe a mea cu tine, dar nu sunt cu adevărat aici.

Ploaia lipi șuvița argintie de fața lui Keishin.

— Îmi plăcea mai mult când ne întâlneam la restaurant.

— Tu ai ales să ieși din colivie. Acum nu poți să te mai întorci.

— Am ales-o pe Hana.

Keishin privi locul gol de pe încheietura lui udă.

— Și ea nu-i aici.

— Îmi pare rău, Kei! zise Ramesh. Dar asta e o problemă pe care nu te pot ajuta să o rezolvi.

Keishin își îndesă mâinile în buzunare și se îndreptă către gară, ținându-și răsuflarea în timp ce călca în fiecare băltoacă pe care o putea găsi.

— Știu.

Tatăl lui îi spusese cândva că nu există decât un mod de a măsura cât de bine și-a petrecut o persoană ziua. Depindea de cât anume din zi petreceai tânjind după viitor sau regretând trecutul. Pe scala asta, Keishin avea fără îndoială o zi cumplit de proastă. Își suflă nasul, regretându-și cu fiecare tuse decizia de a se lăsa înmuiat de ploaie. Se ghemui tremurând sub cuverturi. Un ciocănit la ușă îi distrase atenția de la nefericirea lui.

— Intră! zise el cu vocea răgușită după o noapte de tușit nonstop.

— Cina e servită.

Hana intră, ducând un castron de supă pe o tavă. O așeză pe noptiera lui. Într-o fiertură limpede pluteau bucăți de tofu și ierburi de mare.

— Ce face pacientul meu?

Keishin se rezemă de tăblia patului.

— Mai bine.

— Nu arăți deloc mai bine. Stai să-ți verific temperatura!

Îi strecură sub braț un termometru digital.

— Mulțumesc pentru supă!

— Cu plăcere. Am făcut-o din mai nimic, zise Hana. Am deschis pachetul și am turnat apă fiartă peste el fără niciun ajutor.

Keishin chicoti, apoi tuși răgușit.

Îi întrerupse un țiuit ascuțit. Hana recuperă termometrul și-i verifică ecranul. I-l ținu dinainte.

— Arzi de febră.

Keishin flutură din mână către termometru, tușind.

— N-am nimic!

Hana își dădu ochii peste cap și îi puse în palmă două pastile de paracetamol.

— Ia astea și încearcă să dormi!

— Nu.

Keishin o apucă de mână pe Hana, scăpând pastilele pe podea.

— Nu vreau!

— De ce nu?

Îi tampona fruntea cu un prosop umed.

— Pentru că, atunci când mă voi trezi, nu o să mai fii aici. Știu că nu ești decât un vis. Singurul lucru mai rău decât să te pierd este să te pierd iar și iar.

— M-ai mai visat și altădată?

— De multe ori. Vise diferite, dar toate se termină la fel.

Keishin izbucni în plâns.

— Mă părăsești.

— Poate că de data asta o să fie altfel, zise ea, urcându-se în pat lângă el. Poate că o să rămân.

Keishin o cuprinse cu brațul.

— Fără minciuni, ai uitat?

— Nu-i o minciună. E o dorință. Mi-aș dori să fiu reală.

Keishin încercă să nu mai plângă, dar lacrimile continuară să curgă. Le-ar fi cerut să se oprească, dar, până și în vis, singura lege pe care o respectau ele era a gravitației.

— Știi ce mi-aș dori? Mi-aș dori să te pot jeli. Jalea se încheie. Dar nu te pot jeli. Nu ești moartă. Ești doar... dispărută. Și nu pot face nimic în privința asta.

— Îmi pare rău!

Hana își puse capul pe pieptul lui.

— Hana, ce dor îmi e de tine!

— Și mie mi-e dor de tine.

— Poți să-mi spui o poveste?

Keishin închise ochii.

— Doar până adorm?

— Ce poveste ai vrea să auzi?

— Cea despre pescar și despre țestoasa care a devenit prințesă.

Keishin o strânse pe Hana în brațe.

— Dar, de data asta, spune-o în așa fel încât el să n-o mai părăsească în mare!

— Bine, dar numai dacă faci și tu ceva pentru mine.

— Orice.

— Nu mă mai căuta, Kei! Trăiesc în trecutul tău. Poți să stai la coadă la restaurant cât vrei, dar nu există ușă către ziua de ieri.

CAPITOLUL 61

***Ultimul bol de* ramen**

Semăna exact cu primul bol de *ramen* pe care-l mâncase la restaurant, dar nu avea același gust. Cei doi ani în care vizitase restaurantul numai ca să găsească în spatele ușii o sală de mese aglomerată îi dăduseră supei un gust amar. Keishin se înecă și se luptă să nu o scuipe.

O femeie cu un șirag de perle ieftine de plastic se așeză la tejghea, pe scaunul gol de lângă al lui. Cocul în care își prinsese părul cărunt amenința să se desfacă. Purta un tricou decolorat, pe care era imprimat logoul unui mic lanț de florării.

Oamenii seamănă mult cu neutrino, își zise Keishin. Nenumărați treceau prin tine, neobservați și invizibili. Singura dată când observai un neutrino era când intra în coliziune cu o moleculă de apă. În cazul femeii cu părul cărunt, Keishin n-ar fi observat-o dacă ecusonul roz cu numele nu i s-ar fi desprins de pe tricou și n-ar fi căzut zăngănind pe podea, la picioarele lui. Ridică ecusonul și i-l înapoie.

— Mulțumesc!

Femeia lăsă ecusonul să cadă într-o geantă doldora și îi zâmbi.

— Îmi pari foarte cunoscut. Vii des aici?

— Nu.

El își dădu din ochi o șuviță de păr argintiu.

— Locuiesc în Gifu.

— Gifu? E un drum lung de bătut pentru niște *ramen*. Dar înțeleg. Este cel mai bun din oraș. Pot să te întreb ce faci în Gifu?

Keishin lăsă jos bețișoarele.

— Privesc stelele de sub un munte.

Femeia ridică din sprâncene.

— N-ar fi mai ușor să privești stelele din vârful muntelui, și nu de sub el?

— O să-i transmit sugestia șefului meu. Dar dumneavoastră? Cu ce vă ocupați? Nu! Stați! Lăsați-mă să ghicesc! Lucrați la o florărie.

— Cum ai...

Femeia își privi tricoul și chicoti.

— Oh!

— Vă place locul în care lucrați?

— În majoritatea zilelor. Îmi plac florile. Oamenii sunt întotdeauna fericiți când cumpără flori.

Femeia îl studie cu mai multă atenție.

— Sigur nu ne-am mai întâlnit?

— Nu, nu cred.

— Mintea îți joacă feste când îmbătrânești. Sau poate că e doar o autoiluzie.

— O autoiluzie?

— Fiul meu ar trebui să fie de-o vârstă cu tine. Dar... eu... noi... am pierdut legătura cu mult timp în urmă.

— Îmi pare rău să aud așa ceva. Un fiu n-ar trebui să-și părăsească mama.

Femeia privi în jos.

— Nu m-a părăsit.

— Oh! zise încet Keishin. Înțeleg!

— Faptul că l-am părăsit a fost cea mai mare greșeală a vieții mele, zise femeia ca și cum întregul restaurant ar fi dispărut și ea n-ar mai fi vorbit decât cu sine.

— De ce ați făcut-o?

— Din același motiv pentru care proștii renunță la lucrurile bune. Ne privim mâinile și ne întrebăm ce am putea apuca cu ele dacă ar fi goale.

Își șterse grăbită ochii de lacrimi.

— Scuze! Nu știu de ce-ți povestesc toate astea. Pur și simplu îmi pari familiar. Am sentimentul că te cunosc. Iartă-mă, te rog! O să te las să prânzești.

— Vă gândiți vreodată la fiul dumneavoastră?

— Tot timpul. Mă întreb dacă n-am trecut unul pe lângă altul pe stradă sau dacă n-am stat unul lângă altul la un restaurant ca ăsta. Uneori reușesc să mă conving că l-am zărit în mulțime chiar dacă nu știu cum arată. Singurătatea și regretul te pot face să vezi lucruri care nu sunt acolo.

Keishin se uită în castronul cu *ramen*. Avusese de gând ca acesta să fie ultimul bol pe care-l va mânca la acest restaurant. Doi ani erau mult timp de stat la coadă pentru un castron de dezamăgire. Își spusese că, dacă nici azi nu o va găsi pe Hana, va renunța la ea. Să speri la nimic era mai tăios decât ghearele *shiikuinilor*. Își atinse cicatricea ștearsă de pe obraz.

— Da. Asta așa e.

— Iartă-mă! zise femeia. Supa ta s-a răcit.

— E-n regulă. Nu mă deranjează.

— Îmi pare rău că ai avut ghinionul să te așezi lângă o femeie prostuță, care nu are cu cine altcineva să vorbească. Șeful meu mă ceartă ori de câte ori discut prea mult cu clienții. Mi-a spus că ar trebui să-mi iau o pisică, să am cu cine să vorbesc când ajung acasă. Ești un bărbat foarte răbdător dacă mă suporți.

Îi zâmbi.

— Orice mamă ar fi norocoasă să aibă un fiu ca tine.

— Chiar și dumneavoastră?

— Desigur. Foarte norocoasă. Bucuria unei mame este să crească un fiu care e amabil și bun până și cu oamenii pe care nu-i cunoaște. E o fericire, dar eu am renunțat la dreptul de a o gusta, așa că sunt recunoscătoare pentru rarele prilejuri în care o întrezăresc.

Keishin se uită la ceas și se ridică.

— Îmi pare rău! Trebuie să plec. Am un tren de prins. Dar vă rog să-mi permiteți să vă plătesc masa!

Ea clătină din cap.

— Nu. Nu pot să...

— Insist. Mama m-ar certa dacă n-aș face-o.

— Mulțumesc!

Femeia îi zâmbi.

— Călătorie sigură!

Keishin se înclină în fața ei.

— O zi plăcută, Takeda-san, zise el, repetând numele pe care îl citise pe ecusonul ei.

Se așteptase ca numele mamei sale să aibă gust amar, dar nu fu așa. Poate cu timpul, își zise el, va ajunge chiar să aibă gust dulce.

— Sper că ne vom reîntâlni într-o zi!

CAPITOLUL 62

Cinci ani mai târziu

Facultate. Căsătorie. Copii. Acestea erau deciziile importante, despre care oamenii credeau că contează. Greșeau, firește. În realitate, alegerile pe care oamenii nici nu-și dădeau seama că le fac erau cele care le stabileau cursul vieții. Schimbările erau mici, infime chiar, dar fie și sub unghiul cel mai mic, ele orientau omul către ceea ce urma să se petreacă.

În cazul lui Keishin, tot ce avea să definească restul vieții lui fu decis în secunda în care își mută privirea de la tăițeii instant cu aromă de porc picant către cei cu aromă de pui, apoi din nou la porc. Întinse mâna după pachetul roșu viu și-l lăsă să cadă în coșul verde de plastic. Nu era momentul să experimenteze noi arome. Zborul lui lung către Elveția era a doua zi și ultimul lucru de care avea nevoie era un stomac deranjat în timpul călătoriei. În mai puțin de douăzeci și patru de ore avea să stea în fața unei săli pline de oameni de știință și ziariști și să anunțe cea mai mare descoperire științifică din ultimele cinci decenii. Își repetă discursul în minte. Sunetul telefonului răzbătu în gândurile lui.

— *Okaa-san?* răspunse el.

— Keishin, ai grijă să nu mănânci nimic condimentat înaintea zborului! zise de la celălalt capăt Takeda Izumi. Nu vrei să ai stomacul deranjat înaintea discursului.

— Nu-ți face griji, zâmbi Keishin. N-o să fac așa ceva.

— Cred că sunt mai agitată decât tine.

— Ca unul cu ceva pricepere în domeniu, pot să-ți spun că științific așa ceva nu este posibil.

— Sunt atât de mândră de tine, Keishin. Te iubesc!

— Și eu te iubesc. Ne vedem când mă întorc.

Keishin își vârî telefonul în buzunar. Făcu un pas înapoi, îndepărtându-se de raftul cu tăieței, și călcâiul solid al bocancului său se opri pe ceva ce era sigur prea moale ca să fie podeaua din dale a magazinului. Un țipăt ascuțit îi alungă orice speranță că a maltratat vreo prăjiturică rătăcită, și nu piciorul unui străin. Se răsuci, cu scuzele rostogolindu-i-se de pe buze înaintea lui.

— Vai de mine, îmi pare rău!

— E-n regulă. M-am obișnuit.

O femeie cu părul prins într-o coadă de cal, care-i scotea în evidență fața în formă de inimă, îi zâmbi.

— Hana...

Keishin scăpă coșul. O apucă în brațe și izbucni în hohote de plâns.

— Îmi pare rău că am întârziat!

Hana izbucni în plâns cu obrazul lipit de umărul lui.

Keishin o puse jos, refuzând să clipească de teamă că, dacă ar fi făcut-o, ea ar fi dispărut.

— Am revenit de multe ori la restaurant, dar casa de amanet n-a apărut. Am început să cred că tot ce s-a petrecut în lumea ta a fost doar un vis.

— Nu puteai să găsești casa de amanet, pentru că am dărâmat-o.

— Ce? De ce?

— Lumea mea era stricată și cineva trebuia să o repare. Copiii din tuneluri m-au făcut să înțeleg că nu avem nevoie de alegerile pe care le cumpăra casa de amanet. Ne-am spus o minciună o perioadă atât de îndelungată, că am făcut-o reală. Am devenit prizonierii unei legende, uitând că noi înșine am creat-o. Să înveți să trăiești în libertate este aproape la fel de dificil ca a învăța să trăiești fără ea. Dar munca a început. Mai e un drum lung de parcurs, însă acum sunt mulți care îl pavează. Nu mai au nevoie de mine.

— Asta înseamnă că...

— Rămân, zise Hana. Cu tine.

Keishin o îmbrățișă.

— Nu-mi vine să cred că ești aici! Dacă ai distrus casa de amanet, cum ai ajuns aici?

— E întotdeauna o idee bună să strângi apa de ploaie. Nu știi niciodată când o să ai nevoie de ea.

Scoase din traista ei o sticluță de culoarea chihlimbarului.

— Cu puțin, ajungi departe.

Băgă sticla în traistă și-i întinse mâna.

— Bună! Mă cheamă Hana. Pe tine?

Keishin ridică din sprâncene.

— Ce faci?

— O iau de la capăt. Ar trebui să fie interesant să încercăm să ne cunoaștem așa cum suntem când nu alergăm să ne salvăm viețile, nu crezi?

Keishin izbucni în râs și-și dădu seama că plânge în același timp. Pe măsură ce-i curgeau lacrimile, parcă i se lua o greutate de pe piept. E remarcabil cât cântăresc lacrimile, își zise el.

— S-o luăm de la capăt fără minciuni, zâmbi Keishin printre lacrimi și-i strânse mâna.

— Pe mine mă cheamă Keishin. Sunt doctor. Din cei inutili.

— Mă bucur să te cu...

— Așteaptă, Hana! Dacă mă gândesc mai bine, poate că vrem să ne rezervăm dreptul la câteva minciuni când și când.

— Da?

— Știi tu, unele mici, pentru ocaziile când s-ar putea să mă întrebi dacă o rochie te face să pari grasă sau când eu o să te întreb dacă-ți place cum gătesc.

Hana râse și își puse brațele pe după gâtul lui Keishin.

— Deci...

Îi zâmbi.

— Ai schimbat deja lumea?

— Încă nu, dar o voi schimba.

Keishin se uită la ceas.

— În circa douăzeci și patru de ore, lumea va descoperi la ce folosește cu adevărat o geantă. Și nu vreau să mai petrec nicio secundă din ele în magazinul ăsta.

— Plouă.

— Și care-i noutatea?

Keishin o conduse pe Hana către ieșire și fugi în ploaie.

— E numai felul vremii de a ne spune că nu avem ce căuta aici.

— Sau poate că în tot timpul ăsta a încercat să ne spună altceva.

Hana îi cuprinse în palme fața pe care șiroia ploaia.

— Ce anume?

Keishin își apropie buzele de ale ei.

— Că ne aparținem unui altuia.

MULȚUMIRI

Această carte se află în mâinile voastre pentru că am fost destul de norocoasă ca să întâlnesc în această viață oameni care, din motive pe care nu le voi înțelege probabil niciodată, persistă în a crede că cuvintele care mă trezesc din somn la trei dimineața merită tipărite pe hârtie.

Părinților, bunicii și familiei mele, care au iubit fiecare lucru pe care l-am scris încă de dinainte să pot să ortografiez cuvintele corect.

Copiilor mei, pe care mă bazez că vor geme exasperați și își vor da ochii peste cap la cel mai mic indiciu de penibil sau clișee.

Pentru „Gașca" mea, care nu s-a săturat să mă momească să ies din peștera în care scriu, cu seri de vin, mâncare, discuții și de vin am pomenit?

Pentru Aueeie și Mina, care s-au înhămat cu curaj la această cursă de roller-coaster cu mine.

Pentru Tricia și Frankie, a căror viziune, înțelepciune și îndrumare m-au ajutat să fac din această carte cea mai bună versiune a sa.

Pentru Amy, a cărei pasiune contagioasă și încredere în această poveste mi-au oferit un nou prilej de a face ceea ce îmi place.

Uimitoarei Echipe Water Moon de la Penguin Random House și editorilor mei internaționali, care și-au dăruit inimile, timpul și talentele pentru a da viață acestei cărți.

Pentru Regina Flath și Fritz Metsch, a căror creativitate a condus la designul minunat al acestei cărți.

Lui Haylee Morice, o magiciană a coperților care a capturat întocmai spiritul acestei povești.

Lui Sachiko Suzuki, care a avut grijă ca, prin revizuirea ei atentă și sugestiile ei inteligente, frumoasa cultură care a inspirat această carte să fie tratată cu cel mai mare respect și sensibilitate.

Pentru Tennant, Alfie și Westley, care sunt câini și nu pot citi această carte, dar care, de-a lungul carierei lor de succes în a mânca lucruri pe care n-ar trebui să le mănânce, m-au învățat totul despre a trăi fără regrete.

Și, în cele din urmă, bărbatului cu care mi-am împărțit jumătate din viață, alegere pe care o voi face iar și iar.

Mulțumesc! Mulțumesc! Mulțumesc!

Tipar: ARTPRINT
E-mail: office@artprint.ro
Tel.: 021 336 36 33